내 이름은 김삼순

1

김도우 대본집
내 이름은 김삼순 1

초판 1쇄 인쇄 2024년 11월 4일
초판 1쇄 발행 2024년 11월 18일

지은이 | 김도우
펴낸이 | 金滇珉
펴낸곳 | 북로그컴퍼니
주소 | 서울시 마포구 와우산로 44(상수동), 3층
전화 | 02-738-0214
팩스 | 02-738-1030
등록 | 제2010-000174호

ISBN 979-11-6803-096-1 04810
ISBN 979-11-6803-095-4 04810(세트)

© 2024, 김도우 / 북로그컴퍼니

· 이 책의 원작은 〈내 이름은 김삼순〉(지수현/눈과마음)입니다.

· 잘못된 책은 구입하신 곳에서 바꿔드립니다.

· 이 책은 북로그컴퍼니가 저작권자와의 계약에 따라 발행한 책입니다. 저작권법에 의해 보호받는 저작물이므로,
  출판사와 저자의 허락 없이는 어떠한 형태로도 이 책의 내용을 이용할 수 없습니다.

김도우
대본집

———

내 이름은
김삼순

1

일러두기

1. 이 책의 편집은 김도우 작가의 집필 방식을 따랐습니다.
2. 드라마 대사는 글말이 아닌 입말임을 감안하여, 한글맞춤법과 다른 부분이라 해도 그 표현을 살렸습니다. 지문의 경우 한글맞춤법을 최대한 따르되, 어감을 살리기 위해 고치지 않고 그대로 둔 경우도 있습니다.
3. 대사와 지문에 등장하는 말줄임표나 쉼표, 느낌표와 마침표 등의 문장부호 역시 작가의 집필 의도를 살리기 위해 고치지 않고 그대로 실었습니다.
4. 이 책은 작가의 최종 대본으로, 방송된 부분과 다를 수 있습니다.

차례

일러두기 ... 4
작가의 말 ... 6
감독의 말 ... 8
작의 및 기획 의도 ... 10
집필 및 제작 방향 ... 11
등장인물 ... 13
작가의 변 ... 23
용어정리 ... 24

1회 인생은 봉봉 오 쇼콜라가 가득 든 초콜릿 상자입니다 ... 25

2회 하늘에서 남자들이 비처럼 내려온다면... ... 73

3회 우리, 연애나 한번 해볼까요? ... 121

4회 Over The Rainbow ... 169

5회 사랑은 원래 유치한 거예요 ... 221

6회 키스의 열량, 사랑의 열량 ... 255

7회 사랑은, 그 사람에게 귀 기울이는 것... ... 301

8회 마들렌, 잃어버린 시간을 찾아서... ... 345

9회 당신은 내가 드린 마음을 장난감처럼... ... 403

작가의 말

작법서 톤으로 작가를 두 부류로 나눈다면, 캐릭터플레이 위주의 작가와 서사에 강한 작가로 나눌 수 있을 것이다. 나는 후자를 동경하는 명백한 전자이다. 웃자고 나눈다면, 지나간 작품을 보는 작가와 보지 않는 작가가 있을 수 있겠다. 이번에는 후자이다. 지나간 작품을 본다는 것은 내게 매우 어려운 일이다. 이미 방송을 보며 알몸으로 거리를 뛰어다니는 기분을 느꼈는데 그걸 한 번 더 하는 일과 같다. 민망하고 어색하고 부끄럽다. 삼순이는 재방송을 수없이 많이 했다. 온전히 본 적이 없다. 채널을 돌리다가 걸리면 '이크' 놀란다. 호기심에 몇 장면은 보지만 곧 도망치듯 채널을 돌린다. 그럼에도 그 몇 장면에서 느낀 건 '옛날 드라마 같지 않네?' 하는 거였다. 신기하게도 몇 년이 지나도 그랬고 또 몇 년이 지나도 그랬다. 그러던 것이 언제부턴가 세월의 냄새가 나기 시작했다. 해상도와 화면비라는 기술의 무게를 견딜 수 없었던 것이다. 십 년이 넘는 시간 동안 옛것의 냄새가 나지 않았다는 것은 모든 참여자들이 일심동체가 되고 우주의 기운이 제대로 모여야 얻을 수 있는 성과일 텐데, 나는 어쩌다 이런 행운에 걸려든 것일까.

내게 행운을 가져다준 배우들에게 감사의 말을 전한다. 특히 선아 씨와 빈. 앞치마를 두른 불룩한 배는 얼마나 사랑스러웠는지. 살을 찌우며 한국 드라마 역사에 빛나는 캐릭터를 스스로 만들었다. 드라마적 장치 때문에 삼순이를 등질 때마다 욕을 먹었던 빈(미안하다 삼식아). 스물다섯 아름다운 청년의 한때를 함께한 기쁨이라니. 이젠 확고하게 자기 영역을 확보한 려원과 다니엘은 또 얼마나 풋풋했는지. 믿을맨 나문희 선생님과 권해효 선배님, 삼순이를 달콤하게 채워준 모든 배우들... 덕분에 행운을 맛보았습니다.

대본을 다시 보는 것도 크게 다르지 않다. 당시 소규모 출판사에서 대본집을 내고 싶다고 해 열여섯 개의 대본을 정리해 건넸었다. 그 일은 진행이 되지 않아 지금에 이르렀고, 그때 복기한 이후 16회 대본 모두를 본 것은 처음이다. 처음 든 생각은 '(머리를 쥐어뜯으며) 왜 이렇게 거칠지?'였다. 솔직하고 거침없다고 칭찬받던 부분들은 내가 뺨을 맞는 기분이었고, 코믹하고 풍자적이라고 썼던 부분들은 비하나 폄훼(나이, 외모 등)로 느껴졌다. 정치적으로 올바르지 않은 것들. 그때는 괜찮았을까? 지금은 괜찮지 않다. 윤리 도덕도 관습도 시대에 따라 변한다는 걸 절감했다. 그 외에 복잡 미묘한 감정들이 있는데 그것들을 어떻게 표현할까 고민하다가 그만두었다. 이 책을 보는 독자들이 각자의 지난 19년을 돌아볼 때의 마음과 같지 않을까 싶다. 우린 똑같이 19년의 시간을 지나왔다. 그 긴 시간 동안 잊지 않고 찾아준 독자들에게 감사와 함께 고이 드릴 말이 있다. 추억은 힘이 세다.

이마가 땅에 닿도록 감사드릴 분들이 또 많다.
입만 열어도 재미있다고 웃어주고, 작가가 상상한 이미지들을 완벽을 넘어 그 이상으로 구현해주신 김윤철 감독님, 최고였습니다. 옛것 같지 않게 만들어준 많은 분들, 김경철 카메라 감독님을 위시한 카메라 팀, 조명 팀, 혁신적인 음악을 만들어준 음악감독님, 남인주 편집자, 아름다운 배우들을 섭외해준 주선 님, 한라산에 올랐다가 근육통으로 고생했던 모든 스태프들, 모두 덕분입니다. 삼순이에 참여했던 일이 좋은 추억으로 남길 바랍니다.
고인이 되신 여운계 선생님과 김자옥 선생님에게도 안부를 여쭙니다. 편안하시지요? 그럼요, 그럼요.

내게 재능이 있다면 그것을 주신 부모님, 아기처럼 점점 귀여워지시는 부모님에게도 지극한 감사와 사랑을 전합니다.

2024년 가을

감독의 말 —— 김윤철

2004년으로 기억합니다. MBC 드라마국에서 저에게 미니시리즈를 준비하라고 했을 때 저는 3년 만에 한국에 온 상태라 아는 작가가 없었습니다. 지인이 미니시리즈 〈눈사람〉을 한번 보라고 권유했습니다. 우리 사회의 터부인 처제와 형부의 사랑 이야기를 매우 섬세하고 설득력 있게 다룬 드라마였고, 그 작품을 쓴 이가 바로 김도우 작가였습니다. 우리는 그렇게 만났고 2005년 6월 1일, 원작소설을 모티브로 한 드라마 〈내 이름은 김삼순〉이 세상에 나왔습니다.

19년이 지난 2024년 4월 어느 날 웨이브(Wavve)에서 〈내 이름은 김삼순〉 8부작 리마스터링 프로젝트를 제안했습니다. 처음에 저는 '16부작 오리지널 드라마의 아우라를 훼손하지 않을까?', '19년이 지난 드라마가 '지금 여기' 이 시대 시청자들에게 여전히 소구력이 있을까?' 두려움으로 망설이다가 19년간 보지 않았던 〈내 이름은 김삼순〉을 세 번 시청했습니다. 그리고 나서 다음과 같은 이유로 삼순이 리마스터링 프로젝트를 하기로 결심했습니다.
 주인공 '김삼순' 캐릭터가 그렇게 낡지 않았구나. 그녀가 겪은 첫사랑의 고통은 여전히 사람들의 가슴을 아리게 하는구나. 일과 사랑을 대하는 그녀의 건강하고 강한 자세는 여전히 유효하구나. '삼순'과 '진헌', '희진'과 '헨리'의 사랑은 여전히 사람들의 가슴을 뛰게 하는구나.

김도우 작가의 글은 핍진합니다. '핍진하다'의 사전적 의미는 '사정이나 표현이 진실하여 거짓이 없다'입니다.
 그녀의 글은 간곡합니다. 간절하고 정성스럽다는 뜻입니다.
 그녀의 글은 명랑합니다. 유쾌하고 활발합니다.

이 드라마에서 제가 좋아하는 신입니다.

진헌 뭔가 착각하고 있는 모양인데, 임시직한테 퇴직금 주는 회사도 있습니까?
삼순 (휙 째려본다)
진헌 (얼른 경계 자세! 지금까지 쌓아왔던 가오가 제대로 무너진다)
삼순 (제 손을 본다. 마침 하이힐이 들려 있다. 이걸로 때릴까 봐 그랬군, 웃긴다)
진헌 (몹시 창피하고 머쓱하다)
삼순 (힐을 신으며) 어디서 신파도 그런 신파를... 상상력 없는 인간하군 상종을 말아야지.
진헌 (드디어 입을 열었군. 흡족하다) 그렇게 말하면 신파가 섭하죠. 그게 얼마나 아름다운 건데.
삼순 아름답긴 개뿔이? (입술을 마구 부벼 닦고는 퉤퉤 침 뱉는 시늉까지 한다)
진헌 반응 참 빠르시네. 손수건 빌려줘요?

- 2회 #33 중에서

    드라마는 작가가 쓴 항해 지도를 보며, 감독이 배우라는 선원들을 데리고 미지의 장소를 향해 망망대해로 떠나는 작업이라고 생각합니다. 때로는 폭풍우, 선상 반란, 어떨 때는 암초를 만나기도 합니다. 반드시 들러야 하는 섬을 지나치기도 하고, 항로를 급하게 변경하기도 합니다.
    김도우 작가는 언제나 가슴 졸이며 그 항해를 지켜보다 마침내 귀항하는 선장과 선원들에게 고생하셨다고, 어깨를 토닥이는 그런 사람입니다.

    그녀의 글을 한 번, 두 번, 세 번 읽기를 추천합니다.

작의 및 기획 의도

봉봉 오 쇼콜라(Bonbon Au Chocolat)는 한입 크기의 초콜릿 과자를 뜻하는 프랑스 말로, 보통 여러 개를 한 상자에 넣어 선물용으로 주고받고 합니다.

누구나 한 번쯤은 열어봤을 초콜릿 상자. 그걸 열 때의 기분은 모두 비슷하겠지요. 뚜껑을 여는 동시에 스며 나오는 달콤한 냄새. 모양도 재료도 색깔도 제각각인 이 작은 것들은 일단 눈을 즐겁게 해주고, 입도 즐겁게 해주고, 그리고 마음까지 즐겁게 해줍니다. 게다가 초콜릿은 신경을 부드럽게 하여 피로를 풀어주는 효능까지 있다고 합니다.

그런 드라마를 만들어보려고 합니다. 달콤하고, 예쁘고, 맛있고, 피로회복까지 해주는 **봉봉 오 쇼콜라** 같은 드라마. 앞으로 드라마를 장식할 온갖 종류의 디저트류처럼 상큼한 드라마.

영화 〈포레스트 검프〉에서 검프의 어머니는 인생을 초콜릿 상자에 비유했습니다.

'인생은 초콜릿 상자에 있는 초콜릿과 같다.
어떤 초콜릿을 선택하느냐에 따라 맛이 달라지듯이
우리의 인생도 어떻게 선택하느냐에 따라 결과가 달라질 수 있다.'

어느 것을 집든 후회하지 않을 만큼 각각의 것들을 맛있게 만들었으면 합니다. 각양각색의 초콜릿만큼 다양한 캐릭터들과 그 캐릭터들이 어떤 선택을 하고 어떤 인생을 살아갈지 흥미진진한 이야기들로 꽉 찬…

이 드라마는 **봉봉 오 쇼콜라가 가득 든 초콜릿 상자**입니다.
다들 맛있게 드시길…

집필 및 제작 방향

1. 이 땅의 모든 삼순이들을 위하여...

한 조사에 의하면 우리나라 여성 중 자기가 뚱뚱하다고 생각하는 여성이 73%를 차지하고 있다. 이 땅의 여자 열 명 중 일곱 명이 자기가 뚱뚱하다고 믿고 있다는 것인데 우리의 주인공 김삼순도 그중 하나다. 159cm의 키에 62kg. 사랑에 상처받아 홧술로 7kg이 불어나긴 했지만 어쨌든 그녀는 스물아홉의 뚱뚱한 노처녀이다. 대학도 안 나왔고, 파티쉐라는 다소 생소한 자격증이 있긴 하지만 크리스마스이브에 해고당하고, 애인도 원룸도 마이카도 없다. 그녀는 평균이다. 이상과 현실에 한 발씩 걸치고 있는 스물아홉 그 또래 여성들의 평균. 그녀들은 영화 같은 로맨스를 꿈꾸지만 일어날 가능성이 없다는 걸 안다. 일에 푹 빠져 있을 때는 결혼 따위 안 하고 살 수도 있을 것 같고, 돈 벌어서 평생 여행이나 했으면 좋겠고, 가끔 친절하게 구는 연하남에게 가슴 설레고, 쏜살같은 시간의 흐름이 무서워지기 시작하고, 돈벼락을 맞았으면 좋겠고, 그러면 차마 버리지 못해 가슴속에 묻어둔 꿈을 펼칠 수 있을 것만 같고... 열 명 중 일곱 명, 이 땅의 평균 여성들, 이 땅의 삼순이들에게 로맨스를 선물한다. 초콜릿 상자도 덤으로 부친다. 선물 받은 삼순이들, 극 중의 김삼순처럼 씩씩해지기를 바란다. 삶이 그대들을 속여도, 사랑이 그대들을 울려도, 나빠지지 말고 더 단단해지기를...

2. 식감이 풍부한 로맨틱 코미디

뭔가에 열중해 있을 때, 특히 사랑에 빠져 있을 때, 우리의 뇌에서는 페닐에틸아민이라는 화학물질이 만들어진다. 하지만 사랑이 끝나면 생성이 중지되어 우울과 불안 증세에 빠진다. 재미있는 건 초콜릿만큼 페닐에틸아민을 많이 함유한 식품이 없다는 것이다. 실연은 초콜릿으로 치유된다. 달콤쌉싸름한 맛을 내면서 실연까지 치유해주는 초콜릿... 품질 좋은 초콜릿은 손바닥에서는 녹지 않고 입안에서만 녹는다. 입안에서 녹는 식감도 남다르다. 최고의 쇼콜라띠에(초콜릿 장인)가 만든 최고품질의 초콜릿처럼 식감이 풍부한 로맨틱 코미디 드라마를 만들고자 한다.

그 방편으로 등장인물들이 초콜릿 상자 안에 든 봉봉과 같이 기능하도록 할 것이다. 혼자만 빛나는 게 아니라 함께 있어야 완성되는 초콜릿 상자처럼, 각각의 인물이 드라마를 풍요롭게 빛내줄 수 있도록! 만일 초콜릿 상자를 열었을 때 하나라도 비어 있으면 교환하거나 환불받아야 마땅하다. 불량상자 0%를 향하여 열심히 공정하겠다.

등장인물

김삼순 (김선아 扮) ♥-------- 29(30)세. 파티쉐(Patissier/파티쉐리/제과 기술자).

- **삼순이의 캐릭터**: 예쁘지도 않고 날씬하지도 않으며 젊지도 않은 엽기발랄 노처녀* 뚱녀. 159cm**의 키에 55kg의 다소 통통한 몸매였으나 실연당하면서 홧술로 7kg이 불어나 62kg을 기록한다. 방앗간집 셋째 딸. 전(前) 고교 농구선수. 혼잣말의 여왕이며 자질구레한 호기심이 많다. 스트레스를 받으면 먹고 마시고 자는 걸로 푼다. 아이스크림, 떡볶이, 순대, 소주, 꼼장어를 무조건적으로 사랑한다. 어느덧 스물아홉, 백마 탄 왕자가 나타나지 않으리라는 걸 알 만큼 현실감각이 있다. 그러므로 보도블록 틈에 핀 민들레처럼 씩씩하게 자기 인생을 꾸려나갈 줄 안다.

- **삼순이의 남자들**: 하늘에서 남자들이 비처럼 내려온다면? 그럼 좋을까? 삼순에겐 아니다. 삼순이는 저 하나만을 사랑해주는 단 한 사람이면 족하다. 파리에서 만난 현우가 그랬다. 건축 설계를 공부하러 온 현우는 킹카였다. 서울에서였다면 감히 엄두도 못 낼 킹카를 파리라는 이국적인 분위기에 힘입어 연인으로 삼게 되자 감격에 겨운 삼순이는 마음도 주고 정도 주고 몸도 주었다. 그리고 그가 취직이 되어 귀국한다고 해서 갑자기 따라 들어왔다. 귀국하고 2년, 총 3년 동안 그들은 연인이었다. 그런데 이제 아니다. 그가 바람이 났다. 바람난 주제에 적반하장이다. 우리는 인연이 아니니 헤어지자고 한다. 그래, 헤어져! 헤어져줄게! 큰소리치지만 정작 그를 잊지 못하는 삼순 앞에 한 남자가 얼씬거린다. 그는 어느 날 갑자기 그녀의 고용주가 되더니, 삼순에게 연애를 하자고 한

---

* 당시에도 29세, 30세가 노처녀라고 불릴 나이는 아니었다. 오히려 결혼 적령기에 가깝다고 할 수 있다. 다만 서른이라는 경계가 주는 느낌을 따르느라 30세를 노처녀로 규정하였다. 당시 풍속이 왜곡될까 우려돼 바로잡는다. 노처녀, 노총각은 차별 언어로 쓰지 않는 것이 옳다고 본다.
** 김선아 배우가 캐스팅되며 의미 없는 숫자가 되었다. 김선아는 키가 크다.

다. 계약연애, 사기연애를… 현진헌. 그는 잘생겼다. 젊다. 집안도 좋고 스물일곱에 벌써 레스토랑 사장이니 삼순이가 일 년만 젊었어도 정말 뻑 가고도 거품 물 지경이다. 하지만 삼순이는 지금 스물아홉이다. 백마 탄 왕자가 자기 차지가 될 수 없다는 걸 너무나 잘 안다. 아니, 그보다 더 중요한 건, 저 외모와 조건 뒤에 가려진 왕싸가지를 그녀는 진작부터 간파했다는 사실! 그는 정말 왕싸가지다. 어떨 때는 미지왕(미친놈 지가 왕잔 줄 아네) 같은 언행도 한다. 제멋대로이고 서늘하다. 인간미라고는 눈곱만큼도 없다. 저따위 남자, 백날 같이 있어봤자 자빠질 일 없을 거다.

그래서 그녀는 계약연애를 받아들인다. 경매에 넘어갈 뻔한 집을 구하기 위해서, 그에게 돈을 빌리기 위해서, 돈을 빌린 대가로 연애하는 척하기 위해서, 계약서에 사인을 한다. 계약연애 만세! 사기연애 만만세! Allelujah!

현진헌 (현빈 扮) ♥-------- 27세. 프렌치 레스토랑 '보나뻬띠(Bon Appetit)' 사장. 얼음왕자.

누구나 마음속 그린벨트가 있다. 함부로 손대면 안 되는 곳, 깊은 우물 같은 곳. 누군가 허락도 없이 들어서거나 흔들어대면 몹시 예민해지고 통증이 느껴지는 곳. 그에게는 마음속의 그린벨트가 많다. 3년 전 교통사고로 죽은 형과 형수, 그 사고로 망가져버린 그의 왼쪽 다리, 그리고 그를 떠난 여자 유희진…

사고가 나기 전부터도 그는 그다지 원만한 성격이 아니었다. 냉정하고 직설적인 데다 타인에게 쉽게 곁을 내주는 성격이 아니어서 독선적이다, 차갑다, 사람을 우습게 안다, 는 소리를 듣곤 했다. 또 어떤 이는 그랬다. 세상 무서운 걸 모른다고. 사실이다. 그 일이 있기 전까지 그는 거칠 게 없는 행운아였다. 호텔업을 하는 준재벌의 집안에서 명석한 두뇌와 빛나는 외모를 갖고 태어났으니 세상 무서운 게 있다면 그게 더 이상할 터였다. 자신의 운전 미숙으로 사고가 나고 그로 인해 형과 형수를 잃자 그는 세상 무서운 걸 알았다. 전에는 머리로만 알았던 슬픔을 가슴으로 알게 되었다. 대신 전보다 더 냉정해지면서 삐딱해졌다. 형과 형수를 자신이 죽였다는 죄책감은 '나는 행복해져서는 안' 된다는 자기혐오에까지 이르러 위악을 떤다. 그는, 자신이, 몹시 나쁜 놈, 인 것 같다.

그가 삼순을 처음 봤을 때의 느낌은 몹시 좋지 않았다. 뚱뚱해. 어쩜 저렇게 얼굴도 눈도 동그랄 수 있지? 솔직이 지나쳐 푼수군. 저렇게 잘 먹는 여자 처음 봐. 그래도 케이크는 잘 만들어. 혹시 변태 아냐? 어? 이 여자, 싸이코잖아?! 그런 삼순에게 계약연애를 하자고 한 건 주말마다 맞선녀들을 들이대는 어머니를 잠시나마 눈속임하기 위해서였다. 그런데 왜 하필 김삼순이냐고 묻는다면... 그녀와는 절대 사랑에 빠지지 않을 것 같아서였다. 그건 삼순이도 마찬가지다. 즉, 그들은 서로가 자신의 타입은커녕 너무 싫어하는 스타일이어서 절대 사랑 같은 것에 빠지지 않을 거라고 굳게 믿고 계약서에 사인을 한 것이다. 하지만 남녀 간의 일을 누가 알까. 가랑비에 옷 젖듯이 그들은 사랑에 빠지고 말았으니, 삼겹살 같은 여자와 와인 같은 남자의 로맨스가 절정으로 치닫고, 원래 엽기적이었던 여자는 더더욱 엽기스러워지고, 날 선 칼 같았던 남자마저도 하루하루 귀엽다 못해 엽기적으로 망가지고, 심지어는 서로가 너무 사랑스러워 물어뜯어 먹을 태세인 초절정 엽기 닭살 커플이 탄생하는데... 유희진... 그녀가 뜨겁게 달아오른 진헌의 몸과 머리를 차갑게 식히고야 만다!

유희진 (정려원 扮) ♥-------- 27세. 진헌의 옛 연인.

아름답다. 예뻐도 차갑게 예쁜 게 아니라 선(善)함이 그대로 묻어 나오는 그런 인상이다. 이지적이면서 따뜻한... 머리도 좋고 총명하다. 의사 부부의 외동딸로 태어나 부족함 없이 자랐다. 맺힌 데 없고 쾌활하다. 고 2 때 영어 과외에서 진헌을 만나 고 3 때부터 6년 사랑을 쌓아왔다. 대학 때 부모님이 미국으로 이민을 갔지만 그녀는 홀로 남았다. 그만큼 그를 사랑했다. 그의 아내가 되고 싶었다. 암세포가 그녀의 행복을 앗아갔다.

그녀가 왜 갑자기 떠났는지, 그건 아무도 모른다. 그만큼 지독했다. 하지만 그녀는 지금도 잘했다고 생각한다. 그때는 그게 최선이었다고. 그때... 그녀는 진행성 위암 3기 말을 선고받았다. 5년 생존율은 25~30%. 의대생이었던 그녀는 소화불량과 헛구역질을 임신으로 착각할 만큼 자기 몸에 무지했다. 아니, 누가 감히 의심하겠는가. 스물네 살의 파릇파릇한 몸에 암세포가 자라고 있을 줄을. 불행은 거기서 끝나지 않았다. 선고받기 며칠 전, 진헌이 운전하던 차에 사고가 일어났고, 동석했던 형과 형수가 죽었고, 그의 몸은 산산조각이 났다. 죽을 만큼 고통스러운 그에게 나도 죽을 만큼 힘들다고 말할 수가 없었다. 그의 위로를 들으려 고통을 몇 배로 얹어주고 싶지 않았다. 여린 외모와 달리 강단 있는 그녀는 열심히 계산했다. 자기가 살 확률, 치료 기간, 그의 치료 기간, 서울과 미국 간의 거리, 멀어진 거리를 사랑이 극복할 확률... 그녀는 결심하고 그에게 선언한다. 나 공부하러 미국에 가. 너한텐 미안하지만 지금 가야 돼. 지금 아니면 기회를 놓쳐. 3년만 기다려. 3년 뒤에 돌아올게. 꼭 돌아올게. 침상에서 일어나지도 못하는 그를 두고 MD 앤더슨 암센터가 있는 텍사스의 휴스턴(캘리포니아 한인촌에서 개업 중인 부모의 권유로)으로 그녀는 떠났다. 비행기 안에서 얼마나 울었는지 모른다. 다시 이 비행기를 타고 이 땅에 돌아올 수 있는 확률은 겨우 25%... 그를 다시 만날 수 있는 확률도 25%... 그녀는 0%가 아님을 다행으로 여기며 눈물을 거두었다. 그에게 돌아오기 위해, 약속을 지키기 위해, 꼭 살아야 한다고, 다짐 또 다짐했다. 위를 거의 다 들어내는 끔찍한 수술과 2년여에 걸친 항암치료도, 이방에서의 외로움도(퇴원 후 항암치료를 받는 동안은 아파트를 얻어 통원치료를 했고 그때는 혼자였다), 죽음에 대한 공포도 견디고 또 견뎠다. 그에게 살아 돌아가기 위해서... 결국... 그녀가 이겼다. 그녀가 돌아온다. 여전히 꽃처럼 아름다운 미소를 머금은 채 그에게 사랑을 갈구한다. 예전으로 돌아가자 한다. 헌데, 그에게는 사랑하는 여자가 있다고 한다. 꽃처럼 착하고 예뻤던 그녀, 죽음과 절대고독과 싸워 이긴 그녀, 이제는 삼순이라는 촌스럽고 뚱뚱한 여자와 싸워야 한다.

헨리 킴 (다니엘 헤니 扮) ♥-------- 30대 중반. 의사. 입양아 출신의 한국계 미국인.

텍사스 주립대학 MD 앤더슨 암센터 방사선과 전문의. 두 살 때 미국에 입양되어 지금까지 거기 살았다. 신앙심이 돈독한 양부모 밑에서 사랑을 듬뿍 받으며 자라 입양아라는 콤플렉스가 없다. 검은 머리이면서 서양의 합리적이고 과학적인 사고방식을 갖고 있고 신앙의 세례를 받아 온후하고 너그럽다. 한국말은 잘 못한다. 워낙 말수가 적어 말할 기회도 별로 없다. 암 치료차 서울에서 휴스턴까지 날아온 희진에게 반해 의사로서 남자로서 모든 사랑을 쏟아부었다. 하지만 희진이 자신을 사랑하지 않는다는 것을, 그저 의사로서 신뢰하고 존경한다는 것을 잘 안다. 진헌에게 돌아가기 위해 필사적으로 암세포와 싸우고 있다는 것도 잘 안다. 그래서 그녀에게 바라는 게 없다. 그저 옆에서 보살펴주며 자신의 사랑을 보여주는 것, 그것만으로 족하다. 희진이 갑자기 한국으로 돌아갔을 때, 5년이라는 완치 기준 햇수를 안 채우고 돌아갔을 때, 그는 처음으로 휴직계를 내고 뒤따라 한국에 들어온다. 그녀와 한 호텔에 머물면서 그저 주치의 자격으로 그녀를 보살피고 지켜준다. 그녀를 사랑하지만 구속하지 않는다. 그녀가 사랑하는 사람이 진헌이라면, 그와의 사랑이 이루어지기를 진심으로 바란다. 그는, 그저 그녀가 완치되어 건강을 되찾기를 바랄 뿐이다. 아직 2년이라는 시간이 더 남았는데 그 안에 재발하면 어떡하나, 그는 그게 걱정이다. 후에 희진은 자신이 진짜 사랑하는 사람은 헨리라는 사실을 깨닫게 된다. 6회 이후에 등장하며 사랑의 최고 가치를 보여주는 인물...

* 캐스팅 과정에서 본인이 아닌 엄마가 입양된 걸로 수정하였습니다.

민현우 (이규한 扮) ♥ -------- 30~33세. 삼순의 옛 연인. 건축설계사.

모델 버금가는 외모를 지녔다. 패션 감각도 뛰어나다. 진헌이 그늘 깊은 흑장미 같다면 이 남자는 티 한 점 없는 백장미 같다. 화사하고 명석한 남자다. 너무 화사해 여자도 많이 붙고 붙는 대로 바람도 많이 핀다. 솔직하다. 자신이 바람둥이라는 점, 나쁜 놈이라는 점을 인정할 만큼. 그러나 부드럽다. 진헌이 직선이라면 이 남자는 하나의 점이다. 점으로 사각형도 만들고 원도 만들고 삼각형도 만든다. 자유자재로 여자를 다룰 줄 안다. 언변이 좋아 가능하다. 자신의 과오를 말로 커버한다. 한 명 한 명 최선을 다해 사랑했노라고, 공자와 비트겐슈타인 등 동서양의 철학을 끌어들여(개똥철학일지언정 박식하긴 하다) 실존주의적 사랑(?)에 대해 설파한다. 듣다 보면 그는 바람을 피운 것도 아니요 나쁜 놈도 아니다. 그래서 여자들은 두 번도 속고 세 번도 속는다. 삼순이라고 용빼는 재주 있나. 자꾸 속으면서 진헌의 속을 새까맣게 태우게 된다.

장채리 (이윤미 扮) ♥ -------- 26세. 현우의 약혼녀.

예쁘고 늘씬하다. 꽃미남을 좋아한다. 꼬리 아홉 개쯤 감추는 건 식은 죽 먹기다. 분명 어딘가에 숨겨놓고 있다. 항상 퀸카여서 퀸카로서 마땅히 갖추어야 할 예의범절(?)이 몸에 배었다. 기업가의 딸로 오래전부터 진헌을 짝사랑했으나 최근 몇 년은 신부수업을 받으며 맞선 레이스를 벌여왔다. 그 결과 지금은 민현우와 결혼 준비 중이다. 핸섬하고 화사한 그가 몹시 마음에 들어 결혼에 필사적이다. 진헌과 그의 연인 희진의 러브스토리를 거의 다 알고 있으며 그걸 무기로 틈틈이 삼순을 괴롭힌다.

박봉숙 (김자옥 扮) ♥------- 50대. 삼순의 잔소리쟁이 알뜰쟁이 어머니.

갓 스물에 배곯기 싫어 방앗간집 장남에게 시집을 와 2년 터울로 딸 셋을 낳았다. 딸을 셋이나 키우느라 알뜰함이 몸에 배어 거의 살인적이다. 숟가락 하나 쌀 한 톨 허투루 버리는 법이 없고 손안에 들어온 건 꽉 움켜쥐고 절대 놓지 않는다. 이제 먹고살 만하니까 궁상 그만 좀 떨라고, 딸들은 그렇게 말을 하지만 천성적으로 타고난 알뜰함에다 딸 셋을 키우며 뼛속 깊이 밴 그 절약정신이 배부르고 등 따습다고 봄눈 녹듯 없어지겠는가. 오히려 야단을 친다. 궁상? 이 싸가지 없는 년들아! 니들도 시집가서 더도 덜도 말고 딱 셋만 낳아 키워봐! 이런 살림으로 궁상 안 떨고 니들 셋을 한꺼번에 키울 수 있을 것 같애?!

김이영 (이아현 扮) ♥------- 31세. 삼순의 언니. 똑똑한 개인주의자.

자매 중에 가장 튄다. 큰딸 일영과도 다르고 삼순과도 다르고 돌연변이 같다. 외모도 자매 중에 가장 낫다. 월등히 낫다. 키가 크고 늘씬하고 볼륨 있다. 슈퍼모델 같다. 아이큐 좋고 영민하고 센스 있다. 어려서부터 자기 잘난 걸 알아서 왕비 기질이 있다. 감정적이고 욱하는 삼순이와는 달리 매우 이성적이고 냉철한 데다 교양 상식이 풍부해 자매들에게 무슨 일이 생기면 귀신처럼 알아내고 분석하고 판단한다. 우아하고 교양 있게 충고해주는 걸 몹시 즐긴다. 그 영민함으로 좋은 대학에 갔고 미모와 지성을 갖춘 여자가 되어 남자들의 이상형이 되었다. 중학교 1학년부터 시작된 그녀의 연애사는 서른일곱 명의 남자를 거쳐 스물일곱 살에 마감된다. 모든 남자를 처분하고 맞선 모드로 전환, 냉철한 머리로 조건을 따져 대기업의 유망 샐러리맨인 지금의 남편과 스물여덟에 결혼했다. 그러나 중이 제 머리 못 깎는다고 해외 근무 나간 남편 따라 미국 가더니 달랑 이혼 서류 한 장 들고 돌아와 어머니한테 몽둥이찜질을 당한다.

나현숙 (나문희 扮) ♥-------- 50대 후반. 진헌의 어머니. XX호텔 사장.

강남에 소재한 무궁화 다섯 개짜리 초특급 호텔의 소유주이며 경영자다. 젊어서부터 친정아버지인 나 회장으로부터 사사를 받았고 호텔도 나 회장으로부터 물려받았다. 남편은 학문을 좋아하는 교수였으나 40대에 돌연사했다. 아이들에게 낭만적인 성향이 있다면 그건 남편의 몫이다. 큰아이 진태가 가장 그랬다. 그런데 그 아이가 죽었다. 기대했던 둘째 진헌은 죄책감에서인지 밖으로만 돈다. 남편 복 없고 자식 복 없는 팔자 센 여편네다. 가끔 문 걸어 잠그고 마리아 칼라스를 틀어놓고 가슴을 치며 대성통곡을 한다. 한바탕 그러고 나면 속이 후련하다. 그 힘으로 몇 달간 일에 매달린다. 이제 슬슬 진헌을 워밍업시켜 이 호텔을 맡기고 싶은데 이 아이는 레스토랑에만 미쳐 있다. 게다가 삼순이라는 이상한 여자아이에게도 미쳐 있다. 그녀는 진헌을 빨리 결혼시켜야 한다. 진태가 남겨놓고 간 손녀딸 미주에게 엄마 노릇 할 사람이 필요하기 때문이다. 진헌과 삼순의 연애가 가짜인 것 같아 사람을 붙여놓기도 한다. 속정이 깊지만 웬만해서는 드러내지 않는다.

윤현숙 (윤예희 扮) ♥-------- 40 전후. 우아하고 엽기적인 싱글. 나현숙 사장의 비서.

20대에 호텔에 들어와 Cashier, Front, Banquet 등 현장에서 근무하다가 서른 넘기면서 사무직으로 전환, 나현숙 사장의 비서가 된 지 10년째. 눈빛만 보고도 나 사장이 무엇을 원하는지 안다. 가끔 예고도 없이 사장실에서 마리아 칼라스가 터져 나오면 알아서 전화 따돌리고 스케줄 조정한다. 얼굴도 예쁘고 독신주의도 아닌데 싱글인 이유를 사람들은 모른다. 그녀도 몰랐다. 한때 결혼하고 싶어 안달했는데 사주만 보면 남편 없다는 얘기가 나오자 이젠 포기했다. 40대의 독신생활은 적적하고 밋밋하긴 하지만 속은 편하다. 몇 년 전에는 아예 나 사장 집으로 들어와 함께 산다. 그러니 공적인 업무뿐만 아니라 사적인 영역에서도 나 사장의 오른팔이다. 전혀 웃음기 없고 날카로운 얼굴인데 하는 짓은 다소 엉뚱하여 같이 있는 사람까지도 엉뚱하게 만든다. 나현숙 사장도 윤 비서와 함께 있으면 엉뚱해진다. 마침 나 사장과 이름이 같아 주위 사람들은 몰래 '숙자매'라고 부른다. 본인들만 모른다.

현미주 (서지희 扮) ♥-------- 7세. 진헌의 조카. 죽은 형의 딸.

진헌에게는 평생 가슴을 아리게 할 존재. 죽은 형을 대신해 아빠 노릇을 하지만 쉽지 않다. 사고 후유증인지 아직도 말을 못한다. 병원에서도 정신적인 문제라는 진단이 나왔다. 그저 아이가 알아서 입을 열 때까지 기다리는 수밖에 방법이 없다. 말을 안 하는 것 외에는 정상이고, 수줍음 많고 내성적이다. 일주일에 한 번 놀이치료에 참가한다. 진헌이 피아노 쳐주는 걸 좋아한다. 삼순이 아줌마도 좋아하게 된다. 그녀와 함께 케이크를 만들면서 말을 하기 시작한다. 케이크 만들기가 훌륭한 놀이치료가 되었던 것...

레스토랑 '보나뻬띠' 식구들

오 지배인 (여운계 扮) ♥-------- 60대 초반. 총지배인.

'보나뻬띠'에 오면 누구나 한 번씩 놀라게 되는데 홀 전체를 관장하며 미소 짓고 있는 총지배인이 환갑 넘은 할머니이기 때문이다. 처음에는 의아하고 낯설지만 한 번 다녀간 사람들은 할머니 지배인이 주는 편안함을 좋아하게 된다. 아들이 하나 있었지만 교통사고로 죽었다. 그 가해자가 진헌이다. 가해자와 피해자의 어머니로 만났지만 서로에 대한 연민이 있다.

뽈 (Paul-권해효 扮) ❤-------- Chef.

한국말이 유창하다. 이다도시만큼 수다스럽고 수선스럽다. 프랑스인(꼭 프랑스인이 아니어도 된다)이지만 동양적인 사고방식을 갖고 있다. 한국 여자들이 왜 그렇게 성형을 하고 화장을 하고 꾸며대는지 알 수가 없다. 열세 살에 요리학교에 들어가 요리경력만도 15년이다. 5년 전 중국에 배낭여행 왔다가 별책부록처럼 서울 구경 와서 지금까지 떠나지 못하고 있다. 그가 가장 좋아하는 한국말은 '인연'. 어디 붙어 있는지도 몰랐던 조그만 나라 한국에 이렇게 오래 있게 된 건 다 인연 때문이라고 생각한다. 같은 주방에 있는 삼순의 언니 이영과 연애한다. 꾸미기 좋아하는 그녀를 호통쳐 맨얼굴로 다니게 하고, 청바지에 티셔츠 달랑 걸치게 만들고, 10cm 하이힐 벗겨 운동화 신게 만든다.

*캐스팅 과정에서 한국 사람(이현무)으로 바뀌었습니다.

이인혜 (안미나 扮) ❤-------- 22세. 주방 베이커리.

요즘 아이 같지 않게 맑고 순진무구하다. 저 밑에, 전라남도 어느 도시의 관광 관련 전문대를 졸업하고 이곳에 취직이 되어 상경했다. 세상 물정 모르지만 자기만의 소박한 꿈과 줏대를 갖고 있어 어른스럽기도 하다.

장영자 (김현정 扮) ❤-------- 27세. 캡틴.

자기가 예쁜 줄 안다. 공주병이 중증이다. 나름대로의 미모를 무기로 진헌에게 눈독을 들인다. 당연히 삼순이가 눈엣가시다. 툭하면 으르렁대며 영자 씨! 삼순 씨! 하며 각자의 치부를 건드린다.

그 외 여러 분...

작가의 변*

로맨틱 코미디입니다.
힘 빼고 갑니다.
키득키득 웃으며 갑니다.
다만 두 발은 굳건히 땅을 디디며 갑니다. 우리는 새가 아니니까요.
다행히도 삼순이의 다리는 무척 튼튼하답니다.

작년 가을, 기획의도를 이렇게 썼더랬습니다.

<달콤하고, 예쁘고, 맛있고, 피로회복까지 해주는
봉봉 오 쇼콜라(초콜릿 과자) 같은 드라마...>

지금 마음, 그때와 같습니다.
맛있는 시간이 되었으면 합니다.

* 2005년 당시 MBC 홈페이지에 실린 글입니다.

용어정리

E	이펙트(Effect)의 약자로, 화면 밖에서 들리는 음향이나 대사 등의 효과를 말한다.
프레임 아웃	피사체가 화면 안에서 화면 밖으로 나가는 것.
(Na.)	내레이션(Narration)의 약자로, 인물과 상황에 대한 정보를 알려주는 목소리이다.
F.O	페이드아웃(Fade-Out). 화면이 점차 어두워지면서 장면이 바뀌는 것.
F.I	페이드인(Fade-In). 어두웠던 화면이 점차 밝아지는 것.
줌인	줌 렌즈의 초점 거리를 변화시켜 특정 부분을 잡는 것. 주로 감정적인 순간이나 중요한 요소를 강조할 때 사용한다.
인서트	화면의 특정 동작이나 상황을 강조하기 위해 삽입한 화면.
(F)	필터(Filter)의 약자로, 전화기 너머의 목소리 등을 표현할 때 쓴다.
디졸브	두 개의 화면이 겹치거나, 블랙이나 화이트 화면과 기존 화면이 겹치는 기법. 시간 경과나 장면(Scene)을 마무리할 때 사용한다.
플래시백	회상을 나타내는 장면. 지금 일어나고 있는 일의 인과를 설명할 때 쓰이기도 하고, 인물의 성격을 설명하기 위해 쓰이기도 한다.
O.L	오버랩(Overlap)의 약자로, 앞 장면에 겹쳐서 다음 장면이 나오는 기법.
몽타주	따로따로 편집된 장면들을 짧게 끊어서 붙인 화면.

1회

인생은 봉봉 오 쇼콜라가 가득 든 초콜릿 상자입니다

1. **자막 - 제1회 인생은 봉봉 오 쇼콜라가 가득 든 초콜릿 상자입니다**

2. **호텔 복도**(밤, 자막 2004년 12월 24일)

    - 화면 밝아지면 긴 복도가 나타난다. 서스펜스적인 분위기다.
    - 현우가 여자의 어깨를 안고 걸어온다.
    - 뒤에서 선글라스를 끼고 손뜨개 목도리로 얼굴 대부분을 가린 삼순이가 나타난다. 조심조심 현우를 미행 중이다.
    - 현우와 여자가 룸으로 들어간다.
    - 문이 닫히자 다다다 달려와 문에 바짝 귀를 대는 삼순. 문과 바닥 사이에도 귀를 대어보느라 납작 엎드린다. 바람난 남자를 미행하는 여자가 대부분 그렇듯이 추잡스럽다. 그걸 깨달았는지 곧 일어나는 삼순. 이게 다 무슨 소용이람... 삼순, 선글라스를 벗어든다. 눈물이 그렁한 채 문을 빤히 바라본다. 저 반대편에서는 지금 무슨 일이 벌어지고 있을까... 불온한 상상에 눈물이 툭 터질 것 같은데, 그러나 곧 눈물을 슥슥 닦는다. 눈빛이 처량함에서 살기로 바뀐다!

삼순 (복수의 화신처럼 잘근잘근 내뱉는다) 흥, 감히 나를 두고 바람을 펴? 방앗간집 셋째 딸 삼순이를 모독한 대가가 얼마나 끔찍한 건지 생생하게 보여주겠어. (가방 안에서 뭔가를 휙 꺼낸다. 신문지에 둘둘 만 칼이다. 눈을 번득이며 이를 간다) 오늘, 너 죽고 나 산다!

3. **호텔 룸**

- (욕실에서 샤워하는 소리가 흘러나오면서) 현우, 셔츠 단추를 두어 개 풀며 와인 리스트를 꼼꼼히 살펴본다. 잘생긴 얼굴과 여유와 귀티가 배어 있는 행동들... 곧 수화기를 들고 룸서비스 번호를 누른다.

현우 (예의 그 부드러운 말투) 여기 XXX혼데요, △△△ XX년산 한 병 부탁합니다. 거기 맞춰서 뭐 먹을 만한 거 알아서 보내주시구요. 예. (수화기 내려놓는데 초인종 울리자) 누구세요?
삼순 (변조한 목소리. E) 룸서비습니다.
현우 (벌써? 황당하다. 갸웃하며 나간다)

- 현우, 문 연다. 들이닥치는 삼순. 놀라서 펄쩍 물러나는 현우.

현우 너! ....
삼순 (노려본다)
현우 너, 어, 어떻게 여길...
삼순 (한 발 한 발 다가든다. 미저리 분위기다) 작년 크리스마스 때도 딴 여자랑 있었니?
현우 (강하게 부인) 아아니. 그땐 아버지 회사 창립 파티 (하는데)
삼순 (말 자르며) 재작년 크리스마스 때는?
현우 그때도 아버지 회사 (하다가) 회사 창립일이 하필이면 12월 24일이야. 알잖아.
삼순 (방 한가운데 멈춘다) 근데 오늘은 창립 파티 안 가고 여기서 뭐 해?

현우   (아차차!)
삼순   (미저리처럼 눈빛은 서늘한데 말은 나긋나긋하다) 어머, 어떡하니? 오늘이 12월 24일이라는 걸 몰랐구나? 쯧쯧, 요즘 조기치매가 무섭다더니. 녹차의 주성분인 카데킨이 치매예방과 치료에 탁월한 효과가 있다고 두루두루 유식한 자기가 가르쳐주구선? 앞으론 녹차 마~니 마셔 이 새끼야?
현우   (소름 끼친다) 너, 너 왜 이러니...
삼순   내가 왜 이러느냐고? 그걸 묻기 전에 니가 뭘 잘못했는지부터 생각해봐.
현우   (요설이 시작된다. 어떠한 상황에서도 지적이고 부드러운 말투!) 삼순아, 넌 지금 뇌 속의 브레이크가 고장 났어. 사소한 오해로 뇌 속의 질서가 무너져서 정신상태가 균형을 잃은 거야. 침착해. 안 그러면 넌 폭력을 멈출 수가 없어. 자, 심호흡을 해봐. 후우- 후우-
삼순   지랄 한번 제대로 이단옆차기 한다?
현우   (병!) ... 어, 어떻게 그렇게 심한 말을... 언어는 삶의 방식과 깊은 연관이 있어. 그 사람의 삶의 방식이 언어에 반영되거든? 그러니까 '지랄'이라는 상스러운 어휘를 구사하면 삼순이 니가 살아온 삶이 (하는데)
삼순   엠~병?
현우   (병!!!) 너, 타락했구나. 누구야. 누가 널 이렇게 만들었니?
삼순   (심은하처럼) 부셔버릴 거야.

    - 삼순, 칼을 확 치켜든다. 호텔 방의 부분조명 탓에 처키인형 같다.

룸서비스   (E) 실례하겠습니다.

4.   호텔 복도

    - 처키처럼 칼을 치켜들고 있던 삼순, 흠칫 놀라 돌아본다.

룸서비스   (별꼴이다) 들어갈 거 아니면 좀 비켜주시죠.
삼순   (정신을 차리고 보니 문 앞에서 그러고 있었다. 아무 짓도 안 한 척 우아

하게 딴청 하며 간다. 초인종 소리에 이어 현우의 목소리가 들린다)
현우 (E) 누구세요.
룸서비스 (E) 룸서비습니다.

- 삼순, 현우의 목소리에 놀라 허둥지둥 도망을 간다. 아- 현우가 나를 보면 어떡하지? 비참한 내 모습을 들키면 어떡하지? 상상 속의 당당함은 온데간데없이 '어뜩해 어뜩해' 하며 필사적으로 뛴다. 그러나 하이힐 신은 발목이 꺾이며 철퍼덕 온몸으로 엎어진다. 넘어지면서 신문지말이를 놓치자 그 안에서 흉기가 튀어나온다. 칼이 아닌 감자깎이다. 재빨리 뿔뿔뿔 기어가 감자깎이를 주워드는 순간, 철컥! 문 따는 소리! 삼순, 카펫 바닥에 넙죽 엎드린다. 할 수만 있다면 바닥이 되고 싶다.
- 문 열어주던 현우, 무심코 삼순 쪽을 보게 된다. 뭔가 이상하다. 갸웃.. 하더니 걸어오기 시작한다.
- 누군가 다가오는 게 느껴진다! 삼순의 눈동자가 불안하게 굴러다닌다. 현우면 어떡하지? 어떡해... 눈을 질끈 감아버린다.
- 다가온 현우, 삼순을 내려다보고 있다.
- 스커트 차림으로 해삼처럼 바닥에 눌러붙어 손에는 감자깎이를 쥐고 나 몰라라 생까고 있는 해괴망측한 삼순!
- 현우, 삼순의 앞에 쪼그리고 앉는다. 푸욱 한숨만 나온다.
- 삼순, 차마 눈은 못 뜨고 안면근육만 움찔거린다.

현우 삼순아.
삼순 (눈 감은 채 이크!)
현우 (차분한) 일어나.
삼순 ...
현우 여기서 밤샐 거니?
삼순 ...
현우 그만하고 일어나. 우리 할 얘기 있잖아.
삼순 (어느새 목이 메었다) 내가 어떻게 일어나.
현우 일으켜줘?
삼순 쪽팔려서 어떻게 일어나냐구 이 나쁜 자식아. 어엉- (울음 터트린다)

5.   호텔 커피숍

- 마주 앉은 삼순과 현우. 현우는 부드럽고 차분하게, 삼순은 가시 돋쳐서, 기관총 연사하듯이 쉴 틈 없이 대화를 주고받는다.

현우   언제부터 알았니.
삼순   한 달 전쯤에.
현우   어떻게.
삼순   현우 씨 핸드폰 문자 봤어.
현우   혹시 위치확인 같은 것도 했니?
삼순   (잠시 생각하다가 끄덕끄덕)
현우   (표정 굳는다) ... 근데 왜 말 안 했니 한 달 동안.
삼순   (왠지 주눅 든다) ... 어떻게 해야 될지 몰라서.
현우   넌 한 달 동안 나를 속였어. 내 핸드폰을 감시하고 위치확인까지 하면서 시침 떼고, 오늘은 미행까지 하고.
삼순   (이런 적반하장이) ! ... 내 남자가 변했는데 그 정도도 안 하면 그게 여자야? 현우 씨 변한 지 오래됐어. 툭하면 핸드폰 꺼놓고 잘 받지도 않고 문자 씹고, 바쁘단 핑계로 만나주지도 않고. 지난달엔 23일 만에 만났어, 그것도 내가 회사 앞으로 찾아가서. 연락도 없이 불쑥 찾아왔다고 현우 씨 얼마나 짜증 부렸는지 기억나? 옛날엔 그렇게 찾아가면 좋아했잖아. 거기다 오늘은 크리스마스이브야. 이런 날도 혼자 내버려두는데, 그럼 난 어떡해야 돼? 처분만 바라고 가만있을까?
현우   그래서, 배신감 들었니?
삼순   그래!
현우   원망스럽니?
삼순   그래!!
현우   신뢰도 무너지고.
삼순   입 아퍼!!
현우   예전하고 같을 순 없겠구나.

삼순	당연하지!!
현우	그럼 헤어지자.
삼순	???!!!
현우	이렇게 서로 우스운 꼴로 헤어지긴 싫었는데 어쩔 수 없구나. 한동안 무심하게 대한 거, 인정한다. 미안하다. 변명은 안 하겠다.
삼순	(이게 아닌데! 온몸이 떨린다) ... 내가, 싫어졌니?
현우	아니.
삼순	아까 그 여자, 사랑하니?
현우	아니.
삼순	(버럭) 근데 왜?!!! (눈물이 고인다)
현우	(피곤한 표정이 된다)
삼순	말해, 이 자식아! 이유가 뭔데!
현우	헤어지잔다고 그렇게 욕을 해대는 건 반지성적인 행동이라는 걸 상기해 줬으면 좋겠다.
삼순	(눈물 글썽한 채) 옛날엔 시원시원하다고, 재밌다고, 많이 하라 그랬잖아 이 나쁜 놈아. 내가 욕할 때마다 흥분된다고 그랬어 안 그랬어, 이 말탱구리야!!!

- 아- 너무 컸다! 사람들이 모두 쳐다보는 가운데 삼순과 등을 맞대고 있는 남자는 푸하! 하고 웃기까지 한다.

현우	(끙.. 곤혹스럽다) 여긴 콩코르드 광장이 아니야. 한 옥타브 낮춰.
삼순	나 지금 눈에 뵈는 거 없어. 이유가 뭐야, 빨리 말해. 현우 씨 박식하고 유식한 거, 나 알고 하늘 알고 다 아니까 어려운 말 쓰지 말고 내 수준에 맞춰서 간단하게 말해. 은유법, 비유법, 직유법, 그런 개수작 부리지 말고 쉽게 말해. 수학, 철학, 논리학, 천문학, 엿 같은 소리 집어치우고 몸통만 말해.
현우	(말이 안 통하는군, 한숨 쉬고는) 안 되겠다. 지금 네 몸속에는 흥분과 폭력을 유발하는 호르몬이 가득 차 있어. 그게 빠지면 그때 얘기하자. 미안하다, 못 데려다줘서. (일어나 간다)

- 삼순, 눈물 고인 채 쳐다본다. 이게 마지막일 것이다. 다시는 저 얼굴을 볼 수 없겠지... 주체할 수 없는 무언가가 가슴으로부터 터져 나온다.

삼순 (벌떡 일어나며) 날 사랑하긴 했니?!

- 커피숍 안에 그 말이 울려 퍼진다. 모든 손님들과 모든 종업원이 쳐다본다.
- 마지막으로 현우가 우뚝 서더니 돌아본다.

삼순 (눈물이 앞을 가리고 목은 잔뜩 메인 채) 3년 동안, 흑.. 넌 한 번도 사랑한단 말을 해준 적이 없어... 날 사랑하기나 한 거야?

- 사람들이 일제히 현우를 쳐다본다. 여자 울린 그를 모두들 개새끼 보듯 한다.
- 품위는 물 건너갔다. 현우, 사람들 시선은 아랑곳없이 뚜벅뚜벅 테이블로 다가온다.
- 케이크 먹던 젊은 여자도, 웨이터도, 점잖은 할머니도, 인형을 안은 여자아이도, 시가를 문 외국인도, 모두들 미동 없이 쳐다본다. 어떻게 될지 너무 궁금하다.

현우 (다가와 멈춘다)
삼순 (잔뜩 긴장한)
현우 ... 사랑했다.
삼순 ! ...

- 어디선가 휴- 안도하는 소리가 들린다.

현우 사랑했다, 볼이 통통한 여자애를. 세계 최고의 파티쉐가 되겠다고 파리 시내 베이커리란 베이커리는 다 찾아다니던 여자애를 사랑했다. 꿈 많고, 열정적이고, 활기차고, 항상 달콤한 냄새를 묻히고 다니는 여자애를 사랑했다. 그런데...

삼순   (그런데?)
현우   내 사랑은 여기까진데 왜 여기까지냐고 보채면 난 어떡해야 되니?
삼순   ! ...
현우   미안하다, 여기까지라서. (돌아서서 나간다)

- 젊은 여자애 하나가 얼결에 박수를 치다가 머쓱해서 곧 멈춘다. 몇몇 여자들이 '어머 멋있다'고 속닥인다.
- 삼순, 다리가 풀려 자리에 털썩 앉는다. 멍한 눈가에 눈물이 한 가득이다.
- 힐긋힐긋 사람들이 연민으로 쳐다보는 가운데 웨이터가 붉은 와인 한 잔과 티라미슈 한 조각을 서빙한다. 삼순이 쳐다보자,

웨이터   힘내시라는 저희 지배인님의 배렵니다. (주먹으로 파이팅 해주고 간다)

- 삼순, 그제야 정신 차리고 눈물 훔치며 주위를 둘러본다.
- 마법에 걸린 걸까? 실내의 모든 사람들이 삼순을 향해 파이팅!을 해준다.
- 삼순, 더 비참해진다. 와인을 단숨에 마시고는 일어나 나간다.

6.   호텔 옥상 & 룸

- 난간에 서 있는 삼순. 목도리가 바람에 휘날린다. 그녀의 어깨 너머로 도심의 야경이 휘황하다. 크리스마스이브의 화려함이...
- 삼순, 두 팔을 벌린다. 두 눈을 감는다. 그리고 한 치의 망설임 없이, 아주 유연하게, 바람에 몸을 맡긴다. 프레임 아웃.
- 추락하는 삼순이... 슬픈 미소를 지은 채 도심의 야경 속으로 파묻혀간다...

삼순   (마음의 소리. E) 현우 씨... 날 잊지 말아줘. 죽는 건 괜찮지만 당신 기억 속에서 잊혀지는 건 견딜 수가 없어. 부디 행복해야 돼... 사랑해 현우 씨...

(문득 공중에서 뚝 멈춘다. 휙 고개 들면서) 이럴 줄 알았지?

- 여자와 한창 정사 중이던 현우, 무심코 고개 들다가 창문 밖 삼순이와 눈이 마주친다. 딱 걸렸다! 놀라서 화다닥 여자에게서 떨어져 나가는 현우.
- 삼순의 눈이 땡~ 빛난다. 레이저빔이라도 나올 것 같다. 말을 잘근잘근 씹는다.

삼순　내 눈을 똑똑히 봐. 이 눈으로 평생 너를 쫓아다닐 거야. 밤이면 밤마다 꿈속에 나타나 괴롭힐 거야. 바람난 너 땜에 내가 얼마나 울었는지 알아? 흥, 이젠 니 차례야. 한번 당해보시지, 불면의 밤이 얼마나 고통스러운지! 내가 이 여자를 왜 버렸을까, 평생 땅을 치고 후회할걸? 이게 사랑이냐고? 개뿔? 미안하다, 내 사랑도 아까 그 커피숍에서 끝났다! 안녕, 한때 내가 미치게 사랑했던 개자식아!

- 다시 추락하는 삼순의 몸.

7.　　호텔 앞

- 쿵 떨어지는 삼순. 적막...
- 행인들이 무심히 삼순을 지나쳐 간다. 고요...
- 거리를 휘도는 싸늘한 겨울바람...
- 이윽고, 삼순의 눈에서 한줄기 눈물이 흘러내린다.

삼순　(마음의 소리. E) 이게 다 무슨 소용인데... (눈을 뜬다. 눈물이 그렁하다. E) 부모님이 돌아가셔도 장례 치루면 먹고사느라 바쁘고, 지 자식 낳아준 마누라도 돌아서면 남남인데 니가 뭐라고 너를 평생 기억해.

8.　　동 커피숍

- 와인이 그대로 있다.
- 입술을 앙다물며 간신히 울음을 참고 있는 삼순.

삼순 (마음의 소리. E) 헤어진 남자 기억 속에 들어앉아 있는 건 또 무슨 의미고. 그건 추울 때 마시는 오뎅 국물보다 더 값어치가 없는 거야, 알어? (서러움이 격해져 입을 틀어막고 뛰쳐나간다)

9. 호텔 로비 화장실

- 터지려는 울음을 틀어막고 다급히 들어오는 삼순. 가운데 칸으로 들어가 문을 닫는다. 흐느낌 소리가 들린다. 흑... 그러면서 옷 벗는 소리가 들린다. 뭘 많이 벗는 것 같다. 벽에 쿵 부딪히기도 하고, 울음이 본격적으로 터지기 직전의 흑 소리가 간헐적으로 들린다. 다 벗었는지 변기에 앉는 소리가 들린다.
- 마악 벗어서 옷걸이에 걸어둔 코르셋이 보인다. 마치 곤충이 벗어놓은 허물처럼 펑퍼짐한... 삼순, 코르셋을 벗고 다시 입은 블라우스의 단추를 잠그며 흐느끼고 있다. 울음이 격해져 단추 잠그기를 포기한다. 결국 소리 내어 울기 시작한다. 다 끝났다. 타오르던 불꽃은 꺼지고 환희도 기쁨도 사라졌다. 버려진 자의 아픔만이 남았다. 한번 소리가 터지자 무서울 게 없다. 울음소리가 더 커진다. 엉엉... 엉엉... 엉엉...

삼순 (Na.) 그런 적이 있었다. 이 세상의 주인공이 나였던 시절. 구름 위를 걷는 것처럼 아득하고 목울대가 항상 울렁거렸다. 그 느낌이 좋았다. 거기까지 사랑이 가득 차서 찰랑거리는 것 같았다. 한 남자가 내게 그런 행복을 주고 또 앗아갔다. 지금 내가 울고 있는 건 그를 잃어서가 아니다. 사랑... 그렇게 뜨겁던 게 흔적도 없이 사라진 게 믿어지지 않아서 운다. 사랑이 아무것도 아닐 수도 있다는 걸 알아버려서 운다. 아무 힘도 없는 사랑이 가여워서 운다.

- 까만 마스카라가 번져 검은 눈물이 흘러내린다. 손바닥으로 슥슥 닦자 검은 눈물이 온 얼굴에 번진다. 그때 노크 소리. 삼순, 상관 않고 운다. 두 번째 노크 소리. 그냥 운다. 세 번째 노크 소리. 힐긋 쳐다본다. 손기척 하기에는 너무 멀다.

삼순   있어요. 엉엉...

- 네 번째 노크 소리.

삼순   (짜증) 있어요오- 허어엉...

- 다섯 번째 노크 소리.

삼순   (왕짜증) 있다구요오!

- 여섯 번째 노크 소리.

삼순   (왈칵 화가 난다) 귀먹었어요? 있어요, 사람 있다구요! 나 방금 실연당해서 눈에 뵈는 거 없으니까 그냥 놔둬요 에?

- 화를 내자 울음이 더 크게 따라 나온다. 엉엉엉... 일곱 번째 노크 소리.

삼순   (폭발! 벌떡 일어나며) 누구야! 나랑 해보겠다는 거야 지금? (발로 문을 뻥 찬다!)

- 슬로우로 문이 열린다. 마치 알리바바의 문처럼... 문이 열리며 한 남자의 모습이 느린 화면으로 나타난다. 고급스런 캐주얼 양복을 빼입고, 패셔너블한 도트 무늬 넥타이를 매고, 하얀 얼굴, 도도하게 30도쯤 쳐든 턱, 서늘한 눈매... 진헌이다. 그 뒤에서 크리스마스이브라고 양복을 멋지게 차려입은 남자 서너 명이 힐긋힐긋 보고 있다.
- 어리둥절한 삼순, 너무 놀라 입이 쩍 벌어진다! 얼굴엔 검은 눈물! 채

　　　　　잠그지 못한 블라우스 사이로는 허연 가슴!

진헌　(미간 찌푸리며) 뭡니까 아줌마. 변태예요?
삼순　(뭐? 변태?)
진헌　(재빨리 가슴을 훑고는) 아니면, 남자화장실에서 수유 중입니까?
삼순　(수유? 얼른 가슴을 본다. 아뿔싸! 얼른 가슴을 가리고 쾅 문을 닫는다)

　　　- 남자화장실이었구나! 이런 개망신이 있나! 몰라 몰라 몰라 난 몰라! 머리카락을 움켜쥐고 소리 없는 비명을 지르는 삼순.
　　　- 진헌, 종이타월로 아직 물기 남아 있는 머리와 옷 등을 닦는다. 그러다가 아! 뭔가 떠올라 가운데 칸을 돌아본다. 아까 커피숍의 그 여자구나. 참 한심하다는 표정이더니 다가가 노크를 한다.
　　　- 삼순, 노크 소리에 으헉! 놀라 그만 주저앉고 만다.

진헌　(높낮이 없이 냉랭하게) 이런 날 남자가 다른 여자랑 호텔에 왔으면 게임 끝난 겁니다. 다음부턴 왜 그랬냐고 묻고 따질 것도 없이 정강이 한 번 걷어차고 끝내세요. 세상에 널린 게 남자고, 남자, 다 거기서 거기예요. 여자도 마찬가지지만. (간다)

　　　- 삼순, 병- 하다. 방금 무슨 일이 있었던 거지?

10.　호텔 로비

　　　- 화장실에서 나와 현관으로 향하는 진헌. 속내를 알 수 없는 특유의 도도한 표정...

11.　호텔 커피숍(#5)

　　　- 진헌은 귀티 나고 예쁜 맞선녀와 마주 앉아 있다.

진헌   이런 경우 채원 씨는 어떻게 하겠어요?
맞선녀 (벌써 몇 번째 틀렸지만 아직은 봐준다. 미소로) 채원이가 아니고 채운이요.
진헌   아, 실례. 채운 씨 같으면 내 남자가 다른 여자랑 호텔에 왔다가 들켰다, 어떡하시겠어요?
맞선녀 (미소) 글쎄요... 그런 비극적인 생각은 안 해봐서...
진헌   (끄떡끄떡) 비극적이라...

  - 그때, 진헌과 등을 맞대고 앉은 삼순의 목소리가 들려온다.

삼순   (E) 내 남자가 변했는데 그 정도도 안 하면 그게 여자야? 현우 씨 변한 지 오래됐어. 툭하면 핸드폰 꺼놓고 잘 받지도 않고 문자 씹고... (이하 계속 들리면서)
진헌   저런, 여자가 좀 눈치가 없네요. 전화를 안 받으면 벌써 종친 건데. 안 그래요?
맞선녀 (슬슬 화가 난다. 그래도 참는다) 그건 그렇고 지금 하시는 일은 재밌으신가봐요?
진헌   (건성) 일을 재미로 하나요? 먹고살자고 하는 거지.
맞선녀 (저거 지금 나를 놀리는 거지? 또 참고 미소로) 네에... 그런데 호텔엔 언제쯤 들어가실 계획이세요? 어머님이 많이 기다리시는 것 같던데.
현우   (E) 그럼 헤어지자.
진헌   이런, 남자가 먼저 헤어지자고 하네요?
맞선녀 (드디어 붉으락푸르락)
삼순   (E) 내가, 싫어졌니?
진헌   그걸 이제 아셨나.
삼순   (E) 아까 그 여자, 사랑하니?
진헌   그건 상관할 바 아니지.
삼순   (E) 근데 왜?!!!
진헌   (깜짝 놀란다!) ...
맞선녀 (화가 나서 푸르딩딩)

삼순	(E) 옛날엔 시원시원하다고, 재밌다고, 많이 하라 그랬잖아 이 나쁜 놈아. 내가 욕할 때마다 흥분된다고 그랬어 안 그랬어, 이 말탱구리야!!!
진헌	(푸하! 웃는데... 물세례! 윽! 순간 놀랐다가 올 것이 왔구나 하는 표정으로 쳐다본다)
맞선녀	(일어나 물컵의 물을 끼얹은 뒤다) 너, 이 바닥에 좌악 소문난 거 모르지? 무례하고 건방지고 안하무인이라고. 맞선 보기 싫음 너희 어머니하고 너희 집에서 해결해, 여자들 헛수고 시키지 말고. (간다)
진헌	(이제 끝났군, 냉랭한 미소를 지으며 린넨으로 물을 닦는데)
삼순	(E) 날 사랑하긴 했니?!
진헌	(돌아본다)

12. **호텔 현관 앞(현재)**

- 모범택시가 달려와 멈춘다.
- 기다리고 있던 진헌이 올라타고 택시는 곧 떠난다.
- 삼순이 회전문 밀고 나온다. 택시 안 기다리고 처벅처벅 걷다가 뭔가를 발견하고는 다가온다.
- 널브러져 있는 삼순의 시체. 깨진 사랑의 파편 같다.
- 삼순, 망연하게 자신의 시체를 내려다본다. 시체는 우스꽝스럽고, 바라보는 삼순은 참담한...

삼순	(Na.) 연애의 뒷모습이 이런 거라면, 이렇게 우스운 거라면... 다시는 사랑 따위 하지 않겠다. 다시는...

- 삼순, 다 털어버리듯 씩씩하게 걸어간다.
- F.O

13. **수영장(낮, F.I)**

- 힘차게 수영하는 진헌.

14. 샤워실

- 샤워를 한다.

15. 오피스텔 전경

- 경희궁 전경... 에서 카메라 빠지면 최신식 오피스텔이 보인다.

16. 오피스텔 안

- 스킨을 바른다. 머리 손질을 한다. 속옷을 입는다. 시계 끼고, 와이셔츠 입고, 커프스 달고, 넥타이 골라 매고, 양복 갖춰 입고, 식탁에 있던 배달 되어 온 녹즙을 마시고, 신발장에서 구두를 꺼내고, 신고, 나가다 말고 돌아서서 신발장의 거울 보며 도도하게 치켜뜬 눈으로 마지막 점검을 하고 나간다. 지금까지 한결같은 표정, 도도함이 섞인 무덤덤...

17. 레스토랑 '보나뻬띠-Bon Appetit' 앞(동 낮)

- 모범택시가 달려와 멈춘다. 내려서 들어가는 진헌. 테라스를 청소하던 웨이터들이 인사한다. 끄떡 목례하며 들어가는 진헌.

18. 보나뻬띠 안

- 현관문이 활짝 열린다. 마치 마법의 성이 열리는 것처럼! 진헌의 시점

으로 카메라가 들어간다. 테이블 세팅 중이던 웨이터와 웨이트리스들이 제각각 인사를 한다. 자유로운 듯하면서도 예의 바르게. 카메라는 그들을 하나하나 지나치며 거침없이 안으로 들어간다.
- 주방 문이 열린다. 카메라가 역시 성큼 들어간다. 주방 직원들도 각자 자기 일 하다가 인사하고 또다시 자기 일에 몰두한다. 활력이 느껴진다. 카메라는 이들을 지나쳐 또 안으로 들어간다.

19. **사무실**

- 사무실 문이 열린다. (사장실은 사무실 옆에 따로)
- 걱정스럽게 뭔가 상의하고 있던 오 지배인(60 초)과 쉐프 이현무(30 중)가 돌아본다. 60이 넘은 오 지배인은 하얀 와이셔츠에 검은 유니폼 정장을 입고 나비넥타이를 하고 백발이 성성한 머리는 단정하게 빗어 넘겼다.
- 들어서던 진헌, 분위기를 감지한다.

오 지배인	오셨습니까.
현무	날씨는 좋은데 좋은 아침은 아니네.
진헌	그런 것 같네요. 무슨 일이에요?
현무	앙리가 오늘 아침 비행기로 파리로 돌아갔어.
진헌	? 왜요?
오 지배인	어머니가 심장마비로 돌아가셨답니다.
진헌	(저런!) ... 안됐네요... 언제쯤 돌아올 수 있대요?
현무	그게 문제야, 다신 돌아오지 않겠대.
진헌	! ...

20. **결혼정보업체(동 낮)**

- 삼순, 전근대적으로 생긴 커플매니저(남자)와 마주 앉아 있다.

매니저	(신상명세 보며) 아버지는 안 계시고 세 자매 중의 셋째 딸... 소유 부동산은 단독주택 한 채... 누구 명의로 돼 있어요?
삼순	어머니요.
매니저	(적는다) 어머니... 몇 평이에요?
삼순	네?
매니저	집이 몇 평이냐구요.
삼순	안 재봐서 모르는데요.
매니저	(누가 그런 걸 재봐) 등기부등본에 나와 있잖아요.
삼순	안 봐서 모르는데요.
매니저	지금 날 놀리는 겁니까?
삼순	아뇨.
매니저	(웃기는 여자군!) 큼... (신상명세 보며) 최종학력은 숭의여고 졸업에 르 코르동 블루 이수라... 이게 뭐죠?
삼순	(자랑스럽게) 파리에 있는 요리학교예요. 100년이 넘는 전통을 갖고 있죠. 전 거기서 제과 분야를 이수했구요.
매니저	어쨌든 고졸이고.
삼순	(뭐시라?)
매니저	월수는... (펄쩍 뛴다) 아니 이럴 수가! 월수입이 빵 원이네요?
삼순	(난처해진다) 지금은 잠깐 쉬는 중이거든요. 금방 취직할 거예요. 워낙 전문직이니까. (방긋 웃어준다)
매니저	그걸 어떻게 장담하죠?
삼순	네?
매니저	나이는 서른에 고졸이면서 편모슬하인 뚱녀를 받아줄 회사가 과연 몇이나 될까요?
삼순	(눈이 홀떡 뒤집어진다) 뚱녀요? 아, 아니 이봐요 아저씨, 아니 매니저님. 저는 지금 회원 가입하러 온 거예요. 당신네 회사 상품을 팔아주러 온 거라구요. 그런데 손님한테 이런 무례한 회사가 세상에 어딨어요?
매니저	이봐요, 김삼순 씨. 그러고 보니 이름도 참 거시기하네. 어쨌든 삼순 씨, 세상 물정을 너무 모르는 것 같아서 알려주는데, 얼굴에 손 댔어요 안 댔어요.

삼순   백 퍼센트 자연산이에욧!

매니저   이것 봐 이것 봐, 양심 없는 것 좀 봐. 어떻게 요즘 같은 시대에 손 한 번 안 댈 수가 있어 그 얼굴에?

삼순   (폭발 일보 직전!) 뭐예요? 뭐 이런 개뼉다구 같은 회사가 다 있어?

매니저   댁도 만만치가 않네요. 이런 조건으로 결혼을 할 수 있다고 생각하세요? (하며 비디오테이프를 탕 내놓는다) 파니핑크라는 영화예요. 초절정 리얼리티 노처녀 영화라고 할 수 있죠. 거기에 보면 이런 대사가 있어요. 여자 나이 서른에 연인을 만나기란 길 가다가 원자폭탄을 맞는 것보다 어렵다! 한 세기가 넘는 영화 역사상 최고의 명대사라고 할 수 있죠. 노처녀를 이렇게 직설적이고 리얼하게 표현한 대사는 없었으니까요. 그러니까 집에 가서 발 닦고 이거나 보세욧, 결혼할 생각 꿈에도 하지 말고!

삼순   (못 참고 벌떡 일어난다) 이 영화를 지금 리메이크하면 아마 서른을 마흔으로 고쳐 쓸걸요? 요즘 서른은 옛날 스물이나 마찬가지라는 걸 아셔야지!

매니저   (벌떡 일어나 눈을 맞대고) 그건 여자들 생각이고, 우리 남자들 생각은 쌍팔년도에서 한 치도 나아진 게 없다는 걸 아셔야지! 여잔 일단 어리고 이뻐야 돼욧!

삼순   오오 그러셔? 니들 남자들은 안 늙니? 뱃살 축 늘어져가지고 영계 찾으면 안 비참하니? 곱게 늙어야지 아저씨들아. 그리구 뭐? 뚱뚱하다구? 그래, 나 뚱뚱해. 케일이랑 초콜릿 만드는 게 내 직업인데 그럼 안 뚱뚱하고 배겨? 백수라고? 그게 내 잘못이야? 경제 죽인 사람들 다 나오라 그래!

21.   **결혼정보업체**

- 소파에 앉아 졸다가 컥, 목이 꺾여 잠이 깨는 삼순. 침 고인 입을 다시며 주위를 둘러보다가 커플매니저가 다가오자 어? 저 자식! 슬그머니 째려본다.

매니저   (꿈과는 정반대로 나긋나긋한) 저희가 잠깐 상의를 해봤는데 김삼순 씨는 특별관리 회원으로 등록하시는 게 좋을 것 같습니다.

삼순	? 그게 뭔데요?
매니저	성사될 때까지 무한공급을 받는 겁니다. (은근하게) 남자를 밑도 끝도 없이!
삼순	(아, 구미가 당긴다. 은근하게) 근데 밑도 끝도 없으면, 밑도 끝도 없이 비싸지 않을까요?
매니저	물론 그렇죠. 하지만 평생을 좌우하는 결혼인데 그 정도 투자는 하셔야죠.
삼순	얼만.. 데요?
매니저	(빙긋) 9백9십9만 원입니다.

22. 달리는 버스 안(동 낮)

- 의자에 앉아 졸다가 쿵! 창에 머리 찧고 잠 깨는 삼순.

삼순 (비몽사몽) ... 무슨 꿈이 미니시리즈네...

- 삼순, 정신 차리고 자세를 단정히 한다. 면접 보러 가느라 잘 차려입고 무릎에는 케이크 상자가 놓여 있다. 문득 인상 찌푸린다.
- 앞 의자 등판에 붙은 결혼정보업체 광고. 꿈속의 커플매니저가 사장인 듯 서 오라고 두 팔 벌려 웃고 있다.

삼순 만 원 빠진 천만 원을 평생 철이 안 드는 수컷들한테 바치라구? 흥, 제대로 웃겼어 아저씨!

23. 나 사장 호텔 전경(동 낮)

24. 호텔 로비

- 나 사장(50 초), 윤 비서(40대)를 대동하고 들어온다. 진헌이 뒤따라온다.

나 사장   우리 델리에서 베이커리류를 산다고? (프런트맨들이 깍듯하게 인사하자 우아하고 세련된 모습으로 인사받아가며 엘리베이터로 향한다)
진헌   (어머니한테조차도 깍듯하고 냉랭하다) 어머니가 갑자기 돌아가셔서 아침 비행기로 갔는데 다신 안 돌아오겠답니다. 그동안 향수병에 시달렸거든요. 새 파티쉐 구할 때까지만 여기서 사다 쓸려구요.
나 사장   우리 델리, 서울에서도 다섯 손가락 안에 든다. 품질 좋고 비싸기로.
진헌   알아요. 당분간 마진은 포기합니다.
나 사장   너 그거 아니? 호텔을 제외하고 우리나라 프렌치 레스토랑에서 외국인 주방장을 쓰는 경우는 딱 한 곳이야.
진헌   하나 더 있어요 이태원에. 조그만 비스트로긴 하지만 사장도 주방장도 프랑스 사람들이죠.
나 사장   어쨌든 연봉이 안 맞아서 쓸 수가 없다더라. 그런데 넌 주방장도 아닌, 겨우 케익하구 과자 만드는 파티쉐를 외국인을 쓰고 있으니 업계에서 비웃는 건 당연하지 않겠니?
진헌   겨우라뇨. 프랑스에서는 김치 같은 음식들이에요. 전 가짜 요리 안 만듭니다.
나 사장   (엘리베이터 앞에 멈추어 흘긴다) 잘난 척은? 분에 넘치니까 하는 소리야. 매출에 비해 순익도 낮고.
진헌   재밌어서 하는 거지 떼돈 벌 생각 없어요.
나 사장   잘났구나 아주, 에미 돈으로 판 벌려놓구.
진헌   다 갚았잖아요.
나 사장   (계속 못마땅하다)

- 엘리베이터 문 열리고 셋이 모두 탄다.

25.   엘리베이터 안

나 사장   김 회장님 손녀딸, 다음 주에 결혼한다더라. 기름건설 장남하고.

진헌	? 그게 누군데요?
나 사장	(흘긴다) 니가 작년 크리스마스에 퇴짜 놓은 아가씨!
진헌	(아, 기억난다) 전 참석 안 해도 되죠?
나 사장	(약이 오른다) 도대체 결혼은 언제 할 거야? 내년 봄이면 미주 초등학교에 입학하는데 손잡고 학교 갈 숙모라도 있어야 거 아냐?
진헌	제가 볼 거예요. 제가 손잡고 입학식 가고 자모회도 나가고 급식 때도 제가 가서 밥 퍼주고 국 퍼주고, 그러니까 맞선 좀 그만 보죠.
나 사장	맞선 보기 싫으면 결혼해.
진헌	디너 얼마 안 남았어요. 빵 주세요.
나 사장	얘긴 하겠지만 크리스가 안 된다 그러면 나도 어쩔 수 없어.
진헌	크리스가 저 좋아하잖아요. 전화만 넣어주세요.
나 사장	(표정 험상궂어지더니 갑자기 진헌의 등짝을 빽! 친다)
진헌	억! (거의 주저앉는다)
윤 비서	(힐긋 봤다가 무간섭. 니힐한 묘한 표정의 소유자다) ...
나 사장	(아픈 손목을 부여잡고) 나쁜 자식. (버럭) 언제까지 이러고 다닐 거야? 당장 걷어치우고 들어와!
진헌	(가끔 있는 일이다. 귀찮은 표정이 역력하다)
나 사장	야 이놈아, 별 다섯 개짜리 호텔 놔두고 달랑 하나 있는 아들이 나가서 레스토랑 한다 그러면 사람들이 뭐라 그러는 줄 알아?
진헌	엄마는 여관장사, 아들은 밥장사.
나 사장	뭐? (분기탱천해 핸드백으로 퍽퍽 때리며) 이놈이 에미를 놀려? 이 미련한 놈아, 너는 뭐 천년만년 20대일 줄 알아? 서른 넘으면 금방 마흔 되고 쉰 돼 이놈아! 다 늙어서 남들 사장, 회장 소리 들을 때 그때 경영수업 받을 거야?

    - 진헌, 여전히 무심한 표정의 윤 비서를 방패막이 삼지만 고스란히 맞는다. 지금껏 깍듯하던 모습은 온데간데없이 그저 엄마의 주먹을 피하는 데 급급하다. 아이처럼 반말도 튀어나온다.

진헌	경영수업 지금 하고 있잖아. 레스토랑이 동네 구멍가겐 줄 알아요? 아~ 아파라~ 자꾸 때리면 나도 못 참는 수가 있어요?

나 사장   (눈 동그래진다) 이 자식이?! (핸드백으로 머리통 퍽 갈기며) 못 참으면! 못 참으면 니가 어쩔 건데?

- 순간 띵~ 소리가 나자, 얼른 우아하게 자세 바로잡는 나 사장. 진헌도 윤 비서 등 뒤에서 나와 옷매무새 단정히 한다. 눈 깜짝할 새다.
- 문 열리지만 아무도 없다. 누군가 잘못 눌렀나 보다. 문 닫힘과 동시에.

나 사장   (구타 시작) 못 참으면 어쩔 건데! 어쩔 건데! 이 자식이 에미한테 협박을 해?
진헌   (아이 참... 어쩔 수 없다는 듯 마악 날아오는 엄마의 팔을 확 붙잡는다)
나 사장   (당황) 어어? 이놈 봐라? 안 놔? 안 놔?
진헌   (큰 키로 내려다보며) 나 사장 요즘 외롭지. 남자랑 잔 지 얼마나 됐어?
나 사장   ??? 야!!!

26.   **사장실 복도**

- 엘리베이터 문이 열린다. 나 사장 나오자 엘리베이터 기다리던 직원 두어 명이 인사한다. 나 사장, 우아하게 인사받으며 간다. 직원들, 곧 갸웃한다. 머리는 헝클어지고 넥타이는 헤벌어지고 뺨에는 손바닥 자국이 난 진헌이 시침 뚝 떼고 기품 있게 나와서 걸어간다.

27.   **비서실**

- 화나서 성큼성큼 들어서는 나 사장. 윤 비서와 진헌이 따라 들어온다.

나 사장   남편 복 없는 년은 자식 복도 없다더니...
진헌   대신 돈복 있잖아요.
나 사장   (멈춰 확 흘긴다)
진헌   (오로지 엄마한테만 하는 표정- 애교스럽게 씨익 웃으며) 일복도 있네?

나 사장 (그 표정에 그만 웃음 터진다) 아후 못살아 정말... 아우 징글징글해... 저게 어디서 나왔을까.
진헌 나 사장 다리 밑에서.
나 사장 (버럭) 올해 안에 결혼해!
진헌 (찔끔) ... 크리스한테 빨리 전화나 너줘요.
나 사장 느이 형한테 확 일러버릴 거야! (사장실로 들어간다)
진헌 (심드렁) 형한테 안부 전해줘요. (윤 비서 보며) 나 사장, 별일 없는 거죠?
윤 비서 늙느라 그러시지. 근데 언제까지 택시 타고 다닐 거야? 운전하기 겁나면 어머니 말씀대로 기사를 붙이든가.
진헌 괜찮아요, 생각보단 편해요.

28. 동 호텔 주방 내 간이사무실

- 창문 너머로 바쁜 주방의 모습 보이고, 사무실이라고 할 것까지 없는 공간에서 한국인 쉐프와 독대하고 면접 보는 삼순.

쉐프 2003년부터 작년 12월까지 낭뜨 근무... 낭뜨는 왜 관두셨어요? 규모도 크고 대우도 좋은 곳인데.
삼순 (당황한다. 예상한 질문이지만 거짓말을 잘 못한다) 어... 뭐랄까... (우아하게) 저랑은 세계관이 다르다고나 할까.. 그래서...
쉐프 ? 세계관이라면...
삼순 (곤혹스럽다) 음.. 저는.. 음식은 만든 사람의 삶의 일부라고 생각합니다. 그러니까 전... (내친김이다) 훌륭한 케잌을 만들기 위해서는 제 삶의 질도 훌륭하게 유지해야 한다고 생각합니다. 그래서 크리스마스이브에 사랑하는 사람을 지키기 위해서 몇 시간쯤 외출할 수도 있다는, 그런 가치관과 세계관을 갖고 있죠.
쉐프 (아리송) ? ...
삼순 (배시시 웃어주며) 사랑하는 사람을 잃은 여자가 달콤한 케잌을 만들 순 없잖아요?
쉐프 ? ... 그러니까 결론은, 베이커리 업계에서는 일 년 중 가장 바쁜 크리스마

스이브에 사랑하는 사람과 노느라고 무단외출을 했다, 그래서 해고당했
다, 이 말인 것 같은데...

삼순   아뇨, 논 게 아니라 지키기 위해서요.

쉐프   ? ... 그래서 지켰습니까?

삼순   아뇨, 헤어졌습니다.

쉐프   (진지한) 유감이네요.

삼순   (겸연쩍은 웃음) 고맙습니다. (준비해 온 케이크 상자를 테이블에 올려 놓고 케이크를 꺼낸다) 망고무스예요. 실력을 확인하기에는 이 방법이 제일 좋은 것 같아서...

쉐프   (파일을 덮으며 예의 바르게) 됐습니다. 저희는 보조를 구하고 있는데 경력이 너무 쎄네요, 연봉도 그렇구요. 이번 기회에는 안 되겠습니다, 죄송합니다.

삼순   ! ...

29. 동 호텔 주방

- 케이크 상자를 들고 사무실에서 나오는 삼순.

삼순   뭐야 이거. 어디선 경력이 너무 없다 그러구, 어디선 경력이 너무 많다 그러구, 무슨 장단에 맞추라는 거야 대체... 아~ 먹고살기 힘들다 김삼순... (하다가 문득 뭔가를 보고 다가간다)

30. 베이커리실 앞

- 다가온 삼순, 멈추어 안을 들여다본다.
- 베이커리실이다. 하얀 앞치마를 두르고 캡을 쓴 베이커리 쉐프들이 제각각 자기 일로 바쁘다. 오븐에서 갓 구어져 나오는 빵도 보인다. 외국인 쉐프는 결혼식에 쓸 3단 케이크를 정성 들여 만들고 있다. 활력이 넘치고 달콤한 냄새가 온몸으로 느껴진다.

- 삼순, 넋을 잃고 바라본다. 저 안에 내가 있었으면... 케이크와 과자와 노동이 그립다.
- 뚜벅뚜벅 걸어와 삼순의 뒤에 서는 진헌. 삼순이 입구를 막고 있는 꼴이다. 삼순이 뭘 보고 있는지 자기도 힐긋 안을 들여다보고는 무뚝뚝하게.

진헌   들어갈 겁니까, 말 겁니까.

- 삼순, 화들짝 놀라 돌아본다. 동시에 비명 소리 악!
- 진헌, 당황해한다. 넥타이핀과 와이셔츠 단추에 삼순의 머리카락이 된통 걸렸다. 상체를 살짝 기울인 채 들여다보다가 뒤돌면서 진헌의 가슴팍에 걸린 것이다.
- 삼순이 진헌의 노예가 된 것 같은, 꼴사나운 모습으로 소리를 지른다.

삼순   아! 뭐야 이거! 아저씨 이거 뭐예요! 아 아파...
진헌   (아 참 나, 짜증 난다) 가만있어 봐요, 머리카락 걸렸잖아요. (풀려고 애쓴다)
삼순   (그럴수록 아프다) 아! 뭐 하는 거예요 지그음?!
진헌   가만있으라구요. (잘 안 풀린다. 짜증 난다)
삼순   아! 아프잖아요!
진헌   가만있어요 좀!
삼순   어머? 왜 소린 지르고 그래요?
진헌   입 닥치고 가만있으라니까!
삼순   어머어머! 이 아저씨가 어따 대고 욕이야? 입 닥치라니, 입 닥치라니! (지나가며 킥킥대는 직원들 보고는) 아 빨리 좀 해요오! 쪽팔리잖아요!
진헌   (열난다. 서늘하게) 입 닥쳐, 머릴 확 잘라버리기 전에?
삼순   어머어머, 내 머리카락에 손만 댔단 봐? 그게 어떻게 키운 머릿결인데. 아! 아! 악! (아파 욕이 튀어나온다) 야 이 말탱구리야!!! 너 나한테 수작 부리니 지금? 왜 더 꼬고 지랄이야 지랄이!

- 진헌, 기막힌 듯 코웃음 한번 치더니 터억 삼순의 뒷덜미를 잡고 베이커리실로 들어간다.

- 삼순, 머리카락과 진헌의 옷자락을 움켜쥐고, 한 손으로는 여전히 케이크 상자 든 채로 딸려 들어간다! 처참한 비명 소리!

31. **베이커리실**

- 진헌이 잔혹하게 성큼성큼 들어온다.
- 너무 아픈 삼순, 끌려 들어오며 온갖 욕을 해댄다.

삼순 야 이 나쁜 자식아! 너 안 서? 서, 이 쥐새끼 같은 놈아!

- 직원들과 외국인 쉐프가 황당하게 쳐다본다.

진헌 가위 좀 주세요.
삼순 (가위? 헉!) 너.. 너, 짜르기만 해봐? 그러기만 해봐?
진헌 (직원들 쳐다보며) 가위 없어요?

- 한 여직원이 얼른 가위 찾아 건넨다.

삼순 (위기를 느낀다) 야, 가만! 내가 풀게. 내가 풀면 되잖아! 손대지 마, 어?
진헌 죄송하지만 시간이 없습니다. 그리고 난 욕먹고는 못 사는 체질이라서요. (가위를 들이댄다)
삼순 스탑!!! 스탑, 스탑!
진헌 (멈칫)
삼순 너 이거 자르면 나 고소한다? 머리카락도 엄연히 신체의 일부거든? 상해죄로 고소할 테니까 알아서 해?

- 진헌, 말이 끝나기도 전에 거침없이, 무자비하게, 인정사정없이, 가위질을 한다!
- 가윗날에 머리카락이 싹둑 잘린다!
- 설마 하다가 놀라서 입 벌리고 쳐다보는 직원들.

- 삼순, 가위질 소리에 굳어버린다. 그 눈앞에서 장렬하게 낙하하는 머리카락 뭉치!

삼순	(바닥에 떨어진 머리카락을 보며 몸서리를 친다) 으~~~~~
진헌	여기 직원 아니죠? 상해죄로 고소하세요. 전 산업스파이로 고발할 테니까. (하고는 외국인 쉐프에게, 유창한 영어로) 전화받으셨죠 크리스?
쉐프	(영어) 응. 그래도 오늘 당장은 안 돼. 내일부터 해줄게.
진헌	(영어) 안 돼요. 런치타임도 간신히 넘겼어요. 어떻게 좀 해봐요 크리스.
쉐프	(영어) 안 된다니까. 그렇다고 우리 델리에 나갈 걸 미스터 현한테 줄 순 없잖아.
진헌	(영어) 조금만 융통해줘요. 당장 디너에 나갈 것만요, 네?

- 그 순간 진헌의 뒤를 보면서 오우! 놀라는 쉐프의 표정과 여직원들의 비명 소리에 휙 돌아보는 진헌. 그 얼굴에 정통으로 박히는 케이크!

쉐프	오 마이 갓!
삼순	(노려보며 손가락에 묻은 무스를 쭉 빨아먹는다) 나도 무례한 인간은 못 보는 체질이거든?
진헌	(케이크 받침이 떨어지면서 망고무스가 범벅이 된 얼굴이 드러난다)
삼순	내가 직접 만든 거라 비싼 거지만 돈은 안 받으마. 잘 처먹어라? (나간다)
쉐프	(한국어) 미스터 현, 괜찮아?

- 진헌, 손가락으로 한쪽 눈에 묻은 걸 치워내고 다른 쪽 눈에 붙은 것도 치워낸다. 꼭 밀대로 마당의 눈을 치워내는 것 같다.
- 직원들, 저 성질에 무슨 일을 벌일지 찌푸린 채 바라본다.
- 진헌, 손으로 입가를 스윽 닦아낸다. 그리고 무심하게 혓바닥으로 입술을 훔친다. 곧... 어? 맛있네? 하는 표정이 된다.

32. **호텔 직원화장실(남자)**

　　　　　- 잘린 머리카락을 만지며 씩씩거리며 들어오는 삼순.

삼순　　삼손의 머리카락은 건드려도 삼순이의 머리카락은 건드리면 안 된다는 걸 아셔야지! 사이다에 밥 말아 먹다 코 박고 죽을 놈! 걸렸단 봐라, 거시길 확 뽑아버릴 테니까! (앗!)

　　　　　- 소변보던 남자들(요리사복, 지배인복, 웨이터복 등등 다양한)이 좀 겁먹은 눈으로 삼순을 쳐다보고 있다.

삼순　　! ... 아저씨들 말고 저기.. 개의 자식이 있어서.. 일들.. 보세요.. (꾸벅 인사) 죄송합니다. (얼른 줄행랑)

33.　**직원화장실(여자)**

　　　　　- 자기 머리를 콩콩 박으며 뛰어 들어오는 삼순.

삼순　　몰라 몰라 몰라! 치매야 치매! 작년 크리스마스에 그렇게 망신을 당하고 또 그러고 싶니? (하다가 멈칫! 전광석화처럼 뭔가 떠오른다!)

34.　**그 호텔 그 화장실(#9)**

진헌　　뭡니까 아줌마. 변태예요?

35.　**베이커리실(#31)**

　　　　　- 케이크를 맞기 직전의 놀란 표정의 진헌!

36. 그 호텔 그 화장실(#9)

진헌   (재빨리 삼순의 가슴을 훑더니) 아니면, 남자화장실에서 수유 중입니까?

37. 현 화장실

- 어머낫 세상에! 삼순, 마치 그가 보는 것처럼 얼른 가슴을 가린다.

38. 호텔 베이커리실

- 직원들과 쉐프, 멍쩌서 바라보고 있다.
- 진헌, 자기 얼굴에 묻은 무스를 맛보고 있다. 뺨에 묻은 것, 이마에 묻은 것, 콧등에 묻은 것... 받침과 함께 떨어져 바닥에 뒹구는 시트도 뜯어 먹어본다.
- 여직원, 머뭇거리며 수건을 건넨다.
- 진헌, 받아서 얼굴을 슥슥 닦고는 그 수건을 던지듯 건네고는 뛰어 나간다.

39. 호텔 로비

- 뛰어오는 진헌.

40. 호텔 로비 일각

- 삼순, 툴툴대며 화장실에서 나와 현관으로 향한다. 그놈이 이놈이라는 게 영 개운치 않다.

삼순	뭐? 널린 게 남자라고? 남자만 널렸어? 여자도 널렸는데? 넋 놓고 있다간 내 차례가 안 온다는 걸 아셔야지. (멈칫) 가만... 그러고 보니까 어린 놈이었잖아? 지가 연애를 해봤으면 얼마나 해봤다구 (돌아보며) 하여튼 선무당이 사람 (기함한다) 허?!
진헌	(달려오다가 삼순을 발견한다) 저기요!
삼순	쟨 왜 따라오는 거야? 어우 저 밴댕이~ (도망간다)
진헌	(쫓아오며) 이봐요! ... 이봐요!

41. 호텔 앞

- 달려 나오는 삼순. 마침 기다리고 있던 택시에 올라탄다.

삼순	(급하다) 부암동이요 아저씨.
기사	터널 위요, 아래요.
삼순	위요. 아, 빨리요! (그때 문이 벌컥 열리자 몸 사리며) 옴마야~
진헌	나랑 얘기 좀 합시다.
삼순	아저씨 안 가고 뭐 해요?
진헌	잠깐만 내려요, 얘기 좀 하자구요.
삼순	아저씨!
기사	거 탈 거요 말 거요.
진헌	(삼순을 밀며 폭풍처럼 들이닥친다)
삼순	(황당!) 어머어머어머, 이 아저씨가 지금 뭐 하자는 플레이야? 빨리 안 내려요?
진헌	(기사에게) 이 아줌마 어디 가요?
삼순	아줌마라뇨? (꽥) 아줌마라뇨?!!!
진헌	(놀라는) ! ... (정말 이해 못 하겠다) 아줌마든 아가씨든 그게 그렇게 중요해요?
삼순	중요하죠? 중요하구 말구요! 나이 먹고 주름지는 것도 서러운데 어따 대고 아줌마예요?
진헌	(기사에게) 아저씨, 이 아가씨 가는 대로 갑시다.

삼순	(기사에게) 아저씨, 저 합승 안 해요.
진헌	(기사에게) 합승이 아니고 동승입니다.

- 택시 출발한다.

42. 달리는 택시 안

진헌	아까 그 케이크 직접 만들었다고 했죠?
삼순	(뜬금없어서) 그거 물어볼려구 이러는 거예요 지금?
진헌	일단 대답부터 하세요. 정말 직접 만들었어요?
삼순	(팩 얼굴 돌리며) 남이사?
진헌	(정색한다) 나 지금 농담할 시간 없어요. 직접 만든 거예요, 아니에요.
삼순	(뾰루퉁해서는) ... 직접 만든 거예요.
진헌	케익 만드는 게 취미예요?
삼순	(건성) 아뇨, 직업이에요.
진헌	파티쉐?
삼순	(놀라서 확 쳐다보며) 그걸 어떻게 알아요? 일반인들은 잘 모르는데?
진헌	지금 어디 소속돼 있어요? 제과점이나 호텔이나, 아니면 자기 샵을 갖고 있다거나.
삼순	(사실대로 말하긴 좀 창피하고) 큼... 몸이 워낙 약해서 잠깐 쉬고 있는 중이에요.
진헌	(약간 상기되어, 재빨리 지갑에서 명함을 꺼내 건넨다) 받아요.
삼순	내가 왜요?
진헌	받아봐요, 손해 볼 거 없으니까.
삼순	싫어요.
진헌	안 받으면 후회할 텐데.
삼순	안 내리면 후회할 텐데. 아저씨! 여기 내려주세요, 이 아저씨 (내린대요.)
진헌	(손을 뻗어 삼순의 손목을 확 휘어잡는다)
삼순	어머어머어머, 왜 이래요! (나머지 손으로 진헌을 무자비하게 때리면서) 놔! 안 놔? 놔 이 자식아! 너 주글래?! 놔!

진헌 (고스란히 맞아가며 죽어라 삼순의 손에 명함을 쥐여주고야 풀어준다)
삼순 (아픈 손목을 문지르며) 기가 막혀 정말! 허! 허...
진헌 이왕 받은 거 한번 보시죠.
삼순 내가 왜요? 여자한테 머리가 얼마나 중요한 건데, 그걸 무자비하게 잘라 대는 괴물한테 내가 왜 (그런 호의를 보여야 되는데요?)
진헌 (명함 들린 삼순의 손목을 확 잡아 그녀의 눈앞에 갖다 댄다)
삼순 (본의 아니게 바로 눈앞에 있는 명함을 보게 된다. 표정 변한다) !...
진헌 (손 놓으며) 내일 세 시까지 이력서 가지고 오세요. 케이크하고 과자 종류 몇 가지 만들어 오구요. 많을수록 좋아요.
삼순 (얼떨떨) 내, 내가 왜?.. 요?
진헌 그럼 면접 보는데 빈손으로 올 겁니까, 창작하는 사람이?

- 면접? 얼떨떨함과 놀라움이 뒤섞인 삼순의 표정!

43. **자하문 근처 도로**

- 택시 달려와 멈춘다. 진헌이 내리고 뒤이어 삼순도 내린다.

진헌 나 코리안타임 아주 싫어하니까 시간 맞춰 오세요. 내일 세 시예요. (택시에 오른다)
삼순 (창을 두드린다. 차창 내려가자) 내일이면 너무 빠듯해요. 작업실도 빌려야 되고 재료도 구해야 돼요.
진헌 어디서 작업하는데요.
삼순 선배가 제과학원을 해요.
진헌 오늘 내일 주말인데 주말에도 수업 있어요?
삼순 아... 그래도 재료는 구해야죠. 방산시장을 샅샅이 훑어도 당장 구할 수 없는 게 있다구요.
진헌 구할 수 있는 걸로만 하세요. 그게 진짜 실력이니까. 됐죠?
삼순 (이치에는 맞는 말이라 얼결에) 예? 예... (그러나 올라가는 차창을 얼른 잡고) 저기... 몇 살이에요?

진헌   (생뚱맞아서) ? ...
삼순   너무 젊잖아요. 혹시, 취업사기꾼 아닐까요?
진헌   (어이없다. 입꼬리에 슬몃 웃음이 묻어난다. 상대를 몹시 기분 나쁘게 하
       는 묘한 표정이다)
삼순   ??? 비웃는 거예요 지금?
진헌   아뇨.
삼순   비웃었잖아요!
진헌   내일 봅시다.

       - 차창 올라가면서 택시 떠난다.
       - 삼순, 뚱해서 바라본다.

삼순   비웃어놓군 씨... 사장이 맞긴 맞는 거 같은데... 대략 난감하네, 저런 싸가
       지한테 머리 숙이고 면접을 봐야 돼?

44. 출생신고서(F.I)

       - 출생신고서 〈김삼순/金三珣/1976. 6. 25/서울시 종로구 부암동 17/
       父 金福滿 母 朴奉淑〉에 쾅! 찍히는 담당 공무원의 직인.
       - 삼순의 손이 나타나 이력서에 사진을 붙인다.

진헌   (E) 이력서부터 봅시다.

45. 보나뻬띠 홀(낮)

       - 런치타임이 끝난 한산한 홀, 창가 테이블에 찻잔을 두고 마주 앉은 진
       헌과 삼순.

삼순   그 전에 할 말이 있습니다.

진헌   하세요.
삼순   흠흠... 어제 밤새 고민했어요, 면접을 보러 올까 말까.
진헌   (무심하게 본다. 계속하라는 뜻이다)
삼순   왜냐하면... 전 맘이 안 맞는 고용주하고는 일을 못 하거든요? 그런데 댁처럼, 아니 사장님처럼 처음 보는 여자의 머리카락을 싹둑 잘라버리는 그런 싸가지, 아 죄송합니다 이해하세요, 저한테 싸가지는 욕이 아니니까. 어쨌든 사장님처럼 싸가지가 없으시고, 예의라고는 참새 눈곱만큼도 없으시고, 네로황제처럼 난폭하신 분과 일을 한다는 건 제 체질에 안 맞는 일이거든요. 하지만 전 이렇게 면접을 보러 왔습니다. 그 이유는 딱 하나예요.
진헌   (그저 본다)
삼순   (반응 없자 뻘쭘하다) 그 이유는, 제 일을 '창작'이라고 생각한다는 거죠. 어제 저더러 '창작하는 사람'이라고 하셨죠?
진헌   (시큰둥) 제가 그랬나요?
삼순   (뭐야 이 인간) 어쨌든 뭐... 그렇게 아트적 감각이 있는 고용주라면 비록 싸가지가 없으시고, 예의라고는 참새 눈곱만큼도 없으시고, 네로황제처럼 난폭하신 분이라도 한번 해볼 만하다, 그게 제 결론이었습니다.
진헌   이력서 봅시다.
삼순   (에?)
진헌   이력서 안 가져오셨어요?
삼순   (맹해져서 이력서 내민다. 소귀에 경 읽고 바보가 된 기분이다)
진헌   (이력서 펼친다. 거기다 눈길 둔 채) ... 포샵질 했어요?
삼순   (귀신이닷!) ... 네...
진헌   다신 하지 마세요, 다른 사람 같으니까.
삼순   (뭐시라?)
진헌   이름은 김삼순... 나이가 꽤 있으시네요.
삼순   (자격지심에 발끈) 그래서요! 뭐 어쨌다구요!
진헌   (? 해서 본다) ...
삼순   ! ... (뻘쭘) 아니에요 아무것두... 계속 보시죠.
진헌   (다시 이력서 보며) 최종학력은 숭의여고 졸업... 르 코르동 블루 제과과정 이수... 현지에서 2년 동안 인턴사원... (고개 들며) 프랑스까지 제과공

	부를 하러 가면서 왜 대학은 안 가셨어요?
삼순	(잠깐 망설이다가 스스럼없이) 공부를 못해서요.
진헌	그럼 그 머리로 언어문제는 어떻게 해결했어요?
삼순	(으~ 저걸 그냥! 하지만 참자) 세상에는 언어가 달라도 통하는 게 세 가지 있거든요? 음악, 미술, 음식.
진헌	(아... 끄떡끄떡) 근데 왜 들어왔어요? 거기서 더 경력을 쌓을 수도 있었을 텐데.
삼순	(좀 당황스럽다) ...
진헌	? ...
삼순	... 갑자기 아버지가 돌아가셔서요. 심장에 이상이 생겼거든요.
진헌	(아... 다시 이력서 본다)
삼순	(힐긋힐긋 그를 살피며, 마음의 소리. E) 분명해, 나를 기억 못 하는 게. 기억하면서 저렇게 시침 뗄 이유가 없잖아? 제발 기억하지 말아야 될 텐데... 근데 이상하네, 내 이름 듣고 안 웃은 사람은 없었는데.

46. 동 홀

- 진헌을 사이에 두고 현무와 오 지배인이 나란히 앉아 있다.
- 웨이트리스 영자가 삼순이 준비해 온 것들을 각각의 접시에 담아 세 사람에게 서빙하고 있다. 심플하다 못해 초라해 보이는 클래식 초콜릿 케이크와 마카롱과 마들렌, 그리고 각양각색의 초콜릿 과자들. 초콜릿은 독특한 상자에 담겨 있다.
- 영자, 삼순을 스윽 훑어보고 간다. 기선제압의 눈초리다.
- 삼순, 쟤 왜 저래? 하는 표정이다.
- 세 사람이 시식을 시작한다.
- 삼순, 잔뜩 긴장한다.
- 오 지배인 만족스러운 표정이다.
- 현무 역시 흡족해한다.
- 삼순, 으쓱한다.
- 진헌, 그만이 도무지 알 수 없는 표정이다.

- 삼순, 삐죽거린다. 당신이란 인간이 그렇지 뭐...

현무	준비해 온 것들이 아주 심플하네요? 클래식 초콜릿 케잌, 마카롱, 마들렌, 봉봉...
삼순	재료를 준비할 시간이 없어서 손쉽게 구할 수 있는 걸로만 만들었습니다. (힐끔 진헌 보며, 힐난하듯) 어제 갑자기 주문을 받아서요, 시간이 더 있었으면 좋았을 텐데...
현무	아녜요, 아주 좋아요. 요즘 데코레이션에 치중해서 기본을 안 지키는 사람들이 많은데 아주 훌륭해요.
삼순	(금세 환해져서) 감사합니다.
현무	근데 이 초콜릿 상자 좀 특이한데 혹시 직접 만들었어요?
삼순	네, 제가 만든 초콜릿은 제가 만든 상자에 넣자는 게 제 원칙이거든요.
현무	왜죠?
삼순	초콜릿 상자는 한 사람의 인생이 담긴 거니까요.
진헌	?...
삼순	포레스트 검프라는 영화 있죠. 거기서 주인공 엄마가 그러잖아요. 인생은 초콜릿 상자와 같은 거다. 네가 무엇을 집을지는 아무도 모른다. (진헌 보며) 기억 안 나세요?
진헌	안 봐서요.
삼순	(하여튼 초 치기는!) ... 시간 날 때 한번 보세요. 어쨌든 제가 파티쉐가 된 건,

47. 헌책방(과거, 낮)

- 칙칙한 대입수험서들 사이에 생뚱맞게도 파스텔 톤의 책 한 권이 꽂혀 있다. 삼순(재수생)의 손이 그 책을 꺼내어 후르르 넘겨본다. 오색찬란한 빵과 케이크와 과자들이 눈길을 사로잡는다

삼순	(E) 정말 우연이었어요. 헌책방에 들렀다가 별생각 없이 어떤 책을 집어들었는데 그게 바로 프랑스 과자에 대한 책이었거든요. 그게 만약 병아리감별사에 대한 책이었다면,

48. 홀

삼순 전 지금 병아리를 감별하고 있을지도 몰라요.

- 오 지배인과 현무가 웃는다. 진헌만이 웃지 않고 빤히 본다.

삼순 어쨌든 내가 무얼 집느냐에 따라 많은 게 달라져요, 아주 많이.
오 지배인 그럼 지금까지 집은 초콜릿들은 다 맛있었나요?

- 삼순, 씁쓸한 미소를 짓는다. 30여 년 동안 있었던 크고 작은 일들이 아득하게 느껴진다.

삼순 아뇨... 좋은 것도 있었고 나쁜 것도 있었어요. 하지만 어쩔 수 없잖아요. 그 상자는 제 거고 어차피 제가 다 먹어야 하는 거니까요. 언제 어느 걸 먹느냐, 그 차이뿐인걸요.
진헌 ! ...
삼순 음... 그치만 예전과 지금은 다를 거예요 아마. 어릴 때는 겁도 없이 아무 거나 쑥쑥 집어먹었는데 이젠 생각도 많이 하고 주저주저하면서 고르겠죠. 어떤 건 쓴 럼주가 들어 있다는 걸 이젠 알거든요.
진헌 (빤히 본다. 그녀가 다르게 보인다)
삼순 바라는 게 있다면... 내가 가진 초콜릿 상자에 더 이상 럼주가 든 게 없으면 좋겠다. 30년 동안 다 먹어치웠다. 그거예요. (꾸밈없이 웃는다)
오 지배인 그런 이치를 깨달았으니 럼주가 든 초콜릿은 이미 반으로 줄은 거나 마찬가지예요.
삼순 (그녀가 좋아진다) 네에...
오 지배인 (진헌에게) 뭐 더 물어보실 거 있어요?
진헌 (넋 놓고 있다가) 네? 아뇨... (금세 평소의 모습으로 돌아온다) 좋아요. 같이 일해봅시다. 출근은 오전 10시, 퇴근은 밤 10십니다. 베이커리는 출퇴근이 주방보다 빠른 것 같던데 (하며 현무 보면)

현무	베이커리는 일곱 시 출근 여섯 시 퇴근입니다. 때에 따라선 퇴근이 늦어질 수도 있구요.
삼순	(백수탈출에 입이 찢어지려는 걸 간신히 참으며, 마음의 소리. E) 심봤다 아아아~~~~
진헌	오후 3시부터 5시까지는 휴식 및 디너 준비시간이고, 정기휴일은 매달 세 번째 월요일, 다른 한 번은 서로 돌아가면서 비번을 정합니다. 급여일은 25일이고 정식채용은 석 달 후에 합니다.
삼순	잠깐만요!
진헌	네.
삼순	저도 조건이 있는데요.
진헌	? 조건이요?
삼순	(단호한) 네, 조건이 있습니다.

49. 사장실

- 들어오는 진헌과 삼순. 진헌, 돌아서서 사무적으로 얘기한다.

진헌	임시직이라는 것 때문에 걸린다면 제가 설명하죠. 저희 레스토랑은 흉내만 내는 요리는 안 합니다. 우리 이 부장님, 한국인이긴 하지만 여기 스카웃되기 전까지 15년 동안 프랑스 본토랑 세계 각국의 특급호텔에서 일한 사람이에요. 파티쉐도 본토 사람이었는데 사정이 있어서 공석이죠. 물론 김삼순 씨도 파리에서 공부하고 온 건 인정하지만 그걸로는 부족하다고 생각합니다.
삼순	다 끝났나요?
진헌	보수는 만족할 겁니다. 저흰 보수에 인색하지 않거든요.
삼순	이제 끝났나요?
진헌	일단 석 달만 일해보죠. 정규직이 될지 아닐지는 그때 판단합시다.
삼순	(찌푸리며) 그건, 자를 수도 있다는 뜻인가요?
진헌	실력이 안 되면 당연한 거 아닌가요?
삼순	(자신 있다!) 좋아요. 그렇게 하죠. 이제 제가 말해도 되나요?

진헌	당장 내일부터 일했으면 좋겠는데.
삼순	조건이 있다고 했잖아요!!!

50. 보나뻬띠 뜰(다음 날 오전)

- 곳곳에 봄꽃들이 화사하게 피어 있다.

진헌	(E) 오늘부터 우리와 함께 일할 새로운 가족을 소개합니다.

51. 홀

- 테이블마다 현무를 포함한 열댓 명의 직원이 앉아 있고, 무대 비슷한 중앙, 피아노 옆에 삼순과 진헌과 오 지배인이 서 있다.

진헌	새로 온 파티쉐 김삼(순)
삼순	(뭐? 휙 쳐다본다!)
진헌	(실수해도 태연하다) 김희진 씨입니다.
삼순	(속으로 휴-)

- 직원들이 박수를 친다. 어린 웨이터들이 휘파람도 불고 생기 넘치는 환영을 해준다.
- 미소를 함빡 머금은 채 인사하는 삼순. 주로 어린 웨이터들 쪽으로 인사하며,

삼순	(마음의 소리. E) 이궁~ 귀여운 것들~~ 조금만 기다려라, 누나가 이뻐해 줄게. 누난 밑으로 10년까지 접수하거든? (인사 멈추고 멘트 날린다) 이렇게 환영해주셔서 감사합니다. 저는 김희진이라고 하구요, 같이 일하게 돼서 정말 반가워요. 앞으로 잘 부탁드릴게용~ (다시 한번 허리 굽혀 인사하는데)

| 영자 | 몇 살이에요? |

- 머리 꼬리 다 잘라낸 단도직입적인 질문에 찬물을 끼얹은 듯 분위기 쏴- 해진다. 인사하느라 허리 숙이고 있던 삼순, 고개 들고 사람들 속을 헤집는다. 어제 재수 없게 굴던 그 여자를 발견한다.

삼순	글쎄요, 나이가 중요한가요?
영자	중요하죠, 그래야 호칭을 정하죠.
삼순	(좀 패씸하지만) 서른이에요.
영자	(오버한다) 오오 꺾어진 육십? 나보다 두- 살이나 많네에? 제일 연장자잖아?
삼순	(쟤 왜 저래?) ...
영자	우리 모두 왕언니를 환영하는 뜻에서 박수~ (짝짝짝 박수 친다)

- 그러나 대부분 웃음을 참으며 의도적으로 외면한다. 썰렁하기가 남극 같다.

52. 탈의실

- 〈김희진〉이라고 쓰인 이름표가 가슴에 달린다.
- 복장 모두 갖춰 입고 마지막으로 이름표를 다는 삼순. 자신만만하게 거울 향해!

| 삼순 | 니들 다 죽었어~ (살인윙크!) |

53. 주방

- 각자 자기 일에 바쁜 현무와 요리사들. (현무는 검은 띠, 요리사1은 붉은 띠, 요리사2는 푸른 띠, 나머지는 모두 노란 띠, 인혜와 삼순도 노란 띠)

- 인혜가 삼순을 데리고 들어온다.

인혜 여기가 주방이에요. 이쪽 라인은 Hot이고 저쪽 라인은 Cool, 이탤리 레스토랑은 파스타를 삶아야 됭께로, (머리 흔들며) 아니, 삶아야 되니까 큰 솥이 많은데 여긴 좀 달라요. (의아해하는 삼순의 표정을 보고는) 지가 고향이 여순디 서울 올라온 지 반년도 안 됐어라.

삼순 아... 그럼 그냥 편하게 사투리 쓰지 그래요?

인혜 아녀라. 아니, 안 돼요, 빨리 서울말 배워야 돼요. (현란하게 도마질하는 현무를 눈짓하며) 우리 이 부장님은 스무 살 때 유럽으로 배낭여행 갔다가 아예 눌러앉음서 프랑스요리를 배웠대요. 우리 사장님이 여기 인수하면서 스카웃했구요.

54. 홀

- 한쪽에서 홀 안내하는 인혜, 따라다니는 삼순.
- 직원들, 부지런히 런치 세팅한다. 오 지배인은 대형화병에 꽃꽂이하고 있다.

인혜 오 지배인님은 환갑이 넘으셨는데 원래 초등학교 선생님이셨대요. 요식업에 대해서 전혀 모른다고 공부를 얼마나 열심히 하시는지 몰라요. 꽃꽂이는 강사 자격증까지 있대요. 사장님하고는 무슨 특별한 관곈 건 같은데 확실한 건 잘 몰라요.

- 웨이트리스 하나를 혼내고 있는 영자.

인혜 장 캡틴 언니는 절대 이름 부르면 안 돼요.
삼순 왜요?
인혜 이름이 장영자라 싫대요. 언닌 장영자 알아요?
삼순 장영자 몰라요?
인혜 네.

삼순	(중얼중얼) 이런 걸로도 세대차이가 나냐.
인혜	(데리고 나가며) 장 캡틴 언닌 신참들한테 못되게 구는 게 좀 밉긴 한데 속이 훤히 보이니까 어쩔 땐 귀여워요. 저도 처음 들어왔을 때 되게 괴롭혔는데 이젠 안 그래요.

55. 주차장 또는 뜰

- 나오는 인혜와 삼순.

인혜	아마 언니한테도 그럴지 몰라요. 그럼 나이로 꽉 눌러버리세요.
삼순	신참들을 왜 괴롭히는데요?
인혜	(낮게 속삭인다) 여자 신참한테만 그래요. 사장님을 좋아하거든요.
삼순	?! 저렇게 싸가지 없는 인간을 좋아한단 말예요?
인혜	(눈 동그래진다) 싸가지가 없어라?
삼순	(아차, 초면에 너무 심한 말을 했다) 아.. 니.. 그게 아니구.. 혹시 그럴지도 모른다는 거죠...
인혜	(갸웃) 아닌데? 예의 바르고 귀여운데?
삼순	에? 귀엽다구요? 귀여운 건 쉐프 아저씨 같은 얼굴이 귀여운 거죠. 사장은 귀여운 게 아니라 음... 음... (아무리 생각해도 적당한 말이 떠오르지 않는다. 마지못해서) 잘생기긴 했다.
인혜	(수줍게) 키도 크잖아요. 못하는 운동도 없구. 가끔은 좀 슬퍼 보이기도 하구.
삼순	(뚝 멈추어 본다) 인혜 씨도 좋아해요, 우리 사장?
인혜	(얼굴 확 붉어진다) ! ...
삼순	(애가 왜 이래?) ...
인혜	(울먹이는) 나만 그런 거 아녀라. 여그 가시나들 다 그려라. (뛰어간다)
삼순	(황당하다! 어이없다! 기가 막힌다!) ... 뭐야 이거. 레스토랑이 아니라 자기 팬까페잖아? 허! 요즘 날 웃기는 사람들이 왜 이렇게 많은 거야? (하다가 뭔가 발견하고 어? 그리로 간다)

- 농구 골대와 농구공이 있다. 삼순, 반가운 마음에 공을 집어들고 던진다. 몇 번 던지다가 제자리점프! 공이 링을 맞고 튕겨 나간다. 공이 쪼르르 굴러가더니 누군가의 발에 맞고 멈춘다. 누군가가 공을 주워든다. 진헌이다.

삼순	! ...
진헌	(두 손 안에서 공 굴리며) 농구만 하는 직원한텐 월급 안 나갑니다.
삼순	저두 그런 뻔뻔한 직원은 아닙니다. (팽 돌아서서 가고)
진헌	(골대를 향해 슛!)

- 공이 링을 맞고 튕겨 나가고,
- 씩씩하게 걸어오던 삼순, 어떤 느낌에 눈동자 굴리더니 돌아서서 날아오는 공을 잡는다! 내공이 만만치 않다.

진헌	(좀 놀라서) 농구 좀 해요?
삼순	(우쭐) 뭐.. 학교 다닐 때 선수였으니까...
진헌	언제까지요.
삼순	고등학교 1학년이요.
진헌	근데 왜 관뒀어요?
삼순	정 궁금하시다면, 정직원으로 채용되면 그때 알려드리죠.
진헌	별로 궁금하지 않은데요?
삼순	(무안) ! ... 큼, 저 이제 일하러 가도 되죠?
진헌	제가 언제 잡았습니까?

- 삼순, 민망해서 붉그락푸르락하더니 공을 확 던지고 간다.
- 진헌, 날아온 공을 받고는 가는 삼순을 본다.

56.   **사장실(#49)**

삼순   조건이 있다고 했잖아요!!!

진헌	(깜짝 놀란다)
삼순	(너무했나?) ... 큼, 죄송합니다.
진헌	... 말씀하세요, 조건.
삼순	(좀 창피해서 긴장된다) 흠... 김삼순 말고 김희진으로 해주세요.
진헌	(무슨 말인지 모르겠다) ? ...
삼순	제 이름을 김삼순 말고 김희진으로 해달라구요.
진헌	(그래도 모르겠다. 이번엔 희진이라는 이름이 귀에 들어와 더 의아하다) ??? ...
삼순	돈 드는 것도 아니고 여기 직원들한테 그냥 김희진이라고만 소개하면 돼요. 사장이니까 그 정도는 할 수 있잖아요.
진헌	(이제야 알겠다) 요구조건이라는 게 그거예요? 보수를 많이 달라는 것도 아니고, 출퇴근 시간을 조정해달라는 것도 아니고, 김삼순을 김희진으로 불러달라?
삼순	네. 정확히 말하면 조건이 아니고 부탁입니다.
진헌	(이해할 수가 없다) 왜 그래야 되죠?
삼순	? 왜라뇨?
진헌	왜 김삼순을 김희진으로 불러야 되느냐구요.
삼순	(놀리나) ? ... 그럼 사장님을 삼식아- 이렇게 부르면 좋겠어요?
진헌	내 이름이 현진헌이 아니고 현삼식이라면 당연하죠. 하지만 유감스럽게도 전 삼식이가 아닙니다.
삼순	그걸 누가 몰라요?
진헌	그럼 왜 그러죠?
삼순	? 지금 절 놀리시는 거죠?
진헌	? 제가 왜요?
삼순	허, 기가 막혀 정말!
진헌	이렇게 하죠. 삼순이란 이름이 정 싫다면 어느 것이든 좋습니다. 단, 희진이라는 이름만 빼구요.
삼순	? ... 희진이라는 이름을 빼다뇨?
진헌	김삼순과 김희진, 두 개를 뺀 나머지 이름에서 선택하시라구요.
삼순	? ... 그건 또 왜 그래야 돼죠?
진헌	그것까진 알 필요 없습니다.

삼순	(알 필요가 없어? 기분 팍 상한다) 싫어요. 난 꼭 김희진이어야 돼요. 이유는, 그것까지 사장님이 알 필욘 없겠죠?
진헌	(짜증이 인다) 나 같은 말 반복하는 거 싫거든요?
삼순	그건 저도 마찬가지예요. 나를 김희진으로 부르든가, 다른 파티쉐를 구하든가, 양자택일하세요. (자신만만하게 턱을 치켜든다)
진헌	(본다)
삼순	(본다. 기싸움이다)
진헌	(본다. 서늘하다)
삼순	(찌푸린다. 양보는커녕 찔러도 피 한 방울 안 나올 것 같다)
진헌	(한 치의 흐트러짐 없이 그저 본다)
삼순	(좋다. 마지막 수다) 됐어요. 관두죠 제가. 임시직이든 정규직이든 다른 파티쉐 찾아보세요. (홱 돌아서서 나오며 뒤통수로 눈치 살핀다. 초조하다)
진헌	(마음은 다급하지만 느긋한 척) 김희진 씨?
삼순	(홍! 진작에 그럴 것이지! 승리의 미소가 번진다)

57. 주차장 또는 뜰

진헌	김희진 씨?
삼순	(멈춘다. 돌아서며 새초롬하게) 왜요, 사장님?
진헌	(물어볼까 말까 고민하는)
삼순	(약 올리듯) 월급 탈려면 저 일해야 되는데요 사장님?
진헌	... 왜 하필이면...
삼순	? ... 왜 하필이면 뭐요?
진헌	(본다. 물어볼까 말까)
삼순	(본다. 궁금하다)
진헌	왜 하필이면 김희진이죠?
삼순	(좀 의외의 질문이라) ??? ...

- 1회 끝.

2회

하늘에서 남자들이 비처럼 내려온다면...

1. 자막 - 제2회 하늘에서 남자들이 비처럼 내려온다면...

2. 주차장(1회 엔딩)

   - 진헌, 날아온 공을 받고는 가는 삼순을 본다.

진헌   ... 김삼순 씨?
삼순   (곁눈질로 흘기며 영구 흉내) 삼순이 없~ 다.
진헌   ... 김희진 씨?
삼순   (그제야 멈춘다. 돌아서며 새초롬하게) 왜요, 사장님?
진헌   (물어볼까 말까 고민하는)
삼순   (약 올리듯) 월급 탈려면 저 일해야 되는데요 사장님?
진헌   ... 왜 하필이면...
삼순   ? ... 왜 하필이면 뭐요?
진헌   (본다. 물어볼까 말까)
삼순   (본다. 궁금하다)
진헌   왜 하필이면 김희진이죠?

삼순	(좀 의외의 질문이라) ??? ...
진헌	많고 많은 이름 중에 왜 하필이면 희진이냐구요.
삼순	그건, ... 근데 그건 궁금하신가 보죠?
진헌	네, 궁금합니다.
삼순	왜 그걸 궁금해하는지 전 그게 궁금하네요?
진헌	그건 사적인 문제라 말할 수 없습니다.
삼순	오오 그러시구나아... 저도 사적인 문제지만 뭐 말씀드릴 수는 있어요. 하지만 그것도 정규직으로 채용되면 그때 말씀드리죠. 됐죠? (가다가 곧 멈춘다) 아! (돌아보며) 팬까페 관리 잘하셔야겠어요, 싸움 안 나게. (간다)
진헌	???

3. **주방(동 밤)**

- 그릴 위에서 고기가 지글지글 익어간다/전복이 팬에서 익어가고/소스가 졸고/오븐 속에서는 오리가 구워지고/에피타이저, 수프, 샐러드, 셔벳 등이 오색찬란하게 준비되고/접시에 메인 요리와 가니쉬가 담기고 데코레이션까지 일사천리로 진행된다. 주방의 대표적인 모습들...

4. **베이커리실**

- 일하는 삼순의 모습과 〈마르키즈 글라세〉가 만들어지는 과정이 스케치된다.
- 아이스크림 머신이 윙윙 돌아간다. 글라스 쇼콜라(초콜릿 아이스크림)를 믹싱하는 중이다/마르키즈 틀에 방금 믹싱했던 초콜릿 아이스크림을 채운다/가운데만 뻥 뚫어놓고 가장자리를 스푼으로 돌려가며 채운다. 뻥 뚫린 가운데다 꽤 큼직한 다이아 반지를 넣고 나머지 가운데를 미리 만들어놓은 바닐라 아이스크림으로 채운다/냉동실에 넣는다/냉동실에서 꺼낸다/고기용 포크를 찔러 넣고 틀을 미지근한 물로 적셔가며 아이스크림을 빼낸다/방금 꺼낸 아이스크림을 엎어놓고 생크림으로 장식을 시

작한다/듬뿍듬뿍 드레스의 볼륨을 만들어낸다/완성된 몸통 위에 마르키즈(후작부인) 흉상을 올린다. 후작부인을 본뜬 아이스크림 〈마르키즈 글라세〉가 완성되었다.

5. 홀

- 마르키즈 글라세를 먹던 아내(40 전후)가 아! 찡그렸다가 입안에 것을 꺼낸다. 다이아 반지다. 아내는 너무 좋아 어쩔 줄 모른다. 남편이 흐뭇하게 바라본다.

6. 주방 또는 베이커리실

- 홀을 내다볼 수 있는 곳에서, 그 광경을 지켜보는 삼순. 흐뭇~ 하다.

인혜	(자기 일 하며) 뭘 그렇게 봐요?
삼순	무슨 복을 타고나야 저런 남편 만나서 저런 호강을 누릴까. 밥값만도 1인당 십만 원이 넘는 집에 와서 콩알만 한 다이아 반지도 선물받고...
인혜	부러워요?
삼순	음.
인혜	지난주엔 애인이랑 왔었는데, 그래도 부러워요?
삼순	(돌아보며) 애인이라니?
인혜	바람둥이거든요.
삼순	아니, 애인이랑 왔던 레스토랑에 와이프를 데려온단 말야?
인혜	안 들킬 자신 있나 부죠. 그리고 와이프가 여길 되게 좋아한대요. 그래서 와이프한테 잘 보여야 될 일 있으면 자주 데려와요. (하고 돌아보면)

- 삼순은 이미 나가고 없다. 인혜, 불길한 생각에 뛰어나간다.

7.   홀1

- 좀 까다로워 보이는 두 명의 중년여성들이 오 지배인에게 컴플레인을 한다.

중년1   오리고기에서 오리냄새가 너무 나잖아. 이거 한번 먹어봐요. 이렇게 냄새가 나서 먹을 수 있겠어요?
중년2   제대로 하는 집이라더니 소문 믿을 거 하나 없다니까?
오 지배인   오리냄새가 난다니 요리가 아주 잘된 모양이네요.
중년1   요리가 잘되다뇨?
오 지배인   향 싼 종이에서는 향냄새가 나고 생선 싼 종이에서는 생선냄새가 난다죠? 원재료의 맛과 풍미를 죽이지 않는다는 게 저희 주방장님의 원칙입니다. 그래서 저희 집 오리요리에서는 당연히 오리냄새가 납니다.
진헌   (근처에서 듣고 있었던 모양이다. 어느새 오 지배인 곁에 다가와) 그래도 오리냄새가 싫으시다면 다른 요리로 바꿔드리겠습니다. (하며 메뉴판을 건넨다)
오 지배인   (진헌을 쳐다본다)
진헌   제가 추천해드릴까요?
중년1   (좀 머쓱) 아뇨.. 됐어요. 정 그렇다면 그냥 먹죠 뭐.
중년2   그래요, 그냥 놔두세요.
진헌   (오 지배인에게) 와인 한 잔씩 서비스해주세요.
오 지배인   네.

- 그때 저쪽이 소란스러워진다. 쳐다보는 진헌.

8.   홀2

- 홀로 뛰어들려는 삼순을 붙잡고 있는 인혜.

인혜   언니 왜 이래요. 이러지 마.

삼순　　잠깐만. 잠깐만 놔봐. 나 딱 한 마디만 하고 올게.
인혜　　한 마디든 열 마디든 우리가 참견할 일이 아니잖아요. 들어가요, 예?
삼순　　참견이 아니라 딱 한 마디만 한다니까? 놔봐 좀. 얘 왜 이렇게 힘이 세니?
인혜　　언니 열심히 일해서 정직원 된다며. 이러면 안 되지라.
영자　　(다다다 다가온다) 앞치마 두르고 홀에서 뭐 하는 거예요 볼썽사납게? 들어가요 얼른.
삼순　　영자 씬 상관 마요. 인혜야, 이거 놔. 좀 놔아!
영자　　(이름 불러 화났다) 상관 말라뇨? 홀은 내 책임인데 상관 말라뇨! 그리구 앞으론 장 캡틴이라고 불러주세요!

　　　　- 영자의 말이 채 끝나기도 전에 그 앞을 쌩 지나쳐가는 삼순.
　　　　- 인혜, 걱정스러운데.

진헌　　(어느새 다가와) 무슨 일이에요?
인혜　　(어머 어떡해!)

9.　　홀3

　　　　- 남편과 아내, 생뚱맞은 표정으로 삼순을 올려다보고 있다.

삼순　　(앵커우먼 같다) 이 아이스크림의 이름은 '마르키즈 글라세'로 프랑스의 왕 루이 15세의 애첩인 퐁파두르의 작위 이름에서 따온 겁니다. 퐁파두르는 역사상 빛나는 요부 중의 하나이며 그 요부의 치맛바람에 휘둘린 루이 15세는 전쟁과 사치로 프랑스혁명을 불러일으킨 장본인입니다. 한 마디로, 요부와 어리석은 왕이 나라를 말아먹은 거죠.
남편, 아내　(생뚱맞아서) ? ...
삼순　　(남편을 빤히 바라보며) 나라는 지켜져야 합니다. 나라를 바로 세워야 합니다. 나라를 망가뜨려서는 안 됩니다. 진정한 행복은 (누군가 어깨를 톡톡 쳐서 돌아보면)
진헌　　(나오라는 손짓)

| 삼순 | (무시하고 계속한다) 진정한 행복은 화목한 나라에서부터 나오는 겁니다. 나라는 (다시 어깨를 치는 진헌의 손을 냅다 차버리고) 나라는 깨져서는 안 됩니다. |

- 보다 못한 진헌이 그녀를 끌고 나간다. 삼순, 끌려 나가면서도 구호를 외친다.

| 삼순 | 나라로 돌아가십시오! 나라는 깨져서는 안 됩니다! 이혼은 절대 안 됩니다! (힘겹게 두 팔로 X 자) 네버! 네버! |

- 어리둥절한 남자와 여자.

10. 뜰

- 삼순을 끌고 나와 팽개치듯 놓아버리는 진헌.

진헌	뭐 하는 거예요 지금!
삼순	다 봤으면서 뭘 물어요?
진헌	손님이 바람을 피든 뭘 하든 우리가 참견할 일이 아니잖아요!
삼순	사장님은 그렇게 사세요. 근데 난 그렇게 못 살아요. 왜냐! 내가 세상에서 제일 싫어하는 종자가 바로 바람 피는 남자거든요. 내가 세상에서 제일 혐오하는 물건이 또 바람 피는 남자거든요. 내가 세상에서 제일 쏴 죽이고 싶은 말종이 애석하게 또 바람 피는 남자거든요.
진헌	난! 개인적인 경험을 공적인 일에 투사시켜 이성을 잃고 길길이 날뛰는 사람들을 혐오해요. 그러니까 여기서 계속 일하고 싶으면 내 기준을 따르세요!
삼순	! ... 개인.. 적인 경험이라뇨? 그게 무슨 뜻이죠?
진헌	(태연하다) 뭐가요?
삼순	(이 자식이 그날의 나를 알아본 걸까? 눈을 가늘게 뜨고 탐색) 혹시...
진헌	(뭘 알고 그러는지 아닌지 도무지 알 수 없는 표정으로 도도하게 바라본

	다)
삼순	(자신 없어진다. 아무튼 저런 표정만 나오면 할 말이 없어진다)
진헌	말씀을 하시죠?
삼순	(끙... 졌다!) ... 알았어요, 따르라면 따라야죠. 근데요 사장님?
진헌	...
삼순	여자 손님이 남자 손님한테 맞고 있다, 그래도 참견하지 말아야 되나요?
진헌	...
삼순	(조롱하듯) 어서 지침을 내려주셔야죠, 사장님?
진헌	참견하지 마세요.
삼순	(어머 이런 비열한 놈!)
진헌	내가 그 자식을 밟아놀 테니까.

- (E) 요란한 음악과 환호성!

11. **홀(동 밤)**

- 삼순의 환영식. 어린 웨이터 하나가 음악에 맞춰 최신 댄스를 선보이고 있다. 다들 신이 났다. 특히 영자 신났다. 소리소리 지르며 넘어갈 지경이다.
- 맨 뒤 테이블에 오 지배인과 현무와 진헌이 앉아 있다.
- 음악 끝나자 사회 보는 웨이터가 마이크 잡는다.

사회	자 그럼 오늘 환영식의 주인공! 우리들의 왕언니! 희진 누님의 답가가 있겠습니다!

- 우~ 환호하며 박수 치는 이들.
- 삼순, 쑥스러워하며 주춤주춤 앞으로 나와 마이크 건네받는다.

삼순	큼, 제가 원래는 노래를 잘하걸랑요? 그치만 이렇게 뜨거운 환영을 해주는데 노래로 때울 순 없잖아요. 노래 대신 춤춰도 되죠 여러부운~

- 앗싸 화끈하고! 그런 소리들과 함께 박수와 휘파람과 아우성들!
- 준비 자세 취하는 삼순! 음악 나오자 옷을 확 뜯어버린다! 야한 의상이 나온다! 그러자 순식간에 홀은 나이트클럽 같은 분위기로 바뀐다! 사이키 조명 아래 춤추기 시작하는 삼순. 채연이나 유니의 섹시댄스를 춘다!
- 직원들 흥분의 도가니탕이다. 남자직원 몇 명이 뛰어나와 군바리춤을 춘다.
- 삼순이 춤을 추며 내려온다. 진헌에게로 다가온다. 진헌, 당황한다. 삼순, 섹시 춤으로 진헌에게 비비적댄다. 진헌, 하얗게 굳은 채 어쩔 줄을 모른다. 삼순, 녹일 듯이 섹시하게 바라본다.

삼순 (마음의 소리. E) 어때, 꼼짝 못 하겠지? 내가 춤만 됐어도 이 자식 코를 이렇게 납작하게 해주는 건데. 아우, 한 주먹거리도 안 되는 게!

- 그때 갑자기 조명이 꺼진다.
- 원래의 홀. 직원들, 마치 못 볼 걸 본 양 썰렁한 표정들이다.
- 무대 위의 삼순, 룰루룰루 룰루룰루 짱구 춤을 추다가 분위기 감지하더니 박수홍 춤을 춘다. 분위기 더 썰렁해진다. 삼순, 알고 있는 모든 괴상망측한 춤을 춘다. 결국 비난의 소리들이 터져 나온다.

웨이터 우~ 희진 누님은 우리를 기만하지 말라!
주방1 맞소! 춤이 안 되면 스트립쇼를 하든가!
주방2 벗어라~
남자직원들 벗어라! 벗어라! 벗어라!

- 영자, 어머 별꼴이야 하는 표정이더니 벌떡 일어난다.

영자 신입한테 이게 무슨 행패들이야 또? 벗긴 뭘 벗어, 뭐 볼 게 있다구?
삼순 (말리는 시누이가 더 밉다) 볼 게 없다뇨? 그걸 영자 씨가 어떻게 알아요?
영자 (발끈) 장 캡틴이욧!
삼순 그래요 장 캡틴. 볼 게 있는지 없는지 보지도 않구 어떻게 아냐구요.

영자 그럼 볼 게 있다는 소리예요 지금?
삼순 그건 벗어봐야 아는 거 아네요?
진헌 (끼어든다) 그럼 정말 벗기라도 하겠단 겁니까?
삼순 (이건 또 뭐야? 쳐다본다) 내가 왜요?
진헌 그럼 환영식은 여기서 그만 끝내죠. (두어 번 손뼉 치며) 자 퇴근합시다.

- 직원들 흩어진다. 삼순, 순식간에 뻘쭘해져 어리둥절하다.

삼순 이렇게 사람을 무안하게 하나? ... (도리도리) 훌륭해, 아-주 훌륭해.

12. **밤의 창공**

- 어둠... 비행기 창의 햇빛가리개가 올라가면서 창 하나만큼 밝아진다. 창 너머로 이쪽을 내다보는 희진의 모습이 보인다.

13. **비행기 안**

- 창밖 내다보고 있는 희진의 팔을 누군가가 톡톡 친다. 돌아본다.
- 옆자리의 이영이 와인 병을 들어 보인다.

이영 혼자 마시긴 너무 많은데 한잔할래요?
희진 (환하게 웃는다) 네.

14. **비행기 안**

- 두 여자, 어느새 와인에 취해 분위기가 좋다.

이영 수질검사 할 때 물의 투명도를 어떻게 재는지 알아요? 지름 30센티의 하얀 원반을 물속에 넣고 그게 서서히 가라앉아서 눈으로 보이지 않을 때까지의 깊이. 그렇게 잰대요. 우리나라 호수 중에 가장 투명도가 높은 데가 파로호인데 5.3미터래나? 세계에서 가장 투명도가 높은 호수는 몇 미터쯤 될 거 같아요?

희진   (취기로 뺨이 발그레하다) 몇 미턴데요?
이영   일본의 마슈라는 호순데 41.6미터래요. 두 번째는 러시아의 바이칼호수, 40.5미터. 근데 사람의 마음은 투명도를 잴 수가 없더라구요. 뭐, 어느 정도 예상은 했지만... 지금까지 이혼의 변이었습니다! 자기는 3년 동안 미국에서 뭘 했나요?
희진   음... 많은 걸 배웠어요.
이영   (영어) 구체적으로.
희진   훌륭한 의사가 되야겠구나...
이영   의사예요?
희진   아직 의대생이에요.
이영   멋지다! 그럼 유학 간 거예요?
희진   그건 아니구요. 근데 (눈짓하며) 저 남자 아까부터 계속 쳐다보던데.
이영   봤어요 나두. 근데 둘 중에 누굴 쳐다보는지 궁금하지 않아요?

- 빈 좌석들을 헤치며 걸어오는 희진. 비틀하면서 자리에 주저앉게 되자 이영을 돌아보며 킥킥 웃는다. 이영이 파이팅 해준다. 두 여자는 술에 취해 별거 아닌데도 마구 웃어댄다. 희진, 웃음 거두고 일어나 한 남자에게 다가온다.

희진   저...
남자   (책 보다가 고개 든다)
희진   (꾸벅 인사) 안녕하세요. 전 유희진이라고 합니다.
남자   ???
희진   (술김이지만 스스로도 우습다. 웃음 참아가며) 아까부터 저희들을 쳐다보시던데...
남자   ? ... 그래서요?
희진   저희 둘 중에 누굴 쳐다보신 건지 궁금해서요. 둘 중에 하나를 택하시면

	나머지 하나가 자리를 바꿔주기로 했거든요.
남자	(한심하다) ... 하도 시끄러워서 쳐다본 겁니다. 알 만한 분들이 비행기 안에서 이게 무슨 추탭니까?
희진	???

- 자기 자리에 돌아와 앉은 희진과 이영, 나오는 웃음을 입으로 간신히 틀어막고 있다. 그래도 웃음이 삐져나와 킥킥... 남자가 못마땅하게 쳐다본다. 그러자 엿 먹으라는 제스처를 하는 이영. 희진, 못 참고 까르르 웃는다. 남자, 싸늘한 얼굴로 짐을 챙겨 다른 자리로 옮긴다.

희진	(너무 웃어 배가 아플 지경이다) 아 너무 웃겨...
이영	희진 씨 그렇게 안 봤는데 정말 엉뚱하네? 그런다고 대뜸 가서 물어보는 건 뭐야?
희진	(웃음 진정하고 머리를 편하게 기댄다. 감회에 젖는다) ... 다시 돌아와서 너무 기뻐요... 3년 전 떠나갈 땐 다시 못 돌아올 줄 알았거든요.
이영	혹시 빚지고 도망갔던 거 아냐?
희진	(또 까르르 웃는다)

15. 커피전문점(오후)

- 삼순이 무언가를 빤히 올려다보며 고민 중이다.
- 메뉴판의 까페라떼로 줌인 된다. 그 옆에 말풍선이 뜬다. 〈175kcal, 맥주 한 캔, 인라인스케이트 20분〉
- 삼순, 고개를 젓더니 그 옆의 메뉴를 본다.
- 오늘의 커피로 줌인 된다. 말풍선 뜬다. 〈5kcal, 메추리알 1/3개, 키스 5분〉

삼순	(다부진 표정으로, 마음의 소리. E) 좋아, 결심했어! 일단 라떼부터 끊는 거야! 구닥다리 올드 보이한테 집착하지 말고 살을 쫙 빼서 뉴 페이스를 만나는 거야!

- 삼순, 큰 소리로 주문한다.

삼순   라떼 하나 주세요, 시럽 듬뿍 넣구요!

16.   **달리는 버스 안(동 오후)**

- 라떼를 홀짝이며 구시렁대는 삼순.

삼순   한심해 한심해. 어떻게 이거 하나 못 끊냐? 이름이 삼순이라서 그래. 희진으로 바꾸면 금방 끊을 텐데, 살도 쏙쏙 빠지고... 아냐, 이건 올드 보이의 저주야. 올드 보이부터 없애야 돼. (핸드폰을 꺼내 꾹꾹 누른다)

17.   **검은 화면**

- 〈민현우 010-XXXX-4920〉
- 버튼 누르는 소리와 함께 화면 바뀐다.
〈정말 삭제할까요? ① 예 ② 아니오〉

18.   **버스 안**

- (인서트) 손가락이 〈예〉 위에 머무른다.
- 삼순, 차마 못 누르고 고민하는데, 차가 끽 급정거하며 바로 앞에 서 있던 고등학교 남학생이 기우뚱하며 삼순을 덮친다.
- 삼순, 흘릴 뻔한 라떼를 치켜들고 아 씨 하다가 남학생이 죄송하다고 꾸벅 인사하자,

삼순   (엄하게) 남자가 하체가 그렇게 부실해서 되겠어? 앞으로 운동 열심히 해?

| 남학생 | (맹~) 네. |
| 삼순 | 착하네. (다시 핸드폰 보다가 허억 놀란다) |

- (인서트) 통화 중이라는 표시!
- 삼순, 얼른 귀에 대본다. 아직 받진 않고 신호음만 간다. 삼순, 탁! 닫는다.

삼순	(버럭) 다 너 때문이잖아!!!
남학생	(깜짝이야)
삼순	이제 어떡해 어떡하냐구! 추잡스럽게 이게 뭐야! 니가 책임질 거야? 아우 난 몰라.. 으흥, 쪽팔리게...

19. 돌담길(동 낮)

- 입이 댓 발은 나온 삼순이 터덜터덜 걸어온다.

| 삼순 | (Na.) 여자가 세상에 태어나서 절대 해서는 안 될 일 중에 하나가 바로 헤어진 남자한테 전화질 하는 거라고, 연애박사 작은언니가 그랬다. 그것처럼 품위 없고 추잡스러운 짓은 없다고. 비록 실수지만 난 오늘 그 짓을 하고 말았다. |

- 삼순, 문득 멈춘다.

| 삼순 | 근데 이상하네? 분명 내 번호가 찍혔을 텐데 왜 안 받았지? 받기 전에 끊겼나? 그래도 그렇지. 난 줄 뻔히 알면서 생까고 있단 말야 지금? (다시 걸으며) 나쁜 자식... 그동안 쌓인 정이 있지, 어떻게 술김에라도 전화 한 통 없냐. |

20. 삼순네 마루(동 밤)

- 드러누워 오이 붙이고 있는 삼순.

삼순 (Na.) 전화하겠다고 한 적도 없고, 기다리라고 한 적도 없는 사람을 기다리다가 미워하는 나는 뭔지... (화풀이하듯 남은 오이 꽁지를 아작아작 씹어 먹는데 엄마 봉숙이 탁 채 가자) 왜에!
봉숙 넌 물만 먹어도 살로 가잖아. 내일 선보는데 띵띵 부어갖고 나갈 거야?
삼순 아이 씨- 세상엔 왜 이렇게 맛있는 게 많은 거야?
봉숙 맛있는 게 많은 게 아니라 너한테만 뭐든 맛있는 거야. 넌 개똥도 맛있지?
삼순 그건 아직 안 먹어봐서 모르지.
봉숙 너 이번엔 정말 잘해야 돼. 이번 놈은 뭘 잘못 먹었는지 너처럼 통통한 여자를 좋아한다더라.
삼순 엄만 남자를 너무 몰라. 꼭 그런 놈들이 늘씬한 거 더 밝힌다니까?
봉숙 미친년, 내가 이 나이에 남자 알아 어따 쓰게.
삼순 아무튼 다 이름 때문이야. 큰언니는 일영, 작은언니는 이영, 내가 삼영이만 됐어도 벌써 시집갔다. 나 김희진으로 해달라구 얘기했어?
봉숙 했어, 했으니까 잘해. 70년 개띠면 궁합도 찰떡이더라.
삼순 히? 70년생이었어? 할아버지잖아!
봉숙 (한심하다는 표정) 요강 갖다 줄까?
삼순 ? 요강?
봉숙 (버럭) 호강에 바쳐 요강에 똥 싸는 소리 하고 있잖아 지금!

21. **공항버스 정거장, 버스 안(낮)**

- 희진이 버스에 올라탄다. 창가에 앉아 밖을 내다본다.
- 이영이 손 흔들어준다.
- 희진도 손 흔들어준다.

22. 정거장

- 버스가 떠난다.

이영   (보며) ... 애 참 괜찮네... 후- 그나저나 난 어디루 가냐? 엄마 알면 죽음인데.

23. 공항버스 안

- 희진, 가방 안에서 핸드폰을 꺼낸다. 3년 전의 핸드폰이라 구형이다. 폴더를 열고 전원을 켠다. 전원 켜지자 액정에 희진과 진헌의 사진이 뜬다. 모노톤이다.

희진   (액정 속의 진헌을 들여다보며) 설마 아직까지 화나 있는 건 아니지?

24. 호텔 전경

25. 호텔 화장실

- 삼순, 거울로 옷매무새를 단정히 한다. 문득 옆으로 돌더니 상의를 들추고 힘을 뺀다. 풍선처럼 배가 나온다. 허리 라인 때문에 위가 불룩 아래도 불룩, 눈사람 같다. 다시 배에 힘주면 비교적 매끈한 배가 된다.

삼순   (배를 탕탕 치며) 좋아쓰! 오늘 한번 해보는 거야!

26. 호텔 커피숍

- 사진 속의 남자를 찾아 실내를 휘- 둘러보는 삼순. 비슷한 남자가 없다. 사진을 가방에 넣으며 화가 나기 시작한다.

삼순   잘생겨서 참아준다. 얼굴에 포샵질 한 거면 1분 안에 쫑이다. ... 근데 왜 하필이면 이 호텔이냐, 불길하게... 불길하면 안 되지? (불길함을 떨쳐내느라 도리도리 머리 흔들고, 곧 눈을 뜨다가 허억 놀란다)

- 웨이터가 씨익 웃고 있다. 케이크 한 조각을 서빙한다.

삼순   케잌 안 시켰는데요? (하다가 어? 알아본다)
웨이터   (그날 삼순에게 와인과 케이크를 준 웨이터다) 맞선 보러 오셨죠?
삼순   예? 예...
웨이터   생각 잘하셨어요. 얼른 홀홀 털고 일어나세요. 오늘도 파이팅! (간다)
삼순   (얼떨떨) ... 자꾸 불길해지네... (딸랑딸랑 방울 소리에 고개 돌리면)

- 웨이트리스가 들고 다니는 팻말에 선명한 이름. 〈김희진 氏〉

삼순   (희진이라는 이름이 화를 삭여준다) 그래, 김희진에 운명을 걸어보는 거야. (웨이트리스에게 자기라는 표시해주고 단정한 자세를 취하고 시선을 살포시 모아 45도 각도로 새초롬하게 내리깐다)
맞선남   (듣기 좋은 저음. E) 김희진 씨죠.
삼순   (우아하게 올려다보며) 네, 맞는데요. (하다가 아니?)

- 준수하게 생긴 남자가 앞에 앉는다!

맞선남   (호쾌하게) 정말 죄송합니다. 바로 제 앞에서 교통사고가 났는데 그냥 지나칠 수가 없어서요. 주제넘게 좀 도와주느라구요.
삼순   (삑! 갔다) 네에...
맞선남   늦은 거 정말 죄송합니다. 진심으로 사과드립니다. (깊이 고개를 숙인다)
삼순   (목소리 달라졌다) 어머 아니에요. 이깟 맞선이 중요해요? 사람 목숨이 중요하지. 정말 잘하셨어요. 시에서 표창장 안 주나아?

맞선남 이해해주셔서 감사합니다. (웃는 모습이 남자답고 멋지다)
삼순 (입이 찢어지려는 걸 얼른 찻잔으로 가린다. 마음의 소리. E) 앗싸아~ 엄마! 나 봉 잡았어!!!

- 웨이트리스가 지나간다. 카메라가 웨이트리스를 따라간다. 두어 테이블 지나 진헌이 맞선녀와 앉아 있다. 웨이트리스가 찻잔을 내려놓고 간다.

맞선녀 한 3년 전부터 그 모임에 나가기 시작했는데 진헌 씨 얘기 가끔 들었어요. 진헌 씨도 처음엔 나왔다던데, 요즘은 왜 안 나오세요?
진헌 어디어디 손댔어요?
맞선녀 네?
진헌 눈? 코? 턱?
맞선녀 ! ... (곧 침착해진다) 코하고 광대뼈요.
진헌 어디, 일본에서요?
맞선녀 네.
진헌 코는 시미즈의 마사끼가 잘한다던데.
맞선녀 (다 알고 왔다. 시종일관 여유만만) 네, 그분한테 했어요.
진헌 (수술이) 잘됐네요. (가슴께를 노골적으로 훑으며) 가슴확대는 안 해도 되겠네요. 난 작은 가슴을 좋아하거든요.
맞선녀 (참으며 미소) ... 진헌 씨가 하는 레스토랑, 언제 한번 가보고 싶어요. 우리 모임에도 벌써 입소문이 났던데, 분위기도 좋고 음식 맛도 뛰어나다고. 특히 디저트가 예술이라면서요?
진헌 (여자가 화를 안 내자 맥 빠진다) 그래요? 파티쉐 월급을 올려줘야겠네요. 잠시 실례하겠습니다. (일어나 나간다)

- 진헌이 걸어온다. 짜증스런 표정으로 넥타이를 느슨하게 한다. 저 여자를 어떻게 떨궈내지? 그렇게 몇 발짝 걸어오다가 멈칫!
- 열 올리고 있는 삼순의 모습이 정면으로 보인다.
- 진헌, 맞선임을 간파하고는 어이없다는 듯 웃으며 옆을 지나친다.

삼순 그걸 통털어 파티세리라고 하는데 자세하게 나누면 다섯 가지예요. 제빵은 브랑제리, 제과는 파티세리, 파티쉐라고도 하구요. 초콜릿은 쇼콜라띠에, 잼하고 사탕류는 콩피즈리, 아이스크림은 글라스리. 그중에서 전 제과분야인 파티쉐구요. 언젠가는 제 샵을 내는 게 꿈이에요. 김삼순(실수! 얼른 정정한다) 아니, 김희진 표 핸드메이드 케잌을 만들고 싶거든요. 기회가 닿으면 다시 파리에 가서 초콜릿 공부도 더 하고 싶구요.

맞선남 그럼 파티쉐 겸 쇼콜라띠에가 되는 거네요.
삼순   (마음의 소리. E) 어쩜, 말귀도 잘 알아듣네?
맞선남 희진 씨랑 결혼하는 사람은 좋겠어요. 핸드메이드 케잌이랑 초콜릿을 아무 때나 먹을 수 있고.
삼순   (마음의 소리. E) 어쩜 좋아! 저 입으로 희진이라고 부르니까 너무 에로틱한 거 있지? 그래, 이거야 이거! 이 분위기로 미끄러지는 거야!

27. **화장실 앞**

진헌   (걸어오며) 실연당한 호텔에서 맞선이라... 정말 삼순이스러워. (들어간다)

28. **화장실(1회) #9**

- 맞선녀에게 물세례를 받아 양복과 머리가 젖은(린넨으로 대충 닦아 적당히 물기만 남은) 진헌이 들어오다가 멈칫한다.
- 가운데 칸에서 여자의 울음소리가 들리고 몇몇 남자가 못 참겠다는 듯이 킥킥댄다.
- 진헌, 그 남자들을 못마땅하게 일견하더니 노크를 한다. 일깨워줘서 내보낼 생각이다. 첫 번째 노크. 대답 없다. 두 번째 노크. 역시 대답 없다. 세 번째 노크.

삼순   (E) 있어요. 엉엉...

- 네 번째 노크.

삼순   (E) 있어요오- 허어엉...

- 끈질기게 다섯 번째 노크.

삼순   (E) 있다구요오!

- 그도 짜증 난다. 짜증스럽게 여섯 번째 노크.

삼순   (E) 귀먹었어요? 있어요, 사람 있다구요! 나 방금 실연당해서 눈에 뵈는 거 없으니까 그냥 놔둬요 에?

- 진헌, 오기가 생긴다. 누가 이기나 해보자는 표정으로 일곱 번째 노크.

삼순   (E) 누구야! 나랑 해보겠다는 거야 지금? (발로 문을 뻥 차는 소리)

- 벌컥 문이 열린다. 삼순의 모습이 드러난다. 검은 눈물, 헤- 벌어진 앞가슴.
- 엽기적인 모습에 황당해하는 진헌. 뒤에서 바라보던 남자들도 마찬가지.
- 놀라서 입 쩍 벌리는 삼순!

진헌   (당황해서 말이 삐딱하게 튀어 나간다) 뭡니까 아줌마, 변태예요?
삼순   (뭐? 변태?)
진헌   (드러난 가슴 보고는) 아니면, 남자화장실에서 수유 중입니까?
삼순   (수유? 얼른 가슴을 본다. 아뿔싸! 얼른 가슴을 가리고 쾅 문을 닫는다)

29.   동 화장실

- 피식 웃는 진헌. 그러다 표정 굳는다. 점점 굳는다. 문득 씨익 웃는다!

기막힌 생각이 났다!

30. 동 커피숍

삼순 (신났다. 요란하게 제스처까지 해가며) 지하철 8호선을 타고 가면 미쉘 쇼뒨이라는 초콜릿 전문점이 있어요. 거긴 인테리어가 다 초콜릿으로 되어 있거든요? 한동안 학교 수업이 끝나면 매일 글루 출퇴근을 했어요. 공부하는 동안 여기에 진열된 초콜릿은 다 먹어보자, 그랬었거든요.

맞선남 (너무 열심히 듣는다) 그래서 다 먹어봤나요?

삼순 아뇨. 아쉽게도 딱 하나를 못 먹었지 뭐예요.

맞선남 하나요? 뭔데요?

삼순 기둥이요.

맞선남 (하하 호쾌하게 웃어댄다)

삼순 (호호 간드러지게 따라 웃으며, 마음의 소리. E) 좋아 좋아. 결혼까지 논스톱으로 밀어붙이는 거야 김희진. 넌 할 수 있어! 아자아자아자! (그러나 그 순간!)

진헌 (E) 삼순아!

삼순 (윽! 너무나 익숙한 그 이름!)

진헌 (옆에서 안타까운 표정으로) 너까지 이러면 난 어떡하라구!

삼순 (획 올려다본다. 앗!)

맞선남 (의아하게 둘을 번갈아 보더니) 아는.. 사이에요?

삼순 (너무 당황스럽다) 네? 아, 아뇨.. 아, 알긴 아는데.. 우리 레스토랑 (하는데)

진헌 (터프하게) 오늘 맞선은 그냥 형식적인 거라고 내가 말했잖아. 시간이 필요해. 시간만 있으면 어머니도 충분히 설득할 수 있다구. 그깟 나이 차이도 극복 못 하면 우리 사랑이 너무 불쌍하잖아. 나 못 믿어 누나?

삼순 (헉, 누나?)

- 어느새 다가온 맞선녀가 파르르 떨면서 이 상황을 지켜보고 있다.

삼순	왜, 왜 이러세요, 사장님. 징그럽게 누나라뇨... (어리둥절해하는 맞선남 보며) 저기 오해하지 마세요. 이분은 그냥 우리 레스토랑 (하는데)
진헌	(삼순의 손목을 확 낚아채 일으킨다) 일어나. 당장 어머니한테 가자. 가자 누나!
삼순	(질질 끌려가며) 어머어머, 어떡해. (그의 손목을 때리고 할퀴고 몸부림치며 죽어라 반항한다) 놔요 이거! 뭐 하는 짓이에요 사장님! 놔요 좀! 노라구요!
맞선녀	!...
맞선남	!...
삼순	(거의 울 지경이다. 맞선남이 본다는 것도 잊고 본성 나온다) 야 이 새끼야! 놔! 안 놔? 너 주글래 정말? 놔! (있는 힘을 다해 뿌리치고는) 야 이 말탱구리야! 니가 나 책임질 거야? 왜 지랄이야 왜!

- 그 순간 진헌의 뺨이 짝! 돌아간다.
- 뺨 때린 건 삼순이 아니라 맞선녀. 맞선녀, 파르르 쏘아보더니 쌩 가버린다.
- 맞선남, 아직도 정신을 못 차리고 멍-한 삼순을 언짢게 일견하고 황망하게 나간다. 그는 삼순이 마음에 들었기 때문에 꽤 실망스럽다.
- 진헌, 그들을 눈으로 좇다가 삼순을 바라본다.
- 삼순, 아직도 멍-하다.

진헌	상황 종료됐는데 이제 정신 좀 차리죠 김삼순, 아니 김희진 씨.
삼순	(정신 차리고 그를 본다)
진헌	배 안 고파요? 어디 가서 밥이나 먹죠.

- 삼순, 가차 없이 뺨을 갈긴다. 진헌, 확 뺨 돌아간다. 삼순, 정강이를 걷어찬다. 진헌, 윽! 꺾인다.

삼순	넌 내가 그렇게 만만하게 보이니?
진헌	(너무 아픈 정강이를 감싼 채 올려다보다가 멈칫) ?!
삼순	(눈물이 글썽하다)

진헌	! ...
삼순	니가 지금 무슨 짓을 했는 줄 알어? 넌... 넌... (목이 메이고 눈물이 글썽해서) 인간미라곤 눈곱만큼도 없는 자식...
진헌	(너무 심했나?) ...
삼순	(눈물 슥 닦고는) 밥? 너 혼자 다 처먹으세요. 그리구 퇴직금 정산해놓으세요, 이 사장 놈아. (팽 돌아서서 나간다)
진헌	(퇴직?) ! ...

31. 호텔 앞

- 현관을 나와 걷기 시작하는 삼순. 잠시 후 진헌이 나온다. 그녀를 따라간다. 미안한 표정은 절대 아니고 참 귀찮게 됐다는 표정이다.

32. 남산 입구 거리

- 삼순이 걸어온다. 걸음걸이가 속상하고 신경질 나고 짜증스럽다.
- 진헌이 안전거리 유지하며 뒤따라온다. 그도 좀 짜증스럽다.

33. 남산 입구, 커피 박스 앞

- 터덜터덜 걸어오는 삼순. 하이힐 때문에 발이 아프다. 멈추어 발뒤꿈치를 살핀다.
- 진헌, 슬슬 다가와 옆에 붙더니 빈정거린다.

진헌	뭔가 착각하고 있는 모양인데, 임시직한테 퇴직금 주는 회사도 있습니까?
삼순	(획 쩨려본다)
진헌	(얼른 경계 자세! 지금까지 쌓아왔던 가오가 제대로 무너진다)

삼순	(제 손을 본다. 마침 하이힐이 들려 있다. 이걸로 때릴까 봐 그랬군, 웃긴다)
진헌	(몹시 창피하고 머쓱하다)
삼순	(힐을 신으며) 어디서 신파도 그런 신파를... 상상력 없는 인간하군 상종을 말아야지.
진헌	(드디어 입을 열었군. 흡족하다) 그렇게 말하면 신파가 섭하죠. 그게 얼마나 아름다운 건데.
삼순	아름답긴 개뿔이? (입술을 마구 부벼 닦고는 퉤퉤 침 뱉는 시늉까지 한다)
진헌	반응 참 빠르시네. 손수건 빌려줘요?

- 삼순, 아랑곳없이 커피 박스로 가 주문한다.

삼순	라떼 주세요. 시럽 듬뿍 넣구요. (지갑을 꺼내는데)

- 터억 만 원짜리 하나 놓인다.

진헌	라떼 하나 추가요. 시럽은 필요 없습니다.

34. 매표소 앞

- 라떼 마시며 걸어오는 삼순. 목적도 없이 따분한 표정이다.

진헌	(라떼 마시며 따라온다) 원래 그렇게 알랑방구를 잘 껴요?
삼순	(홱 돌아본다)
진헌	(시큰둥) 월급 5프로 인상.
삼순	(째리고 다시 걷는다)
진헌	교태도 잘 부리던데, 가증스럽게.
삼순	(다시 홱 쳐다본다)
진헌	(심드렁) 10프로 인상.
삼순	언제까지 날 놀릴 건데요?

진헌	그 이상은 나도 안 돼요. 직원들 간에 형평성이라는게 있으니까.
삼순	어디서 개가 짖나...
진헌	알았어요. 정직원! 임시직 1개월 만에 정직원 된 사례는 없어요.
삼순	이젠 소도 짖네...
진헌	그럼 나더러 어쩌라구요. 시간을 돌려놓을까요? 아까 그 남자, 제자리에 갖다놔요?
삼순	(돌아보며) 그래요! 시간도 돌려놓고 그 남자도 제자리에 앉혀놔요! 꼭 그렇게 해야 돼요? 꼭? (돌아서서 케이블카 매표소로 들어간다)
진헌	(어이없다) ... 정말 취향 독특해... 삼순이스러워... (마지못해 따라 들어간다)

35. 케이블카 매표소

- 삼순이 줄 서 있다. 뒤에 진헌이 와 선다.

진헌	난 커피 샀으니까 이건 그쪽이 사요.
삼순	(돈 내밀며) 왕복 하나요. (표와 거스름돈 받아 간다)
진헌	(머쓱) ... (돈 내밀며) 왕복 하나요.

36. 케이블카 탑승대

- 삼순이 맨 앞에 줄 서 있다. 그 뒤에 진헌이 서 있다.
- 케이블카가 도착한다. 문 열리고 안내원의 지시에 따라 사람들이 내린다.

37. 케이블카 안

- 삼순, 들어와 자리에 앉는다. 창밖으로 잠깐 경치 훑다가 문득 놀란다.

- 탑승대에서 사람들과 안내원을 상대로 뭔가 이야기하고 있는 진헌. 진헌은 열심히 설득 중이고 사람들은 열심히 듣고 있다. 이윽고, 사람들이 박수를 쳐주고 휘파람도 불어준다. 안내원이 웃음 띤 얼굴로 길을 터주자 진헌이 케이블카에 탄다. 삼순의 바로 옆에 앉는다.
- 삼순, 째리며 살짝 비켜 앉다가 케이블카 문이 닫히자 놀라서 창밖을 본다.
- 안내원과 사람들이 손을 흔들어준다.

삼순	저 사람들 왜 저래요? 왜 안 타요? (그때 쿵 하고 케이블카가 움직이기 시작하자 냉큼 진헌의 팔을 잡으며) 옴마야~
진헌	(자기 팔을 잡은 삼순의 손을 내려다본다)
삼순	(얼른 놓고는) 도대체 뭐라 그런 거예요? 뭐라 그랬는데 저러는 거예요?
진헌	청혼한다고 도와달라고 그랬어요.
삼순	!!! ... 이 사람이 정말 끝까지 놀리네? (벌떡 일어난다) 진짜 내가 만만해 보여요?
진헌	한 달에 두 번이나 파티쉐가 바뀌면 단골손님들 귀신같이 알아봐요. 그러니까 그만둔다는 말 취소해요. 아까 그 남자보다 몇 배 나은 사람 소개해줄 테니까.
삼순	(정색하고 노려본다)
진헌	(좀 무섭다. 시선 피하느라 일어나 창밖 보며) 벚꽃이 좋네에...
삼순	이봐요 현 사장님, 내가 좋아하는 사람이 날 좋아해줄 확률이 몇 퍼센트일 것 같애요?
진헌	(잠깐 질문의 뜻을 생각하다가 쳐다보며) 백 퍼센트?
삼순	그래요 그렇게 살아왔겠죠. 그럼 여자한테 거절당해본 적도 없겠네요?
진헌	! ... (희진 생각으로 표정 싸늘해진다) 없어요.
삼순	그 여자만 생각하면 내가 너무 작고 초라해서 죽고 싶은 적도 없었죠?
진헌	없어요.
삼순	버림받은 적은 더더욱 없었을 거고.
진헌	(입술 뒤틀린다) 그래요, 없어요!
삼순	근데 난 있거든요? 그것도 아주 많거든요? 당신이 소개해주겠다는 남자들, 당신이랑 비슷할 거 아냐. 있는 집에 태어나서 좋은 교육 받고 좋은

　　　　것만 누리면서 자랐을 거고. 그 사람들이 날 맘에 들어 할 것 같아요? 나이는 서른에 대학도 안 나오고, 키는 보통에다 나 같은 뚱녀, 당신이 말한 그 남자들이 좋아할 것 같냐구요.
진헌　(이해할 수 없다는 듯) 해보지도 않고 어떻게 알아요.
삼순　(버럭) 이건 현실이니까요!
진헌　(흠칫) ...
삼순　이건 영화도 아니고 하이틴로맨스는 더더욱 아녜요. 나한텐 아까 그 남자가 최상이었어요. 그 남자도 날 맘에 들어 했구요. 나 서른이에요. 이젠 젊지도 어리지도 않아요. 그런데, 그런 남잘 또 만날 수 있을 것 같애요? 당신 땜에 망쳤어요. 내 인생에 마지막 기회였을지도 모를 남자를 당신이 쫓아냈다구요, 당신이! (어느새 눈물이 글썽해서는) 아우, 생각할수록 열받네 정말?
진헌　(좀 미안해진다)

　　　　- 그 순간, 쿵! 하면서 케이블카 멈춘다.
　　　　- 삼순, 방금 전의 처절함은 온데간데없이 꺄악~ 소리 지르며 낼름 진헌에게 달라붙는다. 달라붙어서 악! 악! 비명 질러댄다.

38.　케이블카 전경

　　　　- 멈춘 채 허공에 매달려 있는 케이블카.

삼순　(E) 악! 악! 엄마아! 아악!

39.　케이블카 안

　　　　- 삼순, 진헌의 품에 매달려 죽어라 비명 질러댄다.

진헌　(귀청 따갑다) 조용해요! ... 안 죽어요! ... 조용하라구요!

삼순	(제정신이 아니다) 나 살려주.. 아부지이... 으흥... (드디어 울음을 터트린다)
진헌	(어이가 없다. 어깨를 붙잡고 떼어내 흔들어댄다) 안 죽어요. ... 조용히 하고 기다립시다 좀! ... 입 다물어요 입!
삼순	흐흐흥... 아부지이... 어어헝...
진헌	(손바닥으로 이마를 아주 쎄게 철썩!!! 때린다)
삼순	(그제야 멈추고 멍-)
진헌	괜찮아요?
삼순	(멍-한 채로 끄떡)

40. 비서실

- 윤 비서, 책상에 앉아 일 보고 있다. 책상 위 소금램프가 좀 생뚱맞다.
- 나 사장 들어온다.

나 사장	전화 온 데 있어?
윤 비서	아뇨, 없습니다.
나 사장	(사장실로 가다 말고 멈칫, 소금램프를 보더니) 이게 뭐야?
윤 비서	(특유의 니힐한 표정) 소금램폰데요, 공기정화에 좋대요. 특히 혼자 사는 사람들한테 좋대는데요?
나 사장	혼자 사는 사람들한테? 왜?
윤 비서	사람이 혼자 살면 특유의 냄새가 난대요. 여자한테두.
나 사장	? ... (킁킁 자기 냄새를 맡아본다. 좀 머쓱해서는) 내 것도 하나 주문해줘.
윤 비서	미주 것도 주문할까요?
나 사장	? ... 걘 아직 일곱 살인데 필요할까?
윤 비서	그렇죠? 아직 젓냄새가 안 가셨는데. (그때 벨 울리자 받는다) 네 XX호텔 사장실입니다. ... 네, 잠시만 기다리세요. (나 사장 보며) 도곡동 김 여사님인데요?
나 사장	(얼른 전화기 받으며) 오늘 진헌이 맞선 땜에 그럴 거야. (받는다) 김 여사님? 저예요, 나 사장. ... 네, 네... 예? ... 아뇨, 처음 듣는 이름인데요? ...

	(놀라는) 네에? ... 저기 잠깐만요 김 여사님? (윤 비서에게) 혹시 진헌이 한테 삼순이라는 이름 들어봤어?
윤 비서	? 아뇨.
나 사장	그럼 여자 사귀는 눈친 없었어?
윤 비서	없었는데요.
나 사장	(다시 통화) 김 여사님? 전 처음 듣는 이름이거든요? 그리고 사귀는 여자가 있다뇨. 여자가 있는데 제가 그런 자리에 내보냈겠어요? 연애 따로, 결혼 따로, 전 그렇게까지 하고 싶지는 않습니다. ... (호텔에서의 행각을 들었다) 뭐라구요?!!!

41. 삼순네 마루

- 봉숙, 전화통 붙잡고 있다.

봉숙	아직 그쪽에서도 소식이 없어? ... 아직 안 들어왔다구? 우리 애도 아직인데? (좋아 죽는다) 어머, 얘들 아직도 같이 있나 봐. 올가을에 치우는 거 아냐?

42. 케이블카 전경(동 오후)

- 상행선 케이블카가 중간에 멈추어 있다. 하행선 케이블카가 내려온다.

43. 하행선

- 탑승객이 제법 있다. 희진이 자리에 앉아서 통화 중이다.

희진	다음 주까지 비워준대요. ... 아뇨, 계약기간 끝나서 별문제 없어요. 그것까지 계산하고 온걸요. ... 네, 깨끗하게 썼더라구요. 내 짐도 그대로 있구.

도배만 새로 하고 들어갈려구요. ... 지금요? 맞춰보세요, 뭐 하고 있는지. ... (까르르 웃으며) 아뇨, 저 지금 케이블카 타고 있어요. ... 네, 남산 케이블카요. 체크인하자마자 나왔어요, 너무 이뻐서. (창밖 풍경에 시선 돌리며) 여기 지금 너무 이뻐요. 벚꽃이 활짝 펴서 눈을 뿌려논 거 같애. ... 당연하죠. 캘리포니아보다 여기가 더 좋아요. (하다가 어?)

- 창 너머로, 웅성거리는 사람들 틈으로, 상행선이 멈추어 있는 게 보인다.

희진 아빠, 사고 났나 봐요. 올라가는 건 멈춰 있어요. (사람들 틈으로 기웃기웃 본다)

- 사람들 틈으로 삼순이만 살짝 보인다.

44. 케이블카 안

- 삼순, 자리에 앉아 두 손으로 손잡이 꽉 잡은 채 벌벌 떨고 있다.
- 맞은편에 느긋하게 앉아 있는 진헌, 삼순이 한심스럽고 우습다. 그 뒤로 하행선이 내려가는 게 보인다.

진헌 여기서 살아나면 생사를 같이한 전우가 되는데, 그만 화 풀죠.
삼순 (무서움에 볼 부어) 나한테 미안해서가 아니라 영업에 지장 있을까 봐 그래서 따라온 거죠?
진헌 대신 정직원으로 채용한다구요. 요즘 같은 세상에 언제 명퇴당할지 모르는 남자보단 그게 더 확실한 거 아닌가?
삼순 아까 내가 한 말 벌로 들었어요? 난 결혼이 하고 싶다구요.
진헌 왜요?
삼순 몰라서 물어요?
진헌 당연히 모르죠. 그쪽은 나를 얼마나 아는데요?
삼순 (그렇군) ... 태평양을 조각배 타고 건너는데 혼자면 너무 무섭잖아요. 혼자 노 젓는 것보다 둘이 젓는 게 속도도 빠르고...

진헌 (결혼을 저렇게 표현할 수도 있구나) ...
삼순 (괜스레 마음이 짠해져서는) ... 봐요, 지금 같이 있으니까 덜 무섭잖아요. 나 혼자거나 사장님 혼자였으면 얼마나 무서웠겠어요.
진헌 난 원래 이렇게 위험한 기계는 얼씬도 안 해요.
삼순 겁쟁이. 그래서 운전도 안 하는군요?
진헌 ! ... (마음 들키기 싫어 창밖으로 시선 돌린다)

- 삼순도 창밖을 본다.
- 남산의 봄 풍경이 보인다. 개나리 진달래 벚꽃이 울긋불긋... 알록달록... 봄의 연녹색이 두 사람의 마음을 진정시켜준다.

삼순 난 파리도 좋지만 서울도 좋아요. 구석구석 좋은 데가 참 많거든요. 여기 남산도 얼마나 좋은데요.

- 남산의 풍경들 위로,

삼순 (E) 밤엔 야경도 참 좋은데 에펠탑만큼... 지금도 봐요, 너무 이쁘죠? ... 나 국민학교 때 어버이날이라고 할아버지랑 우리 식구들이 다 여길 왔었어요. 이 케이블카 타고 올라가서 식물원 구경도 하고 동물원 구경도 하고 김밥도 까먹고... 할아버진 기집애들 징그럽다고, 혼자 툴툴대면서 저만치 앞서가셨는데, 전망대 올라가서는 되게 좋아하셨어요. 날씨가 좋아서 개성 송악산까지 다 보였거든요.
진헌 (심드렁하다) ...
삼순 우리 할아버지, 우리 세 자매를 얼마나 구박하셨는지 몰라요. 말끝마다 '기집애가 셋인데, 기집애가 셋인데' 그러셨거든요. 그중에서도 나를 제일 미워하셨어요. 아들인 줄 알았는데 덜컥 기집애가 튀어나오니까 얼마나 미웠던지 이름도 삼순이라고 짓고, 집안에 안 좋은 일이 생기면 저게 우환덩어리라고 그러고... 그래서 나도 할아버지한테 아주 못되게 굴었어요. 어버이날에 카네이션 만들면 할아버지 것만 쏙 빼고, 고무신은 내 다 버리고, 밥그릇은 몰래 숨겨놓고, (가슴 먹먹해져서) 빨리 돌아가시라고 기도하고... 근데 막상 돌아가시니까 자꾸 생각나요. 그래서 신경질 나

진헌	구… (어느새 경청하고 있다) …
삼순	나중에 할아버지 만나면 물어보고 싶어요. 난 할아버지한테 못되게 군 거 많이 미안해하고 후회하는데, 할아버진 내 이름 삼순이로 지은 거 미안해하셨어요? 하구요.
진헌	… 나도 물어볼 사람이 있어요.
삼순	(본다)
진헌	(고즈녁하게) 형한테… 물어보고 싶은 게 있어요.
삼순	? … 형한테 뭐 잘못한 거 있어요?
진헌	… 네…
삼순	그럼 물어보면 되잖아요.
진헌	(마음이 아프다. 쓴웃음 지으며) 네, 나중에 물어볼게요.

- 삼순, 고분고분한 그가 낯설어서 새삼스런 마음으로 본다.
- 진헌의 눈길이 그런 그녀의 눈과 딱 맞부딪힌다. 진헌, 정신이 든다. 한 순간의 방심으로 마음 한 자락을 내보인 게 부끄러워 순식간에 서늘하게 돌변한다.

진헌	(조롱조) 근데 태평양을 건너는데 왜 조각배를 타요, 유람선 놔두고?
삼순	? 네?
진헌	그리고 노 저어서 빨리 가면 저승밖에 더 있나?
삼순	(확 흘긴다) 집에서 꽈배기 공장 해요? 왜 아무 말이나 꽈 들어요, 왜? 그렇게 딴지 걸 거면 말을 시키지 말든가! (팩 옆으로 돌아앉아 화장품 꺼내 화장 고친다)
진헌	… 지금 나 보라고 화장 고치는 거예요?
삼순	(분 두드리며) 착각하지 마세요. 혹시 아홉 시 뉴스에서 취재 나올까 봐 그러는 거니까.
진헌	(가증스럽다. 입꼬리에 보일 듯 말 듯 비웃음이 매달린다)
삼순	? … 뭐예요 지금. 또 비웃는 거예요?
진헌	아뇨.
삼순	비웃었잖아요!

진헌   아니라구요.
삼순   비웃어놓군...
진헌   (짜증스럽다) 원래 표정이 이래요. 비웃는 거 아니니까 똑같은 질문 하지 마세요.

- 그때 쿵! 하고 케이블카 움직인다.
- 삼순, 옴마! 비명 지르며 얼른 손잡이를 잡는다.

45. 탑승대 앞

- 희진이 걸어 나온다. 뒤돌아본다.
- 상행선 케이블카가 올라가고 있다.
- 희진, 안심이 되는지 제 갈 길을 간다.

46. 거리(동 오후)

- 하이힐 때문에 절뚝거리며 오는 삼순. 문득 멈춰 돌아보더니 몹시 귀찮은 표정이다.

삼순   왜 또 따라오는데요?
진헌   아홉 시 뉴스에 안 나와서 섭섭해서 어떡해요.
삼순   (가며) 오늘 뉴스거리가 많았나 부죠 뭐. 나 할 일 있으니까 그만 가세요.
진헌   (따라오며) 관둔다는 말 취소 안 했잖아요.
삼순   절대 취소 안 할 거니까 포기하세요. 케이블카 안에서 잠깐 같이 있었다 구 그걸루 엮을 생각도 하지 말구요. 남의 인생 짓밟는지도 모르고 재미로 돌팔매질하는 미지왕을 고용주로 모실 생각은 눈곱만큼도 없네요.
진헌   ? ... 미지왕? (곱씹으며 따라가다가 멈칫)

- 오락실 앞의 두더쥐잡기에 돈 넣는 삼순.

진헌   (고개를 절레절레 흔든다) 정말 삼순이스러워...

- (E) 신나는 노래 반주. 버블 시스터즈의 '하늘에서 남자들이 비처럼 내려와'가 시작되어 노래방까지 이어진다.
- 신나게 두더쥐 잡는 삼순.
- 기다리고 서서 한심하게 바라보는 진헌.

삼순   (E) ♬ 꿈에서라도 단 하루라 해도 ♪ 내 운명의 남잘 꼭 만나고 싶어 ♪ 생각만으론 싫어~ 남자들이 비처럼 오늘 밤에 거리에 쏟아져준다면~ ♬ It's raining men... 할렐루야~ It's raining men~ Amen~ It's raining men 할렐루야~ It's raining men...

47. 오락실 안

- 너구리 같은 추억의 오락을 하는 삼순.
- 옆에 앉아 기다리는 진헌. 꼬맹이들이 달려와 비켜달라고 하자 자리를 비켜준다.
- 또 다른 오락을 코흘리개 꼬맹이와 열심히 하고 있는 삼순. 야, 좀 잘 해봐! 아줌마 땜에 죽었잖아요! 야! 아줌마는 누가 아줌마야! 누나라고 불러! 서로 타박해가며 열심이다.
- 뒤에 서서 하품하는 진헌.
- 간이 농구대에 공 집어넣는 삼순. 쏘는 족족 들어간다. 꼬맹이들이 박수를 친다. 커다란 꿀꿀이 인형을 부상으로 받아들고 으쓱하는 삼순.
- 진헌, 가관이다 싶다.

삼순   (E) ♬ TV에서도 다 떠들어대고 ♪ 또 혼자인 여자들이 다 기뻐하는 걸 ♪ 말도 안 되는 상상~ 한 번쯤은 괜찮아~ 포기할 때도 됐지만 포기할 수 없는 걸~ ♬ It's raining men... 할렐루야~ It's raining men~ Amen.. 창밖에 하나둘 보이는 남자 중에 한 명쯤은 있겠지. It's raining men~ 할렐루야~~

48. 노래방

- 노래를 열창하고 있는 삼순. 탬버린을 흔들고 테이블에 올라가 콩콩 뛰고 꿀꿀이에게 마이크 들이대고 원맨쇼를 한다. 삼순은 노래를 참 잘한다.

삼순 ♬ 상상 속의 하루, 웃기지만 괜찮아. ♪환상 속의 기대 가끔씩은 한번 미쳐봐 ♪ 혼자라는 비애~ 믿을 수 없는 걸, 좀 더 많은 기회 속에 반쪽을 찾아서~~~~ ♬ It's raining men down 점점 커지는 저 빗소리이이~~~ 기회를 잡아! 내 사랑을 찾아! ♬ 점점 더 커지는 저 빗소리이이~~ 운명의 남잘 찾아서~~~~ It's raining men... 할렐루야~ It's raining men~ Amen..

- 진헌, 밖에서 입 딱 벌린 채 보고 있다. 평생 이런 여잘 본 적이 없다!

49. 포장마차(이하 밤)

- 노래 끝나가면서 소주잔에 소주가 채워진다. 삼순, 옆에 앉혀놓은 꿀꿀이 몫의 소주잔에도 술 따라준다. 병이 바닥난다. 삼순, 소주를 너무 맛나게 단숨에 들이켠다. 캬아~
- 옆 테이블에 얼굴이 마주 보이도록 대각선으로 앉은 진헌, 삼순의 하는 양을 보고 기가 막힌다.

삼순 아줌마, 여기 소주 한 병 추가요. 계란말이랑 닭발도 주세요!
진헌 (자기 뱃속에 그게 다 들어오는 양 인상 구겨진다)
삼순 (문득 보고는, 살짝 취했다) 어이 미지왕, 왜 인상을 구기고 그러시나?
진헌 신경 끄시죠 누님.

삼순	(꼼장어를 입에 넣고 우드득우드득 씹으며) 누~님? 아저씨 방금 나한테 누님이라고 그랬어요?
진헌	거 나이도 있으신 분이 자꾸 아저씨 아저씨, 듣기 거북하네.
삼순	아저씨, 남자는 고등학교 졸업하면 다 아저씨야. 이젠 사장도 아닌 것이 쯧...
진헌	누구 맘대로. 들어올 땐 맘대로 들어와도 나갈 땐 그렇게 못 하죠.
삼순	흥, 니가 뭐 패밀리냐? 말론 브란도야?

- 아줌마, 소주 한 병 들고 온다.

아줌마	둘이 언제까지 이러고 있을 거야, 합석 안 해?
삼순	네?
아줌마	테이블 꽉 찬 거 안 보여?

- 삼순과 진헌, 각자 주위를 둘러본다. 아닌 게 아니라 테이블이 꽉 찼다.

아줌마	(삼순의 테이블에 소주 내려놓으며) 수작 그만 떨고 빨리 합쳐 총각! (하며 진헌의 테이블 위에 있는 걸 삼순의 테이블로 옮긴다)
진헌	(뻘쭘해서 일어나는데)
삼순	누구 맘대로 합석이에욧!
진헌	(엉거주춤)
아줌마	아가씨 성격 참 이상하네. 아까부터 잘못했다고 비는 것 같더만 그만 좀 해. 어린 애인 데리고 뭐 하는 짓이야 이게?
삼순	(놀라서 손사래 친다) 아녜요 아줌마! 애인 아녜요!
아줌마	(진헌 보며) 애인 아냐?
진헌	(능청) 아뇨, 애인 맞아요. 아까 입도 맞췄는걸요.
아줌마	(삼순을 흘긴다) 까불긴, 이렇게 이쁜 애인 있으면 업고 다니겠네. 아 싸우지들 말고 잘들 해봐, 맨날 꽃 피는 봄인 줄 알아? (간다)
삼순	(휙 쏘아보며) 뭐 하는 거예요 지금? 어린 애인 피 빨아먹는 늙은 여우가 됐잖아요!

50.   **나 사장 차 안**

- 기사가 운전하고 조수석에는 윤 비서, 뒷좌석에 나 사장 타고 있다.

나 사장   어이가 없네 정말. 맞선 보러 나간 자리에서 딴 여자랑 뭘 해? (열 오른다) 후... 아직도 전화 안 받어?
윤 비서   (핸드폰 덮으며) 네, 계속 꺼져 있어요.
나 사장   나쁜 놈.... 어디서 그런 뻔한 연극을...
윤 비서   연극이 아닐 수도 있어요.
나 사장   ? 연극이 아니면?
윤 비서   연극을 꾸밀 거면 좀 그럴듯한 이름을 지었어야죠. 삼순이란 이름이 가당키나 해요?
나 사장   !... 그럼 정말 삼순이란 여자애랑 사귄단 말이야?
윤 비서   모든 가능성은 열어놔야죠.
나 사장   (열 오른다. 이마를 짚으며 등받이에 털썩 기댄다) 아우 머리야...
윤 비서   근데 시옷 자가 두 개라 발음하기가 쉽지가 않네요. 김삼순...
나 사장   ?... (머리 더 아프다) 아우 내 머리...

51.   **삼순네 마루**

봉숙   (통화 중) 으잉? 그쪽은 들어왔다구? 우리 앤 아직인데? ... 근데 그쪽은 뭐래, 늦게까지 같이 있었던 모양인데. ... (맥 빠져서) 별말을 안 해? ... 우리 삼순이처럼 통통한 스타일을 좋아한다더니... 아유 알았어 끊어. (수화기 내려놓고 입이 쓰다) 왜 별말을 안 하지? 근데 이 기집애는 어디서 뭘 하는 거야? 전화라도 한 통 해주든가.

52.   **포장마차 안**

- 빈 테이블이 군데군데 보인다. 삼순네 테이블에는 빈 병이 네다섯 병 있다.
- 삼순은 많이 취해 머리가 무겁고 손은 제멋대로 삿대질이고 혀는 틈틈이 꼬인다.

삼순	그러니까 내 말은 끅... 세상은 소수의 엘리트가 끌고 나갈지 모르겠지만.. 그래도 나 같은 개미들을 짓밟을 권리는 없다구요... 넌 오늘 날 짓밟았어 아무런 죄책감 없이 끅...
진헌	(적당히 취했다) 그러니까 이상형을 말해보라구요. 주변에서 찾아본다니까요.
삼순	헹~ 이상형? 그럼 내가 속아 넘어갈 줄 알고? 그래두 그렇게 궁금하다면 알려주지. 내 이상형은 말야, 그냥 탄탄한 직장 다니면서 꼬박꼬박 월급 타오는 남자, 그거면 되지 끅...
진헌	너무 광범위해요. 범위를 줄여봐요.
삼순	키스 잘하는 남자.
진헌	(픽 웃으며) 늙은 여우 맞네.
삼순	(확 째린다)
진헌	그리고 또요.
삼순	꺄불고 있어 쯧... 그리고? 응 그리고... 우리 부모님이랑 언니들한테 자랑스럽게 내 남자예요, 말할 수 있는 사람... 자기 부모님이랑 친구들한테 내 여자예요, 하면서 자랑스럽게 나를 소개시켜줄 수 있는 사람 끅...
진헌	쉽네.
삼순	뭐, 쉬워? 야 이 쭈꾸미 같은 놈아. 그게 얼마나 어려운 건 줄 알어? 무지무지 어려워. 왜냐, 그 자식은 안 그랬거든 끅... 그 자식은 날 꽁꽁 숨겨놓고 아무한테도 안 보여줬다구!
진헌	그래야 바람 피기 좋으니까. 바람둥이라고 얼굴에 써 있던데, 그걸 못 알아본 사람도 잘못(이지. 아차차!)
삼순	(획 쳐다본다)
진헌	(귀찮게 됐군)
삼순	(가자미눈을 하고 본다) 그래, 전부터 수상했어. 기분 나쁘게 쳐다보고, 기분 나쁘게 웃고. 알고 있는 게 뭐야. 어디서부터 기억하는 거야!

진헌   (난감)
삼순   (테이블 쿵! 치며 일어난다) 말해 얼른! (테이블 너머로 상체 넘어지겠다) 아는 게 뭐야! 뭘 알고 그러는 거냐구!
진헌   (할 수 없다) ... 전부 다.
삼순   전부 다 어디부터 어디까지!
진헌   (의미심장한 눈길로 삼순의 왼쪽 가슴을 본다)
삼순   (놀래서 후다닥 꿀꿀이 인형으로 가린다)
진헌   (픽 웃는다) 가리긴 뭘 가리나, 별로 볼 것도 없더만.
삼순   (털석 앉으며 꿀꿀이를 꽉 쥐고 부르르 떤다) 으~~~~~ (꿀꿀이가 비틀어지는 순간)
진헌   악!!! (테이블 밑으로 정강이를 감싸 쥐고 고통스러워한다)
삼순   근데 왜 모른 척했어! 왜!
진헌   (눈물 쏙 빠질 만큼 아프다) 때린 델 또 때리냐?
삼순   왜 말 안 했냐구!
진헌   아는 척해서 득 될 게 없잖아요. 칼로리 낭비에 입만 아프지.
삼순   그럼 끝까지 모른 척해야지!
진헌   내가 왜요?
삼순   (왜? 그러고 보니 이유를 모르겠다) 그, 그건... 아 몰라! 어쨌든 그 기억 지워버려요!
진헌   나도 그러고 싶어요.
삼순   (도끼눈) 그건 무슨 뜻이에요? 그만큼 나에 대한 기억이 끔찍하단 말예요?
진헌   아- 이 아줌마 정말!
삼순   (도끼눈으로 찍을 태세) 뭐예욧? 아줌마?!
진헌   쌈닭을 삶아 드셨나... (일어나며) 이제 가요 그만. 아줌마, 여기 얼마예요.
삼순   아저씨가 왜 내? (일어나 확 밀치며) 내가 낼 거야. 아줌마 얼마예요?
진헌   (으쓱) 그러시든가.
삼순   (꿀꿀이 인형을 집어들고 비틀거리는 몸으로 지갑 꺼내며 아줌마한테로 온다) 아줌마, 여기 얼마.
아줌마 7만 6천 원.
삼순   에? 뭐가 그렇게 많아. (고개 디밀며 귀염 떤다) 아줌마, 나 취했다고 바

	가지 씌우는 거징?
아줌마	(머리 쳐내며) 이쁜 애인 놔두고 어디서 귀염을 떨어? 계산해줘? 소주 다섯 병, 우동 하나, 김밥 하나, 꼼장어 하나, 계란말이 하나, 닭발 하나, 꽁치구이 하나, 대합탕 하나.
삼순	우이 씨... 많이도 먹었네... (돈 꺼내다가) 어? (지폐가 만 원짜리 두어 장이다) 우 씨... 아줌마, 잠깐만 지달려, 돈 찾아올게. (꿀꿀이를 아줌마 품에 터억 안기며) 담보! (돌아서는데)
아줌마	(기다리기 귀찮아서) 웬만하면 애인더러 내라 그러지.
삼순	(돌아보며) 아줌마, 인생 그렇게 살면 안 되지이. 어떻게 저 핏덩어리한테 술을 얻어먹냐아. 잠깐만 지달려, 엉? (나간다)

53. 포장마차 앞 거리

- 벚꽃 만발한 거리... 비틀거리며 포장마차에서 나오는 삼순.
- 택시 잡고 있다가,

진헌	집이 부암동이었죠?
삼순	(비틀거리며 차도로 향한다) 돈 찾아올게 지달려 삼식아.
진헌	(삼식이? 그건 또 무슨 뜻이지? 생각하다가 문득 표정 굳는다)

- 삼순, 막무가내로 차도로 뛰어든다.
- 차들이 달려온다.
- 진헌, 사색이 된다.
- 헤드라이트들이 눈부시다.
- 비틀거리며 차도를 건너는 삼순.
- 진헌, 차도로 달려든다. 눈부신 헤드라이트 불빛 속에서 삼순을 확 낚아챈다. 차들이 빠앙- 클랙슨을 울리며 아슬아슬하게 지나쳐 간다.

진헌	(조심성 없는 이 여자 때문에 너무 화가 난다) 죽고 싶어 환장했어요?!!!
삼순	(뺨을 톡 치며) 얌마, 죽는 게 그렇게 쉬운 줄 알어?

진헌   (끔찍한 기억이 떠올라) 쉬워! 쉬우니까 조심해! 두 눈 똑바로 뜨고 다니
      란 말야!!!
삼순   (놀라서) ! ...
진헌   (너무 화가 나 숨이 가쁘다)
삼순   (헹~ 웃더니 뺨 꼬집으며) 으유 그랬저? 누나가 그렇게 걱정됐저? (태도
      돌변해서 퍽! 머리통 갈기며) 짜식이 어디서 소리를 지르고 있어? 오바
      하지 마 짜샤~
진헌   (어리둥절) ?! ...
삼순   지달려라 삼식아, 누님이 돈 찾아오마. (길 건넌다)
진헌   ? ...

 - 진헌, 황당하고 허무하고 어리둥절하다. 방금 전엔 주체할 수 없을 정
도로 화가 났었는데 삼순의 주사에 모두 날아갔다. 그까짓 거 아무것도
아닌 게 되어버렸다.

54.   캐시로비

 - 마침 차가 없어 안전하게 차도를 건너온 삼순이 비틀거리며 들어온다.
 - 기계가 두 대뿐인 두세 평 남짓의 좁은 공간.
 - 삼순, 지갑에서 카드 꺼내 꽂는다. 안내멘트를 혀 꼬부라진 발음으로
따라 하며 하나하나 버튼을 누른다.
 - 진헌, 담보로 잡혔던 꿀꿀이 인형을 들고 들어온다.

진헌   술값 냈어요.
삼순   (휙 돌아보며) 누가 아저씨더러 술값 내래? 어, 내 꿀꿀이! (확 채 간다)
      지달려, 돈 찾아서 갚을 거니까.
안내   (E) 비밀번호를 누르세요.
삼순   (한 팔로 스윽 가리고 진헌을 경계하며 비밀번호 누른다. 하나씩 숫자를
      꾹꾹 누르며 혀 꼬부라진 소리로) 4. 4. 4. 8.
진헌   (아이구 이 아줌마! 손으로는 가리고 입으로는 가르쳐주는 꼴이라니! 한

삼순	심해서 웃음이 나온다)
삼순	(차르르 돈 나오는 소리 들으며 돌아본다) 왜 웃어. 겨우 십만 원 찾았다고 비웃는 거야? 그런 거야? (제대로 트림한다) 끄윽...
진헌	(온갖 상을 쓰며 고개를 돌린다)
삼순	(머리통 퍽 갈기며) 짜샤~ 어디서 고갤 돌려? 너도 먹었어 임마. 억울하면 너도 해. 끄윽...

- 그 순간 믿을 수 없는 일이 벌어진다! 삐뽀삐뽀 신호음이 울리면서 실내의 불이 꺼지고 셔터가 내려가기 시작한다. 정각 10:00시를 보여주는 전자시계의 붉은빛을 받으며 삼순은 아악~ 아악~ 케이블카에서처럼 비명을 질러대고, 진헌도 당황하여 문을 열어보려 하지만 이미 셔터는 반 이상 내려왔다.

55. 캐시로비 외경

- 벚꽃 흩날린다. 셔터가 내려온다. 삼순의 처절한 비명 소리.

삼순	(E) 아악~ 아악~
진헌	(E) 아 시끄러워요 좀!
삼순	(E) 다 너 때문이야! 너만 있으면 재수가 없잖아! 꺼져! 꺼져 이 자식아!
진헌	(E) 누가 할 소리? 아줌마 때문에 재수가 없는 거야. 알어?

- 셔터가 바닥까지 내려와 철컥 소리와 함께 멈춘다. 그게 신호인 양 고요~~~~ 고요를 뚫고 우욱! 구토하는 소리.

56. 캐시로비

- 진헌, 어둠 속에서 공포에 질린 눈이다.
- 삼순, 엉거주춤한 자세로 진헌의 양복 자락을 움켜쥐고 우욱! 우욱! 그

　　　　　동안 먹은 걸 토해내고 있다. 우동, 김밥, 꼼장어, 꽁치, 계란말이, 닭발...
　　　　　- 도저히 상상할 수 없는 최악의 상황, 최악의 냄새에 넋을 빼앗긴 진헌!

진헌　　... 이건 지옥이야...

57.　　캐시로비

　　　　　- 진헌, 대걸레로 바닥을 싹싹 닦다가 코 고는 소리에 돌아본다.
　　　　　- 삼순이 널브러져 자고 있다. 꿀꿀이는 품에 안고 뺨에는 면 한 가닥이 붙어 있다.
　　　　　- 은행 직원이 밖에서 잔소리한다.

직원　　시간이 그럴 땐 들어가질 말아야지, 젊은 사람이 그런 눈치도 없어요?
진헌　　죄송합니다.
직원　　근데 여자친구한테 얼마나 술을 먹였길래 이래요?
진헌　　(약이 올라 대걸레로 삼순의 다리를 푹푹 밀며) 제가 먹인 거 아닙니다.
직원　　(음흉하게 쳐다보며) 아주 확실하게 갔구만.
진헌　　(직원의 그 눈길을 따라간다)

　　　　　- 삼순의 스커트가 말려 올라가 허벅지가 훤히 드러나 있다.
　　　　　- 진헌, 부르르 떨며 (삼순한테 화가 나서) 옷을 벗어 덮어준다.

직원　　저래갖고 집엔 못 들어가지. (의미심장한 말투) 거 참 적당히 먹이지, 다 큰 처녀를 어디서 재우나...
진헌　　(억울하다! 대걸레를 움켜쥔다! 으스러뜨리고 싶다!)
직원　　아직 멀었어요?
진헌　　(저절로 이가 갈린다) 다 돼갑니다.
직원　　빨리 끝내고 갑시다.
진헌　　(이를 갈며 걸레질을 한다)

58. 거리

- 양복 상의로 엉덩이와 허벅지를 덮은 채 삼순(한 손엔 꿀꿀이)을 업고 낑낑대며 오는 진헌. 삼순, 잠꼬대까지 한다.

삼순　야 이 말탱구리야.
진헌　(이를 악물고) 그래 지옥의 끝이 어딘지 한번 가보자구.
삼순　(머리통 갈기며) 이게 시끄럽게 어디서 떠들어.
진헌　그래, 때려라 때려.
삼순　(퍽 갈긴다) 그럼 못 때릴 줄 알고?
진헌　아후!
삼순　(머리카락을 확 움켜쥔다) 아후? (흔들어댄다) 니가 왜 한숨을 쉬는데? 넌 한숨 쉴 자격도 없는 놈이야 알어? 바람펴놓고 감히 어디서 한숨을 쉬어?
진헌　놔! 안 놔?
삼순　(놓는다) 놨다, 어쩔래.
진헌　으유 정말!
삼순　(다시 움켜쥐며) 정말 뭐! 사랑이 여기까지라서 서운하냐? 야, 니가 잘났음 얼마나 잘났는데? 이 자식이 정말 까불고 있어. 너 같은 바람둥인 다 죽어야 돼. (꿀꿀이로 퍽퍽 갈기며) 내가 다 찢어 죽이고 말려 죽일 테야... 찢어 죽이고 말려 죽일 테야...
진헌　아이 씨 정말!

- 진헌, 마침 옆에 있는 공중전화 박스에 그녀를 털썩 내려놓는다.
- 그대로 미끄러져 박스 안에 널브러지는 삼순.

삼순　아저씨 부암동 따블!
진헌　(삼순의 엉덩이에 깔린 자기 양복을 간신히 빼내 덮어준다) 난 할 만큼 했으니까 여기서 쫑 내자! 이래갖고 피차 다시 얼굴 볼 수 있겠어? 정규직이고 뭐고 다 때려치자구. 장사를 걸으면 걸었지 댁 같은 인간하곤 1초

　　　　도 같이 있기 싫다 정말.
삼순　(여전히 꿀꿀이를 품에 안은 채 히죽거리며 노래를 흥얼거린다) 꿈속에서라도 내 운명의 남잘 만나고 싶어...
진헌　(어이가 없다) ... 그래갖곤 운명의 남자는커녕 눈먼 남자도 못 만납니다 아주머니.

　　　- 진헌, 쌩 돌아서서 간다.
　　　- 삼순, 히죽거리며 노래하고... 그런 삼순의 모습 저 너머로 택시 타고 사라지는 진헌이 보인다.

59.　동 거리

　　　- 바람에 꽃잎 흩날린다.
　　　- 누군가의 발이 다가와 멈춘다. 진헌이다. 차마 못 가고 돌아왔다.
　　　- 삼순은 이제 흐느끼고 있다. 흑...

진헌　(점입가경이다) 그렇지, 눈물이 없으면 주사가 아니지.
삼순　나쁜 놈 흑...
진헌　이젠 후반전 들어가시겠다? (옆 박스에 털석 앉는다) 연장전만 들어가지 마십쇼.
삼순　야 이 나쁜 놈아...
진헌　왜요.
삼순　나 꼬실 땐 그렇게 잘해주더니...
진헌　(피식) 그쪽 말탱구린 뭐라고 꼬십디까.
삼순　내가 토해낸 것도 다 먹을 수 있다 그랬잖아.
진헌　(우웩)
삼순　야 민현우.
진헌　왜요.
삼순　나 너 다 잊었어.
진헌　잘됐네요.

삼순	다 잊었다구 이 말탱구리야.
진헌	축하한다구요.
삼순	근데... 내 몸이 안 잊어버린다...
진헌	? ... (돌아본다)
삼순	내 몸이 널 기억해... (눈물이 또르르 흘러내린다)
진헌	! ...
삼순	난 다 잊었는데 내 몸이 기억한다구 이 자식아...
진헌	(아슴아슴 그녀의 손길이 생각난다) ... 인두로 지져논 것처럼?
삼순	응...
진헌	... 많이 아파요?
삼순	응...
진헌	... 그래도 잊어야죠.
삼순	어떻게...
진헌	... 연애를 아름답게 끝내는 방법은 없어요. 어차피 사랑의 감정은 똑같지 않으니까... 한쪽은 길고 한쪽은 짧고... 길면 상처받아요. 그러니까 앞으론 짧은 쪽에 줄 서요. 내가 끝내고 싶을 땐 언제든지 끝낼(수 있게. 코 고는 소리. 돌아보면)

- 삼순, 코 골며 잔다.
- 진헌, 좀 측은지심이 생길 만하면 산통을 깨는 이 여자가 정말 싫다. 일어나 발로 툭툭 찬다.

진헌	그만 갑시다 김희진 씨. 김희진 씨!
삼순	(잔다)
진헌	(더 세게 찬다) 삼순아... 삼순아!
삼순	(잠결에) 응?
진헌	(목청껏) 삼순아 집에 가자!!!
삼순	(부스스 눈을 뜬다) 집에?
진헌	(참 황당하고 우습다)
삼순	(목이라도 벅벅 긁으며 상체 일으킨다) 집에 가야지... 몇 시냐 지금... (하다가 뭘 봤는지 어? 하며 미간 모은다)

- 바람에 꽃잎 흩날린다.
- 삼순, 표정이 어리벙벙하다. 내가 헛것을 봤나?
- 바람에 화르르 떨어지는 꽃잎들...
- 삼순, 게슴츠레한 눈을 비비고 다시 본다. 허걱 놀란다.
- 꽃미남들이 하늘에서 내려온다. 노랫말처럼! 비처럼!
- 삼순, 눈이 튀어나온다. 그 눈으로 휘휘 주위를 둘러본다.
- 여기도 꽃미남, 저기도 꽃미남, 잘 빠지고 잘생긴 남자들이 하늘에서 내려오며 오로지 삼순 하나만을 향해 미소 짓는다.

삼순 남자다... (잡으려 뛰어간다) 남자다... 남자다...

- 진헌, 황당하다. 이건 또 뭐 하는 짓거리란 말인가.
- 삼순, 흩날리는 꽃잎을 잡으려 폴짝폴짝 뛰어다닌다.

삼순 남자다... 남자다...
진헌 (고개를 절레절레) 너무 오래 굶었어...

- 삼순, 문득 진헌과 눈 마주친다. 게슴츠레~
- 진헌, 불길해진다. 저 아줌마가 왜 저런 눈으로 보지?
- 삼순, 갑자기 진헌을 향해 달려온다.
- 진헌, 겁먹고 눈 동그래진다.
- 마구 달려온 삼순, 팔짝 뛰어올라 진헌의 허리에, 목에 매달린다.

진헌 (공포의 도가니다!) 왜, 왜 이래요!
삼순 (멱살을 움켜쥐고 가자미 눈으로) 꼼짝 마! 넌 이제 내 사랑의 포로야!
진헌 (헉! 얼빠진다) !!! ... 이건 생지옥이야.

- 2회 끝.

3회

우리, 연애나 한번 해볼까요?

1. 자막 - 제3회 우리, 연애나 한번 해볼까요?

2. 거리(밤, 2회 엔딩)

- 바람에 꽃잎 흩날린다.
- 진헌은 황당하게 보고,
- 삼순은 흩날리는 꽃잎을 잡으려 폴짝폴짝 뛰어다닌다.

삼순 남자다... 남자다...
진헌 (고개를 절레절레) 너무 오래 굶었어...

- 삼순, 문득 진헌과 눈 마주친다. 게슴츠레~
- 진헌, 불길해진다. 저 아줌마가 왜 저런 눈으로 보지?
- 삼순, 갑자기 진헌을 향해 달려온다.
- 진헌, 겁먹고 눈 동그래진다.
- 마구 달려온 삼순, 팔짝 뛰어올라 진헌의 허리에, 목에 매달린다.

진헌   (공포의 도가니다!) 왜, 왜 이래요!
삼순   (멱살을 움켜쥐고 가자미눈으로) 꼼짝 마! 넌 이제 내 사랑의 포로야!
진헌   (헉! 얼빠진다) !!! ... 이건 생지옥이야.
삼순   생지옥? 흥, 우리가 가야 할 곳은 지옥이 아니야, 헌법재판소야.
진헌   (이건 또 무슨 소리?)
삼순   개헌해야쥐, 일처다부제로.

3. 오피스텔(아침)

- 옆으로 돌아누우며 중얼거리는 삼순.

삼순   아저씨, 헌법재판소 따블! ... 앗싸아~ 일처다부제... 야, 니들 다 따라와, 다 죽었어...

- 그러다 눈 뜨는 삼순. 졸린 눈에 무언가가 흐릿하게 보인다. 눈을 비비고 다시 보면, 돼지가 코앞에 있다. 뭐야 뭐야 뭐야 뭐야 뭐야! 괴성을 지르며 펄쩍 일어나 앉는 삼순. 미간 모은 채 노려보면,
- 꿀꿀이다. 간밤에 삼순이한테 휘둘려 새까맣다.

삼순   (기억을 못 한다) 으 드러~ (발로 툭 차 침대 밑으로 떨어뜨리고는 이불 뒤집어쓰며 드러눕는다) 아 돼지새끼 땜에 본방도 다 못 봤잖아... 속편도 칼라여야 될 텐데...

- 그러나 곧 확 일어나는 삼순. 뭔가 이상하다. 주위를 둘러본다. 내 방이 아니다! 어디선가 물소리까지 들린다. 아까부터 들렸는데 이제야 깨달은 것이다. 소리 나는 쪽으로 확 고개 돌린다. 욕실에 누가 있다! 삼순, 머리를 세차게 흔든다. 이게 뭐지? 여기가 어디지? 벌떡 일어나 욕실로 가 귀를 대보니 마악 물소리가 그친다. 누구지? 누굴까? 눈알을 굴리다가 확 문을 열어젖힌다.
- 마악 바스 타월로 허리 아래를 감싸던 진헌이 돌아본다.

삼순	(또 눈이 홀떡 뒤집어진다) 히???
진헌	(태연자약)
삼순	(벙- 해서) 댁이 왜 여기 있어요?
진헌	? ... 내 집이니까.
삼순	(더 벙-)
진헌	(그녀를 지나쳐 나가며) 냄새나니까 일단 좀 씻죠. 옷은 좀 이따 세탁소에서 가져올 거예요.
삼순	(옷? 그제야 자기 몸을 본다. 속옷 차림이다. 뒤늦은 비명이 터져 나온다) 꺄악~~~~~

- 진헌, 깜짝 놀라 돌아본다.
- 삼순, 콩 튀듯 파닥파닥 뛰며 아악- 아악- 비명 질러대다가 황당하게 바라보는 진헌과 눈 마주치자 잡아먹을 듯이 노려본다.

삼순	이 개쉬---끼! (달려든다) 이 나쁜 쉬끼! (맨몸을 철썩철썩 때리고 발로 차고 베개로 내려치고 알아서 난리법석) 나쁜 자식! 개자식! 비열한 놈! 똥돼지 같은 놈! 해삼 멍게 말미잘 고등어 갈치 며루치! 감히 니가 나를 능멸해? 니가 뭔데, 니가 뭔데!
진헌	(황당한 표정으로 가볍게 뿌리친다)
삼순	(가볍게 뿌리쳤을 뿐인데 저만큼 날아간다) 이 쉬끼가 이젠 사람을 치네? (발딱 일어나 머리 들이민다) 죽여라 아주. 죽여, 죽여!
진헌	(더럽다는 듯 손가락으로 머리를 쿡 쳐낸다) 일단 좀 씻지? 냄새 안 나나?
삼순	세상에 남자로 태어나서 절대로 해서는 안 될 일 중의 하나가 뭔 줄 알어? 바로 술 취한 여자 건드리는 거야. 몰랐다고 시치미 뗄 거지? 오늘 내가 확실히 가르쳐주겠어. (열 손가락을 확 치켜세우고 달려든다)
진헌	(두 팔을 잡는다)
삼순	(버둥거린다) 놔! 안 놔? 놔, 이 며루치 같은 놈아!
진헌	(냉소) 남의 등에 업혀서 오줌 싸는 여잘 누가 건드리나?
삼순	(엥? 오줌?)
진헌	당신, 당신 식대로 말하면, 제대로 더티해. (팔을 확 놓고 옷장으로)

삼순   (내가 오줌을? 말도 안 돼!) ... 흥, 웃기고 자빠지셔? 내가 술 취해 정신이 나갔다고 그런 누명을 씌워? (획 돌아보며) 뻥까지 마! 난 술버릇 없어!

- 진헌, 옷을 꺼내다 말고 돌아본다. 너무 너무 너무 너무! 기막힌 표정이다.
- 삼순, 그 표정에서 모든 걸 읽는다. 쫄아든다.

삼순   ... 쫄긴.. 해 얌전히...
진헌   얌전히?
삼순   (점점 더 자신 없어진다) 잠꼬대는 좀 한다.. 더라.
진헌   잠꼬대만?
삼순   오바이트.. 는 일 년에 한 번쯤? 니가, 아니 사장님이 운이 없었던 거지.. 요.
진헌   주먹깨나 쓴다는 말, 술친구들이 안 하시나?
삼순   그건... 귀여워서 뺨을 꼬집는 정도?

- 꼬집는 정도? 진헌, 가증스럽다. 예의 그 비웃음.
- 저 표정! 삼순, 비위 상하면서 제정신이 돌아온다.

삼순   그런 표정 하지 좀 말아요! 그게 얼마나 기분 드럽게 하는지 알아요?!
진헌   (뭐? 날이 선 얼굴로 다가온다) 밤새도록 당신이 날 얼마나 기분 드럽게 했는지 알어?
삼순   (어? 겁난다. 뒤로 밀리면서도 고개 빳빳이 들고) 그, 그러니까 뭐 하러 일루 데려와!
진헌   집은 모르고 당신은 제정신이 아니고, 핸드폰은 배터리 다 되고.
삼순   (벽에 쿵 닿으며) 그럼! ... 그럼 그냥 재우지, 옷은 왜 벗겨, 왜!
진헌   (손을 확 든다)
삼순   (옴마야~ 눈을 질끈 감는다)
진헌   (삼순 머리맡의 인터폰을 들고 버튼 누른다)
삼순   ???
진헌   (보란 듯이, 위압적으로 삼순을 내려다보며) 관리실이죠? 여기 xxx혼데요, 오늘 도우미 아주머니 부탁합니다. 침대 시트랑 이불 모두 갈아주세요. 환기 철저히 해주시구요. 아, 그리고 소독도 부탁합니다. 좀 깔끔하지

삼순	않은 손님이 다녀갔거든요. (뭐시라!)
진헌	(수화기 내려놓으며) 당신 위액이 섞인 김밥, 우동, 꼼장어, 닭발, 꽁치... 화학전이 따로 없더군. 옷을 벗긴 건 생존본능이었어.
삼순	이 아저씨 정말 웃기네? 도마뱀이야? 왜 자꾸 말꼬릴 잘라먹어? 왜 반말 해, 왜!

- 그때 버튼 누르는 소리가 난다.
- 진헌, 갸웃하더니 현관이 보이는 곳으로 나아간다.
- 삐리리~ 소리와 함께 자물쇠가 돌아간다. 벌컥 들어서는 나 사장(그 뒤로 그림자 같은 윤 비서).

나 사장	진헌이 이 자식 어딨어. 어딨냐 이놈.

- 진헌의 얼굴에 아- 귀찮게 됐네 하는 표정이 스친다.
- 보이지 않으므로 목소리만 듣고 어리둥절한 삼순.

나 사장	(봤다) 오냐, 이 자식 너 거기 꼼짝 말고 있어. (신발 벗고 올라서서 냉큼 달려든다) 어떻게 된 거야. 도대체 무슨 짓을 했길래 도곡동 김 여사가 그렇게 팔팔 뛰게 만들어? (꼬집으며) 뭐야. 무슨 일이야. 또 무슨 짓을 저지른 거야, 무슨 짓을! 못 살아 정말 못 살아! (하다가 삼순을 보고는 소스라치게 놀라 주저앉기까지 한다) 어머나 세상에! 하느님 아버지 부처님 예수님!
삼순	(어리둥절) ???
진헌	(아 귀찮게 됐네, 머리를 슥슥 부비고)
나 사장	(떠나갈 듯이) 이 벌거숭인 누구야!!!
삼순	(벌거숭이? 속옷 차림인 자기 몸을 보고는 놀라서 얼른 이불 같은 걸로 가린다)
진헌	그러니까 뭐 하러 전화도 없이 와요 예의 없게.
나 사장	뭐어? 예의? 너 지금 예의라 그랬냐? 오냐, 나씨 집안의 예의가 어떤 건지 진정 맛을 보고 싶다 이거지? 너 이리 들어와! (진헌의 멱살을 잡고 욕

실로 끌고 들어간다)

진헌 (다급해진다. 늘 그렇듯이 엄마 앞에서는 폼 안 난다) 나 사장 잠깐만! 잠깐 내 얘기 좀 들어봐. 나 사장! 나 사장님! 엄마. 어머니! (끌려 들어가 문 닫혔다)

- 퍽! 퍽! 맞는 소리. 쿵! 어딘가 부딪히는 소리! 챙그렁! 비눗갑 등이 날아다니는 소리. 악! 억! 엄마! 단말마의 비명들...
- 삼순, 병- 해 있다가 절정인 양 아악~ 처절한 비명 소리가 들리자 쿡, 그만 웃음이 터지고 만다. 그러다 무표정한 윤 비서와 눈이 마주친다. 참으로 해독 불가능한 윤 비서의 표정... 삼순의 웃음기가 스르르 가신다. 머쓱해서 욕실을 가리킨다. '저 사람들 어떡해요?' 하는 눈빛으로. 윤 비서, '그냥 놔둬' 하는 눈빛으로 어깨를 으쓱한다. 아주 조그맣게.

4. 삼순네 뜰(동 아침)

- '삼순이 꽃밭'이라고 쓰인 아주 몹시 오래된(20여 년쯤) 나무 팻말이 꽃밭에 박혀 있다. 그 꽃밭엔 흔한 들꽃들이 소박하게 피어 있다. 촌 아낙처럼 챙이 넓은 모자를 쓴 엄마 봉숙이 꽃밭 옆 텃밭에 심어놓은 채소류 (상추, 고추, 깨, 가지, 오이, 토마토 등등)를 돌보고 있다.

봉숙 호호호 이게 웬일이야, 삼순이가 외박을 다 하구? 크리스마스 때도 방구들 떠메고 앉아서 속을 뒤집어놓더니 웬일이래? ... 세상에, 고등학교 때 이름 바꿔달라고 가출한 거 빼곤 첫 외박이잖아? ... 근데 어떤 놈이야? .... 어제 맞선 본 놈은 일찍 들어왔대구... 이년이 어디다 남자 숨겨놓구 시침 떼고 있었던 거 아냐? (크흐흐 절로 웃음이 난다) 이놈이든 저놈이든 올가을엔 치우겠네. 가만, 식 올리기 전에 배부터 부르면 안 되는데? 에이, 무슨 걱정이야, 혼수로 같이 보내지 뭐.

5. 오피스텔

- 털썩 바닥에 무릎 꿇고 앉는 진헌. 맞은 흔적들...
- 나 사장과 윤 비서가 소파에 나란히 앉아 있고, 진헌의 티셔츠를 입은 삼순은 1인용 스툴쯤에 따로 앉아 있다.

나 사장 (이 뚱녀가 영 마음에 안 든다) 아가씬 옷 없어? 왜 그걸 입고 있어?
삼순 옷이.. 세탁소에서 아직 안 와서...
나 사장 !... 남의 집에 와서 옷을 세탁소에 맡길 만큼 우리 아들이랑 깊은 사인가?
진헌 나 사장. (퍽 날아오는 티슈박스에 맞고는 끙...)
나 사장 (잠시 흘기고는 다시 삼순 보며) 아가씨가 대답해. 우리 아들이랑 깊은 사이야?
삼순 ...네...
진헌 (스윽 쳐다본다. 이 여자 뭐야?)
나 사장 !... 어, 어떻게 깊은 사인데?
삼순 사장님은 절 고용하고 저는 사장님한테 고용당하고, 몹시 깊은 사이죠.
진헌 (피식!)
나 사장 (진헌을 확 흘긴다! 수준 낮은 아들놈한테 이가 갈린다) 하필이면 레스토랑 아가씨랑... (자기도 모르게) 이 사람은 왜 새 사람 들인 걸 보고 안 한 거야.

- 윤 비서, 얼른 옆구리 찌른다.
- 나 사장, 아차 싶다.
- 진헌의 눈썹이 꿈틀거린다. 확실히 스파이가 있구나!

나 사장 (다짜고짜) 삼순이가 누구냐.
삼순 (어? 내 이름을 왜?)
진헌 (참 꼬이는군. 수습하려 얼른) 나 사장, 이따 얘기하면 안 될까?
나 사장 대답부터 해. 어제 맞선 보러 나가서 니가 끌어안은 삼순이란 기집애가 누구냐구!
삼순 전데요.

6. **오피스텔 복도**

- 세탁소 아저씨가 진헌의 양복과 삼순의 투피스를 들고 초인종을 누른다.

7. **오피스텔 욕실**

- 삼순, 뚱하게 부은 채 옷을 입고 있다.

삼순   근데 정말 엄마 맞어? 하나도 안 닮았잖아... 수염만 안 났지 메기같이 생겨가지군... 정말 기분 나쁜 모자야... (밖을 보며) 근데 누나야, 이모야? (도리도리) 정말 엽기적인 구성이야. (어?)

- 삼순, 옷걸이에 붙은 스티커를 떼어낸다. 세탁소 이름과 전화번호가 있다.

8. **오피스텔**

- 진헌, 스툴에 앉아 지루한 듯 하품을 한다. 하품이 채 끝나기도 전에 어김없이 퍽 뒤통수를 갈기는 손.

진헌   아!
나 사장   (마시던 얼음물을 탕 내려놓으며) 아프냐? 나도 아프다. 하필이면 저렇게 막 굴러먹는 여자랑... 야 이 덜떨어진 놈아, 사업하는 놈이 천지 분간을 못 해서 자기가 부리는 사람이랑 바람이 나? 너 내가 그렇게 가르쳤어?
진헌   불륜도 아니고 미혼남녀한테 바람이 뭡니까?
나 사장   놀고 있네.
진헌   놀다뇨. 어휘구사력이 정말 그것밖에 (하다 멈칫)
나 사장   (분을 참으며 노려본다)
진헌   (진짜 화났구나. 자중한다) ...

나 사장   이번 주 안으로 정식으로 데려와서 인사시켜.
진헌   ???
윤 비서   ? ...
나 사장   (흥분과 분노가 가시고 의연한) 선보러 나가서 집안 망신시키는 것도 하루 이틀이지. 니가 그렇게 좋다면 밥 한 끼 정돈 같이 먹어주마.
진헌   (이게 아닌데, 어리둥절) ...
나 사장   마음에 들어서 이러는 건 아냐. 몇 년씩이나 여자 보기를 돌같이 하던 놈이, 그것도 깔끔 떠느라 제 침대에 누가 앉는 것만 봐도 파르르 떠는 놈이 제 침대에서 재우는 거 보니까 저 아가씨가 보통 좋은 게 아닌가 보다. 이번 주 안으로 한번 데리고 와봐.
진헌   ! ...
나 사장   그렇다고 너무 좋아하진 마라. 제대로 봤는데도 아까처럼 농담과 말대꾸도 구분 못 하는 푼수데기면 무슨 수를 써서라도 갈라놀 테니까. 알았어?
진헌   (이런 기회가, 광명이 비추는 것 같다!)
나 사장   알았냐구!
진헌   (똑바로 보며 진지하게) 네 어머니.

9.   희진 아파트 단지의 한가로운 풍경(동 오전)

10. 희진 아파트, 거실

  - 도배사들이 도배를 한다.

11. 희진 아파트, 작은 방

  - 하얀 천이 확 벗겨진다. 먼지가 흩어지며 침대가 드러난다. 차례대로 천을 벗긴다. 침대, 책상과 그 위에 쌓아놓은 박스들, 화장대, 소가구들, 인체 마네킹, 박스들이 드러난다.

- 희진, 실내를 둘러본다. 미국에 가 있는 3년 동안 방 하나에 짐을 몰아넣고 세를 주었다. 도배만 끝나면 짐을 옮길 것이다. 희진, 책상 서랍을 열어 액자 하나를 꺼내 책상 위에 올려놓는다.
- 사진. 나란히 서 있는 진헌과 희진. 마치 모르는 사람인 양 서로 다른 곳을 보고 있고, 드레시한 차림의 희진 목에는 생뚱맞게 청진기가 걸려 있고, 그 청진기를 자기 가슴에 댄 채 시침 떼고 있는 진헌. 의도적으로 연출한, 무슨 퍼포먼스 포스터 같기도 하고 예술사진 같기도 하다. 진헌의 장난기가 느껴진다.
- 희진이 미소 짓는다. 그가 귀엽다.
- 사진 속 진헌의 표정.

12. **종로, 해장국집(동 오전)**

- 그런 표정을 지으리라고는 상상할 수 없는, 기분 나쁘게 찡그린 진헌의 얼굴.
- 삼순이 해장국에 깍두기 국물을 붓고 공깃밥을 풍덩 빠뜨리더니 퍽퍽 말아 먹음직스럽게 한술 뜬다.

진헌   (보기만 해도 비위 상한다) ... 이건 그쪽이 내요. 어제 술값은 내가 냈으니까.
삼순   그러죠 뭐, 퇴직금에서 헐면 되겠네.
진헌   배짱 참 좋네요, 이런 불경기에.
삼순   인생 뭐 별거 있나? 배짱대로 사는 거지.
진헌   인생 뭐 별건 없지만, 배짱이 매달 월급을 주진 않죠.
삼순   ... (먹으면서 곰곰 생각한다. 마음의 소리. E) 하긴, 이만한 직장도 없지, 월급도 쎄구. 맞어, 적금도 한참 더 부어야 되는데. 적금을 타야 종잣돈 삼아서 가게를 내든가 뭘 하든가 하지? 관뒀다고 하면 엄마한테 주격으로 매 타작당할 거고... 눈 딱 한 번만 감고 그냥 모른 척해? (힐긋 진헌을 본다)
진헌   (먹으며 골똘히 생각 중이다. 엄마의 제안을)
삼순   (마음의 소리. E) ... 그래 김삼순! 폼생폼사도 좋지만 자존심 한 칸만 접고 실리를 챙기는 거야. 안 그래도 요즘 실용주의가 유행이잖아? (하다가 눈빛이 은근해진다) 근데 짜식 잘생기긴 했네... 메기 여사한테서 어떻게 저런 놈이 나왔지? 혹시 업둥이 아냐? 왜, 드라마에 잘 나오는 출생의 비밀을 간직한 왕자님 말야.

진헌   (느끼고 쳐다본다)
삼순   (얼른 태도 바꿔 기세 좋게) 좋아요!
진헌   ? ...
삼순   파티쉐가 자꾸 바껴서 음식 맛이 바뀌면 레스토랑 운영에도 차질이 있을 거구, 무책임하게 관두느니 제가 한 번 참죠. 그럼 정직원으로 승격되는 건 이번 달부터겠죠?
진헌   (빤히 쳐다본다. 생각이 깊다) ...
삼순   (왜 저래? 슬슬 눈치 보인다) ... 좀 무리면 다음 달부터도 괜찮은데...
진헌   (빤히 본다. 골똘하다) ...
삼순   (이상하네? 꼬리 더 내려간다) 아니면... 월급 인상이라도... 15프로...
진헌   ...
삼순   10.. 프로?
진헌   (생각 끝났다) 선보는 거 지겹지 않아요?
삼순   ? ... 남 걱정할 처지는 아니죠?
진헌   지금 만나는 남자 있어요?
삼순   ! ... 놀려요 지금? 남자가 있으면 황금 같은 휴일에 선보러 왜 나가요? 하여튼 사람 약 올리는 덴 뭐 있다니까? (해장국을 퍽퍽 떠먹는데)
진헌   김삼순 씨.
삼순   엠~병.
진헌   김희진 씨?
삼순   꼴~값.
진헌   우리, 연애나 한번 해볼까요?

- 삼순, 놀라서 푸! 터트린다. 밥알이 튀어 나가 진헌의 얼굴과 옷자락에 묻는다.
- 진헌의 입술이 뒤틀린다. '아 드러워 정말'이라는 표정이 역력하다.

13. **해장국 골목 앞 거리**

- 택시가 달려와 멈춘다. 진헌이 뒷문을 연다.

진헌   타요. (하며 돌아보면 없다. 어리둥절해 두리번거리면)

- 저만치 삼순이 가고 있다.

진헌   죄송합니다. (택시 문 닫고, 뛰지 않고 잰걸음으로 다가간다) 어디 가는 거예요.
삼순   보면 몰라요? 출근 중이에요.
진헌   난 버스 못 타요. 택시 탑시다.
삼순   못 타는 게 어딨어요? 사장님 발은 황금발이에요?
진헌   (잡는다) 택시 타자구요.
삼순   (확 뿌리치며) 싫다니까요. 언제 쫓겨날지 모르는데 한 푼이라도 아껴야죠.
진헌   내가 내요.
삼순   아니꼽고 치사하고 더러워서 싫어요. 그깟 택시비 내고 연애니 뭐니 또 헛소리할려구요? 어, 버스 왔다. (마악 멈춰 선 버스로 뛰어간다)
진헌   (짜증 난다)

14. **거리-달리는 버스**

삼순   (E) 글쎄 싫다는데 입 아프게 왜 자꾸 그래요?

15. **달리는 버스 안**

- 삼순이 앉아 있고 진헌은 그 앞에 서 있다. 출근 시간이 지난 헐렁한 버스지만 빈자리가 없다.

진헌   글쎄 왜 싫냐구요.
삼순   어머니 앞에서 사귀는 척해달라니, 그게 말이 된다고 생각해요? 난 그런 사기행각에 동참 못 해요.
진헌   김삼순을 김희진으로 부르는 건 사기행각 아닌가?
삼순   (휙 쳐다본다) ... 사장님이 삼식이로 30년을 살아보세요! 이건 한 사람의 인격권과 삶의 질이 달린 문제라구요! 가짜연애하고는 질적으로 다른!
진헌   나도 마찬가지예요. 내 삶의 질이 달려 있어요.
삼순   그럼 메기 여사, 아니, 어머님을 설득하는 게 상식 아녜요? 난 가짜연애를 심각하게 고려할 만큼 맞선 보기 싫다! 당분간은 결혼 생각 없다!
진헌   아까 보고도 그래요?
삼순   (그러고 보니 그렇다. 그래도) 자기 어머니도 설득 못 하면서 무슨 사업을 한다구...
진헌   ... 일어나봐요.
삼순   아직 멀었어요.
진헌   자리 좀 양보하라구요.
삼순   ? ... 뭘 하라구요?

- 진헌, 갑자기! 완력으로! 와락! 삼순을 일으켜 세우더니 그 자리에 앉는다.
- 순식간에 당하고 황당해하는 삼순.

진헌   앞으로 우리 연애하는 동안은 버스나 지하철 사절입니다.
삼순   뭐 이런 개싸가(지가 다 있냐?)
진헌   (창밖 보며 얄밉게) 정직원입니다, 이번 달부터.
삼순   (얼른 입 닫는다)

16.   보나빼띠 근처 골목

- 성큼성큼 달려오는 삼순. 힐긋 돌아보면 진헌이 뒤따라온다. 삼순, 몇

발짝 걷다가 멈춰 돌아선다.

삼순   그럼, 한번 물어나 봅시다? 왜 하필이면 난데요?
진헌   (멈춘다)
삼순   왜 하필이면 나랑 이 사기행각을 벌이자는 거냐구요.
진헌   서로 좋아할 일이 없을 테니까.
삼순   에?
진헌   우린 서로가 서로를 무척 재수 없어 하잖아요?
삼순   제가 사장님을 재수 없어 하는 건 사실이에요.
진헌   술주정뱅이 폭력꾼에 오줌싸개도 내 타입은 아니죠.
삼순   거 사실 확인도 안 된 거 갖고 자꾸 놀려먹기예요?
진헌   어쨌든 어제 보니까 주제 파악을 잘하더라구요. 자기 처지가 어떤지, 어떤 남자가 어울리는지... 혹시 나중에라도 나한테 흑심 품을 일 없으니까 당신 같은 여자가 적격이지.
삼순   ! ... 그 말은, 나중에 내가 당신을 좋아할 거란 얘긴가요?
진헌   (뻔뻔하게 끄떡)
삼순   와- 정말 미지왕이네. 제대로 미지왕이야.
진헌   (짜증) 도대체 그 미지왕이 뭡니까?!
삼순   궁금하면 지식검색창에 물어보세욧! (돌아서는데)
진헌   (확 잡고는) 사례할게요
삼순   ???
진헌   얼마면 돼요?
삼순   허! (팔을 확 뿌리친다) 그렇게 살지 마세요 사장님. 왜 남의 대사를 표절해?
진헌   ???
삼순   그리구 뭐든 돈으로 해결하는 모양인데요, 레스토랑을 통째로 넘겨준다면 생각해보죠. (간다)
진헌   ... 대체 왜 싫다는 겁니까! 싫다 싫다 그 말만 하지 말고 이유를 대요! 내가 납득할 만한 이유를!
삼순   (멈춰 돌아선다)
진헌   ...
삼순   어제 말했죠. 난 사장님처럼 초년 운이 좋질 못해서 유람선 타고 태평양

	을 건널 처지가 못 된다고.
진헌	…
삼순	그나마 뗏목이 아닌 걸 감사하게 생각해요 난. 어쨌든 조각배를 타고 그 넓은 태평양을 건너야 되는데 혼자 가긴 무섭고 쓸쓸하고, 동반자를 구해야 되는데 이놈의 코딱지만 한 땅덩어리는 차별도 많고 가리는 것도 많아서 여자 나이 서른이 넘으면 은근히 무시를 하죠. 그래도 삼십 대 초반까진 괜찮아요, 그 이후가 문제지.
진헌	…
삼순	그러니까 난 서른하나, 둘, 셋까진 내 짝을 만나 태평양을 건너고 싶어요. 그럴려면 조각배가 뭔지도 모르는 철없는 사장님이랑 사기행각이나 벌일 시간이 없다구요. 알아들었어요?
진헌	역시 주제 파악은 잘해.
삼순	(열받는 것도 지친다) … 제가 국어 성적은 좀 좋았거든요. 그럼 저 출근합니다? 사장님은 한 5분쯤 돌다 들어오세요. 괜히 오해받기 싫으니까. (간다)
진헌	…

17. 홀

- 쪼르르 소리가 명쾌하게, 글라스에 와인이 따라진다.
- 홀 직원은 물론 주방 직원까지 모두 홀에 나와 앉아 오 지배인의 와인 강의를 듣는 중으로, 두 사람씩 앉은 테이블에는 각각 와인병과 글라스가 있다.
- 현무가 잔을 들고 있고 오 지배인이 글라스에 와인을 따르고 있다.

오 지배인 자세나 따르는 방법은 지금처럼 하면 됩니다. 특별한 예절이나 까다로운 규칙이 있을 거라는 선입견은 버리세요. 물론 삼겹살집에서 소주를 마시는 것과는 다른 디테일들이 있지만 그건 본질이 아닙니다. 중요한 건, 느끼고 즐기는 겁니다. 자 그럼 차차 하나씩 깨우쳐나가기로 하고 오늘은 첫날이니까 와인에 대한 생각들을 나눠봅시다.

- 그때 구둣발 소리가 요란하게 들린다. 모두들 돌아본다.
- 멋모르고 들어서던 삼순, 모두의 눈초리를 받으며 아차 싶다.

오지배인   희진 양, 지각이죠?
삼순   네...
현무   (확 인상 쓴다) 와인 강의 첫날이라고 늦지 말라고 그렇게 당부를 했는데!
삼순   죄송합니다...
현무   제일 연장자가 이게 무슨 챙피야?

- 그때 진헌이 삼순의 앞을 지나쳐 사무실로 향하며,

진헌   너무 야단치지 마세요. 저랑 밤새는 바람에 좀 늦었습니다.

- 삼순, 이런 세상에!!!
- 전 직원이 쇼킹한 얼굴로 삼순을 쳐다본다. 특히 영자와 인혜의 그 표정이라니...
- 졸지에 공공의 적이 되어버린 삼순, 울상이다.

18.   **사장실**

- 의자 등받이에 몸을 파묻는 진헌. 왼발을 들어 책상에 올리고 고통스러운 듯 눈을 감는다. 잠시 그러고 있다... 고통이 가시는지 후- 숨을 내쉬며 눈을 뜬다. 이제 살 것 같다. 정말 오랜만에 많이 걸었다.

19.   **홀**

오지배인   자 그럼 각자 자기 파트너에게 와인을 따라주고 시음을 해보는 시간을 갖죠.

- 직원들이 각자 자기 파트너들에게 와인 따라준다.
- 인혜가 삼순의 잔에 와인을 따른다.
- 삼순, 힐끗 인혜의 눈치를 살핀다.
- 인혜, 아주 어두운 표정이다.
- 삼순, 마음이 참 불편하다.
- 오 지배인, 핸드폰 울리자 여보세요 하면서 자리를 피한다.
- 약속이나 한 듯이 일제히 삼순을 휙 째려보는 여직원들!
- 삼순, 온몸에 독화살을 맞는 듯한 기분이다.

20. **탈의실**

- 삼순, 툴툴거리며 들어와 캐비닛 옷장을 연다.

삼순   하여간 이 인간은 왜 쓸데없는 소릴 해가지구 날 공공의 적을 만드느냔 말이야. 분명 내 인생의 정지선인 게 틀림없어.

- 옷을 갈아입기 위해 주머니에 있는 핸드폰이며 소지품을 꺼낸다. 그 손에 세탁소 스티커가 딸려 나오자 오메 반가운 마음으로 얼른 핸드폰 찍는다.

삼순   (신호음 떨어지자) 경희궁 세탁소죠? 저 말씀 좀 여쭙겠는데요, 아침에 경희궁 오피스텔 xxx호에 세탁물 배달하셨죠. 남자 양복이랑 여자 투피스랑... 예 예, 맞아요. 근데요 그 투피스에 뭐가 묻었었는지 혹시 기억나시나 해서요.... 아니 토한 거 말고 (아무도 없는 주위를 괜히 살피고는 속닥인다) 말하긴 좀 거시기하지만 소변.. 이라든가...

21. **종합병원 내과 복도(동 오후)**

- 희진, 누군가를 찾아 두리번거리며 온다. 문득 반가움이 확 끼친다.

희진   야 김병태, 문정임!

	- 스테이션에 서서 얘기 나누던 두 명의 레지던트가 돌아보고 놀란다.

병태   야 유희진!
정임   희진아!

	- 희진, 꺄악 소리 지르며 달려와 두 친구와 얼싸안는다. 복도가 시끄럽도록 얼싸안고 쥐어박고 때리고 저희들 식대로 반가워하는 세 사람.

22.   **병원 구내식당**

	- 희진과 친구들이 음료수를 마시며 오랜만의 회포를 푼다.

희진   민정인? 걘 피부과 가서 자기 얼굴 싹 갈아엎는다더니 정말 피부과 갔니?
정임   말 마. 정말 피부과 가서 한 달에 한 번씩 박피하더니 피부가 얼마나 예민해졌는지 알콜 한 방울만 튀어도 장난 아니야. 이따 올라올 거야.
병태   복학 신청은 했어?
희진   응. 아까 하고 오는 길이야. 어쨌든 부럽다, 난 아직도 학생인데. 나 실습하러 오면 잘 봐줘야 돼?
정임   근데 도대체 미국 가서 뭘 한 거야? 유학은 아니라며.
희진   그냥, 관광이라고 해두자.
정임   무슨 관광을 3년씩이나 해? 그것두 졸업 1년 남겨놓고.
병태   돈 있으면 뭘 못 하냐. 부모님 병원 잘 된다며?
희진   그래, 부자 아빠 둬서 좀 놀다 왔다.
정임   하여튼 너 나빠. 3년 동안 소식 한 장 없구. 3주만 늦게 들어왔으면 영영 절교할려 그랬어, 알어?
희진   왜 하필이면 3주야?

병태   정임이 얘, 3주 뒤에 결혼하잖아.
희진   어머 정말? 누구랑?
병태   나랑.
희진   (번갈아 본다) ! ... (입에 머금고 있던 음료가 푸! 터진다)

23.   **삼순 집 버스정거장(동 밤)**

- 버스가 달려와 멈춘다. 내려서 툴툴거리며 오는 삼순.

삼순   이 인간 뻥인 거 같긴 한데 사실 확인이 안 되니 막 몰아붙일 수도 없구... 근데 내가 정말 그러고 다닌 거 아냐? (믿을 수 없다는 듯 도리도리) 말도 안 돼. 그런 삼순이 짓을 했다고 내가?
이영   (E) 혼잣말하는 버릇 여전하네.
삼순   (깜짝 놀라 본다)

- 파격적인 차림의 이영이 여행용 트렁크 위에 앉아 있다.

이영   오랜만이다 삼순아?
삼순   작은언니!!!

24.   **돌담길**

- 걸어오는 삼순과 이영. 여행용 트렁크는 삼순이 끈다.

삼순   빨리 이실직고해. 그냥 들르러 온 거 아니지? 형부랑 싸운 거 아냐?
이영   근데 삼순이 넌 왜 더 뿔었냐? 너 또 실연당했다고 겨우내 소주랑 닭발이랑 끼고 있었던 거 아냐?
삼순   간신히 아물어가는데 쑤시지 말았음 하는 소망이 있네.
이영   야 너 그러면 안 돼. 너 여잔 일단 늘씬하고 이뻐야 돼. 나 봐, 결혼해도 남

	자가 끊이지 않는 비결이 바로 그거잖아.
삼순	(놀라서) 언니 바람펴?
이영	2005년판 국어대사전을 펴봐. 바람이라는 건 한때 느이 형부라고 불리웠던 수컷이 피우는 걸 바람이라고 하는 거야.
삼순	(놀라서 달려든다) 형부 바람폈어?
이영	행간을 못 읽네 얘가. I am divorced!
삼순	(두어 번 눈 깜빡이며 생각하다가 휘둥그레진다) 이혼했어???
이영	난 내 동생 쌈순이가 돌아온 싱글을 두 팔 벌려 환영해줄 거라 믿어 의심치 않는다.
삼순	내가 왜 돌싱을 환영해? 경쟁자가 하나 더 늘었는데!
이영	얘가 살쪘다고 간까지 부었네? 야, 아무리 그래도 넌 내 상대가 못 되지.
삼순	못 살아 정말. 언니 같은 이혼녀들까지 덤비니까 나 같은 노처녀가 느는 거야, 알어? (트렁크 끌고 쿵쿵쿵 가다가 휙 돌아보며) 언니, 우리 집안에 혹시 술 취하면 오줌 싸는 내력 있어?

25. 삼순 집 앞(동 밤)

- 대문 틈 사이로 집의 불빛이 보인다.
- 오래된 단층 단독주택 대문 앞에서 안의 동정을 살피는 삼순.

이영	좀 더 있다 올까? 우리 찜질방 갈래?
삼순	엄마 잘 때 슬그머니 들어가면 더 이상하지 않겠어?
이영	그렇지? … 아 피곤해 죽겠는데 지금 들어가면 몇 시간씩 붙잡고 꼬치꼬치 캐물을 거구.
삼순	어제 들어왔다며. 잠 못 잤어?
이영	찜질방에서 잠이 오니?
삼순	하여튼, 엄마 이길 배짱도 없으면서 이혼은 왜 하냐?
봉숙	(E) 뭐? 이혼?

- 삼순과 이영, 흠칫 놀라 돌아본다.

- 뭔가를 사러 나온 듯 비닐봉지 들고 봉숙이 눈 동그랗게 뜨고 보고 있다.

이영 (죽었다! 얼굴 마구 이지러지며 사시나무 떨듯 한다!) 엄마아...
봉숙 이혼이라니 너 그게 무슨 소리야. 정말 이혼하고 들어온 거야?
이영 (삼순의 등 뒤로 냉큼 숨는다) 엄마 그게 아니구 엄마 보고 싶어서, 엄마가 해준 김치찌개도 먹고 싶고 찜질방도 가고 싶고.
삼순 (낼름) 형부가 바람펴서 마포 아파트 위자료로 받고 도장 찍었대.
봉숙 뭐어? (여자 헐크처럼 변한다) 이런 우라질 년!!!

26. **뜰(동 밤)**

- 삼순이 줄넘기를 한다. 아담 소박한 집 위로 달빛이 비치고 삼순은 줄넘기를 하고 매우 평화롭게 보이지만 안에서는 무시무시한 소리가 흘러나온다. 너 죽고 나 죽자는 엄마의 고함 소리, 이영의 비명 소리, 매타작하는 소리, 냄비 날아다니는 소리... 그러거나 말거나 으쌰으쌰 아령도 하고 팔굽혀펴기도 하면서 달밤에 체조를 즐기는 삼순...
- F.O

27. **보나뻬띠 전경(낮, F.I)**

28. **보나뻬띠 홀(낮)**

- 화려한 차림의 여자가 들어선다. 채리다.
- 영자가 친절하게 맞는다.

영자 어서 오세요. 몇 분이시죠?
채리 약혼식 예약하러 왔어요. 사장님이 말씀하셨죠?
영자 아... 성함이 장채리 씨?

채리	네, 맞아요.
영자	예, 아까 지시받았습니다. 이쪽으로 오시죠.

- 룸 쪽으로 안내하는데.
- 안에서 진열장에 진열할 케이크를 들고 나오는 삼순. 채리와 딱 부딪힌다.

삼순	? ... 너 채리 아니니?
채리	? ... (거만 떤다) 삼순이 언니?

- 삼순, 허걱 놀란다. 삼순이 언니라니! 케이크를 테이블에 내려놓고 "삼순이 언니 여기서 일해?"라고 말하는 채리의 입을 얼른 틀어막고 끌고 나간다.

영자	? ... 삼순이 언니? ... (쿵쿵) ... 냄새가 나...

29. 뜰

- 채리를 끌고 나오는 삼순.

채리	(입 막은 손을 쳐내며) 왜 이래에?
삼순	야- 너 오랜만이다? 이게 얼마 만이냐? 나 파리 가기 전에 보고 처음이지? 이야- 한 육 년 만이네? 근데 너 키 컸니? 전엔 요만했던 거 같은데? 기집애, 넌 뭘 먹길래 아직도 크니?
채리	(이름표를 봤다. 한심스럽다는 듯 웃는다) 언니 아직도 그 짓 해?
삼순	(눈치채고 쿡 찌른다) 아직 개명을 못 했잖니. (속닥이는) 나 여기선 김희진이다?
채리	치- 중고등학교 내내 그러고 다니더니...
삼순	어머닌 잘 계시지?
채리	그럭저럭. 가끔 언니네 방앗간 떡을 그리워하지만. 근데 언닌 언제부터 여기서 일한 거야? 나 여기 사장 오빠랑 잘 아는데 언닌 한 번도 못 봤다?

삼순	? 사장 오빠?
채리	어릴 때부터 모임이 있어서 오빠 동생 하면서 자랐어.
삼순	(못마땅) 그으래?
채리	(문득 못마땅한 표정이 되어) 가만, 그럼 내 약혼식 케잌은 언니가 만들게 되는 건가?
삼순	? 약혼식 케잌? 너 여기서 약혼하니? (찜찜해하는 채리에게) 야아- 축하한다 장채리! 드디어 경쟁자가 하나 없어지네? 생각 자알 했다 야.
채리	(경쟁자? 허! 같잖은 웃음)
삼순	기대해도 좋다! 내가 세상에서 가장 멋진 케잌을 만들어주마! 근데, 신랑은 뭐 하는 사람? 연애? 중매?
채리	그건 언니가 알아서 뭐 하게? 어, 아저씨~ (손 들어 보인다)

- 삼순, 돌아본다. 서서히... 아주 서서히... 표정 변한다.
- 주차장 쪽에서 현우가 걸어오고 있다.
- 삼순, 하얗게 질린다.
- 현우, 걸어오며 이쪽을 본다. 삼순인 줄 모른다. 다시 보고, 알아본다. 동요...
- 삼순, 얼른 외면한다.
- 현우도 평정심을 찾으며 다가온다. 그가 오자 채리가 앙증맞게 팔짱을 낀다.

채리	(삼순을 깔보듯 하며) 언니, 우리 아저씨.
삼순	... (끄떡 인사)
현우	... (끄떡 인사)
현우	(채리에게) 누구...
삼순	(고개 외로 꼰 채, 뭐? 누구?)
채리	알 거 없어. 그냥 우리 할머니랑 엄마가 단골 하던 방앗간집 언니야. 들어가자. (데리고 들어간다)
삼순	(기가 막힌다) ...

30. **홀 룸(트인 룸)**

- 진헌과 현우가 악수를 한다. (옆에는 각각 오 지배인과 채리가 앉아 있다)

진헌 처음 뵙겠습니다. 현진헌이라고 합니다.
현우 민현우라고 합니다. 잘 부탁드립니다.

- 서로 시선 교환하는 두 남자.

31. **베이커리실**

- 삼순, 케이크에 짤주머니로 장식을 하고 있다.
- 자기 일 하다 문득 쳐다보던 인혜가 기함을 한다.

인혜 언니!
삼순 응?
인혜 뭐 하는 거예요 지금!
삼순 (장식하던 케이크를 본다. 헉!)

- 흉악한 핏빛 글귀 '개자식.'

32. **사장실**

- 들어오는 진헌과 채리.

채리 어때, 우리 아저씨?
진헌 (책장에서 서류철을 찾으며) 내 허락 받을려고 데려온 건 아니잖아.
채리 샘 안 나?
진헌 나.

채리	정말?
진헌	난다고 해야 빨리 돌아갈 거 아냐.
채리	치-
진헌	근데 왠지 낯이 익다?
채리	그래? 모임에서 봤나? 우리 아저씨, 마루건설 둘째 아들이잖아.
진헌	처음 듣는 회산데?
채리	막 떠오르고 있지. 신생 4대천왕이랄까? 참, 오빠네 집안에서 제주도에 호텔 하나 더 낸다며. 그거 설계했는데. 몰라?
진헌	(찾아낸 서류철을 채리에게 건넨다) 김 회장님 댁 소희 씨 약혼식 사진이야. 참고하고 주문할 거 있으면 해. (돌아서서 책상으로)
채리	(와락 달려들어 뒤에서 껴안는다)
진헌	(귀찮다. 가끔 하던 짓이다)
채리	오빠... 오빠가 내 첫사랑인 거 알지?
진헌	밖에 니 약혼자 있다.
채리	나 좀 있으면 남의 여자 되는데, 한 번만 안아주면 안 돼? 마지막으루. 응?
진헌	(채리의 손을 떼어낸다)
채리	(안기려 한다)
진헌	(제지하느라 어깨를 잡고)
채리	(애원하듯이) 오빠아...
진헌	(눈을 뚫어지게 본다) ... 채리야.
채리	(기대감에 고양이처럼) 응?
진헌	오늘 렌즈 색깔은 영 아니다. 다른 걸로 바꿔라.

33. 베이커리실

- 삼순, 설탕 시럽 만드는 인혜에게로 와 불을 살짝 줄여준다.

삼순	시럽 만들 땐 불꽃이 냄비의 지름을 넘어가면 안 돼. 넘어가면 벽에 묻은 설탕이 다 타버려. 그리구 (물에 적신 브러시로 냄비에 붙은 설탕을 털어

	내며) 벽에 설탕이 묻으면 이렇게 털어주고.
인혜	아... (슬쩍 눈치 보더니) 근데요 언니...
삼순	응?
인혜	그날... 정말 사장님이랑 같이 있었어요?
삼순	... 나 사장님한테 관심 없어.
인혜	? ... 정말요?
삼순	누구 표현을 빌자면 난 주제 파악을 잘하거든.

- 그때 핸드폰 울린다. 삼순, 흠칫 놀랐다가 액정 본다.
- 발신자. 〈그놈(또는 현우 씨)〉
- 삼순, 올 것이 왔다는 표정... 한숨 쉬고 받는다. 저쪽에서 다급하다.

현우	(F) 언제 끝나니.

34. 한적한 곳에 차가 서 있다(동 밤)

35. 현우의 차 안

현우	고맙다. 아까 모른 척해줘서.
삼순	고맙긴. 현우 씨가 워낙 연길 잘해서 장단 맞춰준 것뿐인데.
현우	말에 가시 있다?
삼순	가시밖에 없어?
현우	아직도 날 원망하니?
삼순	아니. 작년 크리스마스 때 그 여자라면 아마 원망했을 거야. 근데 제3의 여자? 흥, 진작 깨진 게 이렇게 고마울 수가 없네?
현우	집에서 원하는 여자다.
삼순	그렇겠지, 부잔데.
현우	쟤가 날 좋아한다.
삼순	어련하시겠어, 영겐데.

현우	(기분 상하고) ...
삼순	채리가 결혼하겠다는 거 보니까 현우 씨가 잘난 집 아들인 건 맞나 보네. 미안해, 그렇게 대단한 집안인지 몰라봐서. 아무튼 약혼식 딴 데서 해.
현우	여기 아니면 안 된대.
삼순	(획 본다)
현우	잘 안다며, 고집 세잖아.
삼순	(허!) ... 그럼 나더러 자기 약혼식 케잌을 만들란 말이야?
현우	미안하다, 알았으면 어떡해서든 안 왔을 거다.
삼순	알고도 오면 그게 사람이냐? 개자식이지.
현우	입 거친 건 여전하구나.
삼순	의외로 입 거친 걸 좋아하는 사람이 많더라구. 이대로 유지할 생각이야.
현우	(별 뜻 없이) 남자 생겼니?
삼순	! ... (에라 모르겠다) 어.
현우	(획 본다) ... 벌써?
삼순	? ... 벌써라니?
현우	너 나랑 헤어진 게 언젠데, 울고불고한 게 언젠데 벌써 남자가 생겨?
삼순	(이런 세상에) ! ...
현우	환지통이란 게 있다. 사고로 팔이나 다리가 잘려나가도 그 잘려나간 팔과 다리가 아파. 뇌 속의 감각중추가 그렇게 느껴. 팔다리도 그런데 하물며 사람 마음은 어떻겠니? 나를 잘라냈는데 안 아팠어? 안 아프고 그새 다른 남자를 만나?
삼순	(기막혀) 뭐라고 씨부렁거리는 거야 지금?
현우	넌 뭘 잘했냐구? 그래, 나 잘한 거 없다. 하지만 난 널 잊지 않아. 사랑이 멈춘 것뿐이지 잊은 적이 없어. (가슴을 치며) 여기 평생 있을 거라구.
삼순	! ...

36. 달리는 버스 안(동 밤)

- 라디오에서 백설희가 부르는 '봄날은 간다'가 흘러나온다.
- (E) 연분홍 치마가 봄바람에 휘날리더라.

- 삼순, 손잡이에 의지한 채 뜻 없이 창밖을 보고 있다.
- (E) 오늘도 옷고름 씹어가며 산제비 넘나드는 성황당 길에, 꽃이 피면 같이 웃고 꽃이 지면 같이 울던 알뜰한 그 맹세에 봄날은 간다.
- 어느새 삼순이 울고 있다.

삼순   ... 나쁜 자식... 맹세는 왜 해가지구...

- 삼순, 눈물을 슥슥 닦는다. 그런데도 자꾸 눈물이 난다.
- (E) 새파란 꽃잎이 물에 떠서 흘러가더라...

삼순   (Na.) 그땐 몰랐다. 그가 나에게 했던 많은 약속들이 얼마나 허약한 것인지... 그 맹세들이 없었더라면 지금 좀 덜 힘들 수 있을까? ... 허튼 말인 줄 알면서도 속고 싶어지는 내가 싫다. 의미 없는 눈짓에 아직도 설레는 내가 싫다. 이렇게 자책하는 것도 싫다. 사랑을 잃는다는 건 어쩌면, 자신감을 잃는 것인지도 모르겠다. (간신히 눈물 멈추고 벚꽃이 활짝 핀 거리를 본다. Na.) ... 빨리 봄이 갔으면 좋겠다.

- 버스가 급브레이크를 밟으며 멈춘다.
- 중심 잃고 손잡이도 놓친 삼순이 다다다다 앞으로 뛰어간다. 기사석까지 가서야 멈추고는 언제 울었냐는 듯 꽥 지른다.

삼순   아 운전 좀 똑바로 해요! 나 아직 시집도 못 갔단 말예요!

37.   삼순네 뜰(동 밤)

- 이영이 문을 열어준다. 삼순이 들어서는데 전화 통화 중인 엄마 봉숙의 고함 소리가 터져 나온다.

봉숙   (E) 이런 법이 어딨어, 이런 법이!
삼순   ? ...

봉숙	(E) 아우 난 몰라 몰라. 서방님 찾아내 빨리! 찾아서 옥살이를 시키든가! 난 이 집 못 내놔!
삼순	(의아하여 이영을 본다) 엄마 왜 저래?

- 이영, 삼순을 끌고 뜰 구석으로 간다.

이영	너 아버지가 작은아버지 빚보증 서준 거 알고 있었어?
삼순	빚보증? 죽은 아버지가 어떻게!
이영	돌아가시기 전에 서줬대. 엄만 까맣게 모르고.
삼순	근데.
이영	공장 부도나고, 작은아버진 도망 중이고, 우리 집은 넘어가게 생겼고.
삼순	뭐?!

38. 안방

- 봉숙이 드러누워 있다.

봉숙	찢어 죽일 인간. 유산은 못 남길망정 빚을 남겨? 허이구 기가 막혀. 어떻게 감쪽같이 나를 속여? 이 박봉숙이를?

- 이영과 삼순이 미음 쟁반을 앞에 놓고 앉아 있다.

이영	엄마, 일어나서 일단 미음 좀 드시지?
봉숙	시끄럿! 저리 꺼져! 김씨 성 가진 것들 아주 꼴도 보기 싫어!
삼순, 이영	...
봉숙	지들이 감히 내 집을 건드려? 이게 어떤 집인데. 스무 살에 시집와서 떡 찧느라 물터터진 내 손은 어떡하구! 시아버지 구박받아가면서 쓸고 닦고 이 집을 내가 어떻게 건사했는데? 호랑말코 같은 놈들. 내 집에 손만 댔단 봐. 그날이 내 관 짜는 날인 줄 알어.
이영	... 집 건질려면 얼마가 있어야 되는 건데.

봉숙	니가 알면.
이영	... 마포 아파트 있잖아 나한테.
삼순	?...
봉숙	!... (그러나 일어나지 않고) 냅둬. 너두 어떻게 될지 모르는데 그 돈은 쟁여놔야지. 이 집 안 넘어가. 내가 어떡해서든 느이 작은아버지 붙들어 와서 해결 볼 거야. 옥살이하라 그럴 거야!
이영	이성적으로 생각해 엄마. 작은아버지가 옥살이를 하든 안 하든 이 집은 이미 담보로 들어가 있고, 그건 기한 내에 빚을 안 갚으면 넘겨줘야 된다는 뜻이야.
삼순	!...
봉숙	!...

39. 삼순네 집 전경(아침)

40. 뜰(동 아침)

- '다녀오겠습니다' 하며 출근 차림으로 나오는 삼순. 대문으로 가는데 망치 소리가 들린다. 멈춰 돌아보면,
- 푸근한 인상의 아버지가 꽃밭에 '삼순이 꽃밭'이라는 팻말을 박고 있다.

아버지	이건 니 꽃밭이니까 하루에 한 번씩 물 주고 이쁘다고 말해주고, 잘 돌봐야 돼? (하며 돌아보면)

- 바가지 머리를 한 초등학생 삼순이 훌쩍훌쩍 울고 있다. 농구 유니폼을 입고 있고 등판의 '김삼순'이란 이름이 선명하다.

어린 삼순	싫어어- 바꿔줘어-
아버지	이놈아, 할아버지가 지어준 이름을 어떻게 바꿔? 그리고 삼순이가 얼마나 좋냐. 부르기 쉽고, 다정해서 좋고. 난 삼순이가 제일 좋다.

어린 삼순 싫어어- 김희진으로 바꿔줘어-

- 아버지, 이번엔 나무에다 '삼순이 나무'라는 팻말을 건다.

아버지 이거는 삼순이 나무. (그 나무에다 그네를 달기 시작한다)

- 어린 삼순, 울음을 삼키며 바라본다. 그네라니? 세상에 그네라니!
- 아버지, 그네를 다 달자 '삼순이 그네'라는 팻말을 건다.

아버지 이건 삼순이 그네.

- 어린 삼순, 언제 울었냐는 듯 쪼르르 달려가 그네를 탄다. 금세 까르르 웃는다.
- 그네 타는 어린 삼순이 어른 삼순으로 디졸브 된다.

삼순 그때 사탕발림에 넘어가는 게 아니었는데...

- 삼순, 삐그덕삐그덕 발을 구르며 집과 뜰을 둘러본다.
- 소박하고 정감 가는 단층주택... 아기자기한 뜰... 나무... 텃밭... 빛바랜 삼순이표 팻말들... 거기 쏟아지는 햇살...

삼순 아부지... 이 집 넘어가면 내 꽃밭은 어떡하냐? 내 나무랑 그네는...

41. 사장실 앞(동 오전)

- 소리 안 나게 조심조심 걸어오는 삼순. 살짝 열린 문틈으로 안의 동정을 살핀다.
- 레스토랑 경영에 관한 외국 잡지를 보고 있는 진헌.
- 삼순, 그 서늘한 얼굴을 보니 엄두가 안 난다. 볼이 부어서 돌아선다.

42. 마루(동 오후)

- 삼순이 퇴근해 들어온다. '나 왔어' 하려다가 분위기 감지하고 입 닫고 마루에 올라선다.
- 이영이 통화 중이고 봉숙은 걱정스레 쳐다보고 있는 중이다.

이영　네... 네... 아무래도 무리죠, 이번 주 토요일까진... 아녜요, 제가 너무 갑작스럽게 굴었네요, 워낙 급해서... 어쨌든 매물로는 올려주시구 무슨 일 있으면 전화 주세요.... 네, 부탁드립니다. (끊는다)
봉숙　뭐래? 안 된대?
이영　며칠 만에 아파트 한 채가 거래될 일 있겠냐구...
봉숙　(어깨가 꺼진다)
삼순　(속상한) ...
이영　(삼순에게) 너 돈 가진 거 없어?
봉숙　얘가 무슨 돈이 있니. 그동안 모은 건 다 파리 가서 공부하느라 들이붓고 여기 와서 번 건, (휙 보며) 그 돈은 다 어쨌니?
삼순　(이미 준비했다. 가방에서 통장 꺼내 내민다) 아직 반밖에 안 너서 얼마 안 돼.
이영　(속상해서) ... 너 이거 타서 가게 낸다며.
삼순　천천히 내지 뭐. 집 잃고 가게 내면 뭐 해.
이영　(받으며) 아파트 팔리면 채워줄게. (열어 본다) ... 이거랑 내 거 합치고, 엄만 당장 받아낼 수 있는 돈이 얼마야?
봉숙　오백?
이영　(머리로 셈한다) 그러면... 그래두 오천만 원이 모자라.
삼순　큰언니한테 전화해볼까?
봉숙　하지 마! 지들도 살기 바쁜데 쯧...
이영　...
삼순　...

43. **사장실 앞(다음 날 낮)**

- 또 와서 기웃거리는 삼순.
- 컴퓨터 앞에 앉아 진지하게 작업하고 있는 진헌.
- 도무지 말을 붙일 얼굴이 아니다. 후- 한숨 내쉬고 돌아서는 삼순. 그러나 몇 발짝 가다가 도무지 안 되겠는지 멈추어 돌아본다.

44. **사장실**

- 심각한 얼굴로 작업 중인 진헌.
- 검색창에 '미지왕'이라고 적는다. 엔터 키를 누른다.
- 영화 '미지왕'의 포스터가 뜬다. 못생긴 주인공 '왕창한'의 얼굴과 그 밑의 카피. 〈미친놈 지가 무슨 왕자인 줄 알어〉
- 쿡! 웃는 진헌. 미지왕이 이런 뜻이었군... 우습다. 밑의 몇 가지 정보를 읽는다.

진헌 ... 유료 관객 6천7백3십8명?

- 진헌, 웃음 터진다. 쿡쿡쿡... 그때 똑똑 노크 소리 들리자 얼른 표정 관리하며 모니터를 끈다. 두 번째 노크 소리에 목소리 낮게 깐다.

진헌 네.

- 문이 열리고 삼순이 들어온다.
- 진헌, 의아하다.
- 삼순, 여느 때와 달리 다소곳한 낯선 모습이다.
- 진헌, 뭔가 궁하군! 입가에 살짝 승리의 미소가 번진다.

삼순 (똑바로 보지 못하고) ... 흠...
진헌 무슨 일이죠?

삼순	...
진헌	(하던 일 하며) 나 바빠요.
삼순	그때 그 제안...
진헌	(모니터에 시선 둔 채) 네.
삼순	그거... 아직도 유효한가요?
진헌	네.
삼순	그럼... 제가... 받아들이면...
진헌	(고개 들며) 얼마면 돼요?
삼순	(너무 쉽게 튀어나온 그 말에 놀라)! ...
진헌	돈 필요한 얼굴이잖아요. 얼마 필요해요?
삼순	(맹해서) ... 오천.. 이요.
진헌	계좌번호 불러봐요.
삼순	네?
진헌	계좌번호요. 지금 인터넷뱅킹으로 넣어줄게요. (마우스를 클릭한다)

- 삼순, 맹- 해서 메모지에 계좌번호를 적어 건넨다.
- 진헌, 계좌번호 보며 자판 두드린다.
- 삼순, 뭔가 이상하다. 뭔가 기분 나쁘다.

진헌	다 됐어요. 이리 와서 확인할래요?
삼순	아뇨... 됐어요...
진헌	그럼 오늘부터 우린 연애하는 척하는 겁니다.
삼순	(맹) ... 네...
진헌	(하던 일 한다)
삼순	(맹하게 서 있다)
진헌	(고개 든다. 안 나가고 뭐 하냐는 표정이다)
삼순	가, 가능한 한 빨리 갚도록 하겠습니다. (왠지 변명조가 된다. 게다가 횡설수설까지) 언니 아파트만 팔리면... 며칠 만에 안 팔려서... 적금도 깼는데...
진헌	맡은 일만 잘하면 그 돈 안 갚아도 됩니다.
삼순	! ...

진헌	우리 나 사장만 완벽하게 속여 넘기면 말입니다.
삼순	아뇨, 그렇게 큰돈을 날로 먹으면, 아니, 떼어먹으면 안 되죠. 되도록 빨리 갚겠습니다. 이자까지 쳐서.
진헌	얼마요.
삼순	네?
진헌	이자 얼마 줄 거냐구요.
삼순	(먼저 말했지만 참 치사하다) ... 많이는 못 드리구... 은행 이자 정도?
진헌	그래요 그럼. 은행 이자로 합시다.
삼순	... 네...
진헌	(가서 일하라는 눈짓)

- 삼순, 찌뿌드드한 채 돌아선다. 개운치가 않고 뒷골이 당긴다. 문가로 가다가 멈춰 돌아선다.

삼순	근데요 사장님?
진헌	(모니터 보며) 네.
삼순	그렇게 큰돈을 빌려주면서, 왜 갑자기 마음이 바꼈는지, 그 돈을 어디다 쓸 건지, 그건 왜 안 물어보세요?
진헌	(삼순을 본다) ? ... 내가 알아야 할 필요가 있나요?
삼순	? ... 아뇨.
진헌	(다시 모니터에 시선) ...

- 삼순, 꼭 뭐에 홀린 것 같은 얼굴로 문을 여는데.

진헌	아 참 김삼순 씨.
삼순	(휙 보며 낮게) 김희진이요.
진헌	아, 김희진 씨.

- 진헌, 성큼성큼 나오더니 삼순의 손목을 확 잡는다.
- 삼순, 허걱 놀란다.
- 끌고 나가는 진헌.

45. 복도

- 삼순의 손목을 잡고 성큼성큼 걸어오는 진헌.

삼순 왜 이래요... 어디 가는 건데요? ... 아 누가 보면 어쩔려구... 놔요 조옴!

46. 홀

- 벌컥 문 열린다.
- 디너 타임 전 식사를 하던 직원들이 일제히 쳐다본다.
- 진헌이 삼순의 손목을 잡고 들어선다.
- 직원들, 의아하다!
- 삼순, '왜 이래요 정말!' 하면서 손을 빼내려 하지만 진헌의 손에 더욱 힘이 들어간다.

진헌 우리, 연애 중입니다. 두 달 됐습니다.
삼순 (획 쳐다보며 비명처럼) 미쳤어요?!!!

- 모두들 일제히 동작 굳는다. 특히 여직원들의 표정이 제각각 가관이다.
- 오 지배인과 현무가 놀란 눈빛을 교환한다.
- 인혜의 눈에는 벌써 배신의 눈물이 감돈다.
- 마악 입으로 들어가려던 영자의 숟가락이 손에서 떨어진다. 그 무시무시한 정적 속에 숟가락 떨어지는 소리 뎅그렁~

47. 보나뻬띠 앞

- 진헌, 파닥파닥 뛰는 삼순을 끌고 나온다.

삼순	미쳤어요? 어떡할 거예요 이제! 누구 죽는 꼴 보고 싶어서 환장했어요? 이럴 거면 팬까페를 폐쇄하든가!
진헌	(개의치 않고 끌고 가며) 내 일거수일투족을 감시하고 보고하는 스파이가 있어요.
삼순	? ...

48. 의상실(동 낮)

- 옷을 고르는 진헌. 퉁퉁 부은 채 보고만 있는 삼순.

진헌	나 사장을 속일려면 스파이도 속여야 돼요. 문제는 그게 누군지 모른다는 겁니다. 그러니 전 직원 보는 앞에서 연애하는 척을 할 수밖에 없어요.
삼순	허, 엑스맨까지?
진헌	엑스맨은 또 뭡니까?
삼순	그래서, 엑스맨을 속여 넘길려고 내 혼삿길 막히는 건 생각 안 했다 이거죠?
진헌	? ...
삼순	연애하는 척이 끝나면 헤어졌다고 발표할 거 아녜요. 그럼 난 작대기 하나 더 느는 거고, 나이 서른에 연애 경력 하나 더 쌓아봤자 혼삿길 막히는 것밖에 더 돼요?
진헌	아까 말했죠, 맡은 임무에 충실하면 그 돈 안 갚아도 된다고. 흠이 되는 연애 경력 하나와 돈 오천만 원... 손해 보는 장사는 아닌 거 같은데...
삼순	! ... 왜 그렇게 제멋대로예요?
진헌	(투피스를 꺼내며) 이걸로 합시다. 숙자매가 좋아하는 스타일이에요.

49. 저택 거실(며칠 후, 낮)

- 숙자매처럼 나란히 앉은 나 사장과 윤 비서.

- 그 앞에 나란히 앉은 삼순과 진헌. 삼순은 진헌이 고른 그 옷을 입고 있다.

나 사장 그래, 나이가 어떻게 되나?
삼순 올해 서른입니다.
나 사장 (마음의 소리. E) 액면가만 많은 줄 알았는데 실거래가도 많잖아?
진헌 요즘 세 살 연상은 아무것도 아녜요.
나 사장 (부드럽게) 아드님, 입 닥치고 가만 계시지? (다시 삼순 보며) 그래, 우리 진헌이하고는 만난 지 얼마나 됐지?
삼순 (연습했다. 자신 있게) 두 달 됐습니다.
나 사장 (마음의 소리. E) 두 달 만에 동침을 해? 이거이거 헤픈 애 아냐?
나 사장 그래, 양친은 생존해 계시구? 아버님은 뭘 하시나?
삼순 아버진... 3년 전에 돌아가셨습니다.
나 사장 (마음의 소리. E) 거기다 편모슬하까지?
나 사장 생존해 계실 땐 무슨 일을 하셨나?
삼순 식품업에 종사하셨습니다.
나 사장 (마음의 소리. E) 식품업? 이제 좀 구색이 맞네.
나 사장 (반가움에) 식품업이라면 나도 잘 아는데, 무슨 회살 운영하셨을꼬?
삼순 삼순이네 방앗간이요.
나 사장 ???
진헌 (삼순을 본다)
나 사장 (일그러져서는) 방앗간?
삼순 네. 할아버지 때부터 죽 방앗간을 해왔는데 (진헌이 쿡! 웃자 잠깐 돌아봤다가) 아버지가 돌아가시면서 잘 아는 분이 인수하셨어요. 어머니는 그동안 모은 돈으로 시장 분들 상대로 조그만 금융업을 하시구요.
나 사장 시장에서 조그만 금융업이라면... 새마을금고?
삼순 아뇨, 일수를 살짝 놓고 계십니다.
진헌 (쿡! 아까보다 소리가 더 크다)
윤 비서 (역시 피식 웃는다)
나 사장 (붉으락푸르락. 마음의 소리. E) 이 기집애 이거, 고단수야 바보야? 진헌이 이 자식 날 속일려면 좀 그럴듯한 애를 데려올 것이지 어디서 이런 유통기한 지난 호빵을...

삼순	(다리가 저린지 얼른 침을 찍어 코에 바른다)
나 사장	우리 진헌이, 사랑하나?
삼순	(놀라 쳐다본다) ! ...
진헌	(불안해져 삼순을 본다. 잘 해야 될 텐데) ...
나 사장	그렇잖아. 아무리 초스피드 시대라지만 두 달 만에 사랑이 얼마나 깊어졌겠어? 우리 아들, 얼마나 사랑하는지 난 궁금하네?
삼순	! ...
진헌	(불안하다)
나 사장	(살짝 경멸의 눈초리. 마음의 소리. E) 내가 모를 줄 알고? 너 지금 봉 잡았다 이거지? 방앗간이 감히 호텔을 넘봐?
삼순	(옛 생각을 떠올린다. 내가 현우를 얼마나 사랑했을까) ...
나 사장	대답하기 싫은 모양이야 삼순 양?
진헌	(걱정스럽고) ...
삼순	... 한 여류 소설가가 있습니다.
나 사장	? ...
진헌	? ...
삼순	이 소설가는 밤새 글을 써서 새벽에 남편의 책상에 올려놓고 잡니다. 그러면 남편이 일어나서 출근하기 전에 그 글을 봅니다. 매일 아침, 남편은 아내의 글을 읽는 첫 독자가 되는 거죠... 전 제가 만든 케익을 제일 먼저 진헌 씨한테 먹일 겁니다.
나 사장	! ...
진헌	! ...
삼순	제가 만들 수 있는 가장 맛있는 케익을 제일 먼저 먹여주고 싶습니다. 그만큼... 진헌 씨를 사랑합니다.
진헌	(기분이 이상하다)
삼순	(역시 이상하다)
나 사장	(마음의 소리. E) 홍, 입은 잘 맞췄네.

50. 저택 화장실

- 들어오는 삼순. 문을 닫고 훅까지 누르고 변기에 털썩 앉는다. 인생 최대의 거짓말을 하고 난 뒤라 다리도 가슴도 후들거린다. 두근대는 가슴을 겨우 진정시킨다.

51. 저택 거실

- 나 사장이 진헌을 노려보고 있다.

나 사장 방앗간집 셋째 딸? 잘났다 아주?
진헌 난 여관집 둘째 아들이잖아요.
나 사장 야 이 소갈머리 없는 놈아, 니 처는 그냥 처가 아니야. 미주 엄마고 호텔 경영주의 안사람이야. 근데 뭐 방앗간집 셋째 딸? 그것도 고졸에 쭈구렁탱이 연상? 어디서 저런 호빵같이 생긴 걸 여자라고. 호빵도 유통기한 한참 지나서 짓물러 터졌겠네. 목소린 또 몸살 걸린 고양이마냥 엥엥엥 엥엥엥엥...
진헌 어머니가 들이댄 아가씨들보단 훨씬 훌륭한 여자예요.
나 사장 뭐?
진헌 자기 손으로 성실하게 일해서 그 돈으로 꿈을 키우는 여자예요. 부모님이 사준 명품으로 치장하고 다니는 그 바보들하곤 질적으로 다르다구요.
나 사장 그럼 내가 바보들을 들이댔단 말야?
진헌 그리고 주제 파악을 잘해요. 이 세상에서 자기가 해야 할 일이 뭔지, 앞으로 어떻게 살아야 하는지, 건강한 가치관과 사고방식을 갖고 있어요. 아주 명쾌한 여자예요.
나 사장 주제 파악? 퍽도 잘한다.
진헌 더 할까요?
나 사장 괘씸한 놈... (엄하게) 희진인 다 잊은 거야?

- 진헌, 순식간에 표정 굳는다.
- 나 사장, 놓치지 않고 본다.

나 사장	지금까지 선보러 나가서 뒤집어엎고 온 게 희진이한테 미련이 남아서 그랬던 거 아니냐구.
진헌	... 아녜요.
나 사장	그런데 왜 표정이 변해.
진헌	... 옛날 얘긴 싫으니까요.
나 사장	... 다시 한번 묻자. 희진일 잊고 저 아가씨랑 사귀는 게 확실해?
진헌	... 네...
나 사장	(재차 묻는다) 정말이야? 진심이야? 맹세할 수 있어?
진헌	(단호히) 네.
나 사장	(아들을 보며 생각이 복잡하다. 에휴 저 애물단지)
진헌	...
나 사장	좋다. 일단 두고 보자. 희진일 잊게 해줬다니 그것만으로도 한 50점은 줘야겠구나. 앞으로 하는 거 봐서 가산할 건 가산하고 감점할 건 감점하고, 연말쯤에 정산 한번 하자. 그리구 혹시나 해서 당부하는 건데, 혹시 희진이가 돌아온대두 절대 받아줄 생각 같은 거 하지도 마라. 난 그 애 보기 싫다. 끔찍하게 보기 싫어.
진헌	...
윤 비서	아이는 잘 낳을 거 같아요.
나 사장	(황당하게 본다)
진헌	(역시 황당하게 본다)
윤 비서	삼순 양 말예요.

52. 희진 아파트 현관(동 낮)

- 우편함에 두툼한 우편물이 꽂혀 있다.
- 외출에서 돌아온 희진이 그걸 꺼내든다. 희진, 발신자 확인하자 미소가 감돈다.
- (인서트) 캘리포니아 헨리의 주소.

53. **희진 거실**

- 플레이어에 비디오테이프를 넣는 희진. 소파로 돌아와 편한 자세로 앉아 과일 주스를 마시며 화면에 시선 고정한다.
- (화면) 닥터 헨리가 의사 가운을 입은 채 동료 의사들과 농구를 한다. 아주 잘한다. 골이 들어가자 카메라를 향해 V 자를 그려 보인다. 익살맞다.
- 킥 웃는 희진.
- (화면) 맥줏집. 동료들과 맥주 파티하는 헨리. 희진더러 마시라고 맥주잔을 카메라에 들이대는 헨리.
- 깔깔 웃는 희진.
- (화면) 헨리의 고백...
- 희진도 진지해진다. 고맙고 흐뭇한 미소를 띤 채 화면을 응시한다.
- (화면) 헨리의 고백이 이어진다.
- 희진, 미안한 마음에 씁쓸해진다.

희진   ... 미안해 헨리... 우린 너무 늦게 만났어.

54. **2층 거실**

- 땡땡땡 어설픈 악기 소리가 난다. 소리를 따라 두리번거리며 계단을 올라오는 삼순. 집의 규모와 인테리어 등을 신기해하면서도 소리는 놓치지 않는다. 땡땡땡... 삼순, 두리번거리다가 드디어 찾아낸다.
- 저쪽 구석에서, 마치 없는 듯이, 아주 조용하게 앉아 유아용 악기를 땡똥거리고 있는 아이... 쏟아지는 햇살을 받아 비현실적인 느낌... 그래서 천사 같다.
- 삼순, 갸웃하며 다가간다.
- 인기척을 느낀 아이가 삼순을 올려다본다. 미주다.

미주   ...
삼순   안녕?

미주	...
삼순	난 삼순, 아니, 희진 언닌데 넌 누구니?
미주	(말똥말똥)
삼순	(문득) ! ... 너 혹시! 느이 아버지가 삼식이?

55. 주방

- 커다란 볼에 밀가루를 붓는 삼순. 물을 붓고 반죽을 하기 시작한다.
- 키 작은 미주가 테이블에 고개를 얹고 쳐다본다.
- 보통 엄마들과는 다른 날렵한 솜씨를 자랑하며 반죽하는 삼순. 이리 치대고 저리 치대고 던졌다가 받기도 하고 찰싹찰싹 때리기도 하고 아이가 보기 좋게 약간의 오버를 곁들인다.
- 미주, 그저 멀뚱하게 본다.
- 삼순, 반응 없자 흥이 안 난다. 그래도 나름대로 즐겁게 해주려 별 쇼를 다 한다.
- 이제 삼순과 미주는 갖가지 모양을 만들고 있다. 눈사람도 강아지도 고깔모자도... 여전히 미주는 별 표정이 없다. 삼순, 밀가루로 반지를 만들어 미주의 손가락에 끼워준다. 미주, 초롱한 눈만 빛낸다.

삼순	(마음의 소리. E) 무슨 애가 이래? 말도 안 해, 웃지도 않어... 삼촌은 얼음왕자, 조카는 얼음공주, 그럼 여긴 이글루야? (뚜- 해서 손 놓는다) 나 안 할래.
미주	(본다)
삼순	(아이가 떼쓰듯이) 말을 못하면 웃기라도 하든가, 무슨 반응이 있어야 재미가 있지. 나 안 해.
진헌	(E) 계속하세요.
삼순	(휙 본다)
진헌	낯을 좀 많이 가려서 누구랑 같이 있질 못해요. 지금 아주 재밌어하는 거예요.

- 미주, 진헌에게 쪼르르 달려간다.
- 진헌, 미주를 들어 올리고 뺨에 뽀뽀한다. 평소의 서늘한 표정은 온데간데없이 환한 미소가 가득하다.
- 삼순, 그 표정이 너무 낯설다.
- 미주가 밀가루 반지를 자랑스럽게 내민다.

진헌 아줌마가 만들어줬구나? 다음엔 목걸이도 만들어주실 거야. (삼순 보며) 그럴 거죠?
삼순 그런 것도 맡은 바 임무인가요?
진헌 한 달치 이자 삭감.
삼순 에?
진헌 반지값이에요. (미주를 안고 나간다)
삼순 (밀가루 반죽이라도 던지며) 삼식이가 하는 짓이 그렇지 뭐…

- (E) 피아노 소리가 들리기 시작한다.

56. **2층 오디오방**

- 방 한쪽 벽면이 온통 LP 판으로 채워져 있다. 한쪽엔 초보자가 봐도 성능이 좋을 것 같은 오디오 세트가, 또 한쪽에는 피아노 한 대… 진헌과 미주가 나란히 앉아 젓가락행진곡을 치고 있다. 한쪽 구석에는 윤 비서가 폭신한 1인용 소파에 파묻혀 있다.
- 그런 풍경들을 낯선 듯이 둘러보던 중인 삼순.
- 진헌, 곡을 바꾼다. 곰 세 마리 같은 동요로. 미주가 까르르 웃는다. 기분 내킨 진헌, 재밌고 신나는 동요를 한 소절씩 연거푸 친다. 미주가 몹시 좋아한다.

윤 비서 진헌아 그 곡 좀 듣자.

- 진헌, 장난을 멈추고 손을 비빈다. 심호흡을 하더니 긴 손가락으로 건

반을 누른다. 청명한 소리가 흐른다.
- 삼순, 뜻 없이 보고 있다.
- 진헌, 곡을 연주하기 시작한다. 귀에 익은 팝이나 클래식 소품...
- 삼순, 놀란다. 제법인걸?
- 진헌, 흠뻑 빠져 연주한다.
- 윤 비서도 흠뻑 빠져 듣는다. 미주가 일어나 윤 비서 옆에 앉는다.
- 삼순, 왠지 기분이 이상하다. 나른하다. 피아노 소리가 귓가를 간질이는 것 같다.
- 쏟아지는 햇살 속에 진헌이 피아노를 치고 있다.
- 삼순, 마음이 이상하다. 정말 이상하다. 괜히 붉어진 뺨을 어루만진다.
- 미주가 잠이 든다.
- 손가락이 건반 위에서 춤을 추는 것 같다. 연한 봄 햇살이 그의 주위를 맴돈다.

삼순 (Na.) 정말 운명의 상대를 만나면 몸속 어디에선가 종소리가 들린다고 한다. 이 사람이다, 이 사람이다, 이 사람이다, 이렇게 말해주는 종소리가... 나는 아직 그 소리를 들은 적이 없다. 아니, 믿지 않았다. 그런데 왠지 믿고 싶어진다. 누군가를 만났을 때 지금처럼 아름다운 소리가 내 몸 어디선가 들려온다면... 난 그 사람을 영원히 사랑하겠다. 내 운명의 상대를...

- 손가락이 멈춘다. 연주가 끝난다.

윤 비서 삼순 양은 신청곡 없어?
삼순 (제 생각에 빠져 있다가 정신 차리고) 예?...
윤 비서 진헌이가 피아노 치는 거 처음 봐?
삼순 예? 예...
윤 비서 잘됐네 그럼. 듣고 싶은 거 있으면 신청하지?
삼순 (진헌을 본다) ... 그래도 돼요?
진헌 (윤 비서를 의식해서) ... 몇 년 만에 여자친구를 집으로 초대했는데 당연하죠.

삼순	그럼... 이 곡이 될려나? 오버 더 레인보우!
진헌	! ...
윤 비서	! ...
삼순	? ... 오버 더 레인보우, 몰라요?
진헌	...
윤 비서	큼...
삼순	? ... 빨리 쳐줘요.
진헌	... 그건 안 되겠는데?
삼순	? ... 왜요?
진헌	... 악보가 없잖아요.
삼순	? ... 지금까지 악보 없이 쳤잖아요.
진헌	그건 못 외웠어요.
삼순	? ... 지금 나 놀리는 거죠? 방금 친 것보다 몇십 배 더 쉬운 건데 그걸 못 외워요? 빨리 쳐줘요. 난 그거 듣고 싶어요.
진헌	못 쳐요.
삼순	쳐요!
진헌	못 친다구요!
삼순	쳐요 빨리! 여자친구한테 그것도 못 해줘요?!
진헌	(확 분노가 서린다)
삼순	(아 저 표정, 큰일이다!)
진헌	(싸늘한 얼굴로 피아노 뚜껑을 쾅! 덮는다)
삼순	(흠칫!)

- 굳은 얼굴로 나가버리는 진헌.
- 어처구니없어하는 삼순을 지나치면서 3회 끝.

4회

Over The Rainbow

1. 자막 - 제4회 Over The Rainbow

2. 달리는 차 안(밤)

- 나 사장의 차 안.
- 침묵에 휩싸여 있는 진헌과 삼순. 삼순, 힐긋 그를 본다.

3. 저택, 2층 오디오방(3회 엔딩)

진헌 ... 그건 안 되겠는데?
삼순 ? ... 왜요?
진헌 ... 악보가 없잖아요.
삼순 ? ... 지금까지 악보 없이 쳤잖아요.
진헌 그건 못 외웠어요.
삼순 ? ... 지금 나 놀리는 거죠? 방금 친 것보다 몇십 배 더 쉬운 건데 그걸 못 외워요? 빨리 쳐줘요. 난 그거 듣고 싶어요.

진헌	못 쳐요.
삼순	쳐요!
진헌	못 친다구요!
삼순	쳐요 빨리! 여자친구한테 그것도 못 해줘요?!
진헌	(확 분노가 서린다)
삼순	(아 저 표정, 큰일이다!)
진헌	(싸늘한 얼굴로 피아노 뚜껑을 쾅! 덮는다)
삼순	(흠칫!)

- 굳은 얼굴로 삼순을 지나쳐 나가는 진헌.
- 삼순, 어처구니가 없는데.

윤 비서	(E) 전에 사귀던 아가씨가 좋아하던 곡이에요.
삼순	(홱 돌아본다) ?! ...
윤 비서	삼순 양도 진헌이가 처음은 아니겠죠 설마?
삼순	! ...

4. 달리는 차 안

- 삼순, 새로 알게 된 사실이 놀라울 뿐이다.

삼순	(마음의 소리. E) 이 얼음왕자가 연애를 했다구? 어떻게 안 녹고 살아 있었네?
진헌	임 기사님, 여기 세워주세요.
삼순	(여긴 왜?)

5. 바

- 마주 앉은 진헌과 삼순.

- 종업원이 진헌의 앞에는 위스키를 삼순의 앞에는 칵테일을 놓고 간다.

진헌 (종업원이 가자마자) 앞으로 나한테 요구 같은 거 하지 말아요.
삼순 ?! ...
진헌 요구, 질문, 내 기분을 상하게 하는 모든 말과 행동, 하지 말아요.
삼순 ! ... 아니 치기 싫은 곡을 쳐달라고 한 건 미안한데요, (새삼 화가 나서) 지금 나한테 5천만 원 빌려줬다고 유세 떠는 거예요? 사정사정할 때는 언제구, 왜 그렇게 앞뒤가 달라요 사람이?
진헌 (피곤하다) 묻지 말아요, 토 달지 말아요, 귀찮게 하지 말아요 제발! 안 그럼 계약 파기하는 수가 있으니까.
삼순 (어처구니가 없다!) ... 좋아요, 계약 파기해요!
진헌 ?! ...
삼순 나 참 드러워서 정말. 돈 오천에 사람을 무시해도 유분수지. 조만간 갚을 테니까 계약 파기합시다.
진헌 ? ...
삼순 돈이 어디 있냐구요? 장기 팔 거예요.
진헌 (같잖다) 그 몸에 그렇게 비싼 장기가 있을까? 아- 애는 잘 낳겠군.
삼순 !!! ... 그래, 파기하자 파기해! 계약서를 쓰길 했어, 차용증을 쓰길 했어? 없던 걸로 합시다, 대리모를 해서라도 갚을 테니까!

- 삼순, 벌떡 일어나 나가는데 바로 옆을 스치는 그녀를 진헌이 확 끌어 앉힌다. 그뿐 아니다. 바짝 밀착하며 어깨를 덥석 안는다.

삼순 (자지러지게) 뭐, 뭐 하는 거예요 지금!
진헌 (재빨리 속닥이는) 가만있어요. 나 사장이 사람 풀었어요.
삼순 ! ... (덩달아 속닥이는) 사람.. 을 풀다뇨? 진돗개를 푼 게 아니구요?
진헌 고개 돌리지 말고 봐요, 저쪽 바바리 입은 남자.
삼순 (슬그머니 본다)

- 방금 전 들어온, 바바리 입은 남자가 자리를 잡고 앉는다.

진헌	나 사장 떨거지예요. 우리가 진짠지 아닌지 감시하는 걸 거예요.
삼순	! ... 아니 그럼 이런 데서도 연극을 해야 돼요?
진헌	오천만 원을 거저먹을려 그랬어요?
삼순	(이런!)

6. 바

- 단단한 종이로 된 컵받침(크고 인상적인)에 뭔가 열심히 쓰고 있는 삼순.
- 진헌은 연인 흉내를 내느라 아직도 삼순의 어깨를 안고 있지만 피곤한 표정이 역력하다.
- 삼순, 마침표를 찍고 건넨다. 진헌이 그걸 보는 동안 바바리맨을 슬쩍 본다.
- 영문 잡지 보는 척하는 바바리맨, 왠지 엉성해 보인다.

진헌	? ... 쓸데없는 스킨쉽을 하지 말라뇨?
삼순	몰라서 물어요? 하지만 지금처럼 어쩔 수 없는 경우에는 참아주죠 까짓 거. 5천만 원을 거저먹을 생각은 없으니까.
진헌	(같잖고 피곤하다) 세상에 어느 남자가 댁 같은 여잘 안고 싶어 하겠어요?
삼순	!!!
진헌	머리끝에서부터 발끝까지, 내뱉는 말에서부터 내쉬는 숨소리까지, 그쪽 아주 훌륭한 무기인 거 알아요?
삼순	(찰싹 뺨을 친다. 너무 가까워서 애교스러운 정도. 자기도 모르게 그래놓고 당황스러운)
진헌	?! ...
삼순	(사과하긴 싫어서 턱 치켜들며) 어때요 무기 맛이?
진헌	(화났다. 컵받침을 던지듯 내려놓는다)
삼순	(에라 모르겠다) 좋아요, 파기해요.
진헌	...

삼순 ...
진헌 ... 가장 중요한 게 빠졌어요.
삼순 (?해서 본다)

- 진헌, 컵받침에 무언가를 쓰기 시작한다.
- 삼순, 힐끔거린다.

이영 (E) 연애계약서. 일. 현진헌과 김삼순은 자발적인 합의하에 2005년 12월 31일까지 연애하는 척을 한다.

7. **삼순네 화장실(동 밤)**

- 삼순, 화장을 지우고 세수를 한다.
- 이영이 문가에 서서 컵받침을 읽고 있다.

이영 이. 그 대가로 현진헌은 김삼순에게 5천만 원을 빌려주고, 김삼순은 그가 하는 모든 일에 절대적으로 협조한다. 삼. 현진헌은 김삼순에게 스킨쉽을 시도하지 않는다. 이 조항은 김삼순에게도 해당된다. 단, 연애하는 척 하기 위해 어쩔 수 없는 경우에는 서로 동의한다? 유치하게 뭐야 애들? 니들 하이틴로맨스 쓰니?
삼순 요즘은 할리퀸 문고야.
이영 가만, 이건 또 뭐야? 육. 연애하는 척은 하되 연애는 하지 않는다, 절대로.

8. **바(#6)**

- 진헌, 컵받침에 무언가를 쓰기 시작한다.
- 삼순, 힐끔거리다가 진헌이 다 쓰자 확 뺏듯이 가져와 읽어본다. 곧 찌뿌드드한 표정으로 쳐다본다.

진헌 그게 있으면 스킨쉽 따위 걱정 안 해도 되겠죠?
삼순 (소리 내어 읽는다) 연애하는 척은 하되 연애는 하지 않는다. 절대로?
진헌 왜요, 마음에 안 들어요?
삼순 아뇨, 몹시! 아주 몹시! 마음에 들어요. 그런데 이 부분, 양다리를 걸치지 말라뇨?
진헌 아무리 가짜연애지만 내 여자가 다른 남잘 만나는 건 용서 못 해요. 나 외의 다른 남자는 만나지 말아요.
삼순 (혼잣말) 지가 예수야?
진헌 맞선도 안 돼요.
삼순 좋아요. 아무리 가짜연애지만 동시에 두 남자, 내 체질 아녜요. 혼인을 잠시 유보하죠 뭐. 근데 그쪽도 나 외의 다른 여잘 만나선 안 되겠죠?
진헌 물론.

9. 삼순이 방

- 삼순, 앉은뱅이 화장대 앞에 앉아 밤화장 중이다. 방은 혼자 쓰는 방이다.

이영 위험해, 분명 정상은 아니야.
삼순 이제 알았어? 그 비정상 덕분에 집을 건진 거라구.
이영 삼식이 잘생겼니? 키 커?
삼순 (시큰둥) 키는 좀 크고, 뭐 남들은 잘생겼다구 하긴 하는데, 아 그럼 뭐 해 개싸가진데.
이영 피부는 구릿빛이겠구나.
삼순 구준엽이냐? 그냥 백설기야.
이영 안 되겠다. 내가 한번 가봐야지.
삼순 와서 뭐 하게. 꼬실려구?
이영 야. 내가 남잘 좋아하긴 하지만 동생이랑 계약연애하는 남잘 꼬시겠니? 계약 끝나면 꼬셔야지.
삼순 (이구, 그럼 그렇지!)

이영	(컵받침을 마저 읽는다) 위의 여섯 조항을 어길 경우 계약은 자연 파기된다. 그 책임이 김삼순에게 있을 시 김삼순은 오천만 원을 당장 상환하고, 그 책임이 현진헌에게 있을 시 현진헌은 오천만 원을 깨끗하게 탕감해준다.... 냄새가 나... 아무래도 냄새가 나.
삼순	? ... (킁킁) 냄새 나네. 가스불에 뭐 올려놓고 온 거 아냐?
이영	? ... (킁킁) 어머 베이컨! (뛰어나간다)
삼순	백만 불짜리 체질이야. 잠잘 자리에 삼겹살을 먹고도 저 몸매 유지하는 걸 보면.

10. **보나뻬띠 전경(오전)**

11. **홀 룸**

- 진헌과 오 지배인과 현무와 삼순이 회의 중이다.

진헌	인원은 대략 50명 선이고 1인당 단가는 10만 원에서 맞춰보기로 했습니다. (현무 보며) 그 선에서 일단 몇 가지 메뉴 좀 뽑아놓으시구요. 케일이 문젠데 그쪽 요구가 좀 까다롭습니다.
삼순	(? 해서 본다)
현무	까다롭다니? 뭐가?
진헌	케일만큼은 드마리에서 주문하고 싶다고 하네요.
현무	왜?
진헌	요즘 상류층에 베이커리는 드마리가 최고라고 알려진 모양이에요. 작년 가을에 일본에서 공수해 온 파티쉐 때문인 거 같아요.
현무	하여튼 사람들 입맛처럼 간사한 게 없다니까? 한동안은 당텔로 몰려들 가더니 어떻게 귀신같이 알아요들.
오 지배인	이 부장님은 가보셨어요?
현무	몇 번 가봤죠. (잘난 척) 뭐.. 제대로 하드라구요.
오 지배인	(진헌 보며) 그래두 그럼 모양새가 이상하지 않을까요? 우리도 엄연히

파티쉐가 있는데.
삼순   아뇨, 그러는 게 좋겠습니다.

- 모두들 삼순을 본다.

삼순   채리 성격 저도 잘 아는데, 그 애, 남한테 지는 걸 몹시 싫어해요. 아마 최고의 약혼식을 만들고 싶을 거예요. 그러니 요리는 물론 케잌까지 최고여야 돼구요.. 그쪽에서 그렇게 원한다면 들어주세요. 저는 디저트만 맡겠습니다.
진헌   그쪽에서도 그렇게 얘기하더군요.
삼순   (마음의 소리. E) 다행이야. 현우 씨 약혼식 케잌을 안 만들어도 된다니.
진헌   하지만 이쪽에서 다 맡기로 했습니다.
삼순   (휙 본다)
진헌   드마리보다 나은 케잌이 나올 거라고 설득했습니다.
삼순   ?! ...

- 오 지배인과 현무, 뜨아하게 진헌을 본다.
- 진헌, 좀 당황한다. 연인 선언을 한 뒤라 이상하게 비칠지도 모르겠다.

진헌   물론 사적인 관계와는 전혀 상관이 없습니다. 파티쉐 김희진 씨에 대한 제 소견일 뿐입니다.
현무   에이, 아닌 것 같은데?
진헌   아닙니다.
현무   에이, 아닌데 뭘. 기면 또 어때서. 괜찮아아.
진헌   (정색하고) 아닙니다.
현무   ? ... (머쓱) ... 알았어...
삼순   (인상 일그러진 채, 마음의 소리. E) 전생에 무슨 잘못을 했냐고요... 뭘 잘못했길래 날 차버린 남자의 약혼식 케잌을 만드냐고요...
진헌   김희진 씨, 자신 있죠?
삼순   (끙.. 얼굴 펴며) 네, 열심히 하겠습니다.

12.   홀 룸

- 진헌, 흩어진 서류를 모으고 있다.
- 오 지배인, 진헌을 보며 웃는다.

오 지배인   (자연스럽게 반말) 일만 하는 청춘은 재미없다 그랬더니 희진 씨랑은 언제부터 그런 거야?
진헌   (그저 웃는다)
오 지배인   희진 씨, 괜찮은 거 같애. 자기가 좀 무뚝뚝하니까 옆에 그런 사람이 있는 게 좋지. 근데... 둘이 결혼할 거야?
진헌   (피식 웃는다)
오 지배인   왜. 내가 너무 앞서가나?
진헌   오 지배인님은 결혼을 왜 하셨어요?
오 지배인   나? 내가 왜 결혼을 했더라? ... 아, 내가 추위를 잘 타거든. 겨울만 되면 이불 속이 어찌나 춥든지 못 견디겠더라구. 그래서 전기장판을 살까 결혼을 할까 하다가 나 좋다는 남자가 있길래 얼른 해버렸지, 전기요금이 안 드니까. 근데 이놈의 영감이 너무 빨리 가는 바람에 결국 돈 썼잖아, 돌침대루.
진헌   (후후 웃는)
오 지배인   그래두 사람 체온만은 못해.
진헌   저 오후에 제주도 가는 거 아시죠?
오 지배인   걱정 말고 다녀와. 어머님한테 좀 사근하게 굴고. 오픈이 언제랬지?
진헌   다음 달 9일이요.

13.   홀(동 오후)

- 홀 입구에 있는 안내판이 휴식시간임을 알린다.
- 텅 빈 홀 테이블에 앉아 관련 서적을 들추며 레시피 짜고 있는 삼순.
- 노트. 3단 케이크가 그려져 있다. 갖가지 메모들... 채리와 현우의 이름

　　　　도 휘갈겨져 있다.
　　　　- 문 열리는 소리에 이어 또각또각 구둣발 소리가 난다. 돌아보는 삼순.
　　　　- 누군가 들어섰는데 역광이라 잘 안 보인다.

삼순　(눈 부셔 찌푸리며) 지금 쉬는 시간인데요.

　　　　- 실루엣이 뚜벅뚜벅 다가온다.
　　　　- 삼순, 일어난다.
　　　　- 실루엣이 삼순의 앞에 와 멈춘다. 희진이다. 선글라스를 벗는다.

삼순　(상냥하게) 런치 타임 끝났습니다 손님.
희진　(실내를 둘러본다. 그가 이렇게 꾸며놓고 사업을 하는구나) ...
삼순　? ... 손님?
희진　사장님 만나러 왔어요. 안에 계신가요?
삼순　사장님, 지금 안 계신데요.
희진　어디 외출하셨나 봐요?
삼순　일 땜에 제주도에 잠깐... 근데 누구시죠?
희진　언제쯤 오시죠?
삼순　내일 오후에요. 근데 누구.. 신지.
희진　(미소) 됐어요. 다음에 오죠. 실례했습니다. (돌아서다가 멈칫, 다시 돌아보며) 저 혹시 커피는 되나요? 커피 한 잔 했으면 좋겠는데.
삼순　죄송합니다, 손님. 오더 마감이 돼서요.
희진　네에... (웃어 보이고 돌아서서 나간다)

　　　　- 삼순, 테이블에 앉다가 문득 돌아본다. 좀 갈등하더니,

삼순　저기요.
희진　(멈춰 돌아본다)
삼순　괜찮으시다면 저희가 마시는 커피라도 드릴까요?
희진　? ...
삼순　그냥 뭐.. 손님을 박대하는 것 같아서...

14. 홀

- 희진의 테이블에 커피와 벌꿀무스 한 조각을 서빙하는 삼순.

희진   (케이크까지? 의아하게 보면)
삼순   오늘 처음 만들어본 건데 한번 맛보시라구요.
희진   (미소) 고맙습니다. (삼순의 이름표를 보게 된다) 제 이름이랑 똑같네요.
삼순   (? 해서 자기 이름표 보고) 아, 네에... 또 필요한 거 있으시면 말씀하세요.
희진   네, 잘 먹겠습니다.

- 삼순, 자기 테이블로 가 하던 일 한다. 두 여자가 앞뒤의 테이블에 마주 보고 앉은 형국이 된다. 삼순은 레시피를 짜다가 희진은 케이크를 먹다가 문득 눈이 마주친다. 어색해서, 누가 먼저랄 것도 없이 웃다가 희진이 먼저 말을 건넨다.

희진   케잌이 맛있어요.
삼순   (눈이 반짝) 그래요? 어떻게 맛있어요?
희진   (약간 당황) 어... 너무 달지 않고... 뒷맛이 좀 독특해요. 씁쓸.. 하다고 할까?
삼순   씁쓸한 맛이 이상한가요?
희진   아뇨, 좋아요. 왠지 몸에 좋은 기운이 퍼지는 것 같아요.
삼순   (기분 좋아져 말이 많아진다) 밤꿀을 써서 그래요, 밤의 타닌 성분 때문에. 원래는 그냥 꿀을 쓰는데 뭔가 좀 새로운 게 없나 싶어서 오늘 처음 만들어본 건데.
희진   아...
삼순   딴 데선 밤꿀 엄두도 못 내요 워낙 비싼 거라. 근데 새로운 거라면 우리 사장님도 적극적으로 밀어주는 편이거든요. 성질이 좀 더럽긴 하지만. (하다가 아차!)
희진   (미소) 좀 까다롭죠?

삼순	? 그걸 어떻게 알아요?
희진	(그저 웃어주고는 커피 마신다)

- 삼순, 웃어주고 노트에 고개 숙인다.
- 희진은 케이크를 먹는다.

15. 홀(꿈)

- 삼순이 열심히 메모하고 있는 노트 위로 커피가 떨어진다.
- 삼순, 놀라 쳐다본다.
- 영자가 스릴러적인 표정으로 커피를 쪼르르 붓고 있다.

삼순	뭐 하는 거예요 지금?
영자	몰라서 물어? 굴러온 돌이 박힌 돌을 빼내? 너 어디서 배워먹은 짓거리야? 어디서 굴러먹다 와서 남의 남자를 가로채?
삼순	이봐요 장 캡틴.
영자	어떻게 그 얼굴에 우리 진헌 씨를 꼬셨을까? 불어터진 너구리상으로? (은근히) 너, 니가 먼저 자빠졌지.
삼순	(기막히다) … 말을 말자 말을… (주섬주섬 챙겨 돌아서다가 헉!)

- 전 여자 직원이 쪼르르 서서 삼순을 무섭게 흘겨보고 있다. 그중엔 인혜도 있다.

삼순	(구세주 같다) 인혜 씨.
인혜	관심 없다면서요. 사람이 어쩜 그럴 수가 있어요?
삼순	! … 인혜 씨, 내가 인혜 씨한텐 정말 할 말이 없다. 근데 그럴 만한 사연이 있거든? 좀만 이해해주면 안 될까? 연말 지나면 내가 다 얘기해줄게. 응?
인혜	시방 뭐라고 씨부렁거리는 거여 저 잡것이?
삼순	(충격) 잡것? 씨부렁?
인혜	밟아부러!

- 여자들, 우르르 달려든다. 때리고 꼬집고, 넘어진 걸 밟는다. 살려주세요, 너희들 가지세요, 라고 하는 삼순의 구차한 구걸과 비명 소리! 밟아! 죽여! 여자들의 외침으로 아수라장인데...

16. 홀

- 테이블에 엎어져 자다가 헉! 일어나는 삼순. 침 닦으며,

삼순   요즘 나 왜 이러냐... 몸이 허해졌나? 보약이라도 한 재 지어 먹을까?

- 그때 우르릉 천둥소리.
- 삼순, 자라목이 되어 휘휘 둘러본다. 화창한 날씨!

삼순   (졸아서) ... 알았어 알았어, 안 먹으면 될 거 아냐. 이 몸에 보약 먹으면 벼락 맞지...

- 그 눈에 맞은편 테이블의 찻잔이 보인다. 삼순, 일어나 희진이 앉았던 테이블로 간다.

삼순   갔나? ... (빈 찻잔 옆에 몇 자 적힌 냅킨을 집어들고 본다)
희진   (E) 커피 잘 마셨습니다 김희진 씨.
삼순   얼굴도 이쁜 년이 글씨도 이쁘네. (그때 뭔가 떠오른다. 경직된다)

- (플래시백) 희진이라는 이름은 안 된다던 진헌(1회 #56)
- (플래시백) 전에 사귀던 여자에 대해 얘기하던 윤 비서(#3)
- 혹시 그 여자일까? 느낌이 이상한 삼순.

17. 홀 입구(다음 날 저녁)

- 영자가 '오늘의 스페셜' 메뉴를 걸어놓는다.

18.   베이커리실

- 삼순과 인혜, 바쁘게 디저트용 셔벗을 만들고 있다. 똑똑 노크 소리. 둘 모두 돌아본다.
- 진헌이 문가에 서 있다.
- 인혜가 눈치껏 나간다.

삼순	(인혜가 나가자 그에게 쏘아붙인다) 거봐요. 이게 뭐예요, 불편하게. (혼잣말) 이래서 사내연애는 쉬쉬하는 건데...
진헌	(신경도 안 쓴다. 다가와 케이크 상자를 내민다) 제주도에서 아주 맛있는 케익을 발견했어요. 유자랑 유채를 이용했더라구요. 공부에 도움이 될까 해서요.
삼순	(떨떠름하게 받는다) 고마워요.
진헌	(건네자마자, 삼순의 말이 채 끝나기도 전에 돌아서고)
삼순	어제 낮에 손님이 왔었어요.
진헌	(멈춰 돌아본다)
삼순	성은 모르고, 혹시 희진이라는 여자 알아요?

- 진헌의 표정이 순식간에 변한다.
- 그 변화에 더 놀라는 삼순.

진헌	... 누가... 왔었다구요?
삼순	(내가 왜 떨릴까?) ... 희진.. 이라는 여자요...
진헌	(확실하냐고 묻듯이 뚫어지게 본다)
삼순	(목소리가 떨려 나온다) 내 이름표를 보고... 이름이 똑같다고 했어요. 그래서 내가 커필 줬어요. 그냥 보내기 그래서... 그냥 우리 마시는 거...
진헌	(그래서?) ...

삼순	그래서... 나중에 다시 온다 그랬는데... 전화번호 같은 건 안 남겼는데... 내가 조는 사이에 그냥... 받아둘걸 그랬나? ...
진헌	... 알았어요. (돌아서서 나간다)
삼순	... 근데 혹시요, 오버 더 레인보우 좋아한다던 여자가 그 여자예요?
진헌	(멈추며) !!! ...
삼순	...
진헌	(돌아선다. 싸늘한 매서운 표정)
삼순	(아... 실수! 방정맞은 입을 손으로 쥐어 튼다)
진헌	계약서의 네 번째 조항이 뭐죠?
삼순	? ...
진헌	(버럭) 뭐냐고 묻잖아!
삼순	(흠칫!) ... 김삼순은... 현진헌에게 과도한 질문을 하지 않는다. 대답.. 하기 싫은 걸 두 번 이상 묻지 않는다.
진헌	(알았지? 눈으로 새겨주고 나간다)

- 삼순, 기분이 이상하다. 어리둥절하면서 몹시 불쾌하다. 못 참겠어서 따라 나간다.

19. **복도**

- 무섭게 표정 굳은 진헌이 성큼성큼 온다. 그 뒤로 삼순이 쫓아온다.

삼순	사장님.
진헌	(모른 척 그냥 간다)
삼순	(화난다) 야 사장!
진헌	...
삼순	(오기로 소리친다) 내가 한 번 물었지 두 번 물어봤냐?
진헌	(멈칫! 돌아본다)
삼순	(다가와 앞에 멈춘다. 재빨리 누가 있나 둘러보고) 그리구 다섯 번째 조항이 뭔 줄 알아?

진헌	...
삼순	현진헌은 김삼순을 인격적으로 존중해준다.
진헌	...
삼순	방금 그게 내 인격을 존중하는 거니? 툭하면 소리 지르고 반말하고 명령하고, 우리가 노비계약을 한 것도 아니구 이게 뭐 하는 짓이야? 돈 5천만원에 사람을 이렇게 무시하고 깔봐도 되는 거야? 남자 나이 스물일곱이면 애도 아니구 그만한 예의나 상식은 당연한 거 (아냐?)

- 채 말이 끝나기도 전에 삼순의 얼굴을 스치며 주먹이 날아온다. 쿵! 쨍그렁!
- 삼순, 얼어붙는다.
- 진헌, 벽의 액자에다 주먹 박은 채 삼순을 노려본다.
- 삼순, 너무 무섭다.
- 진헌, 손을 거둔다. 액자가 떨어지면서 박살이 난다.
- 그 소리에 흠칫하는 삼순.
- 진헌, 간다.
- 삼순, 얼어붙은 채 본다.

20. 사장실

- 들어와 쾅 문 닫는 진헌. 피가 맺힌 주먹은 아랑곳없이 장승처럼 우뚝 서 있다. 잠시 그렇게 숨을 고르더니... 책상 위의 화분을 집어 던진다. 분노로 씩씩거리는 진헌...
- F.O

21. 희진 아파트, 거실(오전, F.I)

- TV에서 요가 비디오.
- 요가 동작 따라 하는 희진. 정지 자세로 잠시 있다가 바닥의 핸드폰을

집어들고 버튼 꾹꾹 누른다.
　　　- (인서트) 진헌의 전화번호.
　　　- 요가 동작 그대로인 채 갈등하는 희진... 결국 통화 버튼을 누른다.

22.　진헌 오피스텔

　　　- 출근 준비하는 진헌. 핸드폰 울리자 무심히 집어들고 액정을 보다가 감전이라도 된 듯 표정 굳는다.
　　　- (인서트) 발신자는 '웃음의 여왕'이다.
　　　- 진헌, 받지도 않고 미동도 안 한다. 벨이 계속 울어댄다.

23.　희진 거실

　　　- 희진의 핸드폰에서 음성메시지를 남기라는 안내 멘트가 나온다. 희진, 무언가를 남기고 싶지만 선뜻 말이 되어 나오지 않는다. 한참을 고민하다가 그냥 탁 닫아버린다. 마음이 안 좋다. 잠시 생각하다가 다시 요가 자세 따라 한다.

24.　물품 반입구(동 오전)

　　　- 주방 직원들이 재료 도매상의 트럭에서 재료들을 내리고 있다. 밀가루 포대에서부터 닭, 오리, 육류, 살아 있는 생선, 과일, 야채, 각종 양념, 향신료 등등 온갖 것들...
　　　- 삼순이 급하게 달려온다.

삼순　말린 살구 왔어요?
요리사3　여기요.
삼순　일단 말린 살구랑 슈가 파우더랑 쿠엥트로부터 주세요. 아, 칼바도스두

요리사3	(하나씩 외며 얼른얼른 바구니 같은 것에 챙겨준다)
삼순	고마워요. (들고 뛴다)

25. 복도

- 바구니 들고 뛰어오는 삼순. 문득 멈춘다.
- 반대편에서 걸어오던 진헌도 멈춘다.
- 두 사람, 모두 어색하다. 며칠 전 싸운 뒤로 처음 만남이다.

삼순	...
진헌	...

- 두 사람, 말없이 서로를 지나쳐 간다.
- 문득 삼순이 뒤돌아본다.
- 진헌의 오른손에 가벼운 드레싱.

삼순	... 그러게 힘자랑은 왜 해? (왠지 마음이 안 좋다. 곧 바구니 들고 뛰어간다)

26. 주방

- 큰 솥에서 물이 끓고 있다. 쇠고기스튜를 할 솥이다. 현무, 솥을 들여다보고는 인상 매서워진다.

현무	오늘 포토퐈 누구냐.
요리사3	(얼른 다가온다) 전데요.
현무	물이 끓냐, 안 끓냐.
요리사3	(아차!)

현무　(빈 그릇으로 머리를 빡 치고는) 물 다시 올리고 고기부터 너.

　　- 현무, 이번엔 양상추샐러드(또는 다른 간단한 것)를 만들고 있는 요리사2에게로 간다. 현무, 마음에 안 드는지 툭 쳐내고는 자기가 한다. 눈 깜짝할 새에 완성한다. 모양새와 격이 요리사2가 한 것과는 확연히 다르다. 간단한 것인데 참 다르다.

현무　봤냐?
요리사2　네...
현무　봤으면 익혀라. (이번엔 생선 손질하고 있는 요리사1에게로 오더니 다짜고짜 퍽 뒤통수를 때린다)
요리사1　(아이쿠 나도 무슨 잘못을 했구나, 졸아서) 왜요.
현무　밥 먹으러 가자. (나간다)

　　- 요리사들 모여서 툴툴댄다.

요리사3　맞잖아요. 요즘 다크서클 진해진다고 조심하자 그랬잖아요.
요리사2　얌마, 그게 조심한다고 될 일이냐?
요리사1　아 분위기 정말 창백하네. 빨리 터지든가 해야지.

27. 홀

　　- 삼순, 식판을 들고 여직원들 사이에 앉는다. 그러자 약속이나 한 듯이 영자와 여직원들 모두 일어나 다른 테이블로 간다. 인혜만 자리 옮기지 않고 묵묵히 밥을 먹는다. 삼순, 인혜가 고맙다.

삼순　... 내가 인혜 씨한텐 정말 미안하다. 거짓말한 꼴이 돼서...
인혜　(밥만 꾸역꾸역 먹는다. 참 많이도 먹는다)
삼순　(생선조림을 집어 인혜의 식판에 놓아준다) 많이 먹어. 객지 생활하느라고 마음이 허기져서 돌아서면 배고프고 그럴 거야 아마.

인혜	(아무런 반응 없이 생선조림을 먹는다)

- 삼순, 그걸 보고 씨익 웃는다. 인혜가 이쁘다. 그때 여직원들이 술렁이자 삼순도 그녀들의 시선을 따라가다가 놀란다.
- 진헌이 장미 꽃다발을 들고 걸어온다.
- 의아해하는 삼순에게 진헌이 다가와 멈춘다.

삼순	? ...
진헌	(무뚝뚝하게 꽃다발을 내민다)
삼순	??? ... (나요? 하는 제스처)
진헌	(천연덕스럽게) 이 넓고 넓은 우주, 지구라는 별에서 당신과 내가 만났습니다. 당신이 내 곁에 온 지 100일째 되는 날이에요. 고마워요. 나한테 와 줘서.
삼순	???!!!

- 남자직원들 우- 부러운 야유를 보낸다. 어떤 직원은 닭살을 털어내고,
- 여직원들은 저 꽃다발을 내가 못 받는 게 억울해 도끼눈들이다.

현무	희진 씨 꽃 안 받고 뭐 해? 야 니들은 협조 안 하고 뭐 하냐. 박수~~~

- 남자직원들이 휘파람 불며 박수 쳐주자 어색하게 웃어주며 받아드는 삼순.

28. 달리는 택시 안(동 낮)

- 뒷좌석에 앉아 있는 진헌과 삼순.

삼순	(퉁명스레) 그런 유치한 문장은 누가 가르쳐줬어요?
진헌	지식검색창.
삼순	흥, 입에 침도 안 바르구.

진헌   ... 발랐어요.
삼순   (얼씨구? 농담까지?) ... 어쨌든 내가 5천 날로 먹기 싫어서 별짓을 다 하긴 하는데요, 꼭 이렇게까지 해야 돼요?
진헌   네.
삼순   (허무개그처럼) 알았어요. ... (붕대 풀린 오른손이 눈에 들어온다. 생채기가 좀 남았다) ...
진헌   (창밖 보며 딴생각) ...
삼순   근데요, 딱 한 번만 더 물을게요. 엑스맨이 정말 있긴 있는 거예요?
진헌   ... 지금쯤 나 사장 귀에 들어갔을 거예요.

29.   **나 사장 사장실(동 낮)**

- 나 사장, 윤 비서에게 보고받고 있다.

나 사장   뭐? 우주가 어쩌구저째? 그 호빵한테 장미꽃을 바치면서 그랬다구?
윤 비서   네.
나 사장   (기가 찬다) 뽕꾸라 같은 놈. 어디서 그런 건 주워들어가지구... 그래 니가 이기나 내가 이기나 한번 해보자.
윤 비서   정말 사귀는 거 아닐까요?
나 사장   사귀긴 뭘 사겨 쇼하는 거지. 내 속에서 나왔는데 그걸 몰라?
윤 비서   근데 왜 허락하셨어요.
나 사장   쇼를 하든 뭘 하든 기집애들 좀 만나라구. 그래야 희진일 잊지.
윤 비서   결국, 짜고 치는 고스톱이네요.
나 사장   ! ...
윤 비서   ? ...
나 사장   차 회장님 댁 사모님, 고스톱으로 몇억 날렸다더라. 돈 빌리러 전화 올지 모르니까 알아서 따돌려.

30.   **택시 안**

삼순	혹시 짐작 가는 사람 없어요?
진헌	없어요.
삼순	그러지 말고 잘 생각해봐요. 그동안 의심 가는 행동을 한 사람이 하나도 없었어요?
진헌	(생각한다)
삼순	이 부장님은 어때요?

31. 보나뻬띠

- 요리하는 현무.
- 웃는 영자.
- 요리하는 요리사1.
- 베이커리실의 인혜.
- 접시 들고 활기차게 홀을 가로지르는 웨이터 등등...
- 평상시 그들의 모습이 스케치된다.

삼순	(E) 오 지배인님은요. 오 지배인님이 빠졌잖아요.
진헌	(E) 오 지배인님은 절대 아녜요.
삼순	(E) 그런 게 어딨어요. 믿는 도끼에 발등 찍힌다는 말이 괜히 있는 줄 알아요?

32. 사장실

- 그 말을 증명이라도 하듯 문을 열고 슬그머니 들어오는 오 지배인. 주위를 살피며 살금살금 안쪽으로 들어간다. 목표한 것을 찾았는지 눈이 빛난다. 생선을 노리는 고양이처럼 소리도 없이, 귀신처럼, 사사삭 옮겨 오더니... 콱! 누군가의 덜미를 잡아챈다.
- 책상 앞에 쪼그리고 앉아 책상 속 파일을 보고 있던 영자가 소스라치게

　　　　　놀란다.

영자　　으아아아~~~~ (그 바람에 들고 있던 이력서 파일이 떨어진다)
오 지배인　여기서 뭐 하는 거예요 도둑고양이처럼?
영자　　(울상) 으흥…
오 지배인　몰래 들어오길래 수상하다 했어요. 뭐 했어요 여기서.
영자　　(삭삭 빈다) 한 번만 봐주세요. 사장님한텐 비밀. 네?

　　　　　- 오 지배인, 펼쳐진 채 떨어져 있는 파일을 집어든다. 삼순의 이력서가
　　　　　드러난다.

오 지배인　? 이력서는 왜요?
영자　　글쎄 본명이 삼순인 거 있죠. 어쩜 그렇게 감쪽같이 속일 수가 있어요?

33.　　드마리(드쌍) 앞(동 낮)

　　　　　- 택시가 달려와 멈춘다. 진헌과 삼순이 내린다.

삼순　　여긴 왜요? (하며 둘러보다가 간판을 본다) 드마리?
진헌　　사람들이 왜 여길 최고로 치는지 궁금해서요. 들어가죠. (먼저 들어간다)
삼순　　(맥 빠진다) 데이트가 아니라 일이구만… 하긴, 진짜 데이트면 큰일이지
　　　　아암 큰일이구말구. (들어간다)

34.　　드마리

　　　　　- 삼순의 눈이 휘둥그레진다.
　　　　　- 종업원들이 온갖 종류의 케이크와 과자와 초콜릿 접시들을 날라 온다.
　　　　　먹이를 나르는 개미들처럼 끊임없이 들어온다.
　　　　　- 삼순의 눈이 점점 커지더니 어느 순간은 헉!

- 종업원들이 모자랐는지 3단 캐리어에 접시를 가득 채운 채 들어온다.
- 삼순과 진헌의 테이블(단체석 긴 테이블)을 그 접시들이 가득 채운다. 드디어 마지막 접시가 날라져 온다.

매니저 이게 저희 샵에서 나올 수 있는 전부입니다. 총 XX가지입니다. 더 필요한 게 있으신지...

진헌 아뇨, 일단 맛을 보고 필요한 게 있으면 부르겠습니다.

매니저 그럼 좋은 시간 되십시오. (인사하고 사라진다)

삼순 이걸 어떻게 다 먹어요?

진헌 필요한 정보를 수집하는데 그것도 못해요 프로가?

삼순 (프로라는 말에 전투력이 살아난다) 좋아요. 맛있는 걸 먹어보지 않고서는 맛있는 음식이 나올 수가 없죠. 시작합시다.

- 삼순, 기세 좋게 포크를 집어들고 서양배 타르트부터 맛을 본다.

삼순 음... 재료가 신선하네요. 이건 서양배 타르튼데, 파리의 부르달루 거리에 있던 과자점에서 처음 만든 거라 이름도 그렇게 붙였어요. 타르트 부르달루. 아몬드 크림하고 서양배를 듬뿍 넣는 게 포인트죠. (다음은 무얼 먹을까 눈으로 고르다가) 딸기가 제철이니까? (하며 딸기를 재료로 한 걸 맛보고는 너무 맛있어서 몸서리를 친다) 으음~~~~~

진헌 (눈살을 찌푸린다)

삼순 역시 과일은 제철에 먹어야 돼. (진헌의 시선을 느끼고는) 뭐 해요 안 먹고?

진헌 난 단 거 싫어해요.

삼순 ! ... 단 거 안 먹고 무슨 낙으로 살아요?

진헌 댁을 괴롭히는 낙.

삼순 (쌍심지) 뭐예욧?!

진헌 (뻔뻔하게 차만 마신다)

삼순 (확 째리고는 바스크풍의 구운 과자를 거칠게 디민다) 단 게 싫으면 이거나 드세요. 프랑스랑 스페인 국경 근처에 바스크라는 지방이 있는데 그 지방의 전통적인 과자예요. 맛이 소박하니까 괜찮을 거예요. (하고는 초

채리	콜릿을 한입에 집어넣는데)
채리	(E) 삼순이 언니!
삼순	(삼순이 소리에 놀라 초콜릿이 목에 쏙 걸린다) 켁! 켁켁...
진헌	(돌아본다)
채리	(다가오며 그제야 진헌을 보고) 어? 오빠! 오빠가 왜 여기 있어?
진헌	너는.
채리	케잌 먹으러 왔지 우리 아저씨랑. (하며 돌아보면)

- 현우가 온다. 이미 보았는지 동요가 없다.
- 삼순, 그를 보고 얼굴 굳는다.
- 진헌, 그 표정을 보고 의아해한다. 아주 짧은 순간이다.

현우	(진헌에게 악수 청한다) 안녕하세요. 여기서 또 뵙네요.
진헌	(일어나 악수하며) 네 안녕하세요.
채리	근데 오빠가 왜 삼순이 언니랑 있어?
진헌	견학. 니 약혼식 케잌 땜에.
채리	(그 많은 케잌을 보며) 와- 그래서 이렇게 많이 시킨 거야? 잘됐다, 아저씨 우리도 여기서 먹어요. (현우를 끌어 앉힌다) 언니, 이거 잘 보고 가서 내 것도 근사하게 만들어줘야 돼?
삼순	(어설피 웃어주고는 일어난다) 나 화장실 좀...

- 삼순, 일어나 간다.
- 진헌이 본다. 뭔가 이상하다. 평상시의 삼순이 아니다. 스멀스멀 기억이 떠오르기 시작한다. 아! 그때 그 남자? 현우를 쳐다본다!

현우	(E) 내 사랑은 여기까진데 왜 여기까지냐고 보채면 난 어떡해야 되니? 미안하다, 여기까지라서.

35. 드마리 화장실

- 손을 씻다가 거울 보는 삼순. 마음이 안 좋다.

36.   드마리

채리   근데 오빠 애인 생겼다며? 소문 파다하더라? 누구야? 중매는 아니라던데.
진헌   (현우를 보고 있다. 아까부터) ...
현우   (느끼고 있다. 불쾌하다) ...
채리   이뻐? 나이는 몇 살? 설마 나보다 어리진 않겠지? 집안은 어때?
진헌   (현우에게서 시선 거두며 작정하고) 안 이뻐.
채리   ? ...
진헌   솔직히 말해서 이쁜 얼굴은 아냐. 그냥 반듯하게 생겼어. 나이는 서른이구, (서른이라는 말에 허억 놀라는 채리) 좀 뚱뚱해. 근데 뚱뚱한 것도 나쁘진 않더라구. 안으면 푹신하거든, 솜사탕처럼. 집안? 방앗간집 셋째 딸이야. (이 부분부터 현우의 표정이 점점 일그러진다) 아버진 안 계시고 어머니는 시장에서 일수를 살짝 놓으시지. 전문 직업을 갖고 있고, 결혼을 빨리 하고 싶어 하는 여자야. 아, 그리고 주제 파악을 잘해. 난 그 점이 아주 마음에 들어. 어, 여기 오네.

- 채리와 현우가 돌아보고 놀란다.

채리   (이 언니가?) !!! ...
현우   (삼순이 얘가?) !!! ...

- 영문 몰라 멀뚱멀뚱한 삼순을 자기 옆에 끌어다 앉히는 진헌. 그녀의 어깨를 감싸며 자랑스럽게.

진헌   내 여자친구를 소개하지. 우리나라 최고의 파티쉐가 될 김삼순이야.

37.   드마리 일각

- 채리가 신경질적으로 걸어와 멈춰 홱 쳐다본다. 삼순이 따라와 마주 선다.

채리 (다짜고짜) 어떻게 꼬셨어?
삼순 (귀찮다) ... 그냥...
채리 그냥 꼬셨는데 넘어와? 저 목석이?
삼순 아 그래 자빠졌어.
채리 오빠 앞에서 자빠지는 애들이 한둘인 줄 알아? 솔직히 말해. 무슨 수를 쓴 거야?
삼순 그걸 왜 나한테 물어, 오빠한테 물어야지. (흉내) 오빠, 삼순이 언니가 무슨 매력이 있어서 넘어간 거예요? 뭔데요? 가르쳐줘요. 네? 네?
채리 어떻게 언니 같은 여자일 수가 있어? 이쁘길 해, 늘씬하길 해? 나이나 어려? 언니 고등학교 땐 폭탄이었잖아.
삼순 농구 관두고 갑자기 살이 불어서 그랬지.
채리 우리 할머니가 언닐 얼마나 이뻐했는데.
삼순 나도 느이 할머니 좋아했지. 울 아버지랑 같이 배달 가면 그때마다 용돈도 주시구 참 좋은 분이셨는데. 넌 왜 느이 할머닐 안 닮았을까?
채리 방앗간집 셋째 딸? 흥, 나는 은행장 둘째 딸이야!
삼순 누가 뭐래?
채리 (약이 오른다. 파르르 떨며 쏘아본다)
삼순 비너스냐? 레이저빔 나오겠다?
채리 야 김삼순!!!
삼순 왜, 마징가제트 불러줘? 잠깐만 기다려. (주제가 부르며 간다) 기운 센 천하장사 무쇠로 만든 싸나이~
채리 야! (약이 올라 발을 구른다) 악~~~

38. 드마리

- 단둘이 마주 앉은 진헌과 현우. 차를 마시며 무언의 신경전을 벌인다.

팽팽하다.

현우 ...
진헌 ...
현우 두 분이 사귄 지 얼마나 되셨습니까.
진헌 처음 만난 건 작년 크리스마스이브입니다.
현우 ! ... (나랑 헤어지자마자?)
진헌 그날, 실연당하고 무척 상심해 있길래 제가 위로해주다가 그만...
현우 ! ... 후후... 남녀관계란 그렇게 빈틈에서부터 시작되곤 하죠. 그런데 이런 말을 해도 될런지 모르겠는데...
진헌 ...
현우 실은... 삼순이, 아니 삼순 씨랑 좀 아는 사입니다. 파리에서 공부하다 만났죠.
진헌 알고 있습니다.
현우 ! ... 그렇죠 요즘은 혼전에 연애한 게 큰 흠도 아니고.
진헌 흠이 될 수도 있죠, 어떤 남자를 사겼느냐에 따라서.
현우 ? ... 예를 들면요?
진헌 크리스마스이브에 애인이 아닌 다른 여자와 호텔에 드는 남자.
현우 ! ... (그런 얘기까지 했단 말인가) ... 애인한테 사랑이 식었겠죠.
진헌 그러면 깨끗이 정리하고 가야 하지 않을까요?
현우 도브슨이라는 영국 시인이 이런 말을 했죠. 사랑은 깨닫지 못하는 사이에 찾아든다. 우린 다만 그것이 사라져가는 것을 볼 뿐이다. 연애가 끝난 사람들이 할 수 있는 건 그겁니다. 사라져가는 걸 그저 바라보기...
진헌 좋은 말이네요.
현우 (으쓱)
진헌 좋은 말을 아무 데나 갖다 붙이는 건 바람둥이들의 특징이라는데 설마 민 실장님이 그러시는 건 아니겠죠?
현우 ! ...
진헌 채리랑 결혼하면 잘해주세요. 단순해서 조금만 잘해줘도 행복해하는 아이예요.

39. 달리는 전동차(동 낮)

40. 전동차 안

- 손잡이 잡고 나란히 서 있는 진헌과 삼순.

진헌　미안해요. 그 사람인 줄 알았으면 약혼식 케잌 떠맡기지 않았을 거예요.
삼순　(의기소침) 괜찮아요.
진헌　(정말 미안한 듯) 지금이라도 취소할 수 있어요.
삼순　아뇨, 됐어요. 벌써 레시피까지 다 짰는걸요. 이 부장님도 오케이하시구.
진헌　(1초도 주저하지 않고) 그래요 그럼.
삼순　(병- 해서 본다. 마음의 소리. E) 이럴 때 보면 꼭 작정하고 날 놀려먹는 것 같단 말야? (가자미눈으로, 마음의 소리. E) 알 수가 없어...
진헌　... 민현우 씨, 어떤 사람이에요?
삼순　? ... 웬 관심?
진헌　채리, 불행해지면 나를 귀찮게 하거든요.
삼순　(피식 웃는다) 그럼 현우 씨가 좋은 사람이어야겠네? 음... 잘 모르겠어요 나도.
진헌　3년씩이나 연애해놓고 몰라요?
삼순　그러는 사장님은 잘 알겠던가요?
진헌　(좀 허를 찔린 기분으로 본다)
삼순　왜요, 네 번째 조항을 어겼나요?
진헌　(앞을 본다)
삼순　결국은 자기 식대로 보게 돼 있어요 사람은. 자기 좋을 대로 해석하고 갖다 붙이고. 그래서 상대가 어떤 사람인지, 죽어도 모르는 거죠.
진헌　(그렇군) ... 그래도 꽤 오래갔네요, 3년이면. 유효기간이 보통 2년인데.
삼순　? 유효기간이요?

| 41. | 에스컬레이터 |

- 올라오는 두 사람.

| 진헌 | 남녀가 처음 서로를 갈망할 때는 성호르몬인 테스토스테론과 에스트로겐이 분비돼요. 그 갈망이 지속되고 사랑에 빠지는 단계가 되면 도파민, 세로토닌이 나오구요. 쾌감을 느끼게 하는 도파민은 니코틴이나 코카인에 의해서도 활성화돼요.
| 삼순 | 초콜릿에도 페닐에틸아민이라고 사랑할 때 나오는 화학성분이 있어요. 실연당해서 우울할 땐 초콜릿도 꽤 좋은 처방이에요.

| 42. | 환승통로1 |

- 퇴근길의 사람들에 파묻혀 걸어오는 진헌과 삼순.

| 진헌 | 세로토닌은 사랑에서 가장 중요한 화학물질인데 사람을 일시적으로 미치게 만들어요. 그다음 단계가 되면 남녀는 관계가 지속돼 더욱 밀착되기를 원하고 섹스나 결혼으로 발전하죠. (희진의 목소리와 겹쳐진다) 이 때 뇌에서는 옥시토신과 바소프레신이 분비돼요. (분비돼)

| 43. | 희진 아파트, 거실(회상) |

| 희진 | 옥시토신은 남녀가 애정행각을 벌일 때 외에도 엄마가 아기에게 수유할 때도 나와. 여성에게 사랑과 모성은 똑같다는 연구도 나왔구.

- 인체 마네킹의 뇌를 만지며 희진(진헌의 셔츠를 입고)이 강의하듯 하고 있다. 진헌은 소파에 편한 자세로 앉아 있다. 방금 전 사랑을 나눈 분위기...

희진	더 재밌는 건 세로토닌이야. 세로토닌은 상대의 결점을 인식하지 못하게 해서 사람을 눈멀게 하거든. 이땐 주변에서 아무리 얘기해도 소용이 없어. 홍수처럼 분출되는 세로토닌이 콩깍지 역할을 하니까. 민수가 영희한테 미쳐 있는 게 바로 그 원리야. 니들 영희 못생겼다고 헤어지라 그랬다며?
진헌	난 아냐. 애들이 그랬지.
희진	아무리 얘기해봐라. 지금은 세로토닌 땜에 안 돼. 2년쯤 지나면 모를까.
진헌	2년?
희진	방금 얘기한 호르몬들의 농도가 높게 유지되는 건 2년 정도거든. 길어야 3, 4년?
진헌	(일어나며) 뭐야. 그럼 우린 그 호르몬들이 다 말라버렸단 말이야?
희진	안 그래도 요즘 좀 이상해. 세로토닌이 다 말랐는지 니 단점만 보여.
진헌	(짐짓 인상) 너 빨리 가서 주사 맞고 와.
희진	(귀엽게 히 웃으며) 근데 도파민하고 옥시토신은 마구마구 샘솟는 거 있지? (하며 달려든다)

- 인체 마네킹 위로 둘의 실감 나게(!) 장난치는 소리가 들린다.

44. 환승통로2

- 걸어오는 두 사람.

진헌	그러니까 그 사람 너무 미워하지 말아요. 그 사람은 자기 몸의 화학적 원리에 충실히 반응한 거니까.
삼순	지금 그 새끼 편드는 거예요?
진헌	(새끼? 황당하게 보더니) 난 그 사람보다 그쪽이 더 이해가 안 가요.
삼순	내가 왜요?
진헌	얼마나 우습고 가벼운 건지 그렇게 겪고도 너무나 쉽게, 사랑에 대한 기대를 또 하잖아요.

- 삼순, 우뚝 멈춰 바라본다. 진헌도 멈춰 바라본다.

삼순 그렇다고 사랑을 안 하고 살 순 없잖아요.
진헌 ?! ...

- 진헌은, 황당하기 그지없다. 어떻게 저런 사고방식이 있을까?
- 하지만 삼순의 표정은 너무나 확신에 차 있다. 당연함에서 오는.
- 진헌, 헷갈린다. 내가 틀린 걸까?
- 퇴근길의 사람들이 부지런히, 무심히, 그들을 지나쳐 간다.

삼순 그리고, 쉽다뇨? 누가 뭘 쉽게 하는데요? 난 단 한 번도 사랑을 쉽게 해본 적이 없어요. 시작할 때도 충분히 고민한 뒤에 시작하고, 끝낼 때도 마찬가지예요. 그래요 동의해요. 시간이 지나면 도파민인지 세로토닌인지 그게 말라버리는 거 다 알아요. 하지만 사람은 복잡한 동물이에요. 그런 화학성분으로만 단정 지을 수 없는 미묘한 무언가가 있다구요. 난 그렇게 믿고 그런 마음으로 사랑을 했어요. 호르몬이 넘치든 메마르든 진심으로 대하려고 노력했다구요, 진심이요. 진심을 담당하는 호르몬은 혹시 없나요?
진헌 도대체 사랑이 뭐라고 생각해요?
삼순 ? ...
진헌 도대체 그게 뭔데 그 얘기만 나오면 이렇게 흥분을 하냐구요.
삼순 나도 잘 몰라요. 하지만, (확신에 차서) 이거 하난 확실해요. 사랑이 뭔지 생각하는 사람, 사랑이 이거다라고 단정하는 사람은 이미 사랑을 할 수가 없다는 거...
진헌 (갑자기 아! 찌푸린다)
삼순 ? ...

45. 지하철 플랫폼

- 벤치에 앉아 있는 진헌과 삼순.

삼순   (힐긋 본다)
진헌   (무표정) ...
삼순   미안해요, 퇴근시간이라 지하철이 더 빠를 것 같아서... 그냥 택시 탈걸... 도대체 어디가 아픈데요.
진헌   ...
삼순   영 못 일어나겠어요?
진헌   ...
삼순   (어쩌나) ... 아! 좋은 생각이 났어요!

46.   DVD 방(동 밤)

- 침대 같은 소파에 구두를 벗고 편하게 몸을 기대는 진헌.
- 좁고 어두운 공간이 어색해 소파 한 귀퉁이에 앉아 실내를 둘러보는 삼순.

삼순   DVD 방이 이렇게 생겼구나아... 와- 저 테레비 몇백만 원 할 텐데... 사운드도 5.1채널이네?

- 그때 영화가 나오기 시작한다. 대망의 문제작 〈미지왕〉의 타이틀이 뜬다.
- 진헌, 어이가 없어 쳐다본다.

삼순   미지왕이 뭔지 궁금하다면서요.
진헌   (정말 어이가 없군) ...

47.   DVD 방

- 웃기는 장면이 나온다.

- 삼순이 푸하하 웃는다. 이러쿵저러쿵 애드립하며 깔깔거리고 요절복통이다. 찌푸리는 진헌을 삼순이 마구 때린다. 진헌은 짜증스런 얼굴로 피해보지만 막무가내 삼순의 주먹을 피할 도리가 없다. 그때 옆방에서 이상한 소리.

여자1 (E) 어우 오빠는? 안 된다니까아?
남자1 (E) 한 번만, 응? 딱 한 번만 자기야아~

- 삼순과 진헌, 놀라서 벽을 쳐다본다.

여자1 (E) 흐웅 안 되는데에...
남자1 (E) 여기까지 와서 안 된다 그러면 미워할 테야? 너 오빠 못 믿어?
여자1 (E) 그럼 나 오빠만 믿는다?
남자1 (E) 그래 나만 믿으라니까?

- 진헌은 잔뜩 찌푸리고, 삼순은 괜히 ㅎㅎㅎ 웃는다.
- 반대편 벽에서는 남자의 신음소리가 들려온다.
- 이건 또 뭐야? 진헌과 삼순, 그 벽을 휙 쳐다본다.

남자2 (E) 헉, 허억! 야 야! 움직이지 좀 마, 떨어지겠다.
여자2 (E) 아이 씨, 조용히 좀 해! 옆방에서 듣겠다. 하아하아...
남자2 (E) 들으면 어때. 걔네도 알쪼지. 가만 좀 있어봐. 아! 거봐 떨어졌잖아!
여자2 (E) 아이 씨. 그것도 하나 못 하냐?

- 진헌과 삼순, 죽을 맛이다.

삼순 이쪽은 상당히 터프하네요. 호호호...

- 그때 소파가 드르륵 움직이기 시작한다. 삼순, 자지러지게 놀라며 답삭 엎드린다. 진헌도 놀란다. 영화의 사운드가 높아지자 의자(소파?)의 진동도 점점 더해간다. 사운드에 따라 진동하는 의자다.

삼순	이건 또 뭐 하자는 플레이야. 미치겠네 정말.
진헌	이건 뭐예요?
삼순	내가 어떻게 알아요, 나도 처음인데.
진헌	이거 어떻게 꺼요.
삼순	나두 처음이라니까요. 거기 아무거나 눌러봐요 좀.

- 진헌, 뭔가를 마구 눌러댄다. 테레비가 꺼진다. 조명이 거의 없는 실내라 TV가 꺼지자 암흑이나 마찬가지다. 소파 진동하는 소리만 계속 들리면서.

삼순	(E) 아 뭐 하는 거예요! 테레빈 왜 꺼요!
진헌	(E) 그냥 자기가 꺼졌어요.
삼순	(E) 그런 게 어딨어요. 빨리 켜요! 소파는 끄구!
진헌	(E) 아 씨...
삼순	(E) 뭐 해요 그것두 하나 못 하구!
진헌	(E) 그럼 당신이 하면 될 거 아냐!
삼순	(E) 아 비켜요 내가 할 테니까! 남자가 그것두 못 하냐?
진헌	(E) 어? 어? 빨리 좀 해요.
삼순	(E) 아 가만 좀 있어요. 하고 있잖아요. 일루 좀 비켜봐요.
진헌	(E) 이렇게요?
삼순	(E) 됐어요, 가만있어요. 아 깜깜해서 아무것도 안 보이잖아.
진헌	(E) 멀었어요?
삼순	(E) 다 된 거 같아요.

- 전체 등이 켜지고 소파의 진동이 멈춘다.
- 훤해지자 민망해지는 두 사람.

진헌	(이죽거린다) 홍, 편히 쉴 수 있는 곳?
삼순	(볼멘) 나도 처음이라니까요... (옷과 가방을 챙겨 일어나며) 나가요 빨리.
진헌	좀만 더 있다 가요.

삼순   ? ... 아직도 아파요?
진헌   ...
삼순   어디가 어떻게 아픈데요.
진헌   ...
삼순   묻지 마요?
진헌   (심드렁하게) 인공뼈랑 관절이 박혀 있어요 왼쪽 다리에. 교통사고가 크게 났었거든요.
삼순   ! ... (왼쪽 다리를 본다) ... 운전, 그래서 안 하는 거예요?
진헌   네...
삼순   ...

48.   DVD 방

- 소파 가운데 아까 먹다 남은 케이크들이 펼쳐져 있다.
- 삼순이 캔을 따자 진헌이 그걸 채가더니 휴지로 입구를 뽀득뽀득 닦아서 건네고 자기 것도 그렇게 한 다음 뚜껑을 딴다.

삼순   깔끔 떠는 건 어느 쪽 유전이에요?
진헌   아버지요.
삼순   아버진 언제 돌아가셨는지 물어봐도 돼요?
진헌   아뇨.
삼순   (삐죽) 그럼, 어머님은 왜 그렇게 빨리 결혼시키고 싶어 하는지 물어봐도 돼요?
진헌   ...
삼순   안 된다는 말은 안 하네?
진헌   ... 표면적인 이유는 미주 때문이에요. 미주가 내년에 초등학교 입학하는데 데리고 다닐 사람이 필요하다고.
삼순   (황당) 에? 조카한테 숙모 만들어주려고 결혼하는 사람도 있어요?
진헌   표면적인 이유라구요.
삼순   진짜 이유가 따로 있어요?

진헌   ... 내가 남의 집 자식들처럼 여자 만나고 연애하고 웃고 떠들고... 그러길 원하는 거예요.
삼순   ? ... 그럼 그러면 되잖아요.
진헌   싫어요.
삼순   왜요? 그때 그 여자 (얼른 입 닫고 눈치 본다)
진헌   (모른 척) ...
삼순   (면피용으로) 혹시 남자가 더 좋아요?
진헌   (어이없게 쳐다본다)
삼순   그게 아니면... (시선이 하체로 내려간다)
진헌   (그 시선 따라가다가 거기서 멈추고는 이 여자가 정말? 확 쳐다본다)
삼순   (얼른 시선 거두고 뻔뻔하게) 아니 뭐.. 교통사고가 크게 났다 그래서...
진헌   멀쩡해요.
삼순   (중얼중얼) 그거야 모르지...
진헌   (발끈) 보여줘요?
삼순   애개개? 남자는 남잔가 부네 그 얘기 나오니까 발끈하구... (장난스레) 보여줘요. 봅시다 한번.
진헌   (같잖다는 듯 일견하고 케이크 먹는데 입가에 묻는다)
삼순   남자는 무슨. 애네 애야. (하며 동생한테 하듯 너무나 자연스럽게 닦아주는데)

- 진헌, 그 손을 낚아채 와락 눕힌다.
- 삼순의 눈이 왕방울만 해진다.
- 진헌, 그 눈을 뚫어지게 바라본다.
- 삼순, 가슴이 쿵쾅댄다.
- 진헌이 다가온다. 입술이 가까워진다.
- 삼순, 심장이 뚫고 나올 것 같다. 미치겠다. 아 몰라. 눈을 질끈 감는다. 한참을 그러고 있는데.

진헌   (E) 이제 남자로 보여요?
삼순   (번쩍 눈을 뜬다)
진헌   (일으켜주고 태평하게) 눈은 왜 감나? 떡 줄 사람은 생각도 않는데.

삼순   (이 자식이 나를 능멸해? 으~~~~~~ 주먹이 운다!)

         - 그때 터프방에서 남녀의 신음소리가 높아지자 삼순이 화풀이하듯 그 벽을 쾅쾅쾅 친다.

삼순   야! 집에 가서 해!
남자   (E) 에이 씨! 누구얏!!!
삼순   그 방에 몰카 있어 짜샤!

         - 순식간에 조용해진다. 삼순은 화풀이하듯 케이크에 포크를 찔러댄다.

49. **삼순의 방(동 밤)**

         - 잠 못 이루고 뒤척이는 삼순. 이쪽 끝에서 저쪽 끝까지 뒹굴기 시작한다.

삼순   아 미치겠네 정말! 아 쪽팔려! 너무 오래 살았어... 죽어야 돼... (못 참겠는지 벌떡 일어나 부채질을 한다) 아 더워... 왜 이렇게 덥냐... 아 나쁜 자식... 쪼그만 게 어디서 감히...

         - (플래시백) 아까 눕혀놓고 눈을 뚫어지게 보던 그 모습!
         - 삼순의 심장이 뛰기 시작한다. 둥! 둥! 둥! 삼순, 두 손으로 심장을 누른다.

삼순   얘가 왜 이러지? (부르르 떤다) 맞어, 너무 오래 굶었어... 단지 그것뿐이야. 오래 굶은 거... 아 더워. (뛰쳐나간다)

50. **오피스텔 전경(새벽)**

- (E) 핸드폰 벨 소리.

51. **오피스텔**

- 잠들어 있는 진헌. 벨 소리가 거슬리는지 옆으로 돌아누우며 이불을 뒤집어쓴다.
- 침대맡 어디에선가 울리는 핸드폰.
- 진헌, 결국 돌아누워 핸드폰을 집어들고는 졸린 눈으로 발신자 확인하고 받는다. 집이다.

진헌 (졸음이 가득한) 네. (응답이 없자) 여보세요. (또 응답 없자 눈에서 졸음기가 가신다) 미주니?

52. **나 사장 저택 거실(동 새벽)**

- 어둠 속에서 미주가 유선전화기를 들고 있다.

진헌 (F) 미주 안 자고 뭐 해?
미주 (소리 없이 헤~ 웃는다)

53. **오피스텔 & 거실**

- 진헌, 얼른 시간 확인한다. 여섯 시도 안 된 이른 시각.

진헌 미주 왜 이렇게 일찍 일어났어. 나쁜 꿈 꿨어?
미주 (손장난하며 웃는다)

- 진헌, 일어나 앉아 스탠드를 켜고 편한 자세를 취한다.

진헌	삼촌이 노래 불러줄까?
미주	(끄떡끄떡)
진헌	뭐 불러줄까. 올챙이송?
미주	(좋아서 끄떡끄떡)
진헌	(마치 다 보고 있는 듯 미소 띤 채 노래 부르기 시작한다) 개울가에 올챙이 한 마리 꼬물꼬물 헤엄치다,
미주	(헤 웃으며 듣는다)
진헌	앞다리가 쏘옥 뒷다리가 쏘옥 팔딱팔딱 개구리 됐네. 꼬물꼬물 꼬물꼬물 꼬물꼬물 헤엄치다 앞다리가 쏘옥 뒷다리가 쏘옥 팔딱팔딱 개구리 됐네.
미주	(헤~)
진헌	이제 미주가 불러봐.
미주	(그저 웃는다)
진헌	삼촌도 미주 노래 듣고 싶은데... 언제 불러줄 거야?
미주	...
진헌	미주, 삼촌이 노래 불러줬으니까 더 자야 돼?
미주	(끄떡끄떡)
진헌	뽀뽀.
미주	(수화기에 대고 쪽 뽀뽀한다)

- 진헌도 가볍게 뽀뽀해주고 끊는다. 잠시 생각하다가 이불을 젖히고 일어난다.

54. 보나뻬띠 홀(동 새벽)

- 벽시계가 여섯 시(또는 다섯 시)를 가리키며 소리를 낸다. 땡땡땡...
- 어두운 새벽의 홀... 육중한 느낌의 테이블, 의자, 장식품들...

삼순	(Na.) 어느 날 몸이 마음에게 물었다. 난 아프면 의사 선생님이 치료해주는데 넌 아프면 누가 치료해주니?

55. 주방

- 어둠 속의 주방. 깨끗이 닦여 저마다의 자리에 놓여 있는 냄비들, 그릇들, 집기들...

삼순 (Na.) 그러자 마음이 말했다. 나는 나 스스로 치유해야 돼... 그래서일까? 사람들은 저마다 마음이 아플 때 유용한 치유법을 하나씩 갖고 있다. 술을 마시고, 노래를 하고, 화를 내고, 웃고 울고...

56. 복도

- 역시 어두운... 복도 끝 어디에선가 불빛이 흘러나온다.

삼순 (Na.) 친구들에게 하소연을 하고, 여행을 가고, 마라톤을 하고... 가장 최악의 것은 그 아픔을 외면해버리는 것... 나의 치유법은...

57. 베이커리실

- 냄비에 초콜릿 재료가 들어간다.
- 복장을 깔끔하게 갖춰 입은 삼순이 봉봉 오 쇼콜라(셀리멘)를 만드는 중이다. 셀리멘뿐만 아니라 여러 가지 초콜릿 과자를 만드는 과정들이 스케치된다.
- 삼순의 모습은 새벽에 향을 피워 올리는 성직자처럼 경건하다.

삼순 (Na.) 지금처럼 아침이 다가오는 시간에 케잌과 과자를 굽는 것... 아버지가 갑자기 돌아가셨을 때도, 불같던 연애가 끝났을 때도, 실직을 당했을 때도, 나는 새벽같이 작업실로 나와 케잌을 굽고 그 굽는 냄새로 위안을 받았다. 세상에 이렇게 달콤한 치유법이 또 있을까?

- 창으로 아침 햇살이 비쳐 들어온다. 마치 비밀의 문이 열리는 것처럼 빛이 열린다. 삼순, 일손을 놓고 햇살을 기분 좋게 맞는다. 호흡도 한다. 그러다 문득 정신이 들어 자기검열에 들어간다.

삼순 가만, 오늘은 왜 일찍 나왔지? ... 일찍 일어났으니까. ... 왜 일찍 일어났지? ... 잠을 설쳤으니까. 왜 잠을 설쳤지? (갸웃 생각하는)

- (플래시백) 와락 눕히고 뚫어지게 쳐다보던 진헌.
- 삼순, 심장이 두근거린다.

삼순 (가슴을 누른다) 얘가 왜 이러지? (머리를 세차게 흔든다) 안 돼. 안 돼...
진헌 (E) 일찍 출근했네요.

- 삼순, 자지러지게 놀란다.

진헌 (추리닝 차림) 왜 그렇게 놀래요?
삼순 노, 놀랄 만하니까 놀라죠. 아 애 떨어질 뻔했네.
진헌 대리모 계약했어요?
삼순 (가볍게 흘기다가) 근데 그건 무슨 패션이에요?
진헌 운동하려고 나왔는데 갑자기 할 일이 생각나서요. (들어오며) 초콜릿 만들어요?
삼순 네, 어젯밤에 좋은 아이디어가 생각나서...
진헌 늦게 들어갔는데 제대로 못 잤겠네요.
삼순 (변명조) 잠이야 맨날 자는 건데... 글쎄 새로운 아이디어가 떠오르니까 잠이 와야 말이죠. 첫차 기다리느라고 혼났네.

- 진헌, 하나 집어 맛을 본다.

삼순 (궁금하게 바라본다)

진헌	씁싸름한 맛은 뭐예요?
삼순	(새초롬) 레시피는 공개하지 않아요.
진헌	씁싸름한 맛 때문에 단맛이 지나치지 않아서 좋은데요? 좀 더 만들어봐요, 오늘 테이블에 내놔보게.
삼순	정말요?
진헌	웰빙 시대잖아요. 수고. (나간다)
삼순	(입이 쑥 나온다) 꼭 자기 용건만 말하지... (그러다 정신 차리고는) 그럼 자기 용건만 말하면 됐지, 뭘 원하는데! (주둥이를 때리며) 정신 차려 김삼순!

58. 홀(동 밤)

- 디너 타임의 풍경...

59. 베이커리실(동 밤)

- '마르키즈 글라세'를 마악 완성한 삼순, 입이 댓 발은 나왔다.

삼순	내가 꼭 이 짓을 해야 되니?
인혜	그럼 어떡해요. 손님이 주문한 건데.
영자	(E) 김희진 씨?
삼순	(돌아본다)
영자	(삼순의 이름표와 삼순의 얼굴을 번갈아 보며 득의양양한 미소)
삼순	? 왜요?
영자	그건 뭐.. 나중에 알게 되겠죠. 기대되네 그날이. 아이스크림은요?
삼순	(방금 만든 걸 건넨다)
영자	(받아들고 홍, 콧방귀 뀌고 나간다)
삼순	왜 저래?

60.　홀 입구

- 벌컥 문 열리고 카메라가 들어선다. 어서 오세요, 하며 맞는 영자를 힘으로 밀어붙이며 적진 깊숙이 치고 들어간다. 목표물을 찾아 휘휘 둘러본다. 저쪽에 목표물이 있다! 카메라가 성큼성큼 목표물을 향해 간다.

61.　홀

- 젊은 애인이 '마르키즈 글라세'를 먹다가 아내가 그랬던 것처럼 반지를 씹는다. 입안에서 꺼내어 보고는 놀라 입이 귀에 걸린다.

애인　(코맹맹이) 어머 자기야! 어머어머 어떡해! 이거 나 주는 거야? 자기 미워. 날 이렇게 감동시키구...
남편　뭘 그 정도 갖고... 다음엔 더 좋은 거 해줄게.
애인　눈물 나... 흑... 다음부턴 이러지 마? 나 울리면 안 돼에? (하는데 누군가 그 반지를 냅다 채가자 놀라 쳐다보면)
아내　(무섭게 부라린다) 정말 눈물 난다 눈물 나.

- 남편, 쳐다보고 사색이 된다.
- 애인, 누구? 하다가 눈치 까고 움츠러든다.

아내　흥, 그래도 양심은 있어서 내 것보단 작게 했네? 그럼 나도 작은 걸로 응답하지.

- 바닥에 내려놓았던 약수통을 순식간에 테이블에 뿌린다. 노리끼리한 액체가 남편과 애인에게 쏟아진다. 오줌이다. 애인은 비명 질러대고 남편은 '당신 미쳤어?' 고함을 치고 손님들은 놀라서 쳐다보고 오 지배인과 웨이트리스들이 달려오고 순식간에 난장판이 된다.

| 아내 | 그래 나 미쳤다 어쩔래! 입장 바꿔 생각해봐. 너 같음 살인 났어 이 새끼야! (애인이 달아나려 하자 잽싸게 머리채를 낚아챈다) 어딜 도망 가! |

62. 베이커리실

- 여자의 비명 소리와 말리는 사람들의 고함 소리가 그대로 들려온다.

| 삼순 | 이게 무슨 소리야? |
| 인혜 | ? ... |

- 누가 먼저랄 것도 없이 함께 뛰어나가는 삼순과 인혜.

63. 홀

- 뛰어들다가 놀라서 멈추는 삼순과 인혜.
- 애인은 도망가려 바닥을 기며 몸부림을 치고, 아내는 온갖 욕을 하며 머리채를 흔들고, 오 지배인을 비롯한 홀 직원들이 뜯어말리지만 분노한 아내의 힘을 당하지 못하고... 아수라장인데.

남편	야! 너 그거 못 놔?
아내	(죽어라 머리채 흔들고)
남편	(달려들어 뜯어낸다) 이게 사람 망신을 시켜도 유분수지. 놔! 안 놔? (떨어지자- 애인은 얼른 도망가고) 이게 정말 아우! (주먹을 확 치켜드는데 누군가 그 팔을 잡는다. 돌아보면)

- 진헌, 남자의 팔을 움켜쥐고 있다.

| 남편 | 넌 뭐야! |
| 진헌 | (팔을 움켜쥔 손에 힘을 준다) |

남편	아! 아아아아...
진헌	(힘을 주느라 눈에도 힘이 들어간다)
남편	아아아아아악!
진헌	(확 팽개친다)
남편	(바닥에 널브러져 아내에게 이를 간다) 너, 나중에 보자. (바람처럼 사라진다)

- 이제 사람들의 시선은 하나 남은 아내에게 꽂혀 있다.
- 아내, 남편이 앉았던 의자에 털썩 주저앉더니 엉엉 소리 내어 울기 시작한다.
- 오 지배인과 진헌, 난감하다. (웨이터들은 난장판을 수습하고 오물을 닦고)

오 지배인	진정하세요 손님. 일단 안으로 좀 드시죠. 들어가서 안정을 취한 다음에 가시는 게 좋겠어요. (아내의 울음소리가 더 커지자 난감하다) 손님, 저희가 지금 영업 중이라서...
삼순	(E) 오 지배인님.

- 오 지배인과 진헌이 돌아본다.
- 삼순이 그들에게 눈짓을 하고는 준비해 온 초콜릿 과자들과 와인을 서빙한다.

삼순	드시고 좀 진정하세요 손님. 실연당했을 땐 초콜릿이 최고거든요.
아내	뭐? 실연? 넌 이게 실연으로 보이니? 너 지금 내 남편 바람났다고 우습게 보는 거야 뭐야!
삼순	전 작년 크리스마스에 비슷한 일을 당했어요. 제 애인이 다른 여자랑 호텔에 있는 현장을 잡았거든요.
아내	(솔깃... 울먹울먹하며) 그래서?
삼순	그냥... 보내줬어요.
아내	(테이블을 쿵 치며) 왜 그냥 보내? 반쯤 죽여놓지?
삼순	(씁쓸) ... 마음 떠나면 그것처럼 무서운 게 없잖아요.

아내	(동감... 한숨처럼) 그래, 그것처럼 허한 게 없지.
삼순	그리구 오늘은 저희 레스토랑 특별 이벤트 첫날이거든요?

- 진헌과 오 지배인 금시초문이라 놀란다.

삼순	실연당한 여자들을 위한 이벤튼데 실연당한 여자들이 오면 이 초콜릿이랑 와인이 무료예요.
아내	(퉁명스레) 실연당한 걸 어떻게 증명해? 구청에서 실연증명서라도 떼준대?
삼순	눈에 다 써 있잖아요.
아내	... 그렇긴 하네.
삼순	그리고 피아노 연주도 해드려요, 우리 사장님께서 직접. (하며 진헌을 소개한다)

- 진헌, 당황해한다.
- 아내가 진헌을 훑어본다. 저 젊은 청년이 피아노 연주를 해준다면 괜찮겠군. 어느새 마음이 콩밭에 가 있다.
- 이때다! 삼순, 진헌에게 사사삭 다가와 귀엣말을 한다.

삼순	뭐 하고 있어요, 밥상 다 차려놨는데 재 뿌릴 거예요? 내일이면 단골들 사이에 소문 쫙 퍼질 텐데 이렇게라도 수습을 해야죠.
진헌	왜 하필 피아노예요?
삼순	그럼 춤출래요?
진헌	꼭 드라마 따라 하는 것 같잖아요.
삼순	? 예?
진헌	(퉁퉁 부어서) 개나 소나 피아노야. (하며 무대로 간다)
삼순	(갸웃하더니 아하...) 짜식, 테레비 안 보는 척은 혼자 다 하면서 볼 건 다 봤네.
아내	(진헌을 향해) 나 오버 더 레인보우 신청해도 돼요?
삼순	(확 돌아보며) !!!

- 피아노 앞에 앉던 진헌도 놀란다.
- 그때 웨이터 하나가 피아노 연주를 독려하는 박수를 친다. 그러자 전 직원이 박수를 친다. 손님들도 박수를 친다. 홀 분위기가 화해 모드로 돌아섰다.
- 진헌, 진퇴양난이다.

삼순 (애가 탄다) 저 인간, 괜히 또 성질부리는 거 아냐? 다 차려논 밥상인데...

- 진헌, 건반만 노려보고 있다. 사람들의 박수도 잦아들고 어색한 침묵이 흐른다.
- 안절부절못하던 삼순이 또 소리 없이 사사삭 다가와 뭐라고 속닥인다.
- 진헌의 표정이 굳는다.
- 삼순, 걱정스런 표정으로 무대에서 내려온다.
- 진헌, 건반만 본다.
- 삼순, 걱정된다.
- 직원들도 왜 안 치는지 의아하게 쳐다본다.
- 아내도 기다린다. 왜 안 치는 거야?
- 제발... 두 손을 그러모으는 삼순.
- 드디어 손을 드는 진헌. 건반을 누른다.
- 삼순의 눈이 번쩍 뜨인다.
- 진헌, 연주하기 시작한다. Over The Rainbow 그 곡이 맞다.
- 삼순, 감격해 눈물이 날 지경이다.
- 진헌이 노래까지 부르기 시작한다.

진헌 Somewhere, over the rainbow, way up high.
There's a land that I heard of once in a lullaby
Somewhere, over the rainbow, skies are blue,
And the dreams that you dare to dream really do come true.

- 모두들 그만 쳐다본다. 아내도, 손님들도, 오 지배인도, 영자도, 현무도, 인혜도, 홀 안에 있는 모든 사람들..

- 삼순, 마음이 이상하다. 그 마음이 낯설고 민망해 고개 돌리는데,
- 희진이 들어서고 있다.
- 삼순, 놀란다. 그때 그 여자? 얼른 진헌을 본다.
- 연주하다 무심코 문 쪽을 보던 진헌이 희진을 발견하고 표정 굳는다. 노래는 멈추고 연주만 계속한다.
- 삼순, 두 사람을 번갈아 본다.
- 희진이 또각또각 걸어 들어온다.
- 진헌, 연주는 계속하면서 뚫어져라 희진을 본다.

삼순 (E) 손님을 위한 이벤트라고 생각하지 말고, 저 문으로 사장님이 사랑했던 여자가 들어온다고 생각하세요. 죽을 만큼 사랑했던 여자가 저 문으로 들어온다고…

- 희진이 홀 입구에 멈추어 선다.
- 진헌도 연주를 멈추고 그녀만 바라본다.
- 두 사람을 번갈아 보는 삼순. 둘이 깊은 사연이 있는 게 틀림없어!
- 4회 끝.

5회

사랑은 원래 유치한 거예요

* 당시 분량 조절의 이유로 5회는 다소 짧습니다.

1.   자막 - 제5회 사랑은 원래 유치한 거예요

2.   보나뻬띠 홀(밤, 4회 엔딩)

   - 진헌, 건반만 노려보고 있다. 사람들의 박수도 잦아들고 어색한 침묵이 흐른다.
   - 안절부절못하던 삼순이 또 소리 없이 사사삭 다가와 뭐라고 속닥인다.
   - 진헌의 표정이 굳는다.
   - 삼순, 걱정스런 표정으로 무대에서 내려온다.
   - 진헌, 건반만 본다.
   - 삼순, 걱정된다.
   - 직원들도 왜 안 치는지 의아하게 쳐다본다.
   - 아내도 기다린다. 왜 안 치는 거야?
   - 제발... 두 손을 그러모으는 삼순.
   - 드디어 손을 드는 진헌. 건반을 누른다.
   - 삼순의 눈이 번쩍 뜨인다.
   - 진헌, 연주하기 시작한다. Over The Rainbow 그 곡이 맞다.

          - 삼순, 감격해 눈물이 날 지경이다.
          - 진헌이 노래까지 부르기 시작한다.

진헌   Somewhere, over the rainbow, way up high.
          There's a land that I heard of once in a lullaby
          Somewhere, over the rainbow, skies are blue,
          And the dreams that you dare to dream really do come true.

          - 모두들 그만 쳐다본다. 아내도, 손님들도, 오 지배인도, 영자도, 현무도, 인혜도, 홀 안에 있는 모든 사람들..
          - 삼순, 마음이 이상하다. 그 마음이 낯설고 민망해 고개 돌리는데,
          - 희진이 들어서고 있다.
          - 삼순, 놀란다. 그때 그 여자? 얼른 진헌을 본다.
          - 연주하다 무심코 문 쪽을 보던 진헌이 희진을 발견하고 표정 굳는다. 노래는 멈추고 연주만 계속한다.
          - 삼순, 두 사람을 번갈아 본다.
          - 희진이 또각또각 걸어 들어온다.
          - 진헌, 연주는 계속하면서 뚫어져라 희진을 본다.

삼순   (E) 손님을 위한 이벤트라고 생각하지 말고, 저 문으로 사장님이 사랑했던 여자가 들어온다고 생각하세요. 죽을 만큼 사랑했던 여자가 저 문으로 들어온다고...

          - 희진이 홀 입구에 멈추어 선다.
          - 진헌도 연주를 멈추고 그녀만 바라본다.
          - 두 사람을 번갈아 보는 삼순. 둘이 깊은 사연이 있는 게 틀림없어!

3.   보나뻬띠 외경(동 밤)

          - 네온이 꺼진다.

4. 베이커리실

- 밀가루 반죽하는 삼순. 심란하다.
- 퇴근하려던 인혜가 들여다본다.

인혜   언니 퇴근 안 해요?
삼순   어, 크로와상 반죽 좀 만들어놓고.
인혜   그럼 저한테 말씀하시지.
삼순   아냐 됐어. 먼저 가.
인혜   (눈치 살피다가) 아까 그 여자요...
삼순   (멈칫했다가 다시 일한다)
인혜   혹시... 사장님 옛날 애인 같은 거예요?
삼순   ... 어.
인혜   어머, 언닌 알고 있었어요?
삼순   (왠지 모른다고 하기엔 자존심 상한다) 어.
인혜   근데 괜찮아요?
삼순   ... 인혜 씬 아직 어려서 모르겠지만 남녀가 사귀다 헤어지고 등성이 하나 잘 넘기면 더 좋은 친구가 될 수도 있어.
인혜   친구 같진 않던데...
삼순   퇴근하기 싫으면 다시 유니폼 갈아입고 와.
인혜   아녜요, 갈게요. 수고하세요. (얼른 간다)
삼순   (복잡하다) ...

5. 커피숍(동 밤)

- 진헌이 희진을 눈 한번 깜빡이지 않고 빤히 바라본다.
- 마치 그 시선을 피하려는 듯 티포트의 밀크티를 각각의 잔에 따르며 희진은 불안한 수다를 떤다.

희진	피아노 실력이 더 늘은 거 같던데 설마 딴 여자한테 쳐준 건 아니지? 전화두 안 받구, 바빴나 봐? 바쁘면 좋지. 레스토랑 잘된다며? 니가 그런 쪽으로 재능 있는 줄 몰랐어.
진헌	(그저 빤히 본다)
희진	(눈 맞추고 피식 웃는다) ... 화, 많이 났구나?
진헌	용건이 뭐야.
희진	(저 싸늘한 모습, 각오했지만 두렵다)
진헌	(거만한) 날 찾아온 용건이 뭐냐구.
희진	돌아온다고 약속했잖아. 기억, 안 나?
진헌	기억나. 니가 얼마나 잔인했는지.
희진	! ...
진헌	...
희진	(무마하려는 듯 씨익 웃고는) 너 지금 아주 화나 있어. 3년 내내 화나 있었어. 그래서 지금 나한테 화풀이하는 거야. 실컷 해. 받아줄게. 내가 잘못한 거 나도 알아. 나로선 어쩔 수 없었지만 니가 화낼 만해. 그러니까 실컷 화내.
진헌	넌 니가 아주 대단한 사람인 줄 아는구나?
희진	? ...
진헌	그래, 처음엔 화가 났었어. 사고 나자마자 공부를 핑계로 가버리다니, 누가 생각이나 했겠어? 근데 나, 아주 바빴어 3년 동안. 부서진 다리 다섯 번 수술하고, 재활 치료받고, 레스토랑 개업하고... 시간이 어떻게 지나갔는지 몰라. 그리고 몸 아픈 거에 비하면 마음 아픈 건 아무것도 아니더라. 너? 몸은 아프고 시간은 없고, 생각할 겨를이 없었어.
희진	(마음 아프다) 일부러 그러는 거 뻔히 아는데, 그래도 마음이 안 좋네.
진헌	(빈정거리듯) 5년 걸린다더니 일찍 왔네.
희진	너 땜에 다 채울 수가 없었어.
진헌	(피식 냉소)
희진	(정색하고) 그러지 마. 나도 지금 쉬운 거 아냐.
진헌	...
희진	이렇게 화나 있는 모습, 매일 생각했어. 못 견디겠더라. 그래서...

진헌	쓸데없는 짓을 했구나. 그렇게 하고 싶어 하던 공부도 팽개치고.
희진	제발 그런 식으로 말하지 마.
진헌	잊었니? 3년 전의 너는 더했어.
희진	어쩔 수 없었어. 너라도 그랬을 거야.
진헌	나 같으면 그따위 선택 안 하지.
희진	적어도 죽진 않았잖아!
진헌	(언성 높아지자 좀 놀라는) ! ...
희진	내가 그렇게 떠났다고 너 죽었니? 멀쩡히 살아서 니 할 일 하고 있어. 그럼 됐잖아. 그게 그렇게 화낼 일이야?
진헌	넌 전화 한 통 없었어!
희진	마음 약해질까 봐 할 수가 없었어!
진헌	왜! 내가 우는소리 할까 봐!
희진	그래, 독한 맘 먹고 갔는데 방해받기 싫었어! 그 정돈 이해해줄 줄 알았어!
진헌	(핏발 선다) 3년 동안 전화 한 통 없는 여잘 어떻게 이해해!
희진	넌 그래줄 줄 알았어 이 바보야! (핑글 눈물이 돈다)
진헌	! ...
희진	우리 사이엔 그런 믿음이 있다고 생각했어. 전화 한 통 없어도, 내가 돌아온다고 했으니까, 기다리라고 했으니까 (울컥) 그러니까... 기다릴 줄 알았어... 날 믿어줄 줄 알았다구...
진헌	! ...

- 노래가 바뀐다. 메리 홉킨스의 'Those were the days'
- 달아오른 분위기가 가라앉기 시작한다. 희진, 얼른 눈물을 훔친다.

진헌	...
희진	... 이 노래 기억나?
진헌	(모른 척)
희진	오버 더 레인보우하고 이 노래, 니가 가끔 연주해줬잖아.
진헌	(기분이 이상해진다)
희진	(응? 그만 화 풀라는 듯 간절하게 바라본다) ...
진헌	(감상에 빠지기 싫어 벌떡 일어난다) 음악감상은 혼자서 하는 게 좋겠다.

- 진헌이 그녀 옆을 지나치는 순간, 희진이 손을 뻗어 그의 손을 잡는다.
아슬아슬하게 손가락만 걸친 채가 된다.

진헌	!!! ...
희진	... 가지 마.
진헌	! ... (목젖이 울렁인다)
희진	(손을 온전히 잡는다)
진헌	(오랫동안 잊었던 느낌이 되살아난다. 아득하다)
희진	아직 할 말이 많아...
진헌	...
희진	제발...
진헌	(조용히 그러나 완강하게 그녀의 손에서 자신의 손을 빼낸다)
희진	! ...

- 진헌, 뒤도 안 돌아보고 나간다.
- 희진의 어깨가 무너진다.

6. 베이커리실

- 타이머가 땡 울린다.
- 삼순, 30도에 맞추어져 있는 숙성기에서 부풀어 오른 크루아상 반죽을 꺼낸다. 작업대에 반죽을 올려놓고 가스 빼는 작업을 한다.

7. 포장마차(동 밤)

- 삼순과 인혜를 뺀 여직원들이 옹기종기 모여 있다. 다들 적당히 취했다.

영자	우리가 괜찮은 남자를 만나기 어려운 이유!

여직원1 첫째, 착한 남자는 못생겼다.
여직원2 둘째, 잘생긴 남자는 안 착하다.
여직원3 셋째, 잘생기고 착한 남자는 이미 결혼했다.
여직원4 아까 거기까지 했어요.
영자 (열변을 토한다) 넷째, 잘생기고 착하며 미혼인 남자는 능력이 없다. 다섯째, 잘생기고 착하며 미혼이며 돈 많은 남자는 우리에게 관심이 없다. 여섯째, 잘생기고 착하며 미혼이며 돈 많고 우리에게 관심 있는 남자는 바람둥이다.

- 여직원들, 자학적인 표정들이다.

영자 일곱 번째, 잘생기고 착하며 미혼이며 돈 많고 우리에게 관심 있고 바람둥이가 아닌 남자는 동성애자다.

- 여직원 하나가 살맛 안 난다는 듯 들고 있던 젓가락을 던진다.

영자 여덟 번째! 잠깐, 나 화장실 좀. (일어나 나간다)

8. **베이커리실**

- 삼순, 마지막으로 주위를 둘러보고 불 끄고 나간다.

9. **홀**

- 나오는 삼순. 현관 쪽으로 가다가 인기척에 멈칫 서서 돌아본다.
- 바에 홀로 앉아 진헌이 위스키를 마시고 있다.
- 삼순, 갸우뚱해서는 그쪽으로 가려다가 멈춘다.
- 왠지 건들면 안 될 것 같은 진헌의 분위기…
- 삼순, 그냥 나간다.

10. 포장마차

영자 여덟 번째, 잘생기고 착하며 미혼이고 돈 많고 우리에게 관심 있고 바람둥이가 아닌 이성애자는 절대 먼저 접근하지 않는다. 아홉 번째, 잘생기고 착하며 미혼이며 돈 많고 우리에게 관심 있는 바람둥이가 아닌 이성애자에게 우리가 먼저 접근하면 그 남자는 우리에게 흥미를 잃어버린다.

- 여직원들, 맞어 맞어 먼저 대시하면 안 돼 수군거린다.

영자 그럼 열 번째는 뭐냐! (실눈을 뜨고 일급비밀을 누설하듯이) 잘생기고 착하며 미혼이며 돈 많고 우리에게 관심 있는 바람둥이가 아닌 이성애자에게 우리가 먼저 접근해도 우리에게 흥미를 잃어버리지 않는다면 그 남자는?

- 그 남자는? 여직원들 고개를 모으고 귀를 쫑긋! 눈이 초롱초롱!

영자 (더더욱 실눈으로) 뭔가 이상이 있는 거지.

- 뭐야아... 잔뜩 실망해 제각각 구시렁거리고, 여기 오돌뼈 하나 추가요 소리 지르고, 원샷도 하는 여직원들.

영자 이게 현실이거든? 그런데 삼순이는 어떻게 진헌 왕자를 낚아챘냔 말이지. 지가 나보다 젊어?
여직원1 나보다 날씬해?
여직원2 나보다 이뻐?
여직원3 나보다 성격 좋아?
영자 사필귀정! 아까 그 여자 봤지? 이제 삼순이는 낙동강 오리알 됐다 이거야.
여직원4 근데 삼순이가 누구예요?

11. **홀 내 바(동 밤)**

- 진헌, 위스키 잔을 단숨에 비운다. 잔을 채우려 병을 드는데 누군가가 채간다. 돌아보면, 삼순이다.

삼순 이거 회사 물품인데 이렇게 함부로 마셔도 되는 거예요?
진헌 (병을 빼앗아 잔에 따른다)

- 삼순, 잔을 갖고 와 옆 스툴에 앉아 제 잔에 술을 따른다.

진헌 …
삼순 (한 모금 마시고 진저리를 친다)
진헌 (마시고 잔을 채운다)
삼순 (힐긋 본다. 뭐든 말을 붙여야겠어서) … 미주 말예요. 말 못하는 것 땜에 놀이치료 다닌다면서요?
진헌 …
삼순 이건 제 생각인데요, 한 달에 한두 번쯤 일루 데려와서 같이 빵도 굽고 케익도 만들고 그럼 좋을 것 같은데.
진헌 (보며) ? …
삼순 전에 테레비에서 놀이치료하는 거 보니까 빵 만들고 과자 굽는 거랑 별로 다를 게 없더라구요.
진헌 …
삼순 안 돼요?
진헌 괜찮은 생각이에요.
삼순 그런다고 뭐 이자 삭감해달란 소린 아녜요. 그냥 미주가 이뻐서…
진헌 (피식 웃는다. 많이 취했다) … 우리 미주 이쁘죠.
삼순 네. 근데 왜 말을 못해요?
진헌 … 못하는 게 아니라 안 하는 거예요.
삼순 ? …
진헌 어릴 땐 했는데 어느 날 갑자기 안 하드라구요.

삼순	왜요?
진헌	알 수가 없죠. 말을 안 하니까.
삼순	어린 게 심오하네.
진헌	(피식) ...
삼순	(그 여자가 궁금해 죽겠다. 힐긋 눈치 살피고는) 많이.. 좋아했어요 그 여자?
진헌	...
삼순	이쁘더라, 인상도 좋아 보이구... 둘이 잘 어울리던데... (용기 내어) 왜 헤어졌어요?
진헌	...
삼순	네 번째 조항 발효. (스스로 입을 다문다)
진헌	...
삼순	(못 참겠다) 딱 하나만 더 물어볼게요. 성이 뭐예요?
진헌	...
삼순	성도 똑같으면 곤란하잖아요. 나랑 차별화도 안 되구. 김? 이? 박? 아님, 천방지축마골피?
진헌	... 유희진...
삼순	유희진? 아... 유씨구나. (하는 순간 진헌이 무너져온다)

- 삼순, 어? 얼결에 진헌의 몸을 받지만 우당탕탕 요란한 소리를 내며 둘 다 프레임 아웃.
- 바닥에 널브러진 삼순, 진헌의 몸에 깔린 채 다친 머리를 감싸 쥐고 아파한다.

삼순	아- 머리야... (가슴팍에 얼굴 묻은 걸 보고는 헉! 얼른 머리를 쳐낸다. 진헌의 고개가 힘없이 옆으로 떨어지자 놀라서 흔든다) 사장님! 사장님! (반응 없자 뺨을 찰싹찰싹 친다) 사장님... 아저씨... 삼식아!

12. **오피스텔(동 밤)**

- 침대에 널브러진 진헌의 구두가 벗겨진다.

- 삼순, 구두를 벗기고 양말을 벗긴다.

삼순   (신났다) 너 딱 걸렸어. 술버릇 갖고 장난쳤지? 한번 당해봐.

- 진헌, 간지러운지 툭 헛발질을 한다.

삼순   (발바닥을 찰싹 치며) 가만있어 짜식아.

- 삼순, 킁킁 양말 냄새를 맡고는 으~ 인상 쓰며 휙 던지는데 진헌이 몸을 뒤집으며 제대로 발길질한다. 그 발에 정통으로 맞고 악! 나가떨어지는 삼순.

삼순   (코피가 났나 확인하면서) 우이 씨... 이 자식 이거 술 취한 척한 거 아냐? (발을 살살 간질인다)
진헌   (발을 찬다)
삼순   (얼른 피하고는) 그냥 한 번 더 맞고 코나 세울까? 아니지, 뼈를 깎는 고통은 실연으로 족해.

- 삼순, 침대 위로 올라가 양복을 벗기기 시작한다.

삼순   이렇게 좀 해봐. 비싼 양복 다 망가지네.

- 삼순, 애드립 해가면서 팔 한쪽을 빼고는 반대쪽으로 건너가 다른 한쪽을 빼며 난리부르스를 떤다. 그리고 넥타이를 푸는데 진헌이 덥석 그녀를 안아 눕힌다!

삼순   허???!! (반사적으로 발딱 일어나는데)
진헌   (힘주어 확 눕히고)
삼순   허?! ... (살짝 고개 돌려 보면)
진헌   (콧김을 내뿜으며 잔다)
삼순   ! ... (콧김을 손으로 젓는다) ... 자는 거야? 그런 거야?

진헌	...
삼순	술버릇 참 희한하네. (살살 팔을 들어 올리는데)

- 진헌, 오히려 더 꽉 끌어안는다. 얼굴과 얼굴이 맞닿는다.

삼순	(헉!) ... (눈이 마구 굴러 다닌다) ... (기분이 이상해진다) ... (침이 꼴깍 넘어간다) ... 아 이러면 안 되는데... (눈을 감고 두 손 모아 기도한다) 하느님 아버지, 시험에 들지 말게 하옵소서. 삼순이 인생에 성추행이라뇨. 제발! 플리즈!
진헌	희진아...
삼순	(반짝 눈을 뜨고 쳐다본다)
진헌	희진아...
삼순	!!! ...
진헌	(잠든 채) ...
삼순	! ... 어느 희진. 김희진, 유희진. 사람 헷갈리게 하지 말고 콕 집어서 말해.
진헌	...

- 삼순, 괜스레 맥이 탁 풀린다. 시무룩하다. 하릴없이 실내를 둘러본다. 지난번에는 경황이 없어 제대로 보질 못했다.
- 깔끔한 실내... 빨아서 깨끗해진 꿀꿀이가 어딘가에 놓여 있다.
- 삼순, 진헌을 본다. 바로 눈앞에서 그가 잔다.

삼순	인간미 없는 놈... 코도 안 고냐. (눈 코 입을 하나하나 뜯어본다. 마음이 이상하다) ...
진헌	...
삼순	(괜스레 마음이 짠해진다) ... 여기다 널 가둬놓고 그 여잘 기다린 거니?
진헌	...

- 삼순, 알 수 없는 한숨을 내쉬고는 진헌의 팔을 살짝 들어 올린다. 올라간다. 됐다! 조금만 더, 조금만 더... 그러나 또 끌어안으며 아예 발까지 덮치는 진헌.

삼순   (미치겠다) 야!!!

13.   **희진 거실(동 밤)**

- 소파에 웅크리고 앉아 와인을 홀짝이고 있는 희진...

14.   **과외 오피스텔(회상 & 꿈)**

- 교복을 입은 대여섯 명의 남녀 학생들이 영어 과외를 받고 있다.
- 맞붙은 책상에 마주 앉아 희진과 진헌이 열심히 강의 듣고 있다. 그러나 책상 밑에서는,
- 희진의 발이 진헌의 발을 장난스레 툭 찬다. 진헌의 발이 화답하듯 쿵 찬다. 희진, 어쭈? 하는 표정으로 더 세게 찬다. 진헌, 더 세게 찬다. 희진, 구둣발로 정강이를 콕 차버린다. 욱! 비명 지르는 진헌. 선생님이 쳐다보자 시침 떼며 고통을 참는다. 쌤통이지? 하는 희진의 표정. 진헌, 두 다리로 희진의 두 다리를 확 감싸 안는다. 희진이 발을 빼려 하지만 여의치 않다. 못 당하겠지? 진헌, 여유만만한 미소를 보낸 뒤 모른 척 강의를 듣는다. 희진도 그만 웃어버리고는 강의를 듣는다.
- 그때 책상 아래로 누군가의 볼펜이 떨어진다. 볼펜 임자가 허리를 숙이다가 엉켜 있는 다리를 본다. 갈래머리 삼순이다.

삼순   (확 일어나 둘을 째려보며) 놀고 있네, 주민등록증에 잉크도 안 마른 것들이. 안 떨어져?!!!

15.   **오피스텔(아침)**

- 놀라 번쩍 눈을 뜨는 진헌. 꿈이다... 안도하며 베개에 얼굴을 파묻는데,

삼순	(E) 일어났어요?

- 또 놀라 확 상체 일으키는 진헌.

삼순	(국자 들고) 일어났으면 빨리 씻어요. 밥 먹고 출근하게.
진헌	???!!! ...
삼순	순진한 척하긴, 뭘 그렇게 놀래요?
진헌	?! ...
삼순	(계란국 간을 보며) 다행히 쌀이 있길래 밥 좀 했어요. 국은 계란국이에요. 냉장고에 계란밖에 없더라구요.
진헌	(황당하다. 일어나 앉는다) ... 어떻게 된 거예요?
삼순	(돌아보며 음흉한 미소와 함께) 사장님 술버릇도 장난 아니던데요?
진헌	?! ...

- (시간 경과)
- 식탁에 국을 놓아주고 앉는 삼순. 맞은편에는 마악 씻고 나온 진헌이 앉아 있다. 식탁에는 밥과 계란국, 김치와 김 계란찜이 전부다.

진헌	나 별로 생각 없는데...
삼순	(짝 째리며) 입이 음식물 쓰레기봉투려니 생각하고 갖다 부어요.
진헌	(마지못해 숟가락을 들고는 힐긋) ... 나.. 어떻게 데려왔어요?
삼순	(열심히 먹으며) 레스토랑에서는 택시 아저씨가 실어주고 여기선 경비 아저씨가 나르고... 문은 경비 아저씨가 열어줬어요. 다행히 비상 키가 있더라구요.
진헌	(망신이군... 숟가락으로 밥을 깨작거리는데)
삼순	복 달아나요. 퍽퍽 퍼먹어요 좀!
진헌	(에이... 계란국에 밥을 말아 한술 뜬다. 정신이 좀 드는 것 같다)
삼순	맛있죠?
진헌	싱거워요.
삼순	소금이 없어서 나 세수한 물에 끓였어요.

진헌	(찌푸리며 본다)
삼순	발도 씻을걸. 그럼 간이 딱 맞았을 텐데.
진헌	... 정말 여기서 잤어요?
삼순	그럼 집에 갔다가 다시 와서 계란국을 끓였겠어요? 뭐가 이쁘다구? 사장님이 못 가게 붙잡았잖아요. 기억 안 나요?
진헌	? ... 내가요? 왜요?
삼순	허! 왜요? 내가 묻고 싶네. 왜 그랬어요?
진헌	(도대체 무슨 일이 있었길래) ? ...
삼순	정말 기억 안 나요?
진헌	(맹해서 고개 젓는다)
삼순	(너 한번 당해봐라) 술 마시고 쓰러지는 것까진 좋은데 여자까지 밝히면 쓰나. 밤새 얼마나 괴롭히던지 잠을 한숨도 못 잤네. (하품까지) 아 피곤해.
진헌	(말도 안 돼) ! ...
삼순	(오홋, 샘통이다)

- (E) 초인종 소리.
- 두 사람 모두 현관 쪽을 쳐다본다.

진헌	(나 사장?)
삼순	(메기 여사?) 어떡해요, 또 어머닌가 봐요.

- 진헌, 일어나 비디오폰으로 간다. 곧 비디오폰을 보고 표정 굳는다.

진헌	!!! ...
삼순	어머니예요? 어머니죠.
진헌	! ...
삼순	? ... (일어나 비디오폰으로 가 확인하고 놀란다)

- 비디오폰에 보이는 희진의 모습.

16. 오피스텔 복도

- 밤을 지샌 피곤한 얼굴로 희진이 벨을 한 번 더 누른다. 잠시 후 문 따는 소리에 이어 문이 열리고 진헌이 나타난다.

진헌   (여전히 차가운 얼굴로 본다) ...
희진   (진헌을 지나쳐 안으로 불쑥 들어가며) 할 얘기가 있어.

17. 오피스텔

- 신발 벗고 안으로 들어오며,

희진   니가 모르는 게 있어. 다 얘기할게, 내가 왜 그랬는지. 너만 힘들었던 거 아냐. 나도 (하다가 멈칫!)

- 삼순이 뻘쭘하게 꾸벅 인사한다.
- 희진, 어리둥절하다.
- 진헌이 안으로 들어온다.
- 희진, 진헌과 삼순을 번갈아 본다. 그제야 삼순을 알아본다.

희진   (넋 나간 채 입엣말로) 케잌? ... (실내를 둘러본다)

- 어질러진 침대, 식탁 위의 밥상...
- 희진, 도대체 이게 다 뭐야? 하는 표정으로 진헌을 본다.
- 삼순도 진헌을 본다. 어떡해요...

진헌   말해. 할 얘기가 뭔지.
희진   (어이가 없다) ...
진헌   내가 모르는 게 뭔데.
희진   (삼순을 본다)

삼순	(움찔 놀라 슬그머니 시선 피한다)
희진	(간신히, 예의 바르게) 죄송하지만 둘이 할 얘기가 있어요.
삼순	네? 네... (서둘러 가방과 옷을 챙긴다)
희진	(배신감에 진헌을 노려본다)
진헌	(맞받아 쳐다본다)
삼순	저 그럼 말씀 나누세요. (나가려는데)
진헌	가지 마.
삼순	(멈칫, 돌아본다) ? ...
희진	? ...
진헌	(다가가 삼순의 어깨를 안는다) 내 여자친구야.
희진	!!! ...
삼순	!!! ...
진헌	할 얘기 있으면 같이 있을 때 해. 여자친구 몰래 딴 여자랑 수군대기 싫어.
희진	!!! ...
삼순	!!! ...
진헌	(희진을 빤히 쳐다본다)
희진	(원망 가득한 눈가에 눈물이 고인다)
삼순	(둘 사이에서 피가 마른다)

- 결국, 희진이 돌아서서 뛰쳐나간다.
- 삼순, 진헌을 확 쳐다본다. 화가 났다.
- 진헌, 아무 일도 없었던 듯 식탁으로 돌아와 밥을 먹는다.
- 삼순이 어이없게 쳐다본다.
- 진헌, 국에 만 밥을 마시듯이 후루룩 먹어댄다.
- 삼순, 성큼 다가와 국그릇을 빼앗아 한쪽에 탕 놓는다. 몹시 화가 났다.

진헌	(안 보고) ...
삼순	저 여자 좋아하잖아. 나랑 가짜연애하면서 기다린 게 저 여자 아냐?
진헌	당신이 상관할 바 아냐.
삼순	나도 상관하기 싫어. 근데 이게 뭐야. 날 바보로 만들었잖아!
진헌	상관하지 말라구!!! (박차고 일어나 옷장으로)

삼순	니가 얼마나 잔인한 짓을 했는지 알아? 여자한테 그게 얼마나 큰 상천데!
진헌	(출근할 옷을 챙긴다)
삼순	(달려들어 들고 있던 가방으로 등을 뻑 치며) 빨리 가서 붙잡아! 할 말이 있대잖아 이 나쁜 자식아!!!
진헌	(챙기던 옷을 확 내던지며)) 입 닥쳐! 저 여자가 얼마나 잔인했는지 당신이 알아?!!!
삼순	! ...

- 진헌, 옷을 집어든다. 너무 화가 나 삼순이 보든 말든 입고 있던 옷을 벗고 와이셔츠로 갈아입는다.
- 삼순, 싸늘하게 가라앉는다.

삼순	그럼 계약 파기해. 니 연애에 날 이용해도 된다는 말은 없었어.
진헌	맘대로.

- 삼순, 쏘아보다가 획 돌아서서 나간다.
- 진헌, 꼼꼼하게 와이셔츠 단추를 채우고 넥타이를 맨다. 잘 안 매진다. 몇 번 되풀이하다가 확 빼서 던져버린다.

18. 오피스텔 주차장

- 울며 성큼성큼 걸어오는 희진. 차에 다다르자 가방을 뒤져 키를 찾는다. 눈물이 쉴 새 없이 흘러 앞이 잘 안 보인다. 가방 속에서 자꾸만 헛손질을 한다. 바닥에 내용물을 다 쏟아붓고 키를 찾는다. 눈물은 자꾸 흐르고 키는 안 보이고... 결국 털썩 주저앉아 흐느낀다. 그러나 그것도 잠시 뚝 울음 그치더니 눈물을 슥슥 닦는다.

희진	(혼잣말, 그녀에게는 주술의 의미) 괜찮아 다 괜찮아질 거야... 이것도 지나가는 거야... 지나가는 거야...

- 희진, 소지품을 가방에 주워 담고 주머니를 뒤진다. 키가 나온다. 차에 올라타 시동 걸고는 곧 출발한다.

19. **주방(동 낮)**

- 빈 그릇들이 들어온다. 몹시 안쓰럽게 생긴 어린 설거지맨이 재빨리 쓸어간다.
- 현무의 눈에 음식이 거의 그대로인 접시가 띈다.

현무　잠깐. (그 접시만 집어들고 맛을 본다. 갸웃하며) 맛있는데... (한쪽에 쌓여 있는 주문서를 보며 몇 번 테이블인지 확인한다) X번 테이블? (홀을 내다본다)

- 패셔너블한 차림의 이영이 와인을 마시고 있는 게 보인다.

20. **홀**

- 웨이터가 이영의 테이블에 커피를 서빙한다.

이영　이것 좀 치워주세요.
웨이터　네.

- 웨이터, 빈 와인잔과 전혀 손을 안 댄 크레페 접시를 들고 간다.
- 이영, 커피 마시며 둘러본다. 남자라고는 웨이터가 몇 명 보일 뿐이다.

이영　얜 외박하는 주제에 핸드폰은 왜 꺼놓구 난리야? ... 삼식인 어디 있나? ...

21. **베이커리실**

- 인혜가 크루아상 시트에 칼등으로 이등변 삼각형 모양을 만든다. 크기가 조금씩 다르다.
- 삼순, 옆에서 보고 있다가 한숨을 쉰다.
- 인혜, 지레 주눅 들어 쳐다본다.

삼순 (엄한) 비켜봐.

- 인혜가 비키자 삼순이 칼을 든다. 인혜와는 달리 능숙하게, 똑같은 모양으로, 칼등으로 모양을 잡는다. 그리고 단번에 칼날로 슥슥 자른다.
- 인혜, 감탄스런 표정으로 지켜본다.
- 삼순, 시트를 돌돌 말아 크루아상 모양을 만들어 오븐 팬에 가지런히 정렬한다. 붓으로 달걀물을 바르고 역시 30도에 맞춰진 숙성기에 오븐 팬을 넣는다.

삼순 (내내 무뚝뚝한) 반죽이 두 배로 부풀면 달걀물 한 번 더 발라서 오븐에 넣어. 온도는 몇 도?
인혜 230도요.
삼순 몇 분.
인혜 15분.
삼순 자를 때는 단번에 잘라야 돼. 안 그럼 층이 뭉개져.
인혜 그건 아는데 잘 안 돼요.
삼순 자꾸 하면 돼. 연습해놔, 다음 주에 볼 거야. (나간다)
인혜 (갸웃) 어제 그 여자 땜에 사장님하고 싸웠나?

22. **주방**

- 크레페 접시가 들어온다.

현무 (웨이터 붙잡고) 이거 몇 번 테이블이냐.

웨이터	X번이요.
현무	? 이상한 여자네? 왜 레스토랑에 와서 음식을 안 먹어? (이번에도 크레페를 맛본다. 자뻑이다) 이렇게 맛있는 걸...

23. 홀

- 이영, 두리번거리다가 깜짝 놀란다.
- 현무가 새로 만든 크레페 접시를 내려놓는다.

이영	? ... 이거 안 시켰는데요?
현무	예, 압니다. 원래 디저트로 나온 건데 손도 안 대셨더라구요. 근데 이건 좀 다른 크레페(본토 발음으로)라서요. 왜 우리 두부도 그냥 두부가 있고 손두부가 있듯이 크레페도 만드는 방법이 여러 가진데 오늘은 모처럼 시골식으로 만들어봤습니다. (스스로 참 뿌듯하다) 이런 크레페, 서울서 맛보기는 힘들걸요? 길거리에서 대충 만드는 하라주꾸 크레페는 발톱의 때에 붙은 박테리아랄까요? 맛이라도 한번 보시라구 새로 만들어 왔습니다.
이영	? 쉐프예요?
현무	이런 실례! 이 레스토랑의 모든 요리를 책임지고 있는 총주방장 이현뭅니다. 음식이 반 이상 남으면 항상 체크를 하죠.
이영	(시큰둥하게 접시를 민다) 저 크레페 별로 안 좋아해요.
현무	아... 근데, 타르타르 스테이크도 거의 안 드셨던데...
이영	그건, (문득 불쾌해진다) 그런 것까지 꼭 말해야 돼요?
현무	저희 레스토랑의 발전을 위해서 별 무리가 없다면...
이영	다이어트 중이라 남겼어요. 그리고 이거 가져가세요. 다이어트 중에 밀가루 음식은 더더욱 안 먹으니까.
현무	(뚱-해진다) ... 방금 말씀드렸다시피 이건 보통 크레페가 아닙니다. 크레페의 출생지인 브르타뉴 지방에서 대대로 내려오는 시골스런 방식대로 만든 겁니다. 현지에서도 맛보기 힘든 건데...
이영	글쎄 전 크레페 별로 안 좋아한다니까요?

- 현무, 몹시 마음 상한 표정으로 크레페 접시를 들고 간다. 그러나 곧 멈춘다. 돌아서면서 표정이 싸악- 변한다. 짐 캐리 같다. 핸드폰 버튼 누르고 있는 이영에게로 돌진한다.

현무　어떻게 크레페를 안 좋아할 수가 있죠?
이영　(번호 누르다 말고 쳐다본다) 네?
현무　이렇게 부드럽고 달콤하고 향긋한 크레페를, 어떻게 싫어할 수가 있냐구요.
이영　(황당) 이봐요 아저씨.
현무　그깟 다이어트 땜에 평생에 한 번 맛볼까 말까 한 크레페를 거들떠도 안 보다니, 아가씨 정신이 외출한 거 아닙니까?
이영　뭐라구요?
현무　그리고 그 옷차림은 뭡니까? 그렇게 가슴 쭉쭉 파고 다닐려고 세상에 하나뿐인 크레페를 안 먹겠다는 겁니까?
이영　이 아저씨가 정말.
현무　(접시 디밀며) 당장 먹어요!

24. 주방

- 홀이 보이는 곳에 요리사들이 몰려 있다. 각자 오이 당근 샐러리 같은 거 아작아작 씹어 먹으며. 그들 머리 위로는 키 작은 설거지맨의 머리가 콩콩 튀어 오른다. 궁금해 죽겠는데 대선배들 사이에 끼기는 어렵고 작은 키로 어떻게든 보려고 용을 쓰는 중이다.

요리사1　드디어 터졌군. 차라리 후련하네.
요리사2　아침부터 특별한 크레페를 만든다고 할 때부터 알아봤어.
요리사3　다크서클 장난 아니죠?

- 삼순이 들어온다.

삼순　이 부장님 어디 계세요?

요리사1	우리 이 부장님 생리 중이야.
삼순	??? (그들 틈에 끼어 홀을 내다본다)
요리사2	삼순이 누님도 조심하세요. 맛봐달라구 함부로 품평하지 말구요.
요리사3	특히 다크서클이 진한 날엔.
삼순	(이영을 발견한다) 어? ... (후다닥 뛰어나간다)

25. 홀

- 끌고 가는 웨이터들을 확 뿌리치는 현무.

현무	이거 안 놔?! 니들 5분간 내 몸에 손대지 마.
오 지배인	(애가 탄다) 이 부장님, 정신 좀 차리세요. 지금 영업시간이에요. 여긴 홀이구요.
현무	글쎄 저 여자가 세상에 하나뿐인 내 크레페를 안 먹겠다잖아요.
이영	기가 막혀 정말. 지가 부시야 뭐야? 왜 지 멋대로야? (핸드백 들며) 더러워서 피해준다 내가. (나가려는데)
현무	(붙잡는다) 가긴 어딜 가? 이거 먹고 가!
이영	이 아저씨가 우아하게 좀 살려 그랬더니 협조를 안 하네? 말로 할 때 이거 놓으시지?
현무	(접시를 코앞에 들이민다) 먹어. 먹고 가.
오 지배인	(울상) 이 부장, 왜 이래 정마알.
현무	먹으라구. 먹어! 먹어! 먹어!
이영	안 먹어! 안 먹어! 안 먹어! (그 접시를 확 쳐낸다)

- 부웅 공중으로 날아가는 접시. 크레페가 공중돌기를 한다.
- 웨이터들과 웨이트리스들의 시선이 크레페를 따라 공중돌기를 한다. 그러더니 곧 허억! 놀란다. 흥분해 있던 현무도 놀란다. 이영은 엥? 하는 표정이다.
- 크레페를 모자처럼 뒤집어쓴 진헌. 소스가 뺨을 타고 흘러내린다. 그때.

삼순   (E) 언니!

- 모두들 돌아본다.

삼순   (달려 나오며) 언니 여기서 뭐 하는 거야?

- 모두들 놀란다. 현무는 더 놀란다. 언니?
- 삼순, 그제야 진헌을 보고 놀란다.

삼순   ??? 뭐 하세요 사장님?
이영   (사장? 휙 쳐다본다)

26.   **현관 앞**

- 이영을 끌고 나오는 삼순.

이영   (끌려 나오면서도 홀을 연신 돌아본다) 잠깐마안 제대로 못 봤단 말야아... 어머 어머, 잘생겼다아...
삼순   (끌어다 놓고) 전화나 하고 오지 이게 무슨 망신이냐? 남의 직장에서.
이영   난 잘못한 거 없어. 주방장인지 뭔지 그 넙치같이 생긴 놈이 지 성질에 지가 넘어간 거지.
삼순   안 봐도 훤해. 속을 박박 긁어댔겠지. 언니 별명이 왜 주걱이겠어?
이영   그건 그렇구, 너 왜 핸드폰 꺼놨어. 외박은 왜 하구. 어젯밤 뭐 했어?
삼순   (찌푸리며) 엄마 화났지.
이영   뭐 했냐니까?
삼순   (시선 피하며) 묻지 마.
이영   ! ... (직감이 온다) 너 남자랑 있었지!
삼순   (자신 없게) 아아냐.
이영   표정 보니까 맞는데 뭐. 누구야. 너 정말 남자 생겼어?
삼순   아니라니까? 아 몰라! (휙 돌아서서 들어가는데)

이영　(얼른 잡고는) 삼식이지. 너 삼식이랑 같이 있었지!
삼순　(뜨끔)
이영　어머 얘 부뚜막에 올라갔네? 빨리 말해. 뭐 했어.
삼순　하긴 뭘 해에... 그냥.. 잤지...
이영　허?!
삼순　(에구 실수! 펄쩍 뛴다) 아아니 그 잠 말고 그냥 잠 그냥 잠...
이영　니들 진짜로 연애하니?
삼순　아니야아! 우리 사장 애인 있어.
이영　애인?
삼순　(아차! 괜히 말했다!)
이영　애인 있는 놈이 왜 가짜연애를 해?
삼순　(짜증) 그걸 내가 어떻게 알어. 빨랑 가. (후다닥 들어간다)
이영　(갸웃) 얘네들 진짜 하이틴로맨스 쓰네?

27.　주방

- 요리사들이 한쪽에 모여 난감한 표정들이다.
- 오 지배인이 설거지를 하고 있다.
- 현무가 옆에서 말리고 오 지배인은 밀쳐내면서,

현무　글쎄 제가 잘못했다니까요. 이러지 마세요 좀. (두 손으로 싹싹 빈다) 이렇게 빌잖아요. 정말 잘못했어요 예? 다시는 안 그럴게요.... 오 지배인님!
오 지배인　(화나서) 주방에서 무슨 짓을 하든 난 상관 안 해요. 하지만 홀은 내 책임이에요. 조폭 영화도 안 봤어요? 남의 구역에서 무슨 짓이에요 그게? 어른인 내가 잘못 가르쳤으니 내가 벌을 받아야죠. 앞으로 일주일 동안 설거지는 내가 할 거예요.
현무　그러니까 빌잖아요. 다시는! 정말 다시는 안 그럴게요.
오 지배인　전에도 그랬어요.
현무　이번엔 진짜예요 진짜. 아예 홀에 발걸음도 안 할게요. 다시 한번 그러면 내가 개자식이다 정말. (말리는) 그러니까요 예?

오 지배인 (팔을 확 쳐내고 설거지 계속한다)
현무 (안 되겠다. 마지막 수다. 요리사들을 획 쳐다보며) 애들아, 여왕벌 모셔라!

- 요리사들, '예!' 하더니 우르르 달려들어 각자 팔과 다리를 잡고 하늘 높이 치켜들고 나간다.

오 지배인 어머머 무슨 짓들이야 이게! 아우 어지러워. 이거 안 놔? 야 이놈들아!

- 주방 창 너머로, 요리사들이 오 지배인을 높이 쳐들고 으쌰으쌰 하며 가는 게 보인다. 오 지배인은 어지럽다고 소리소리 지르고.

현무 (으쓱) 당연히 어지럽지. 과부에 총각이 넷인데. (구석에 뻘쭘하게 있는 설거지맨을 획 본다) 넌 뭐 하냐? 설거지 안 하고?

- 설거지맨, 얼른 달려든다.

28. 남녀 공용 직원화장실

- 삼순, 〈직원용〉이라는 팻말이 붙은 문을 열고 들어간다.
- 삼순이 들어오다가 멈칫한다.
- 진헌이 씻은 머리를 타월로 닦다가 돌아본다.

진헌 ...
삼순 희진 씨, 만났어요?
진헌 ? ...
삼순 일단 만나요. 만나서 아까 일 사과하고, 아니, 나는 아무것도 아니라고 해명하세요. 중간에서 입장 곤란하니까.
진헌 (무시하고 삼순을 지나쳐 나가는데)
삼순 아깐 너무했어요. 비겁하고 치졸하고,

진헌	(멈춘다)
삼순	잔인했어요.
진헌	(싸늘하게 돌변해 돌아선다) ... 당신 뭐 하는 여자야.
삼순	뭐??? 다앙신???
진헌	그렇게 할 일이 없어?
삼순	너 어따 대고 반말이야?
진헌	참견하지 말라고 했잖아!
삼순	그럼 날 이용하지 말았어야지. 날 바보로 만든 게 누군데!
진헌	모든 일에 적극 협조한다. 두 번째 조항 기억 안 나?
삼순	협조한다고 했지 이용하란 소린 아니었어!
진헌	그럼 그 자리에서 밝히든가.
삼순	너 정말 그렇게 나올래?
진헌	그러니까 건들지 말라고 했지!
삼순	먼저 건든 게 누군데! 연애질을 할려면 조용히 하든가, 왜 가만있는 사람을 건드려 이 나쁜 자식아!

- 진헌의 표정에 열 오르는 게 역력하지만 삼순은 지금 눈에 뵈는 게 없다.

삼순	연애한다고 유세 떠니? 사랑싸움한다고 자랑하고 싶어? 웃기지도 않어 정말. 누군 왕년에 연애 안 해봤나? 연애가 거기서 거기지 왜 그렇게 유난 떠는데? 야야 눈꼴셔서 못 봐주겠다 야. 이따위로 할 거면 차라리 계약을 파기하든가.
진헌	(주저 없이) 좋아, 파기해.
삼순	그래, 파기해!!
진헌	그럼 지금 이 시간부터 계약은 없었던 일이야. 대신, 오천만 원 당장 상환해. (나간다)
삼순	(헉, 오천만 원!)

- 삼순, 불시에 기습당한 얼굴로 벙-해 있다가 쫓아 나간다.

29.   사장실

- 진헌이 들어온다. 책상에 앉아 서류 들추는데.
- 부술 듯이 문을 박차고 쳐들어오는 삼순.

삼순   너 개 키우니?

진헌   ???

삼순   그 개 이름이 오천만 원이야? 야 이 철없는 놈아. 너한텐 오천만 원이 개 이름일지 모르겠지만 난 아냐. 우리 아버지가 평생을 바쳐서 만든 집이 그 돈 때문에 날아갈 수도 있어! 오천은커녕 오백이 없어서 자살하는 사람도 있구! 근데 넌 뭐야. 그 돈 니가 벌었니? 부모 잘 만나서 호강하는 주제에 뭐가 그렇게 잘났어?! (재빨리 두리번거리더니 책상 위 꽃병을 냅다 집어던진다) 돈 없어! 배 째!

진헌   (입이 딱 벌어진다. 뭐 이딴 여자가 다 있어?)

삼순   지금은 돈 없으니까 나 돈 생기면 그때 파기해. 아까처럼 날 이용할 생각 하지 말구. 대신 난 니 일에 상관 안 해.

진헌   (그저 황당해서 보는)

삼순   계약대로 협조는 할 수 있어. 내 기분이 더러워지면 이용이고 아니면 협조야. 알았어 몰랐어.

진헌   (그저 어이없는)

삼순   그리구 너!

진헌   ? ...

삼순   한 번만 더 반말해? (주먹 쥐어 보이며) 죽을 줄 알어. (나가는데)

진헌   아직 안 끝났어요.

삼순   (? 해서 돌아본다)

진헌   (빈정대듯) 꽃병 값은 물어내야죠.

삼순   걱정 마, 똑같은 걸로 사다 놀 테니까.

진헌   꽃도.

삼순   (으~ 치사한 놈) ... 알았어! (휙 돌아서서 나가다가 '김숙'처럼 째려보며) 니가 꽃을 알어? (쌩 나간다)

진헌   (허, 어이가 없다)

30. 홀

- 전투를 마치고 돌아온 병사처럼 맛나게 밥을 먹는 삼순. 현무가 식판 들고 삼순의 옆에 와 앉는다.

삼순 (돌아본다)
현무 (민망, 무안) 미안해서 어쩌지? 언니한테 너무 실례를 했네?
삼순 (방금 전의 전투에 고무돼 씩씩하다) 괜찮아요. 언니두 잘한 거 하나도 없어요. 아직도 밥 굶는 사람이 많은데 비싼 식당에 와서 반 넘어 음식을 남긴다는 게 말이나 돼요?
현무 (인상 확 펴진다) 아이 참 그렇게 말하면 내가 너무 고맙지이. 그리구 이거. (붉은 띠를 내민다)
삼순 ? ...
현무 정직원 됐잖아. 노란 띠는 막내들이나 하는 건데.
삼순 (반갑다) 고맙습니다. (기분 좋게 노란 띠를 벗고 붉은 띠를 두르는데)
영자 (E) 김삼순 씨?
삼순 (무의식중에 쳐다본다) 네?
영자 (희색이 만면해서는) 어머, 김삼순이라고 부르니까 쳐다보는 것 좀 봐.
삼순 (아차! 그제야 깨닫고 당황스럽다)

- 여직원들이 군무를 추듯이 홍!

영자 지금부터 김희진 씨의 본명을 공개하겠습니다. (새로 만든 이름표 〈김삼순〉을 치켜든다) 이게 바로 김희진 씨의 본명입니다. 김삼순!

- 여직원들 키득댄다. 쌤통이다.
- 그러나 나머지는 심드렁한 표정들이다.
- 영자, 뜻대로 되지 않자 의아해한다.

영자   김희진이 아니라 김삼순이라구요. 삼순이!
인혜   지난번에 오 지배인님이 가르쳐줬어요.
삼순   ! ...
영자   ! ...
여직원들   ! ...
현무   난 다 알고 있는 줄 알았는데? 영자 씨만 모르고 있었던 거 아냐?
영자   장 캡틴이욧!
현무   아 미안미안. 장 캡틴도 이름이 맘에 안 들면 바꾸지그래? 영희? 영미? 영순이?
영자   (붉으락푸르락) 이 부장님 딸한테 지어주세요, 영순이!
삼순   그만해요 장 캡틴.
영자   (쳐다본다)

- 삼순, 이름표를 떼고 새 이름표를 단다.
- 모두들 쳐다본다. 분위기 싸-하다.

삼순   (의연하게) 조만간 개명할려구 했는데 그때까진 그냥 이걸루 할게요. 잠시나마 헷갈리게 해서 죄송합니다 여러분. (영자 보며) 이제 됐어요?
영자   (머쓱하고)
현무   (어색해진 주위를 휘휘 둘러보더니 등을 툭 친다) 개명은 무슨! 희진이보단 삼순이가 백 배는 낫다. 희진이가 뭐야, 니 맛도 내 맛도 아니게. 안 그래 삼순 씨? 안 그러냐 니들?
요리사1   삼순 씨, 나도 삼순이가 더 맘에 들어.
요리사2   저두요 삼순이 누나!
요리사3   미 투 삼순이 누나!
웨이터1   미 쓰리 삼순이 누나!
인혜   지두 그렇구만이라 삼순이 성.
삼순   (버럭) 아 그만들 해요 좀!!!

31.   **보나뻬띠 현관 앞(동 밤)**

- 우르르 나오는 삼순과 직원들.

현무 그럼 푹 쉬고 내일 보자구. 삼순 씨 안녕! (짓궂게 윙크하며 간다)
삼순 (어우!)
요리사1 삼순이 누나 안녕히 가세요.
여직원1 삼순이 언니 잘 가요.
여직원2 내일 봐요 삼순이 언니.
여직원3 삼순이 언니 안뇽~
요리사2 삼순이 누나 싸랑해요~
요리사3 삼순이 누나 화이링~

- 그렇게 제각각 한 마디씩 하며 흩어지고 영자와 삼순이만 남는다.

영자 (흥, 흘겨본다)
삼순 눈 안 아파요?
영자 흥! 남이사?
삼순 근데 나보다 두 살이나 어리다면서 왜 언니라고 안 부르니 영자야?
영자 어머어머?
삼순 너 혹시 나이 속인 거 아냐?
영자 어머어머, 누누누누가 나이를 속였다 그래요?
삼순 아님 말구. 근데 언니라고 부르면 이쁠 텐데. 안 그러니 영자야?
영자 (말문 막혀서) 허! 허! 기가 막혀 정말! (도망치듯 종종종 사라진다)
삼순 (비싯 웃는다) 기집애... 좀 귀엽네... (걸어 나오는데)

- (E) 클랙슨 소리.
- 삼순, 못 듣고 간다.
- (E) 클랙슨 소리.
- 삼순, 소리 나는 곳을 돌아본다. 둘러보다가 아무도 없자 다시 간다.
- (E) 클랙슨.
- 삼순, 돌아본다. 둘러본다.

- 저쪽에 대어져 있는 차에서 희진이 내린다.

삼순	!!! ...
희진	(다가온다)
삼순	! ...
희진	(다가와 마주 선다)
삼순	! ...
희진	실렌 줄 알지만, 얘기 좀 해요 우리.
삼순	!!! ...

- 두 여자에서 스톱.
- 5회 끝.

6회

키스의 열량, 사랑의 열량

1. 자막 - 제6회 키스의 열량, 사랑의 열량

2. 커피숍 외경(밤)

3. 커피숍(동 밤)

    - 종업원이 차를 놓고 간다.
    - 마주 앉은 삼순과 희진. 참 어색하다.

삼순   ...
희진   ... 공교롭게도 이름이 똑같네요.
삼순   그건... (설명하려다 그만둔다) 네, 그렇게 됐네요.
희진   지난번 케잌은 정말 잘 먹었어요.
삼순   네...
희진   이렇게 보자고 한 거, 죄송해요.
삼순   (각오했다) 괜찮아요.

희진	... (어렵게 입을 연다) 언제... 만나셨어요?
삼순	(망설이다가) 얼마 안 돼요. 며칠 전에 100일 치뤘으니까. (마음이 언짢다. 사실대로 말하는 것뿐인데 꼭 거짓말하는 것 같아서)
희진	레스토랑에서 일하면서부터예요?
삼순	... 네.
희진	... 진헌이에 대해 얼마나 알고 계세요?
삼순	잘, 몰라요. 집에 가니까 어머님 계시고 조카애 하나 있구, 성격이 좀 까다롭다는 것 말고는... 아, 몇 년 전에 교통사고가 나서 다리를 많이 다쳤나 봐요. 겁나서 운전도 못 하고.
희진	(집에 갔다는 사실에 놀란) 집에 갔었어요?
삼순	네, 인사 갔었어요. (이상하다. 자꾸 꼬인다)
희진	! ... 교제를 허락하시던가요?
삼순	네, 일단 사겨보라구. (어? 왜 이렇게 돌아가지? 물을 벌컥 마신다)
희진	(역시 목이 타 물을 마시고는) ... 미주는 잘 있던가요?
삼순	네.
희진	(생각에 잠긴다)
삼순	(힐긋 보고는) 이젠 제가 물어봐도 돼요?
희진	... 네.
삼순	얼마.. 만에 만난 거예요?
희진	3년이요.
삼순	(아) ... 먼 데 있었나 봐요?
희진	네, 캘리포니아에 가 있었어요.
삼순	거긴 왜...
희진	(알 바 아니죠. 씁쓸하게 웃어준다)
삼순	아 미안해요. 근데... 다시 시작할 건가요?
희진	(단호한) 우리, 끝난 적 없어요.
삼순	? ...
희진	우린 헤어진 게 아녜요. 저한테 피치 못할 사정이 생겨서 3년 동안 떨어져 있었던 것뿐이에요. 진헌인 오핼 하구 있는 거구요. 진헌이가 제 얘기 안 하던가요?
삼순	여자가 있었을 거라고 짐작은 했지만 직접 들은 적은 없어요.

희진	(씁쓸하다) ... 김희진 씨.
삼순	네.
희진	진헌이, 사랑하세요?
삼순	! ...
희진	(네?) ...
삼순	(이 일을 어쩌나 좌불안석이다) ... 저기 사실은... 사실은 말예요.
희진	...
삼순	사실은...

4. **화장실**(5회 #28)

삼순	연애한다고 유세 떠니? 사랑싸움한다고 자랑하고 싶어? 웃기지도 않어 정말. 누군 왕년에 연애 안 해봤나? 연애가 거기서 거기지 왜 그렇게 유난 떠는데? 야야 눈꼴셔서 못 봐주겠다 야. 이따위로 할 거면 차라리 계약을 파기하든가.
진헌	(주저 없이) 좋아, 파기해.
삼순	그래, 파기해!!
진헌	그럼 지금 이 시간부터 계약은 없었던 일이야. 대신, 오천만 원 당장 상환해. (나간다)
삼순	(헉, 오천만 원!)

5. **동 커피숍**

- 아... 고민스런 삼순.

희진	(E) 김희진 씨?
삼순	(놀라 고개 번쩍 들며) 네?
희진	말씀 계속하세요.
삼순	어 그러니까 사실은...

희진	...
삼순	사실은... 네, 사랑.. 합니다. 제가 사장님, 아니, 진헌 씰 무척 사랑하거든요? 그러니까 끼어들지 마세요. (아니 이럴 수가!)
희진	! ...
삼순	(거짓말에 탄력받기 시작한다) 그쪽 사정도 딱한 건 알겠는데요, 그건 이미 지나간 일이잖아요.
희진	지나간 일 아녜요.
삼순	3년 전이면 지나간 일이죠.
희진	끝난 적이 없다고 했잖아요.
삼순	그건 그쪽 주장이구 진헌 씬 싫다잖아요.
희진	화난 것뿐이에요.
삼순	유희진 씨!
희진	네, 김희진 씨!
삼순	너무 뻔뻔하다고 생각하지 않아요? 3년 동안 연락 한 번 없다가 불쑥 나타나서 내놓으라니, 이게 무슨 경우에요?
희진	원랜 내 남자였어요!
삼순	이젠 내 남자예요!
희진	우린 헤어진 적이 없다구요!
삼순	어쨌든 나랑 사귀고 있잖아요!
희진	겨우 100일 됐다면서요. 우린 8년째예요!
삼순	아직 어려서 뭘 모르나 본데, 추억은 추억일 뿐이에요. 아무 힘도 없다구요!
희진	! ...
삼순	나, 희진 씨한테 유감 없어요. 그러니까 이쯤에서 깨끗하게 물러나세요.
희진	싫어요. 그쪽에서 물러나세요.
삼순	그렇게 안 봤는데 쇠심줄이네? 그럼 어떡할까요, 반으로 나눠 가져요?
희진	유치하게 왜 이러세요?
삼순	하나 더 가르쳐줘요? 사랑은 원래 유치한 거예요!
희진	(벌떡 일어난다)
삼순	(올려다본다)
희진	당사자랑 얘기해야 되는 건데 제가 괜한 짓을 했네요. 미안해요, 시간 뺏

	어서. 먼저 가보겠습니다. (주문서를 집어드는데)
삼순	(얼른 손을 뻗는다) 내가 낼게요.
희진	아뇨, 제가 뵙자고 했으니까 제가 낼게요. (당긴다)
삼순	(당긴다) 아뇨, 한 살이라도 더 많은 내가 내야죠.
희진	(당기며) 제가 낸다구요.
삼순	(당기며) 내가 낸다구요.
희진	그럼 각자 내요.
삼순	좋아요. 난 희진 씨 거 낼 테니까 희진 씬 내 거 내요.
희진	? 왜요?
삼순	특이하니까! (보란 듯이 주문서 확 뺏어들고 카운터로 간다)
희진	(황당하게 보는)

6. 커피숍 앞

- 나오는 두 여자.

희진	(리모컨으로 차 문 열면서) 타세요, 모셔다드릴게요.
삼순	됐어요, 택시 타고 갈 거예요.
희진	그러세요 그럼. 오늘 실례 많았습니다. (목례하고 차에 오른다)
삼순	(목례하고 길가로 나간다)

- 희진, 시동 걸고 출발한다. 조금 가다가 멎는다.
- 삼순이 택시를 잡느라 입구를 막고 있다. 헤드라이트 불빛에 삼순이 돌아본다. 눈이 부시다.
- 차 안과 밖에서 서로를 마주 보는 두 여자.
- 삼순, 뭔가 섬뜩함을 느낀다.
- (상상) 삼순을 덮치려 급발진하는 희진의 살벌한 표정!
- 삼순, 흡 놀란다.
- 희진도 놀란다. 삼순의 표정이 희진에게는 인상 쓰는 것처럼 보여서.
- (상상) 운전석 문을 열고 '너 내려' 하며 머리채를 확 잡아채는 삼순!

- 겁먹은 희진, 얼른 도어락을 잠근다.
- 겁먹은 삼순, 주춤주춤 옆으로 피한다.
- 희진, 조심조심 삼순을 지나쳐 간다.
- 삼순, 지나치는 차를 경계한다.
- 희진의 차가 멀어져 간다.
- 삼순, 멍하게 바라보다가 문득 정신이 든다.

삼순 ! ... 내가 무슨 짓을 한 거야?

7. 삼순이 방(동 밤)

- 황토팩을 하고 나란히 드러누운 삼순과 이영.

이영 무슨 짓이긴, 쌩쑈를 한 거지. 그냥 대충 둘러대고 나올 것이지 소설은 왜 쓰니?
삼순 (멍해서) 처음엔 나두 그럴라 그랬지... 근데 얼마나 꼬치꼬치 캐묻던지, 어떡하냐, 협조 안 하면 당장 오천만 원 물어줘야 되는데.
이영 그건 협조가 아니라 날조지.
삼순 반성하고 있으니까 아파트나 빨리 파셔.
이영 (힐긋 보더니) 너 그거 거짓말 아니지.
삼순 뭐가.
이영 삼식일 진짜로 좋아하는 거 아니냐구.
삼순 (어이없다는 듯 돌아본다)
이영 (보며) 왜.
삼순 그건 내가 판교에 분양받을 확률이랑 같애.
이영 혹시 알아? 전산 오류로 당첨될지?
삼순 내가 엘케이냐?
이영 정말 손톱만큼도 관심 없어?
삼순 ! ... (좀 찔리지만 단호하게) 없어.
이영 왜 대답이 한 템포 늦어?

삼순	팩이 굳었잖아.
이영	아니면 말구. 근데 걔네들은 왜 그런대니? 괜히 나까지 궁금해지네... 명숙이한테 물어볼까?
삼순	명숙이 언니가 알아?
이영	상류층끼리는 통하니까. 삼식이 어머니가 어디 사장이라구?
삼순	몰라. 지난번에 얼핏 들으니까 뭐 여관장사 한다는 것 같던데.
이영	뭐어? 여관? 안 어울린다.
삼순	몰라아, 묻지 마 관심 없어.
이영	이제부터 관심을 가져. 혹시 모르잖아. 삼식이랑 진짜 연애할지.
삼순	아니라니까 정말.
이영	근데 걘 몇 살이니?
삼순	유희진?
이영	유희진? 많이 들어본 이름이네? 아니 걔 말구, 그 넙치 말야.
삼순	이 부장님? 몰라. 사장님보단 많구 오 지배인님보단 적을걸?
이영	그 자식이 그렇게 요릴 잘해?
삼순	나중에 엄마랑 같이 와. 와서 화해하고 한번 제대로 먹어봐. 끝내줘.
이영	화해는 무슨, 두 번 볼 사이도 아닌데. 근데 돈을 얼마나 벌었을까?
삼순	이 부장님?
이영	아니 김영애 아줌마 말야.
삼순	그러게? 그 아줌마한테 그런 재주가 있을 줄 누가 알았겠어.

- 벌컥 문 열리며 봉숙이 고개 디민다. 역시 황토팩을 했다.

봉숙	이거 언제까지 이러고 있어야 돼?

8. 희진 거실(동 밤)

- 들어오는 희진. 불을 켠다. 썰렁한 실내를 둘러보고 소파에 털썩 앉는다. 피곤하고 심란하다. 그때 핸드폰 울리자 받는다.

희진	여보세요.
헨리	(F) 힘없는 목소린데?
희진	(곧추앉는다. 쓴웃음 지으며 이하 영어로) 아냐 잤어...
헨리	(F) 어 미안. 그럼 본론만 얘기할게. 굿 뉴스와 배드 뉴스가 있는데 어느 것부터 들려줄까.
희진	굿 뉴스만.
헨리	(후후 웃는 소리에 이어 F) 나 휴가받았어. 6개월 동안.
희진	6개월씩이나?
헨리	(F) 일종의 안식년 같은 거야.
희진	축하해. 그렇게 쉬고 싶어 하더니 잘됐네.
헨리	(F) 배드 뉴스는, 나 다음 주에 한국 들어가.
희진	?! ...

9. 삼순네 뜰(동 밤)

- 바람이 불어와 나뭇잎이 일렁인다. 손이 뻗어 오르더니 나뭇가지를 꺾는다.
- 삼순, 가지를 들고 그네에 앉아 이파리를 하나씩 떼어내며 중얼거린다.

삼순	좋아한다... 아니다... 좋아한다... 아니다... (여러 번 반복하다가 하나만 남자) 아니다!

- 삼순, 좋아서 히죽 웃고는 사뿐한 마음으로 그네를 구른다.

삼순	(Na.) 그래, 그 여잘 질투한 게 아니었어. 미지왕한테 관심이 있어서도 아니구. 그냥 그 사람들이 했던 사랑을 질투하는 거야. 나도 사랑이란 걸 했는데 그 사람을 추억하면서 들을 음악도 없고, 이름만 들어도 화낼 열정도 남아 있지 않고... 신경질 나잖아 둘이 유난 떠는 게...

- 삼순, 기분 좋게 손을 탈탈 털며 일어나다가 으아악~ 괴성을 지른다.

- 호미를 든 봉숙이 달빛을 받으며 귀신처럼 서 있다.

봉숙　(약간의 귀신 톤) 시집 못 가 환장했니? 달밤에 무슨 짓이야?
삼순　(꽥) 놀랬잖아! 귀신처럼 뭐야 그게!
봉숙　니가 귀신 같애. 처녀귀신. (텃밭으로 가 일을 한다)
삼순　? 엄마야말로 달밤에 뭐 하는 거야?
봉숙　잠이 안 와서.
삼순　! ... (마음이 짠하다)
봉숙　(묵묵히 일하고)
삼순　(다가가 옆에 쭈그리고 앉으며 호미를 빼앗는다) 이리 내, 내가 할게.
봉숙　니가 뭘 할 줄이나 알어?
삼순　(퉁퉁댄다) 그러게 명줄 긴 남자랑 결혼하지...
봉숙　너나 잘해. 난 한 번이라도 했지 넌 그러다가 한 번도 못 하고 늙어 죽어 이것아. (하다가 확 밀치며 버럭) 야! 고추 밟았잖아!
삼순　(엉덩방아 찧고는) 아 씨... 무슨 고추가 이렇게 많어. 여기도 고추밭, 저기도 고추밭, 고추장사 할 거야?
봉숙　이걸 왜 팔어? 내가 다 먹을 거야.
삼순　(가자미눈으로) 으~ 응큼해.
봉숙　(쥐어박으며) 니가 더 응큼하다 이년아. 한여름에 풋고추가 얼마나 맛있는데?

- 그렇게 투닥거리면서 화면 어두워진다.
- F.O

10.　**보나뻬띠 전경(낮, F.I)**

- 나 사장의 차가 들어온다. 윤 비서와 미주가 내린다.

11.　**베이커리실**

- 삼순, 미주에게 앞치마를 둘러주고 캡도 씌워준다. 미주, 헤 웃으며 좋아한다.
- 윤 비서가 문가에서 무표정하게 보고 있다.

삼순   자, 손톱 검사. 손!
미주   (손을 내민다)
삼순   (검사하고) 좋아쓰! 오늘 만들 건 올랑데(Hollandais)라는 체크무늬 쿠키하고 토끼, 나비, 장닭이야. (술상자 같은 받침대에 미주를 올려주면서) 너 장닭이 뭔지 알어?
미주   (절레절레)
삼순   남자 닭. 여자 닭은? 씨암탉! 그럼 시트부터 만들자.

- 삼순, 미리 반죽해놓은 파트 샤블레(쿠키용 반죽)와 파트 샤블레 쇼콜라(코코아를 넣은 반죽)를 둘로 나누어 각각 미주 앞에 놓아준다.

삼순   둘 다 1센치가 될 때까지 이쁘게 미는 거야. 1센치 알지?
미주   (절레절레)
삼순   (미주의 손을 가져간다) 요 새끼손가락 한 마디. 이만큼 될 때까지만 밀어. 더 두꺼워도 안 좋고 얇아도 안 좋아. 알았어?
미주   (끄떡끄떡하고는 밀기 시작한다)
삼순   (자기 반죽을 민다)

- 윤 비서, 잠깐 보다가 나간다.

12.   테라스

- 윤 비서가 나오며 핸드폰 버튼을 누른다. 엑스맨과 통화한다.

윤 비서   나예요. 그날 왔다던 여자, 누군지 알아냈어요?

13. 사장실

- 진헌이 오 지배인에게 파일을 건넨다.

진헌   장채리 씨 약혼식에 올 하객 수하고 좌석 배치도예요. 좌석 배치 틀리지 않게 신경 좀 써주세요. 서로 껄끄러운 사람들이 꽤 있나 봐요.
오 지배인   알았어. (망설이며) 근데... 며칠 전 그 아가씨 말야, 옛날 그 아가씨 맞지?
진헌   ? 오 지배인님이 어떻게 아세요?
오 지배인   모르나? 나한테 몇 번 찾아왔었는데.
진헌   ? ...
오 지배인   처음 며칠은 무릎 꿇고 빌더라구, 용서해달라구.
진헌   ! ...
오 지배인   그다음 며칠은 내가 아무것도 못 먹고 누워 있으니까 죽도 쑤고 청소도 하고 암 말도 없이 옆에 앉아 울다 가고... 마음이 참 곱더라.
진헌   ! ...
오 지배인   무슨 연유로 헤어졌는진 모르겠지만 난 많이 아깝네.
진헌   ...
오 지배인   아유 주책이야. 신경 쓰지 마. 일 봐. (얼른 나간다)
진헌   ...

14. 베이커리실

- 삼순, 각각 민 시트들을 오븐 팬에 얹고 랩을 씌운다.

삼순   이렇게 랩을 씌워서 냉장고에 넣고 10분 동안 기다려야 돼. 그걸 '휴지'라고 하는데 화장실에서 쓰는 휴지가 아니구 밀가루 반죽이 잠깐 숨 쉬게 놔두는 거야. 그래야 과자가 바삭바삭 더 맛있어지거든.

- 삼순, 랩 씌운 오븐 팬을 냉장고에 넣는다.

삼순   자, 십 분 동안 뭐 할까.
진헌   (E) 미주야.

- 미주, 돌아보더니 포로로 달려와 안긴다. 진헌, 미주를 번쩍 안아 올린다.

진헌   과자 만드는 거 재밌어?
미주   (끄떡끄떡)
진헌   궁금하네? 미주가 만든 과자가 어떨지?
삼순   정 궁금하면 같이 만들어요.
진헌   네?
삼순   미주야, 삼촌이랑 같이 만들까?
미주   (좋아서 마구 손뼉을 친다)

- (시간 경과)
- 주방용 하얀 유니폼을 입고 캡까지 쓴 진헌이 구워지기 직전의 올랑데를 오븐 팬에 가지런히 정렬한다. 주방에서 이러고 있는 게 영 불만스런 표정이다.
- 삼순과 미주는 시트에다 쿠키 커터로 모양을 찍어내고 있다. 토끼, 나비, 닭 모양을 찍어내 눈을 달고 장식을 해서 또 다른 오븐 팬에 가지런히 늘어놓는다.

삼순   (진헌이 일하는 걸 흘깃 보더니) 똑바로 좀 놔요. 가지런히! 질서정연하게!

- 진헌, 입이 쑥 나온다. 질서를 바로잡는다

삼순   다 했으면 이거 찍어요. (시트와 쿠키 커터를 준다)

- 진헌, 입 나온 채로 시트에다 쿠키 커터를 찍어댄다.

삼순   아 잘 찍어요, 모양 흐트러지잖아요. 벌써 수전증 왔어요?
진헌   (획 흘긴다)
삼순   사부한테 그게 뭐 하는 짓이에요?
진헌   (시선 거둔다)
삼순   어떻게 일곱 살짜리보다 못하냐?
진헌   (쾅쾅 찍어댄다)
삼순   못생긴 건 다 사장님이 드세요.
진헌   (후- 숨을 몰아쉬더니 얌전히 꼼꼼히 찍는다)

- 삼순, 미주의 캡이 흘러내리자 바로 씌워준다.

삼순   근데 너 머리가 꼬불꼬불한 게 꼭 모모 닮았다. 너 모모가 누군지 모르지.
미주   (끄떡끄떡)
삼순   키도 아마 너만 할걸? 모모는 집도 없고 엄마 아빠도 없고(하다가 문득 생각나) 근데 너희 엄마 아빠 어디 계시니?
진헌   (획 쳐다본다. 낮지만 단호하게) 김삼순 씨.
삼순   (보면)
진헌   (눈길이 매섭다)
삼순   (주눅 든다) ... 알았어요... (작업하며 옛날이야기 해주듯이) 다시 할게. 모모는 집도 없고 할머니도 없고 (강조) 삼촌도 없는 좀 불쌍한 아이야. 그치만 마을 사람들은 다 모모를 사랑해. 왜냐하면, 모모는 귀 기울여 들을 줄 알거든. (미주가 하는 거 얼른 말리며) 어 이건 그렇게 하면 안 돼. 이렇게 해야지. (그리고 하던 말 계속한다) 모모는 아무 말도 안 해. 말을 못해서가 아니라 듣는 걸 아주 좋아하거든. 마을 사람들한테 고민거리가 있으면 그냥 들어주는 거야, 귀 기울여서.
진헌   (안 듣는 척하면서 솔깃해한다)
삼순   그게 중요해, 귀 기울이는 거. 그럼 마을 사람들은 아무리 복잡하고 어려운 문제도 다 풀린 것처럼 기분 좋게 돌아가. 아줌마도 그런 사람이 되고 싶었는데 내 말만 하는 어른이 돼버렸어. (씩 웃으며) 지금처럼.

진헌   가끔은 모모 같아요.
삼순   ? 정말요?
진헌   모모는 분명 악동이었을 거예요.
삼순   뭐예욧? (오선지를 긋듯이 밀가루를 진헌의 얼굴에 묻힌다)
진헌   (확 인상 쓴다) 이 아줌마가 정말!
삼순   사부한테 아줌마라뇨!

- 그때 미주가 진헌의 얼굴에 밀가루를 묻히고는 까르르 웃는다.
- 그러자 화도 못 내고 멀뚱해하는 진헌.
- 그 표정에 킥 웃는 삼순. 그 얼굴에 미주가 밀가루 칠을 한다. 웃다가 당하고 황당해하는 삼순의 표정.
- 그 표정에 진헌도 쿡 웃고 만다.

15. 홀

- 여직원들이 디너 타임을 위한 테이블 세팅을 하고 있다가 웃음소리에 돌아본다.

여직원1   ? ... 이거 사장님 웃음소리 아냐?
여직원2   이 부장님 같은데?
영자   야, 넌 은쟁반에 옥구슬 굴러가는 소리랑 후라이팬에 버터 녹는 소리도 구분 못 하니?
여직원3   사장님이 웃는 거 처음 들어요 난.
여직원4   나두.
영자   가끔 조카랑 있을 땐 저러기도 해.

- 그때 삼순의 목소리가 튀어나오자,

여직원들   (일제히) 으~ 불여시!

16. 베이커리실

- 난장판이다. 서로서로 밀가루를 묻히고 반죽을 던지고 어린애들처럼 장난치며 웃어댄다. 삼순, 문득 멈추고는.

삼순   웃을 줄 아네요?
진헌   (웃는 얼굴인 채로 ? 해서 본다)
삼순   그렇게 웃는 거 처음 봐서요.
진헌   (순식간에 웃음기 거두며 딴청 한다)
삼순   웃으면 뭐 국세청에서 세무감사라도 나온대요?
진헌   성실한 납세자예요 난. (캡과 유니폼을 벗어던지고 나간다)
삼순   (얼른 미주 보며 속닥인다) 너 솔직하게 말해봐. 삼촌이 느이 아빠지, 그치.

17. 나 사장 집무실(동 낮)

- 상자가 열리고 미주가 구워 온 쿠키들이 드러난다.

나 사장   이걸 다 미주가 만들었어?
미주   (자랑스럽게 끄떡끄떡)
나 사장   세상에- 우리 미주는 과자도 잘 만드네? 못하는 게 뭐야?
미주   (고개 흔든다)
나 사장   호호호 못하는 게 없어?
미주   (헤 웃는다)
나 사장   우리 미주, 장난 언제까지 칠 건데?
미주   (빤히 본다)
나 사장   (애잔해서) 말 안 하는 장난, 그만 치면 안 되나?
미주   ...
나 사장   (한숨처럼) 그래. 이제 됐다 싶으면 알아서 열겠지. 그럼 제일 먼저 할머

	니- 하고 불러야 돼? 알았지? (윤 비서 보며) 알아봤어?
윤 비서	희진이에요.
나 사장	(놀라서) 희진이? 그럼 희진이가 돌아왔단 말야?
윤 비서	네.
나 사장	정말 희진이 맞어? 확실해?
윤 비서	네.
나 사장	그래서, 그래서 어떻게 됐대.
윤 비서	모르죠. 둘이 같이 나가고 난 뒤로는 알 수가 없으니까.
나 사장	(걱정스럽고 패씸하기도 한) ... 내가 그렇게 애길 했는데... 왔으면 나한테 먼저 연락을 해야지... (윤 비서 보며) 그 일, 진헌인 모르는 거 같지?
윤 비서	네.
나 사장	... 현숙아, 희진이 연락처 좀 알아봐라.
윤 비서	만나시게요?
나 사장	만나야지. 만나서 단속을 해야지.
미주	(과자 하나를 집어 나 사장에게 디미는데 애꾸눈 토끼다)

18. 인천공항 야경

19. 공항 내(동 밤)

- 뚜벅뚜벅 걸어오는 구둣발. 꽤 큰 여행용 가방이 뒤따라온다.
- 마주 오던 서너 명의 스튜어디스들이 그를 보며 놀란다. 스쳐가면서 일제히 쳐다본다. 지나치고도 돌아본다.
- 구둣발이 성큼성큼 걸어온다. 카메라 서서히 올라가면, 팔등신 헨리다.
- 헨리가 이동통신회사 박스 앞에 멈춘다.

헨리	실례합니다. 핸드폰을 임대하고 싶은데요.

20. **공항 일각**

    - 헨리, 핸드폰 버튼을 누른다. 핸드폰이 꺼져 있다는 안내음이 나온다. 헨리, 갸웃하며 다시 버튼을 누른다. 역시 같은 안내음. 헨리, 참 낭패스럽다. 공항에서 받은 서울 지도를 펼쳐 들고 희진의 주소가 적힌 메모지와 비교한다.

21. **오피스텔 앞, 희진의 차 안(동 밤)**

    - 희진, 오피스텔 현관을 바라보고 있다.
    - 택시가 달려와 멈춘다.
    - 희진, 혹시 그일까 싶어 곤추앉는다.
    - 다른 사람이 내린다.
    - 희진, 등받이에 털썩 기댄다.

22. **달리는 택시 안(동 밤)**

    - 창 너머로 한강변의 야경이 스쳐간다.
    - 호기심 어린 눈으로 바라보는 헨리.

23. **오피스텔 앞**

    - 택시가 달려와 멈춘다. 진헌이 내려서 들어간다.

24. **오피스텔 복도**

    - 진헌이 온다. 문 앞에 이르자 비밀번호를 누르고 들어간다.

25.   오피스텔

- 들어서던 진헌이 멈칫한다.
- 불이 환하다.
- 의아해하며 안으로 들어서던 진헌이 몹시 놀란다.
- 소파에 앉아 있는 희진.

진헌   ! ...
희진   미안해, 밖에서 기다리기엔 너무 피곤해서...
진헌   ! ... 어떻게 들어왔어.
희진   우리, 핸드폰 비밀번호 같이 썼잖아. 혹시나 해서 그 번호로 눌러봤어.
진헌   (자존심 상한다... 냉장고로 가 캔맥주를 꺼내 한 모금 마신다)
희진   (일어나 다가온다) 비밀번호 왜 안 바꿨어?
진헌   ... (맥주를 놓고 희진을 향해 돌아선다. 참 거만한 표정) 귀찮아서.
희진   단지 그것뿐이야?
진헌   뭐가 또 있어야 돼?
희진   ... 며칠 전에 김희진 씨 만났어.
진헌   ! ...
희진   어머니도 허락하셨다며?
진헌   ...
희진   사랑하니?
진헌   (약간의 동요) ...
희진   결혼, 할 거니?
진헌   (흔들린다) ...
희진   응?
진헌   니가 알 거 없잖아.
희진   (물끄러미 보며 손을 들어 뺨에 대본다)
진헌   (흠칫하며 쳐낸다) 뭐 하는 짓이야!
희진   (얼굴에서 눈 떼지 않는) 그날... 얼굴을 제대로 못 봤어.

진헌	(거만하게 쳐다본다) ... 그날 할 말이 뭐였어.
희진	...
진헌	할 말이 있다고 했잖아. 니가 왜 그랬는지.
희진	(말할까 말까 갈등하는) ...
진헌	(거침없이) 다른 남자 생겼었니?
희진	!!! ...
진헌	그래?
희진	(너무 실망스럽다. 배신감까지 든다) 너도 어쩔 수 없구나?
진헌	(모멸감!)

- 진헌, 모멸감에 불끈하는 걸 참느라 서성이다가... 맥주 한 모금 마시고... 마침내 폭발해 캔을 던져버린다.

진헌	그래! 나도 어쩔 수 없는 놈이야! 사고 난 지 일주일 만에 아무런 계획도 없던 공부를 하겠다고 떠났는데 그런 생각 안 할 놈이 어디 있어! 미국에 대학이란 대학은 다 뒤져봤어! 어디에도 니 이름은 없었어! 하루에도 수백 번 생각했어. 다리 부서진 꼴 보기 싫어서 그랬는지, 딴 새끼가 생긴 건지! 생각하기 싫어서 수면제 먹고 일주일 내내 잠만 잔 적도 있어! 꿈속에서 너를 증오하다가 그 힘으로 여기까지 왔어! 그러니까 말해! 이유가 뭐야!
희진	(그 고통이 눈에 선하다. 눈물이 난다) 알어. 니가 얼마나 힘들었을지 안다구.
진헌	연극하지 마! 가증스러워!
희진	!!! ...
진헌	(심했다는 걸 뒤늦게 깨닫는다)
희진	! ...
진헌	(수습할 수가 없다)
희진	(가방을 집어들고 뛰쳐나간다)
진헌	! ...

- 문 닫히는 소리!

- 진헌, 초조함이 물밀듯 밀려온다. 후회도 된다. 괜한 오기를 부린 것 같다. 결국, 뛰쳐나간다.

26. 오피스텔 복도

- 엘리베이터 열리자 희진이 들어간다. 문이 닫히는데... 진헌이 탁 문을 가로막는다.

희진	! ...
진헌	내려.
희진	! ...
진헌	내려 빨리.
희진	내리면, 그 여자랑 헤어질 거야?
진헌	내려.
희진	헤어질 거냐구!
진헌	내려!
희진	먼저 말해!
진헌	먼저 내려!

- 그때 한 남자가 헛기침을 한다. 언제부터 거기 있었는지 모르겠다. 진헌이 반사적으로 물러선다.
- 남자가 엘리베이터에 탄다.

진헌	(눈으로 말한다. 내리라고) ...
희진	(눈으로 말한다. 먼저 말하라고) ...

- 분위기에 눌린 채 남자가 두 사람을 번갈아 본다. 문이 닫히기 시작한다.

진헌	(간절해지지만 못 잡고) ...

희진   (역시 간절해지지만) ...

- 문이 닫힌다. 닫힌 문을 뚫어져라 노려보는 진헌. 주먹을 부르르 쥔다. 잡고 싶은 마음과 오기 사이에서 극심히 갈등 중이다... 이윽고, 비상구로 뛰어간다.

27. 오피스텔 로비

- 엘리베이터 문이 열리고 남자와 희진이 내린다. 남자는 희진을 힐긋 돌아보고 가고 희진은 엘리베이터를 올려다본다.
- 올라간다는 표시도 없고 엘리베이터는 움직이지 않는다.

28. 비상계단

- 뛰어 내려오는 진헌.

29. 오피스텔 앞

- 차에 오르는 희진. 시동 걸고 현관을 돌아본다.
- 진헌은 보이지 않는다.
- 희진, 출발한다.
- 뒤늦게 현관에서 뛰어나오는 진헌.
- 희진의 차가 떠나고 있다.
- 쫓아오는 진헌.
- 희진은 보지 못하고 액셀을 밟는다.
- 희진의 차가 멀어져간다.
- 급하게 택시를 잡고 올라타는 진헌.

30. **택시 안**

- 진헌, 핸드폰 버튼을 누른다. 꺼져 있다는 안내음에 신경질적으로 탁 덮는다.

31. **희진 아파트 광장(동 밤)**

- 희진의 차가 거칠게 달려와 논스톱으로 주차한다.
- 희진이 내려서 성큼성큼 걸어온다.
- 현관 앞에서 헨리가 트렁크 위에 앉아 있다. 제 생각에 빠진 희진은 미처 그를 깨닫지 못하고 지나친다. 헨리, 어이없는 듯 피식 웃는다. 몇 발짝 지나친 희진이 그제야 멈춰 돌아본다. 헨리가 일어나며 싱긋 웃는다.

헨리   섭섭하네. 마중 나오지 말란다고 진짜 안 나오고. 핸드폰은 왜 꺼놨어?
희진   (울음 터지기 직전의 일그러짐)
헨리   ? ...

- 희진, 헨리에게 와락 안겨 울음을 터트린다. 헨리, 의아해한다. 희진, 섧게섧게 운다. 눈치챈 헨리가 등을 토닥여준다. 소리 내어 우는 희진...
- 택시가 달려와 멈추고 진헌이 내린다. 현관으로 향하다가 우뚝 멈춘다.
- 헨리에게 안겨 우는 희진의 모습...
- 진헌, 하얗게 얼어붙는다.
- 헨리가 희진을 떼어내 눈물도 닦아주고 이마에 입도 맞추고 위로를 해준다.
- 진헌, 넋 나간 듯이 바라본다.
- 헨리가 희진의 어깨를 감싸 안고 들어간다.
- 진헌, 돌아선다. 잠시 그러고 있다가 돌아서서 희진이 사는 층을 올려다본다.
- 그 층에 불이 켜진다.

- 한참을 바라보는 진헌... 이윽고 돌아서서 걸어온다.

32. 집 버스정거장(동 밤)

- 버스가 달려와 멈추고 삼순이 내린다. 뭔가를 보고 멈칫.
- 벤치에 앉아 기다리던 현우가 일어선다.
- 삼순, 무시하고 간다. 현우가 옆으로 따라붙는다.

현우   이뻐졌다?
삼순   (퉁명) 내일이 약혼식인데 이러고 다녀도 돼?
현우   전화 왜 안 받니?
삼순   채리가 알면 나까지 죽일려고 들 텐데?
현우   미안하다, 약혼식 케잌 만들게 해서.
삼순   미안할 거 없어. 케잌에다 침 뱉어놓 거니까.
현우   난 괜찮으니까 다른 사람들만 알게 하지 마.
삼순   (허! 저 능청! 흘긴다)
현우   너희 사장, 소문이 이상하더라?
삼순   이젠 뒷조사까지 하고 다녀?
현우   여잘 쓰레기 보듯 한다던데? 성질도 흉폭하고.
삼순   바람둥이보단 훌륭해.
현우   남자구실 못한다는 소리도 있더라?
삼순   걱정 마, 멀쩡하니까.
현우   ! ... 잤니?
삼순   (속으로 흠칫) ... 그래! (그래놓고 인상 쓴다. 아우 몰라!)
현우   ... 쌤쌤이네. 차라리 잘됐다.
삼순   (멈추어 본다) 잘됐다니? 뭐가?
현우   너희 사장이랑 헤어져.
삼순   뭐?
현우   넌 내 여자야. 헤어져.
삼순   !!!

33.   **자하문 (동 밤)**

- 둥그런 문 아래에서, 푸른 조명을 배경으로, 패는 삼순과 맞는 현우의 실루엣이 보인다. 삼순은 백골단처럼 곤봉 같은 걸로 마구 패고 현우는 엉거주춤하게 두 팔로 막으며 맞는다. 〈모래시계〉에 흔히 나오던 장면 패러디.

삼순 (E) 아직도 정신 못 차렸지? 뭐? 니 여자? 내가 장난감이냐? 싫증나니까 팽개쳤다가 이젠 도로 갖고 싶니?
현우 (E) 아! 삼순아! 진짜 아퍼! 아!
삼순 (E) 당연히 아파야지. 너한테 두들겨 맞은 내 가슴은 피멍이 들었어 이 나쁜 자식아.

- 현우의 실루엣이 삼순의 손목을 낚아채더니 곤봉을 빼앗아 휙 던진다.
- 2단접이 우산이 저만치 날아간다.

현우 넌 비도 안 오는데 우산은 왜 들고 다니니?
삼순 이럴 줄 알고 가져왔다 왜! 놔. 안 놔?
현우 (눈에 힘주어 응시하며 60년대 배우처럼) 내 눈을 봐. 너 나에 대한 미련 조금도 없어?
삼순 영화 찍니?
현우 똑바로 봐. 너, 아직도 나 사랑해. 그렇지?
삼순 놀고 있네, 니가 신성일이냐?
현우 (아.. 김샌다)
삼순 (팔을 뿌리치고 야무지게) 사랑은 아냐.
현우 (본다)
삼순 미련도 아냐. 그냥... 그래, 내 청춘을 3년 동안 같이한 사람인데 한순간에 없었던 일이 될 순 없잖아. 그 시간이 안타깝고, 쓸쓸하고, 안쓰럽고... 그립진 않아. 다시 돌아가고 싶지도 않고.

현우	그거면 돼. 그걸로 얼마든지 다시 시작할 수 있어.
삼순	(어이가 없다) 채리는 어떡하구. 내일 약혼식이잖아.
현우	할 거야 약혼식.
삼순	뭐?
현우	채리, 귀엽고 사랑스러워. 넌 편안하고.
삼순	! ... 그래서. 채리랑은 결혼하고 나랑은 바람피겠다?
현우	바람이 아니라 연애지. 안 들킬 자신 있어.
삼순	! ... 미. 친. 놈.
현우	그래, 나 미쳤어. 그날 그 자식이랑 있는 거 보고 얼마나 기가 막혔는 줄 알아? 피가 거꾸로 솟더라. 그 자식 목을 졸라버리고 싶었어. 그때 깨달았어. 내가 아직도 널 사랑하고 있다는 걸.
삼순	아무 데나 갖다 붙이지 마. 그건 사랑이 아니라 자만심이야.
현우	뭐든 내 생각은 한 가지야. 너랑 다시 시작하고 싶다는 거.
삼순	한 번만 더 까불어? 채리한테 확 불어버릴 테니까. (확 돌아서서 간다)
현우	(보다가 여유롭게 소리친다) 나 너 포기 안 해! 다시 내 여자 만들 거야! 꼭!

- 삼순, 멈춘다. 기가 막힌다.

삼순	(안 돌아보고 혼잣말) 고이 보내줄려 그랬더니 기어이 염장을 지르는군. 그래, 내일 보자. (이를 악물고 성큼성큼 간다)
현우	(바라보며 씨익 미소 짓는다)

34. 주차장(낮)

- 약혼식을 알리는 팻말이 현관 앞에 서 있다. 테라스는 꽃과 화환으로 장식되어 있다.
- 연이어 고급 차들이 들어오고 잘 차려입은 하객들이 내린다.
- 어느 차에서는 채리 부모가 내린다. 진헌이 공손히 인사하고 채리 부모가 진헌을 무척 반가워한다.

34-1   주방

- 수십 명의 음식을 준비하느라 분주한 요리사들.
- 촤르륵 놓이는 수십 개의 접시들/그 위에 놓이는 신선한 샐러드/누군가는 에피타이저를 준비하고/커다란 솥에서는 수프가 끓고/오븐 속에서는 고기나 생선의 초벌구이가 진행되고/온도계의 수은주가 30도를 훌쩍 넘었다/현무, 가스 위에서 바쁘게 메인 요리를 한다. 이마에 구슬땀이 맺혔다.

현무   야 털보! 비 온다.

- 설거지맨이 제까닥 달려오더니 허리에 차고 있던 수건으로 현무의 땀을 닦아준다.

현무   자, 마지막으로 점검한다. 샐러드!
요리사3   발진 완료!
현무   에피타이저!
요리사2   미 투!
현무   가니쉬!
요리사1   미 쓰리!
현무   설거지!
설거지맨   노 프러블름!

- 현무를 비롯해 모두들 쳐다본다. 황당한 그 표정들!

35.   베이커리실

- 삼순, 작업에 몰두해 있다. '슈 데커레이션 케이크-Croquembouche'의 밑작업 중이다.

- 슈 데커레이션 케이크가 만들어지는 과정이 빠르게 보여진다.
- 인혜, 캐러멜 만들기 같은 간단한 일을 하다가 힐긋 삼순을 본다. 말 붙이기가 어려울 만큼 굳은 얼굴이다.

36. **주차장**

- 기사 딸린 고급 차 한 대가 들어온다. 차가 멈추자 예복을 멋있게 차려 입은 현우가 내리고 뒤이어 내리는 채리를 에스코트한다. 약혼식 드레스를 입은 채리, 눈부시게 아름답다.

37. **베이커리실**

- 80퍼센트쯤 완성된 케이크에 작업하고 있는 삼순.

채리 (E) 언니.
삼순 (돌아본다)
채리 (빙그르르 돌더니) 어때? 나 이뻐?
삼순 (남의 속도 모르고 참 가지가지 한다) … 이뻐.
채리 정말?
삼순 원래 이뻤는데 드레스 입으니까 더 이쁘다.
채리 어머, 나 이쁜 거 알고 있었네?
삼순 (참 골고루 한다)
채리 (어깨 너머로 케이크 힐긋 보고는) 저거야?
삼순 응.
채리 (다가와 케이크를 훑으며) 괜찮은데? 난 당연히 3단 케잌일 줄 알았는데 특이한걸?
삼순 프랑스에서 결혼식이나 축하석상에 자주 등장하는 거야.
채리 오오- 외국물 먹고 온 보람이 있네? 근데 난 약혼하는데 언닌 어떡하냐?
삼순 뭐가.

채리	희진 언니라구 진헌이 오빠 첫사랑이 돌아왔거든. 알지? 남자들한텐 첫사랑이 특별하다는 거. 거기다 둘은 좀 유별났지, 고 3 때부터. 덕분에 내가 들어갈 자리가 없었지만. 어쨌든 희진 언니가 돌아왔으니 삼순이 언니는 바람 앞에 등불이랄까? 뭐 그렇다는 거지. (시큰둥한 삼순의 표정에) 안 놀래?
삼순	희진 씨 알어.
채리	?! 알고 있었어?
삼순	만나서 얘기까지 했는걸? 참 이쁘고 상냥하더라.
채리	(어? 이상하다. 갸웃) 근데두 진헌 오빠가 계속 만나재? 안 채였어?
삼순	넌 약혼하는 애가 외간남자한테 무슨 관심이 그렇게 많니. 궁금하면 직접 가서 물어봐.
채리	흥, 그래두 희진 언니한텐 안 될걸? 조족비혈이라고 알까 몰라? 희진 언니한테 대면 언닌 새 발의 피야.
삼순	조족비혈이 아니라 조족지혈.
채리	뭐든! (쌩 나간다)
삼순	(기분 더럽다. 행주를 던지며) 쌍으로 염장을 지르네 이것들이? ... 그래, 삼순이 매운맛 좀 봐라. (결의에 차서, 밑에서 까만 비닐봉지를 꺼내든다)

38.   홀

  - 하객들이 모두 착석해 있다.

사회자	그럼 지금부터 민정태 씨의 차남 민현우 군과 장영철 씨의 차녀 장채리 양의 약혼식을 거행하도록 하겠습니다. 예비 신랑 신부가 입장할 때는 박수로 맞아주시기 바랍니다. 예비 신랑 신부 입장!

  - 현우(우측)와 채리(좌측)가 팔짱을 끼고 하얀 주단 위를 걸어온다. 하객들이 박수를 쳐준다. 행복한 예비 신랑 신부의 모습이다.

39. **베이커리실**

- 마지막 작업만 빼고 완성된 멋들어진 케이크. 받침대까지 해서 삼순의 키를 훌쩍 넘어간다. 그 옆에 서서 홀을 내다보는 삼순.
- 현우와 채리가 약혼반지를 교환한다.

삼순   ...

- 반지를 끼워준 현우가 채리의 볼에 가볍게 키스한다.
- 물끄러미 바라보던 삼순, 옛 생각이 난다.

40. **파리 시내 비스트로(밤, 회상)**

- 파리 뒷골목의 전형적인 비스트로. 인종이 다양한 손님들로 꽉 차 있다. 담배 연기와 음악과 사람들의 잡담 소리, 시끄러운 생기가 넘친다.
- 어느 작은 테이블에 마주 앉은 삼순과 현우. 연애를 시작한 지 얼마 안 돼 온갖 호르몬이 넘쳐날 때다. 그것을 증명하기라도 하듯 아무 말도 않고 턱 괸 채 서로의 눈만 쳐다본다. 사랑이 충만한 눈빛들...
- 현우가 '잠깐만' 하고는 일어나 바로 간다. 주인인 듯한 프랑스 아저씨에게 뭐라고 몇 마디 한다. 주인이 껄껄 웃으며 삼순을 한번 보더니 현우에게 고개를 끄덕이고는 돌아서서 음악을 끈다. 한층 조용해진다. 주인이 종 같은 걸 울려 손님들의 시선을 끈다.

주인   (불어) 이 청년이 여러분에게 할 말이 있다고 합니다.

- 사람들의 시선이 현우에게 꽂힌다.
- 삼순, 의아하다.

현우   (삼순을 가리키며, 불어) 저 아름다운 여인이 제 여자친구입니다.

- 손님들이 모두 삼순을 본다.
- 삼순(여기까지는 대충 알아들은), 부끄러워하면서도 귀엽게 브이 자를 그려 보인다.

현우   (불어) 오늘 밤 제 여자친구한테 첫 키스를 할 겁니다!

- 손님들이 와- 탄성을 지르고 박수를 쳐주고 테이블을 두드리고 자기 일처럼 좋아한다.
- 이건 못 알아들은 삼순이 어리둥절해한다.
- 현우가 삼순에게 이리 나오라고 손짓한다.
- 삼순, 뻘쭘해하며 나간다.

삼순   (속닥인다) 뭐라 그런 거야? 나 아직 그 정도 불어 실력이 (안 돼)

- 재빨리 허리를 안고 키스하는 현우.
- 흡! 놀라는 삼순.
- 손님들이 환호한다.
- 삼순도 현우를 끌어안고 키스에 응한다.

41. 베이커리실

- 삼순의 눈가에 이슬 같은 눈물이 맺혀 있다.

삼순   (Na.) 커피 한 잔의 열량은 5키로칼로리, 키스 5분의 열량과 같다. 우리가 3년 동안 나눈 키스의 열량은 얼마나 될까? 사랑의 열량은... 그 에너지는 다 어디로 간 걸까... 어디로...

- 진헌이 문가로 다가와 안을 들여다본다. 삼순의 등만 보인다.

진헌	괜찮아요?
삼순	(놀라서 얼른 눈물을 슥슥 닦는다)
진헌	? ... 김삼순 씨.

- 삼순, 아무렇지도 않은 척 돌아서지만 이미 운 흔적이 남아 있다.

삼순	네.
진헌	괜찮냐구요.
삼순	뭐가요.
진헌	(운 걸 눈치채고는) ... 케잌 훌륭하네요. (간다)
삼순	...

- 삼순, 눈물을 마저 깨끗이 닦고 짤주머니를 집어들고 글귀를 쓴다.
- '축 약혼 민현우 장채리'
- 마지막으로 케이크 상단에 신랑 신부 인형을 앉힌다. 케이크가 완성되었다.

42. 홀

사회자	그럼 케잌 커팅이 있겠습니다.

- 웨이터들이 케이크를 밀며 들어온다.
- 하객들이 탄성을 지르며 수군댄다.
- 채리는 뿌듯해하고 현우는 놀란다. 삼순이가 이렇게 멋진 케이크를 만들어주다니...
- 케이크 상단의 신랑 신부 인형이 웃고 있다.

사회자	두 사람의 다산과 번영을 기원하는 뜻으로 축하 케잌을 자르겠습니다. 예비 신랑 신부 일어나 앞으로 나와주세요.

- 현우와 채리가 일어나 케이크 앞으로 온다. 불이 꺼진다. 어두운 홀에 촛불만 빛을 발한다. 현우와 채리, 서로 손을 잡고 눈을 맞추더니 후- 불어 초를 끈다. 박수 속에 불이 켜지고 웨이터가 샴페인을 터트린다. 현우와 채리, 환하게 웃으며 케이크를 자른다.

43. **재래시장**

- 〈삼순이네 방앗간〉이라는 간판이 붙은 방앗간이 보인다.
- 엄마 봉숙이 돈 몇만 원을 받고 일수 수첩에 도장을 찍는다.

아줌마   얼마나 남았어?
봉숙   이제 시작인데 뭘 물어. 그리구 저 간판 안 뗄 거야? 왜 남의 집 딸 이름을 달고 있어?
아줌마   20년 넘게 달고 있던 간판인데 어떻게 떼.
봉숙   그럼 이름값을 내든가.
아줌마   방앗간 팔면서 간판값도 따로 받아? 웃겨 정말.
봉숙   꼭 저 간판 땜에 시집 못 가는 거 같잖아.
아줌마   평계는... 청양고추 어때. 제대로 맵지?
봉숙   ? 청양고추?
아줌마   어젯밤에 삼순이가 청양고추 사 갔잖아 두 근이나.
봉숙   ? 삼순이가 왜?
아줌마   김치 안 담갔어? 젤-루 매운 걸로 달라 그러던데?

44. **홀**

- 이미 아수라장이다. 각자 개인접시에 나누어진 케이크 먹던 하객들이 마치 불닭이라도 먹은 것처럼 매워서 어쩔 줄을 모른다. 하아하아 입에다 부채질을 하고, 땀을 뻘뻘 흘리기도 하고, 재채기도 하고, 물을 벌컥벌컥 마시고, 아이들은 울어젖히고 난리가 났다. 채리도 얼굴이 벌게져 캑

캑 기침을 해대더니 현우 발치에 엎드려 구토를 한다. 현우는 손수건으로 땀을 닦으며 입이 매워 죽을 지경이다.

현우   (문득 깨닫는다) ! ... 삼순이 너! (주방 쪽을 확 쳐다본다)

45.   **베이커리실**

     - 흥! 득의양양한 삼순.

삼순   어떠냐, 삼순이 매운맛이. 그러게 왜 쌍으로 염장을 질러. 꼴 조옿다!
인혜   (E) 언니. 언니!
삼순   (정신 차리고 돌아본다) 어?
인혜   신부 어머니가 잠깐 보자는데요?
삼순   나를? (얼른 홀을 내다보면)

     - 삼순의 상상이었을 뿐, 하객들은 케이크를 너무 맛있게 먹고 있다.

46.   **홀 일각**

     - 채리와 채리 엄마가 삼순을 칭찬한다.

채리모   너희 아버지가 생전에 그렇게 떡을 맛깔나게 만드시더니 니가 아버질 닮았나 부다. 이렇게 예쁘고 맛있는 케익은 처음이다. (돈 봉투를 손에 쥐여주며) 수고했으니까 용돈 해.
삼순   (펄쩍) 어머 아녜요 아주머니.
채리모   그냥 받어, 어릴 때도 가끔 받았잖아.
채리   그래 받어.
삼순   (기분 참 그렇다)
채리모   그나저나 삼순이 너도 빨리 시집을 가야 될 텐데. (손을 다독여주고 간

다)

채리 고마워 언니. 케익 괜찮았어.
삼순 (부어서) ...
채리 우리 결혼식 케익도 미리 예약해놓게. 괜찮지?
삼순 (어이없지만) 그래...
채리 나중에 밥이나 한 끼 살게. (간다)
삼순 (한숨이 절로 나오는데)
현우 (E) 삼순아.
삼순 (이건 또 뭐야. 소리 나는 쪽을 본다)
현우 (반대쪽에서 다가와) 그 실력으로 여기 있긴 아깝지 않니?
삼순 (정말 지랄 같은 하루다) 신경 꺼.
현우 샵 하나 차려줄까?
삼순 (기가 막힌다) ! ... 벌써 돈 많은 유부남 행세야?
현우 너무 진부했나? 뭐 원하는 거 없어?
삼순 (쏘아보는데 눈물이 핑 돈다)
현우 ? ...
삼순 (목이 메여) 너... 자동차 뒤꽁무니에도 표정이 있는 거 알아?
현우 ? ...
삼순 초보들이 살짝 끼어들 땐 깜빡이가 얼마나 수줍어하는지, 그 운전자가 지금 얼마나 땀 빼고 있는지 다 보여. 난폭한 운전자는 깜빡이도 난폭해. 뒤꽁무니에 '나 건들지 마' 다 써 있다구. 쇠붙이로 만든 차도 그런데 하물며 사람은 어떻겠어? 추억까지 더럽히지 말고 멋있게, 폼나게 떠나. 뒷모습 아름답게. (돌아서다가 멈칫)

- 진헌이 보고 있었다.
- 삼순, 너무 창피하고 낭패스럽다. 눈물 훔치며 뛰어간다.
- 진헌, 현우를 본다.

현우 (여유롭게) 오늘 약혼식 훌륭했습니다.
진헌 (말은 점잖지만 가시가 박혔다) 방금 약혼하신 분이 이게 무슨 짓입니까.
현우 (피식) 두 분이 너무 안 어울리는 것 같아서 충고 한마디 했습니다.

진헌	걱정이 지나치시군요.
현우	삼순이 일이니까요.
진헌	그런 걱정은 채리한테나 하시죠.
현우	그러다 한 대 치시겠습니다.
진헌	(확 먹살을 틀어쥔다)
현우	! ...
진헌	저 여자 또 건들면, 그때 치죠.
현우	오호- 샌님인 줄 알았는데 꽤 터프하시네요.
진헌	(거칠게 놓는다)
현우	맞기 전에 빨리 도망가야겠네. (찡긋해 보이고 간다)
진헌	(참 맘에 안 든다)

47. 화장실

- 고춧가루가 변기에 쏟아진다.
- 삼순, 눈물 그렁한 채 고춧가루를 탈탈 털어 넣는다. 매워서 기침도 한다. 물을 내린다. 그리고 눈물도 닦고 코도 풀고 마음을 진정시킨다.

48. 주차장

- 현우와 채리가 탄 차가 하객들의 환송을 받으며 떠난다.
- O.L
- 밤. 네온 불이 꺼진다.
- (E) 피아노 소리.

49. 홀(동 밤)

- 피아노 앞에 앉아 땡땡땡 건반을 두드리는 삼순. 젓가락행진곡을 치는

중인데 잘 안 된다. 피아노 위에 올려놓은 와인을 홀짝거리면서 못 치는 피아노를 계속 두드린다. 땡땡땡 땡땡땡... 어느 순간, 똥똥똥 건반 튕기는 소리가 난다. 돌아보면 진헌이 건반 하나를 튕기고 있다.

삼순	뭐 해요, 듣기 싫게.
진헌	듣기 싫은 건 그쪽이 더한데?
삼순	(삐죽거리고는 다시 땡땡땡)
진헌	어릴 때 피아노 안 배웠어요?
삼순	셋째 딸의 숙명이에요. 언니들한테 치여서.
진헌	비켜봐요.

- 진헌이 옆에 앉는다. 삼순이 얼결에 자리를 내준다.

진헌	내 손 보고 그대로 따라 해요. (건반을 친다)
삼순	(시큰둥하게 보기만)
진헌	안 쳐요? 케익이 훌륭해서 특별 레슨해주는 건데?

- 삼순, 건반을 치기 시작한다. 눈이 진헌의 손과 자기 건반을 정신없이 왔다 갔다 한다.
- 잘 안 맞는다. 불협화음이다. 진헌이 멈추자 삼순도 멈춘다.

진헌	발로 쳐요?
삼순	이렇게 긴 발가락 봤어요?
진헌	(손을 흘깃 보더니) 손도 못생겼네.
삼순	(흘기며) 10년 가까이 밀가루 반죽하고 오븐 만져봐요. 손이 남아나나.
진헌	(그럴 수도 있겠군. 거만하게 수긍하더니) 이번엔 잘 해요? (다시 친다)
삼순	(따라서 친다)

- 이제 얼추 맞는다. 점점 잘 맞는다.

삼순	어 된다 된다! 와 이렇게 하는 거구나!

진헌	(피식 웃는다)

- 신나게 젓가락행진곡을 치는 두 사람... 이윽고 연주가 끝나자 진헌이 대뜸 입을 연다.

진헌	아까 왜 울었어요?
삼순	! ...
진헌	민현우 씨, 아직도 좋아해요?
삼순	... 아뇨.
진헌	근데 왜 울어요.
삼순	꼭 대답해야 돼요?
진헌	뭐 그건 아니지만...
삼순	... 기가 막혀서 울었어요.
진헌	...
삼순	사람이 변하고, 마음이 변하고, 사랑도 변하고... 어쩌면 내가 생각하던 영원한 사랑 같은 건 이 세상에 없을지도 모른다는 생각을 하니까 기가 막혀서요...
진헌	그걸 이제 알았어요?
삼순	(흘기며) 잘난 척은... (와인을 마신다)
진헌	그거 월급에서 깔 거예요.
삼순	(웁! 넘기지도 못하고)
진헌	좀 나눠주면 안 깔 수도 있는데.
삼순	(꼴깍 삼키고는) 참 나, 술 달란 소릴 희한하게 하네. 기다려요. (일어나 주방으로 간다) 좋은 술은 없어요. 다 재료로 쓰다 남은 거니까.
진헌	(가벼운 곡을 연주한다)

50. 베이커리실

- 재료로 쓰다 남은 브랜디 병을 꺼내는 삼순. 냉장실에서 남은 케이크도 꺼낸다.

- 피아노 소리가 감미롭게 들린다.

51. 주방

- 삼순, 너트류를 챙기고 새 잔도 챙긴다. 모두 들고 나가다가 멈춰 홀을 바라본다.
- 피아노 소리가 듣기 좋다. 피아노 치는 진헌의 모습도 참 보기 좋다.

52. 홀

- 피아노 위에 술병과 술잔들이 올라앉았다.
- 피아노 의자에 나란히 앉아 술 마시는 두 사람. 적당히 취했다.

삼순 농구요? 할아버지 땜에 집에 있기 싫어서 시작했는데 할아버지 돌아가시니까 딱 하기 싫어지더라구요.
진헌 (피식 웃는다)
삼순 그리고 또 뭐가 있었지? 아 이름! 왜 이름을 희진으로 지었냐 하면요, 울 언니가 둘인데 둘이 피아노를 배우러 다녔거든요? 난 그냥 따라다니면서 구경만 하구. 사실 우리 집이 그렇게 넉넉하질 못해서 나까지 배울 처지가 아니었거든요.
진헌 ...
삼순 근데 하루는 선생님이 날 부르시더니 젓가락행진곡 있잖아요, 아까 그거, 글쎄 그걸 가르쳐주시는 거예요. 언니들 뒤꽁무니만 쫓아다니는 게 불쌍했나 부죠 끅. 그 선생님 이름이 희진이었어요, 강희진. 미니스커트에 가죽부츠 신고 참 예뻤는데...
진헌 (피식) 그래서 김희진이에요?
삼순 넵.
진헌 난 또...
삼순 무시하지 말아요, 난 그 선생님이 이상형이었으니까.

53. 테라스

- 꽃과 나무가 바람에 흔들린다. 데크 위로 빗방울이 투두둑 떨어진다.

54. 홀

- 피아노 위에 술병이 하나 더 늘었다.
- 그만큼 더 취해 조잘대는 삼순.
- 진헌은 조잘조잘 떠들어대는 삼순의 옆모습을 보며 자기도 모르게 문득문득 미소 짓는다.

삼순   난 뭐 그렇게까지 거창한 걸 바라진 않아요. 시작은 한 다섯 평? 테이블은 뭐 서너 개쯤? 한국에서 가장 맛좋은 케잌, 하면 아 거기! 이런 가게를 낼 거예요. 내가 만들고 싶은 과자랑 내가 상상하는 케잌이랑 내 맘대로 만들 거예요. 잘 팔리면? 좋죠. 안 팔리면? 내가 먹죠.
진헌   (피식) 굶어 죽진 않겠네요.
삼순   빙고! 인생 뭐 별거 있어요? 그렇게 살다 가는 거지.
진헌   30년이면 그렇게 오래 산 것도 아닌데 인생 별거 있는지 아닌지 어떻게 알아요.
삼순   ... 나 있잖아요... 파리 가는 비행기표랑 학비 마련하느라고 안 해본 아르바이트가 없거든요? 왜 그런 줄 알아요?
진헌   ...
삼순   아버지처럼 살기 싫었거든요.
진헌   ? ...
삼순   인생 별거 없다는 말, 우리 아버지가 입버릇처럼 하시던 말이에요. 아버진 50 평생을 그렇게 사셨어요, 방앗간 김 사장으로 불리면서... 근데 난 가끔은, 아주 가끔은 말예요... 주목받는 생이고 싶거든요?
진헌   ...

삼순	살아보니 인생 별거 있더라, 특별하더라... (멋쩍은 듯 후후 웃더니) 혹시 모르잖아요. 내가 만드는 과자랑 케익이 날 그렇게 만들어줄지.
진헌	적어도 이 레스토랑에선 특별해요.
삼순	? 칭찬이에요?
진헌	여직원 중에 가장 나이 많고 가장 몸무게가 많이 나가는 사람.
삼순	(이런 세상에) ! ... (꽥) 어머님이 꽈배기 공장 사장 맞죠!!!

55. 테라스

- 빗방울이 굵어지더니 이내 세찬 빗줄기가 쏟아진다.

56. 홀

- 피아노 위의 술병이 하나 더 늘었다.

삼순	끅. 이제 사장님이 대답할 차례예요.
진헌	(뭘요? 본다)
삼순	유희진 씨요.
진헌	... (외면하며 건반을 통 친다)
삼순	왜 그렇게 화가 났는데요?
진헌	(통통통 건반을 친다)
삼순	난 묻는 말에 다 대답했는데 왜 그쪽은 안 해요?
진헌	... 다 끝났어요.
삼순	? ...
진헌	다 끝났으니까 묻지 말아요. (더 이상 묻지 말라는 듯 멜로디를 연주하기 시작한다)
삼순	...

- 진헌이 치는 곡이 가닥을 잡아간다. 서유석의 '아름다운 사람'

삼순	어, 이 노래도 알아요?
진헌	알면 안 돼요?
삼순	아주 오래된 곡인데.
진헌	좋은 곡이니까.
삼순	이거 가사 누가 썼게~요.
진헌	모르죠.
삼순	헤르만 헤세.
진헌	그래요?
삼순	네. 헤르만 헤세 시에다 서유석 아저씨가 곡 붙인 거예요.

- 삼순, 허밍으로 흥얼거리다가 노래를 부르기 시작한다.

삼순	장난감을 받고서 그것을 바라보고 얼싸안고 기어이 부숴버리는 내일이면 벌써 그를 준 사람조차 잊어버리는 아이처럼 오- 오오오 오 오 오오오 오 아름다운 나의 사람아...

- 진헌, 연주하며 본다. 이 여자가 귀엽다.
- 필받은 삼순, 노래를 제대로 부른다.

삼순	당신은 내가 드린 내 마음을 고운 장난감처럼 조그만 손으로 장난하고 내 마음 고민에 잠겨 있는 돌보지 않는 나의 여인아 나의 사람아... 오- 오오오 오 오 오오오 아름다운 나의 사람아.

- 연주도 노래도 끝난다. 삼순, 머쓱해서 생크림 케이크를 먹는다. 입가에 크림이 묻는다.

삼순	미안해요, 반주만큼 못 불러서.
진헌	노래만 잘하는데요? (하다가 쿡 웃음 나오는 걸 참는다. 삼순의 입가에 묻은 크림이 우습다)
삼순	이번엔 뭐예요? 욕이에요, 칭찬이에요?

진헌	칭찬이에요.
삼순	정말로?
진헌	정말로. (웃음이 번진다)
삼순	? 근데 왜 웃어요?
진헌	(웃음 참느라 입 꼭 다물고 절레절레)
삼순	지금 비웃는 거죠!
진헌	(도리도리) 아녜요 하하하...
삼순	비 오는 날 웃으니까 비웃음이지!
진헌	(푸하하 터진다)
삼순	웃지 말아요!
진헌	(한번 터진 웃음이 그치질 않는다)
삼순	웃지 말라구!
진헌	(웃음 참아가며 자기 입가 가리키며) 크림 묻었어요.
삼순	(? 하더니 반대쪽 입가를 닦는다)
진헌	(자연스럽게 손을 뻗어 닦아준다)

- 삼순, 놀라서 몸을 뺀다.
- 진헌, 아차 싶어 얼른 손을 놓는다.

진헌	...
삼순	...

- (E) 빗소리...

삼순	(어색한 분위기를 못 참겠어서 기계적으로 말한다) 서유석 아저씨 말예요.
진헌	(역시 어색한 분위기에 기계적으로 대답한다) 네.
삼순	학교 다닐 때 핸드볼 선수였대요.
진헌	네에.
삼순	청소년 국가대표두 하구.
진헌	네에.

삼순	참 특이하죠.
진헌	네.
삼순	...
진헌	... 그만 가죠.
삼순	네.

- 진헌, 일어난다.
- 삼순도 일어난다. 피아노 의자를 돌아 나오다가 잘못 걸려서 휘청한다.
- 진헌이 재빨리 허리를 잡는다.

삼순	! ...
진헌	! ...

- 삼순, 빠져나오려는데 진헌의 손에 힘이 들어간다.
- 진헌이 지그시 바라본다.
- 삼순, 가슴이 또 쿵쾅거린다.
- 진헌이 다가온다.
- 삼순의 눈동자가 마구 굴러다닌다. 어찌할 바를 모르겠다.
- 진헌의 입술이 가까워진다.
- 삼순, 침이 꼴깍 넘어간다.

진헌	(나지막하게 속삭인다) 오늘은 왜 눈 안 감아요.
삼순	! ...

- 그게 신호이기라도 한 양 삼순이 와락 입을 맞춰버린다.
- 진헌의 놀란 눈동자!
- 6회 끝.

7회

사랑은, 그 사람에게 귀 기울이는 것...

1. 자막 - 제7회 사랑은, 그 사람에게 귀 기울이는 것…

2. 비 내리는 보나뻬띠 전경(밤)

3. 홀(6회 엔딩)

- 진헌이 마구 웃고 있다.

삼순 웃지 말아요!
진헌 (한번 터진 웃음이 그치질 않는다)
삼순 웃지 말라구!
진헌 (웃음 참아가며 자기 입가 가리키며) 크림 묻었어요.
삼순 (? 하더니 반대쪽 입가를 닦는다)
진헌 (자연스럽게 손을 뻗어 닦아준다)

- 삼순, 놀라서 몸을 뺀다.

- 진헌, 아차 싶어 얼른 손을 놓는다.

진헌   ...
삼순   ...

- (E) 빗소리...

삼순   (어색한 분위기를 못 참겠어서 기계적으로 말한다) 서유석 아저씨 말예요.
진헌   (역시 어색한 분위기에 기계적으로 대답한다) 네.
삼순   학교 다닐 때 핸드볼 선수였대요.
진헌   네에.
삼순   청소년 국가대표두 하구.
진헌   네에.
삼순   참 특이하죠.
진헌   네.
삼순   ...
진헌   ... 그만 가죠.
삼순   네.

- 진헌, 일어난다.
- 삼순도 일어난다. 피아노 의자를 돌아 나오다가 잘못 걸려서 휘청한다.
- 진헌이 재빨리 허리를 잡는다.

삼순   ! ...
진헌   ! ...

- 삼순, 빠져나오려는데 진헌의 손에 힘이 들어간다.
- 진헌이 지그시 바라본다.
- 삼순, 가슴이 또 쿵쾅거린다.
- 진헌이 다가온다.

- 삼순의 눈동자가 마구 굴러다닌다. 어찌할 바를 모르겠다.
- 진헌의 입술이 가까워진다.
- 삼순, 침이 꼴깍 넘어간다.

진헌 (나지막하게 속삭인다) 오늘은 왜 눈 안 감아요.
삼순 ! ...

- 그게 신호이기라도 한 양 삼순이 와락 입을 맞춰버린다.
- 진헌의 놀란 눈동자!
- 삼순, 진헌의 목에 팔을 두른다.
- 진헌, 눈을 감고 키스한다.

4. **테라스**

- 빗물 흐르는 유리창 너머로 키스하는 두 사람의 모습...

5. **홀**

- 순간의 감정에 이끌리는 두 사람... 빗소리...
- 어느 순간 삼순이 진헌을 확 밀쳐낸다.

삼순 (스스로도 놀라 멍하게 진헌을 바라본다)
진헌 (마찬가지 심정)
삼순 (놀라움고 어리둥절하고 믿어지지 않는)
진헌 (마찬가지)

- 결국 삼순이 뛰쳐나간다. 빈손이다.
- 진헌은 멍한 채로...

6. **현관 앞**

   - 뛰쳐나오는 삼순. 장대비를 맞으며 뛰어간다.
   - 유리창 너머로 피아노 앞에 홀로 서 있는 진헌의 모습...

7. **홀**

   - 진헌, 서서히 정신이 든다. 낭패감... 화풀이하듯 건반을 쾅! 친다.
   - F.O

8. **보나뻬띠 (낮, F.I)**

   - 현관에 〈정기휴일: 매월 세 번째 월요일〉이라는 팻말.
   - (E) 흥겨운 음악 ♪~

9. **홀**

   - 대청소의 날! 신나는 음악이 빵빵하게 흐른다. 홀 직원들이 각자 자기가 맡은 청소를 분주히 하고 있다. 바닥 물청소를 하고, 테이블과 의자의 다리를 닦고, 소품의 먼지도 닦고, 키 큰 웨이터는 사다리를 타고 올라가 실링 팬을 닦고, 어떤 웨이터는 소독기를 등에 메고 구석구석 소독약을 뿌린다. 오 지배인은 여기저기 쫓아다니며 지시를 하고 영자는 잔소리를 해댄다.

10. **주방**

- 요리사들이 바닥 물청소를 하고 있다.
- 한쪽에서는 현무가 주방용 칼을 모두 모아놓고 칼을 갈고 있다. 매우 진지하게 지금 마악 간 칼을 주욱 훑는다. 칼에서 쨍~ 하고 빛이라도 날 것 같다. 만족스러운 현무의 표정... 이 갑자기 매서워지더니 칼을 확 내려친다.
- 그 소리에 모두 쳐다본다.
- 두 동강 난 바퀴벌레!
- 모두들 설거지맨을 쳐다본다. 현무는 노려본다.
- 설거지맨, 겁먹고 움츠러든다.

현무   (눈을 번득이며) 야 털보. 넌 털만 많으면 다야? 너 내 주방에서 바퀴벌레가 나타나면 어떡한다 그랬냐.

11.   **베이커리실**

- 바닥 물청소하는 인혜와 삼순.
- 삼순은 솔로 바닥을 북북 문지르다가 잠시 일손을 놓고 생각에 잠긴다.
- (플래시백) 키스하던 장면.
- 삼순, 머리를 흔들며 '미쳤어 미쳤어' 중얼거린다.

인혜   ? 뭐가요?
삼순   어? 어 아냐. (열심히 솔질을 한다)
인혜   근데요 언니.
삼순   어.
인혜   저... 사장님이랑 키스.. 해봤어요?
삼순   (놀라서) 너 봤어?
인혜   ? 뭘요?
삼순   어? 어.. 아냐 아냐.
인혜   (실쭉 웃으며) 해봤구나?
삼순   청소나 해.

인혜	키스할 때 기분이 어때요?
삼순	아직 키스도 안 해봤어?
인혜	야.
삼순	남자들이 바쁜가 부다.
인혜	참말로 어떤 기분이어라, 이?
삼순	그건... 그때그때 달라.
인혜	오매, 그려라?
삼순	그렇게 궁금해?
인혜	야.
삼순	입술 대.
인혜	야?
삼순	(인혜의 두 귀를 잡아당기며) 이리 대! 내가 해줄게!

12. 사장실

- 진헌도 청소를 하느라 책장의 내용물들을 모두 꺼내고 먼지를 닦고 하다가 인기척에 돌아본다.
- 영자가 농염하게 대걸레를 들고 서 있다.

영자	사장실 청소는 제 담당이라서요.
진헌	놔두고 가세요. 제가 할게요.
영자	아닙니다. 제가 하겠습니다. (불쑥 들어와 대걸레질하기 시작한다)
진헌	(멀뚱히 보다가 제 할 일을 한다)
영자	(블라우스 깃을 살짝 연다) 아~ 더워. 백년 만의 무더위라더니 정말 그런가 봐요. 그렇죠 사장님.
진헌	(무심하게 힐끔 보고는) 네.

- 영자, 블라우스 단추를 한두 개 풀고 대걸레질하며 접근한다. 대걸레가 자꾸 진헌의 자리를 먹어 들어가면서 진헌은 구석으로 몰린다. 완전히 구석으로 몰리자 터프하게 대걸레를 던지는 영자. 두 손으로 벽을 짚으

　　　　며 진헌을 가둔다.

진헌　왜, 왜 이래요.
영자　(쉑쉬~하게 쳐다본다)
진헌　장 캡틴…
영자　(터프하면서도 쉑쉬~하게 블라우스를 좍 찢는다)
진헌　!!!
영자　어때요, 삼순이보다 낫죠? 기다릴 거예요 앙~

　　- 영자, 그러리라 마음먹고 대걸레질을 하며 진헌에게 접근한다.
　　- 진헌, 책장 맨 위 칸에 있는 오래되고 두툼한 파일박스와 책들을 꺼낸다.
　　- 바로 옆까지 접근해 호시탐탐 기회를 노리는 영자. 이때다 대걸레를 던지는 순간, 진헌이 마악 꺼내는 파일박스에서 바퀴벌레 한 마리가 떨어진다.
　　- 영자의 시각으로 보이는 바퀴벌레가 수직 낙하한다.
　　- 바퀴벌레의 시각으로 보이는 영자, 카메라를 올려다보며 이게 뭐지? …악!
　　- 낙하하는 바퀴벌레! 영자의 가슴 속으로 쏙 들어간다! 으아악! 비명을 지르며 미친년 널뛰듯이 뛰쳐나가는 영자.
　　- 무슨 일이 일어났는지 모르는 듯 갸웃하더니 무심히 자기 일 하는 진헌.

13.　홀

　　- 아아악 소리 지르며 홀을 가로질러 화장실로 뛰어가는 영자.
　　- 주방 사람들이 내다본다. 벌받은 설거지맨은 똑순이 머리를 하고 있다.
　　- 뛰어가던 영자, 바닥의 물기 때문에 악! 비명 지르며 자빠진다.
　　- 홀 사람들이 놀라 몰려든다.
　　- 대자로 엎드린 채 끙 고개 드는 영자. 코피가 흐르고, 가슴 속에서 바퀴

벌레가 기어 나와 뽀로로 도망간다. 으~~~ 고개를 박는 영자.

14. **홀**

- 삼순, 쓰레기봉지를 들고 나온다. 사장실 쪽에서 진헌도 쓰레기봉지를 들고 온다. 두 사람, 서로를 보고 멈칫 선다.

진헌 ...
삼순 ...

- 삼순이 모른 척 외면하며 나간다. 진헌도 나간다.

15. **쓰레기장**

- 삼순, 쓰레기봉지를 던지고 간다.
- 몇 발짝 늦게 온 진헌도 쓰레기봉지를 던지고 삼순을 본다. 이런 상황, 참 귀찮다.
- 음악 소리가 커진다.

16. **홀**

- 댄스 배틀이 벌어졌다. 남자직원 하나가 춤을 추고 모두들 환호성을 지른다. 다른 남자직원이 바통을 이어받는다. 둘이 번갈아가면서 댄스 배틀을 벌인다.
- 들어오던 삼순이 무리에 끼어 같이 환호한다.
- 뒤늦게 들어온 진헌도 춤 구경을 한다.
- 삼순, 박수를 치다가 문득 진헌과 눈이 마주친다.

삼순	! ...
진헌	! ...

- 삼순, 모른 척 계속 박수를 친다.
- 진헌도 모른 척 사장실로 들어간다.
- 삼순, 불편해 죽겠다. 후- 한숨을 내쉬더니 될 대로 되라지, 다시 환호한다.

17.   사장실

- 진헌, 의자에 앉으며 골똘히 생각 중이다. 이윽고 핸드폰을 집어들고 문자를 누른다.

18.   홀

- 춤추던 두 직원이 만사마 춤으로 마무리를 한다. 폭소가 터진다.
- 옆 사람을 치며 마구 웃던 삼순, 몸을 부르르 (문자 왔다는 진동) 떨더니 앞치마에서 핸드폰을 꺼내 문자 확인하다가 놀란다.
- (문자 인서트) 사장실로 오세요. 회신번호 XXX- XXX- XXXX. 삼식이.

19.   사장실 앞

- 다가와 멈추는 삼순. 긴장된다. 마음의 준비를 하고 똑똑 노크한다. 네, 하는 진헌의 목소리 들리자 문 열고 들어간다.

20.   사장실

- 삼순이 들어와 문을 닫고 진헌과 마주한다.

진헌	(의자에 거만하게 앉아 대뜸) 케잌에 혹시 뭐 넣었어요?
삼순	? 네?
진헌	그날 먹은 케잌에다 혹시 이상한 거 안 넣었냐구요.
삼순	? 이상한 거라뇨?
진헌	이성을 잃게 한다든가, 뭐 그런 거요.
삼순	(내 뺄 생각이군, 얄밉다) 전 먹는 거 갖고 장난 안 칩니다. 내 케잌을 모독하지 마세요.
진헌	(대답을 듣는 둥 마는 둥, 책상 밑에서 삼순의 가방을 꺼내 책상에 올려놓는다) 며칠이나 지났는데 왜 가방 찾으러 안 왔어요?
삼순	그러는 사장님은 왜 안 돌려줬어요?
진헌	찾으러 올 줄 알았어요.
삼순	전 돌려줄 줄 알았죠.
진헌	(잠시 생각하다가 사무적으로) 그날 일, 사과하겠습니다. 실수였어요. 미안해요.
삼순	(흥, 실수? 그렇게 나올 줄 알았지) 사과는 제가 해야죠.
진헌	? ...
삼순	어찌 됐든 내가 먼저... (차마 이 말은 하기 싫지만) 했으니까요.
진헌	누구 잘못이든 다행이네요. 같은 생각을 하고 있어서.
삼순	네, 정말 다행이네요.
진헌	다시는 그런 일 없을 겁니다.
삼순	그럼요. 다시는 없어야죠.
진헌	그럼 나가보세요.
삼순	네. (돌아서는데)
진헌	(모니터 보며 무심히) 혹시 내가 좋아진 거 아녜요?
삼순	???!!! (돌아본다)
진헌	(키보드 두드린다)
삼순	뭐라 그랬어요 방금?
진헌	(계속 작업하며) 내가 좋아진 거 아니냐구요.

삼순	! ... 그 병 아직도 안 나았어요?
진헌	다시 한번 말하는데 우리 계약서의 여섯 번째 조항,
삼순	(말 자른다) 연애하는 척은 하되 연애는 하지 않는다!
진헌	(무심한 척 덧붙인다) 절대로.
삼순	(심사가 뒤틀릴 대로 뒤틀렸다) 근데 나도 궁금한 게 있거든요? 다음 날 아침에 오니까 술 마신 흔적이 없던데 사장님이 치웠어요?
진헌	네.
삼순	무슨 정신으로요?
진헌	(이제야 쳐다보며) 네?
삼순	이성을 잃었다면서 무슨 정신으로 치웠냐구요. 내 가방은 어떻게 챙기구.
진헌	... 아무리 이성을 잃어도 1프로쯤은 남겨두죠.
삼순	아아 그렇구나아. 하긴, 약 먹은 것도 아니고 뚱뚱한 노처녀한테 정신없이 달려들려면 그 정돈 나가야지. 백 프로 나갔으면 큰일 날 뻔했네.
진헌	(빈정 상한다)
삼순	어쨌든 다시 한번 사과드릴게요. 다시는 그런 일 없을 겁니다.
진헌	아녜요. 빌미를 제공한 건 저니까 제 실숩니다.
삼순	아녜요, 과음한 제 잘못이죠.
진헌	아녜요, 술버릇 나쁜 거 뻔히 알면서 과음을 방치한 제 잘못이죠.
삼순	(뭐?) ... 아녜요, 비 오는 날 늑대 한 마리를 옆에 앉힌 제 잘못이에요.
진헌	! ...
삼순	(흥!) ...
진헌	비 오는 날 늑대 한 마리를 유인한 건 그럼 여웁니까?
삼순	(예상치 못한 반격에) ! ...
진헌	(거만하게 본다)
삼순	(질 수 없다) 여우는 아무 늑대나 유인하지 않아요.
진헌	늑대도 마찬가지예요.
삼순	피아노 가르쳐준다고 옆에 앉는 건 늑대짓 아닌가요?
진헌	여자 혼자 술을 홀짝거리는 것도 여우짓이죠.
삼순	다 퇴근한 줄 알았다구요!
진헌	앞으론 혼자 술 마시지 말아요. 나 좀 꼬셔주세요, 그렇게 보이니까.

삼순	그건 남자들 생각이죠! 여자도 혼자 술 마시고 싶을 때가 있다구요!
진헌	그럼 집에 가서 마셔요.
삼순	야!!! 내가 이 나이에 남의 눈치 봐가면서 술 마셔야겠니?!
진헌	나도 반말할까?
삼순	(헉!)
진헌	내일 정장하고 오세요. 제주도 가야 되니까.
삼순	???
진헌	집안 행사가 있는데 연애하는 척은 해야죠.
삼순	(허! 세상에!) ...

21. 인사동 거리(낮)

- 상점가를 구경하며 슬슬 걸어오는 희진과 헨리.

희진	제주도?
헨리	엄마 고향이 제주도잖아.
희진	아...
헨리	일곱 살 때 입양됐는데 아무 기억이 없으시대. 내가 대신 보고 가서 얘기라도 해드릴려구.
희진	그럼 가야지. 언제 갈까?
헨리	너 좋을 대로. (멈추어 진열장에 정신 팔린다)

- 약간 개량된 화사한 한복이 걸려 있다. 색동저고리다.

22. 게스트하우스 전경

23. 헨리 룸(동 오후)

- 침대에 앉아 비좁은 방을 둘러보는 희진.

희진   우리 집에서 자도 되는데... 안 불편해?
헨리   (널어놓은 빨래들을 걷으며) 사람들 만나고 재밌어.
희진   불편하면 언제든지 와. 방 많으니까.
헨리   그래서 안 가는 거야. (눈 찡긋하며) 방이 하나면 벌써 갔지.
희진   (으~ 곱게 흘기다가 쇼핑백에서 아까 산 색동저고리 한복을 꺼내 펼쳐본다) 좋아하실지 모르겠다. 이건 주로 애들이 입는 건데.
헨리   아까 뭐라 그랬지? 쌘...
희진   (한) 색동저고리.
헨리   (어설프게 따라 한다. 한) 새똥.
희진   (웃으며, 한) 아니 그게 아니구 색동.
헨리   (한) 쌕. 똥.
희진   (한) 저. 고. 리.
헨리   (한) 저. 고. 리.
희진   (한) 색동저고리.
헨리   (한) 쌕동저고리.
희진   잘하네? 금방 배우겠는걸? 근데 아무래도 좀 찜찜해. 다른 걸로 바꿀까 봐.
헨리   상관없어.
희진   그래두. 어머닌 무슨 색깔 좋아하셔?
헨리   (훗 웃으며) 어차피 못 봐. 장님이거든.
희진   ! ...
헨리   (걷은 빨래들을 개켜서 한쪽에 정리한다) 태어나면서부터 그랬는지, 태어난 뒤에 그랬는지도 기억 안 나신대.
희진   (그래서 버려졌을까? 안쓰럽다) ... 여기 온다니까 어머닌 뭐라셔?
헨리   여자들이랑 눈 맞추지 말래.
희진   왜?
헨리   여자들 쓰러진다구. (스스로도 멋쩍은) 우리 어머닌 내가 세상에서 제일 잘생긴 줄 아시거든. (반응이 없자 돌아보면)

- 침대에 널브러져 있는 희진.

희진 나 쓰러졌어.
헨리 (하하 웃으며 희진 옆에 엎드려 애틋한 눈길로 머리카락을 만진다) ...
희진 (보며) 그렇게 보지 마. 눈부셔.
헨리 (그래도 애틋하게 본다) ...
희진 ... 신경질 나.
헨리 왜.
희진 너한테는 가슴이 안 두근거려.
헨리 이런! (오버액션으로 벌렁 드러눕는다. 삐친 척)
희진 (일어나 앉아 툭 치며) 배고파, 밥 줘.
헨리 나 상처받았어.
희진 나 밥 준 다음에 상처받아. (억지로 일으킨다) 빨리이.
헨리 (끙 일어나 앉는다) 밑에 토스트밖에 없는데.
희진 그거라도 가져와.

- 헨리, 짐짓 불쌍한 얼굴로 '나 상처받았는데' 툴툴거리며 나간다.
- 희진, 피식 웃고는 방 안을 둘러보다가 영자신문에 눈길이 멈춘다. 어?
... 신문을 집어들고 본다.
- (인서트) 제주도에 서울호텔을 오픈한다는 전면광고. 오픈기념 할인을 한다는 문구도 있다.

24. 공용주방

- 헨리가 들어온다. 서너 명의 인종 다양한 젊은이들이 맥주파티를 벌이다가 헨리와 인사를 나눈다(흑인 청년은 YO~ 하며 힙합식 인사. 헨리도 힙합식 인사). 헨리, 토스트기에 빵을 넣으며 그들과 간단한 대화를 나눈다. 너도 끼어라, 친구 왔다, 여자냐, 그렇다, 와우-- 자유분방한 분위기들...

25. 헨리 룸

- 희진, 신문광고 든 채 생각이 깊다. 어떤 오기 같은 게 어린다. 인기척이 나자 돌아보며 광고를 내보인다.

희진   헨리, 우리 여기서 묵자. (하다가 에? 놀란다)

- 하회탈을 쓴 헨리가 토스트 쟁반을 들고 서 있다.
- 희진, 하하하 소리 내어 유쾌하게 웃는다.
- 하회탈도 웃는다.

26. 제주도 전경

- 비행기에서 바라본, 구름 위에 떠 있는 한라산 정상. 또는 제주도 전경.

27. 호텔 전경

- 바닷가 절벽 위의 아름다운 모습.

28. 호텔 야외, 오픈행사장(오전)

- 늦게 도착한 축하객들이 서둘러 자리를 찾아 앉는다. 이미 나 회장의 기념사가 진행되고 있다.
- 연단에는 〈제주 서울호텔 오픈. 2005. 6. 22〉라는 현수막이 걸려 있고 화환 등 오픈행사에 어울릴 법한 치장들이 되어 있다. 연단 귀빈석에는 나 사장, 호텔 간부 두어 명, 외국인 총지배인과 총주방장, 기관장 두어 명 등이 앉아 있고 서글서글한 인상의 나 회장(65. 남)은 단상에서 기념

사를 하고 있다.

나 회장 (원고 읽는) 우리 서울호텔은 단 한 명의 고객이 백 명의 고객을 창출하는 21세기형 서비스를 지향하고자 합니다. (못마땅한 듯 찌푸리며) 뭐가 이렇게 재미없어?

- 나 사장, 저 양반이 왜 또 저래? 놀란다.

나 회장 (원고 덮으며) 이게 말이 돼? 한 번 왔다 간 사람도 다시 오기 힘든 판인데.

- 여기저기서 웃음이 터진다.

나 회장 그리구 사실 우리 호텔 너무 비싸. 나야 공짜로 재워주기는 하는데 그 돈 다 내고 자라 그러면 절대 안 오지. 미쳤다고 잠자는 데 기십만 원씩이나 축을 내? (웃음소리 더 커지지만 아랑곳없이) 내가 그렇게 얘길 했더니 누가 그러더라구. 회장님은 구두쇠라 그렇지만 기십만 원씩 축을 내도 하나도 아깝지 않을 만큼 멋진 호텔로 만들면 될 거 아니냐구. 그래서 가만 생각해봤더니 옳거니 그거 참 좋은 생각이더라구. 말이 자꾸 길어지는데 그래서 결론은 우리 호텔은 좋은 호텔이라는 겁니다. 어때요, 우리 호텔 좋아 보여요?

- 사람들이 웃으며 박수를 친다. 휘파람 소리도 나온다.
- 연단 밑 축하객석에 나란히 앉아 있는 진헌과 삼순. 진헌도 미소 머금은 채 박수를 치고 삼순은 웬일인지 퉁퉁 부어 있다.

진헌 만찬 끝나고 잠깐 쉬었다가 오후 비행기로 갈 거예요. 못 챙겨주니까 알아서 때워요.
삼순 (흘긴다)
진헌 (따가워 돌아본다) ? ...
삼순 여관장사 좋아하시네. 이게 호텔이지 여관이에요?

진헌	뭐가 달라요?
삼순	이렇게 큰 여관 봤어요?
진헌	잠자는 건 똑같죠.
삼순	여관에서는 잠만 자지만 호텔에서는 밥도 먹고 운동도 하고 비즈니스도 해요.
진헌	(마치 몰랐다는 듯이 아.. 고개를 주억거린다)
삼순	잘난 척하는 것도 가지가지야 정말.
채리	(E) 진헌 오빠!

- 낯익은 그 목소리에 약속이나 한 듯이 일그러지는 두 사람의 표정. 스 윽 돌아보면,
- 채리가 현우의 손을 잡고 총총히 온다.
- 삼순, 짧은 순간 현우와 눈 마주치지만 모른 척하고 앞을 본다.

채리	(진헌의 옆에 앉으며) 오빠 미안, 우리가 너무 늦었지?
진헌	니가 여긴 웬일이야.
채리	어머? 지난번에 얘기했잖아. 마루건설이 우리 아저씨네 회사라구.
현우	아버님하고 형님 밑에서 배우는 중입니다.
진헌	(힐긋 봤다가 앞을 본다)
채리	(어? 왜 우리 아저씨한테 인사 안 하지? 기분 나빠져서는 괜히 삼순에게) 삼순이 언니, 아는 척 안 해?
삼순	(앞만 보며) 안녕.

29. 만찬장1(호텔 정원)

- 정원 연못가(또는 옥외 풀장 근처)에서 만찬이 벌어지고 있다. 각자 접시를 들고 다니며 음식을 먹고 칵테일을 마시고, 웃고 떠들고...

30. 귀빈석

- 만찬장 일각의 귀빈석. 나 사장과 윤 비서와 나 회장이 테이블에 앉아 있다.
- 웨이트리스가 음식을 서빙하고 가자 나 회장의 눈길이 자연스레 쫓아간다.

나 회장 고 녀석 참 이쁘다. (지나가는 또 다른 웨이트리스 보며) 아이고, 저 녀석도 이쁘네. 젊어서 좋겠다 니들은. (하다가 나 사장 보며) 웬일이냐, 오늘은 잔소리 안 하고.
나 사장 지겨워서요. (윤 비서 보며) 너도 지겹지?
윤 비서 (살짝 웃는다)
나 회장 허허 너도 늙나 부다. 잔소리할 힘이 없냐 이제?
나 사장 사는 게 그냥 새삼스럽네요.
나 회장 새삼스럽긴, 뭐 대단한 게 있다고.
나 사장 아침잠이 점점 없어져요. 날이 샜나 하고 눈 떠보면 네 시도 안 돼 있구... 남들 일어날 때까지 죽은 듯이 누워 있으면 뭘 바라고 그렇게 아등바등 살았나 싶네요.
나 회장 늙으면 아침잠이 왜 없어지는 줄 알아? 죽기 전에 철들라구.
나 사장 오라버니.
나 회장 왜.
나 사장 그때 왜 안 말렸어요.
나 회장 뭘.
나 사장 내가 경영수업 쌓겠다 그랬을 때.
나 회장 아버님도 못 말리는 고집을 내가 어떻게 말려. 왜, 후회되냐?
나 사장 그냥 아버지가 찍어준 남자한테 조용히 시집가서 살림이나 했으면 어떻게 됐을까 그런 생각이 드네요.
나 회장 진태 애빌 선택한 것도 너야.
나 사장 그러게요, 명 짧은 것도 모르고... 즈이 애빌 닮아 진태도 그런가 싶고... 아버지나 오라버니가 시킨 대로 살아서 이렇게 됐으면 남 탓이라도 하련만 내가 내 발등 찍은 거죠.
나 회장 (윤 비서에게 눈짓한다. 무슨 일 있냐고)

윤 비서　(작게 고개 젓는다)
나 사장　오라버니.
나 회장　왜 또.
나 사장　이 호텔 우리 진헌이 주세요.
나 회장　오라, 그 말 할려구 장황하게 신세 한탄했구만?
나 사장　물려줄 사람도 없잖아요. 싫으면 지금이라도 장가를 드시든가.
나 회장　이 여자도 이쁘고 저 여자도 이쁜 걸 어떡하냐. (윤 비서 보며) 작은 현숙이 니가 시집올래?
나 사장　(버럭) 주책이셔 정말!

31. 만찬장2

- 30 전후의 말쑥한 청년(재벌 2세)들이 칵테일 마시며 영어로 대화 중이다. 진헌은 옆에서 시큰둥하다.

청년1　계약금 20억으로 2000억짜리 회사를 삼킨다는 게 말이 돼? 도대체 금감원은 뭐 하는 거야.
청년2　모르는 소리 마. '프리티 우먼'에서 리처드 기어 직업이 뭔 줄 알어?
청년3　기업사냥꾼.
청년2　그렇지. 알짜배기 제조업체를 인수해서 갈기갈기 찢은 다음 팔아먹는 거지. 주위에서 비난하면 딱 한 마디만 하면 돼. 법적으론 문제없습니다.

- 각자 탄식에 가까운 웃음들을 짓고 진헌은 관심이 없다. 이하 우리말로.

청년1　근데 진헌이 넌 언제까지 그러고 있을 거냐.
진헌　(그저 웃는다)
청년2　(비아냥조) 보기 좋은데 뭐. 그러지 말고 우리 거기서 한번 모이자. 소문이 자자하던데?
청년1　그러지 뭐.

청년3	근데 너 취향이 왜 그렇게 변했냐? (저쪽을 눈짓하며) 쟨 너무 아니지 않냐?
진헌	(돌아보다가 미간 찌푸린다)

- 열심히 먹고 있는 삼순에게로 현우가 다가와 말을 시키기 시작한다.
- 매서운 눈초리로 쳐다보는 진헌의 표정 위로,

청년2	(E) 쟤가 뭐냐, 누님한테.
청년1	(E) 돈 좀 들겠다.
청년3	(E) 너 자포자기했냐?
진헌	(칵테일 잔을 탁 내려놓고는) 니들이나 잘해. (간다)

- 세 청년, 피식 냉소를 날린다.

청년1	저 자식 왜 저래?
청년3	변해도 너무 변했어.
청년2	놔둬. 진태자식 그러고 나서 막가자는 거겠지. 진태도 변종이었지만.

32. 만찬장1

- 삼순, 한 손엔 접시 한 손엔 포크를 들고 확 쳐다본다.

삼순	뭐?
현우	이런 호텔의 후계자하고 사귀니까 공주라도 된 줄 아는데 착각하지 마. 그 자식은 널 데리고 노는 거야. 이 바닥 사람들이 순순히 널 한 식구로 받아줄 거 같애?
삼순	받아주든 말든 그게 현우 씨하고 무슨 상관인데.
현우	걱정돼, 니가 상처받을까 봐.
삼순	허! 너 지금 상처라 그랬니?
현우	이쯤에서 관둬. 더 가면 너만 힘들어.

삼순	이보세요 민현우 씨 (무슨 말을 하려다 말고) 관두자, 내 입만 아프다.
현우	(삼순의 접시에 조그만 선물꾸러미를 올려놓는다)
삼순	???
현우	스페인 출장 갔다가 어울릴 것 같아서 샀어.
삼순	(어이없는데)

- 그때 선물꾸러미를 집어가는 손. 돌아보면 진헌이다.
- 현우, 잠깐 놀라더니 귀찮게 됐다는 표정이고,
- 진헌, 순식간에 꾸러미를 푼다. 조그만 보석상자. 열어보면 목걸이. 진헌, 목걸이를 좌악 펼쳐보더니 현우를 노려본다.

현우	(능청스레) 어때요, 삼순이한테 잘 어울릴 것 같지 않아요?
진헌	(목걸이를 힘껏 던진다)

- 포물선을 그리며 날아가 연못에 빠지는 목걸이.

삼순	(진헌의 돌발행동에 놀라고)
현우	이게 무슨 짓이야!
진헌	(와락 멱살을 틀어쥔다) 한 번만 더 건들면 가만 안 놔둔다 그랬지!
삼순	(이건 무슨 소리?)
현우	(같이 멱살을 잡고 비아냥) 니가 그럴 자격이 있어? 언제까지 데리고 놀 건데?

- 순간, 진헌이 주먹을 날린다.
- 삼순, 악! 짧은 비명을 지르고.
- 휘청이던 현우가 진헌에게 달려든다. 순식간에 육탄전을 벌이는 두 남자!
- 사람들이 소리를 지르며 피하고,
- 삼순이 말리려 하지만 둘의 기세가 워낙 사나워 접근도 못 하고 우왕좌왕한다.

33.　　만찬장2

　　　　- 아까의 세 청년들이 저쪽을 보고 있다. 상황이 좀 보인다.

청년1　짜식, 정말 좋아하긴 하나 보네.
청년2　아암, 자기 암컷한테 다른 수컷이 수작을 걸 땐 저게 최고지.
청년3　근데 쟤, 채리 약혼자 아냐?
청년1　어? ... 맞는 거 같은데? 근데 둘이 왜 싸우는 거야.

　　　　- 그때 채리가 총총히 다가오며 '오빠들~' 하고 부른다.
　　　　- 세 청년, 어이없어 웃음이 난다.

채리　　진헌 오빠 못 봤어? 아까까지 여기 있던데?
청년1　(저쪽을 턱짓하며) 저기 봐라.
채리　　(돌아본다)
청년2　니가 몇 년 동안 쫓아다니던 남자랑 니 약혼자랑 생쑈를 하고 있다.
채리　　어머머! 미쳤어 미쳤어! 왜 저래들? (달려간다)

　　　　- 세 청년, 실실 웃는다.

34.　　만찬장1

　　　　- 엉겨 붙어 쓰러지는 진헌과 현우. 뒹굴며 치고받고 싸운다.
　　　　- 삼순, 달려들어 현우를 마구 때린다. 진헌이 맞는다는 사실에 광분했다.

삼순　　놔 이 자식아! 안 놔?! 놔! 이 자식이 감히 누굴 때려? 놔! (둘의 요동에 밀려—또는 아무렇게나 내지르는 현우의 팔에 맞고—엉덩방아 찧었다가 발딱 일어나더니 현우의 팔을 냅다 물어버린다)

현우	아아악!

- 마악 달려온 채리가 놀라 '야! 안 놔?!' 하며 완력으로 삼순을 떼어놓는다.

채리	야! 너 감히 누굴 물어!
삼순	개 한 마리 물었다! 어쩔래!
채리	뭐어? 이게? (확 달려들어 머리채를 움켜쥔다)
삼순	아! 야 안 놔?!
채리	그러니까 왜 건드려!
삼순	너 죽었어! (같이 머리채를 움켜쥔다)

- 이제 두 여자의 싸움이다. 머리를 움켜쥐고 스커트 차림으로 잔디밭을 뒹굴면서 불분명한 말들을 쏟아붓고 비명을 지르고...
- 마악 일어나던 진헌과 현우가 황당하게 본다.
- 결국은 삼순이 채리를 깔고 앉아 머리채를 마구 흔들어댄다. 채리의 비명이 낭자하다.
- 진헌과 현우, 각자 달려들어 자신의 여자들을 뜯어말린다. 진헌은 삼순의 허리를 답삭 안아 간신히 떼어내고, 채리는 뜯긴 머리를 감싸 쥔 채 울며불며 현우의 부축을 받아 일어난다.

삼순	(한 움큼인 머리카락을 탈탈 털어내며) 내가 농구할 때 얼마나 날렵했는지 까먹었지? (현우 보며) 내가 끝까지 비밀을 지켜주려 그랬는데, 니 무덤 니가 판 거야. 알았어?
채리	(울다 뚝 그치고 뭐? 획 현우를 본다)
현우	(삼순이 하는 양에 질투심이 부글부글)
채리	무슨 소리야? 비밀이라니?
삼순	가요. (진헌을 끌고 가는데)
현우	야 애송이!
진헌	(멈칫, 획 돌아본다)
현우	이건 아직 모르나 본데, 삼순이한테 난 첫남자야. 그게 무슨 의민지 알

	아? 애송이 같은 자식...
진헌	(붙잡는 삼순의 팔을 뿌리치고 현우에게로 간다)
현우	(오면 어쩔 건데? 턱을 치켜들고)
진헌	그럼 이건 모르나 본데, 마지막 남자는 나야. (입을 앙다무는 순간)
현우	악!!!

- 진헌의 구두가 현우의 발가락을 짓밟고 있다.
- 진헌, 태연한 얼굴로 힘껏 짓밟고는 툭 현우의 가슴을 친다.
- 어어어? 두 팔로 허공을 휘젓다가 연못에 풍덩 빠지는 현우.
- 진헌, 놀란 삼순의 팔을 낚아채 끌고 간다. 삼순, 종종종 끌려가며 테이블 위의 핸드백을 채간다.
- 어푸어푸 허우적대는 현우를 채리가 독사처럼 노려본다.

채리	(이 악물고) 일어나. 1미터도 안 되는 연못에 빠져 죽었다고 신문에 날래?

- 현우, 갸웃해서 일어난다. 뻘쭘하다.

35. 호텔 로비

- 두어 군데 터진 진헌이 산발을 한 삼순을 거칠게 끌고 들어온다. 누가 봐도 희한한 몰골로 계단을 오른다.

삼순	(손을 뿌리치며) 아파요, 이거 좀 놔요.
진헌	(멈춰 획 돌아보며) 계약서 조항 까먹었어요? 왜 자꾸 양다리 걸쳐요.
삼순	누가 양다리 걸쳤다 그래요?
진헌	자꾸 그 자식을 만나고 있잖아요.
삼순	만나다뇨? 이게 일부러 만난 거예요? 여기 데려온 게 누군데?
진헌	우연히 마주쳤으면 피하든가, 계약을 이행하기 위해서 최소한의 노력은 해야 될 거 아네요.

삼순	기가 막혀 정말. 그러는 댁은 자기 연애에 허락도 없이 날 이용해먹으면서 겨우 몇 마디 나눴다고 이렇게 면박을 줘요?
진헌	자존심도 없어요? 왜 자꾸 상대해요 왜!
삼순	상대하든 말든! 니가 무슨 상관인데!
진헌	하지 말라면 하지 마!
삼순	!!!
진헌	앞으로 저 자식이든 누구든 눈 맞추지 마. 말도 하지 말고 듣지도 마. 내 말만 들어. 나한테만 귀 기울이라구! (끌고 간다)

- 어리둥절한 채 끌려가는 삼순.

36. 호텔 룸(아프리칸 스타일)

- 삼순을 끌고 들어오는 진헌. 흥분이 가시지 않은 듯 냉장고에서 맥주를 꺼내 마시며 서성인다.
- 삼순, 특이한 인테리어를 눈알만 굴리며 보다가 발밑 카펫을 보고 깜짝 놀라 옆으로 비켜선다. 얼룩말(표범?) 가죽이다.

삼순	(중얼중얼) 밀림의 왕국이네...
진헌	(휙 본다)
삼순	(괜히 놀라는)
진헌	... 잘했어요.
삼순	? 뭐가요?
진헌	아까 그 자식 문 거. (욕실로 들어간다)
삼순	(스윽 돌아본다) ... 좋으면 좋다고 콕 집어서 말할 것이지...

- 삼순, 씨익 웃더니 침대에 대자로 눕는다. 스멀스멀 기어 나오는 기쁨을 참을 수가 없다. 웃음이 삐져나온다.

삼순	... (흉내) 내 말만 들어. 나한테만 귀 기울이라구! (좋아서 몸서리를 치고

는) 짜식, 이제 니가 이 삼순이의 참을 수 없는 매력에 눈을 떴다 이거지? (그러나 곧 벌떡 일어나 앉으며) 아니지... 저 자식이 보통 놈이야? 또 약을 먹였네 어쨌네 하면서 발뺌하면 어쩔 건데?

37. 욕실

- 세수하는 진헌. 상처가 따끔거린다. 젖은 채 거울을 본다. 내가 왜 그렇게 이성을 잃었을까... 그때 노크 소리 나면서,

삼순	(E) 약 좀 얻어 올게요.
진헌	...

38. 정원 일각

- 흠뻑 젖은 현우를 몰아붙이는 채리.

채리	하필이면 왜 삼순이 언니야? 이건 급이 달라도 너무 다르잖아!
현우	진정해. 도대체 몇 번을 말해야 알겠니.
채리	저렇게 수준 낮은 여자랑 놀아놓고 감히 나를 넘봐? 허, 날 어떻게 보구?
현우	삼순이가 일방적으로 따라다닌 거라니까. 아까도 나한테 찝쩍거리는 걸 그 자식이 오바한 거라구.
채리	첫남자라며!
현우	난 술 취해서 기억도 안 나. 근데 자긴 처음이라면서 책임지라는데 어떡하니. 나 그렇게 무책임한 놈 아니다? 책임질 건 지는 놈이야. 그래서 끌려다닌 거구.
채리	(반은 넘어갔지만 그래도 분이 안 풀려) 몰라! 당장 파혼해!
현우	! ...
채리	(시위용으로 반지를 빼는데)
현우	그래 파혼하자.

채리	(흠칫) ???
현우	그 자식은 오빠구 난 왜 아저씨야. 그 자식이랑 나! 겨우 (손가락 들어 보이며) 세- 살 차이야. 만으로는 두 살 차이구. 오빠라고 안 부를 거면 파혼해!

39. 호텔 룸

- 와이셔츠 차림으로 침대에 걸터앉아 있는 진헌. 삼순이 터진 곳에 약을 발라주고 있다.

삼순	그나저나 어떡해요 이제. 주인이 손님을 상대로 싸운 꼴이 됐으니. 그러게 좀만 참지 성질자랑은 왜 해요? 어머님이 아시면 얼마나 실망하시겠어요.
진헌	(말없이 빤히 바라본다)
삼순	? ... (무안해서 모른 척 약을 바른다)
진헌	(그저 본다)
삼순	(힐끔 보고는) 왜요, 내가 또 뭘 잘못했어요?
진헌	...
삼순	아님 아까 그 일 땜에 내가 오해할까 봐요?
진헌	...
삼순	걱정 마요, 오해 안 하니까. 누군가가 조그만 호의를 베풀었다고 그걸 오해하기에는 아는 게 너무 많아요. 그냥 단순한 호의 맞죠?
진헌	(그저 본다. 긍정도 부정도 아닌) ...
삼순	마지막 남자? 그것두 지식검색창에서 가르쳐주던가요?
진헌	(피식 웃는다)
삼순	뭐, 욱하면 그럴 수도 있죠. 거기다 우린 공식적으로 연애하는 사이니까. (밴드를 붙이려 하자)
진헌	(싫다고 물린다)
삼순	(관두고) 그런데 이거 하난 꼭 물어봐야겠네요. 아무하고도 눈 맞추지 말고 사장님 말에만 귀 기울이라는 거, 그것도 실순가요?

진헌	...
삼순	뭐, 실수겠죠. 그런데 사장님 요즘 실수를 많이 하시네요?
진헌	실수 아녜요.
삼순	???
진헌	실수 아니라구요.
삼순	?! ...
진헌	당신이 다른 남자랑 눈 맞추는 거, 싫어.
삼순	!!!
진헌	다른 남자 말에 귀 기울이는 것도 싫구.
삼순	!!!
진헌	왜 그런지는 나도 몰라. 그냥... 싫어.
삼순	! ... (볼이 빨개진다. CG) ... 저기... 좋아.. 하면 안 되는데... 여섯 번째 조항 까먹었어요? 연애.. 하지 않는다...
진헌	누가 당신이 좋아졌대?
삼순	(에?)
진헌	누가 당신하고 연애한대?
삼순	(뭐?)
진헌	그냥 그렇다는 거야. 오해는 마.
삼순	! ... 누구 놀리니 지금?
진헌	왜, 내가 당신을 좋아하기라도 했으면 좋겠어?
삼순	(뜨끔) 마, 말도 안 되는 소릴 하니까 그렇지. 다른 남자랑 눈도 맞추지 말고 듣지도 말라는 게 말이 돼? 계약서에 그런 조항은 없었어.
진헌	다시 쓰면 돼.
삼순	야! 너 왜 또 반말이야!
진헌	(픽 웃는다)
삼순	웃어어? 너 내 앞에서 그렇게 웃지 말라 그랬지. 그게 얼마나 기분 나쁜 줄 알어?
진헌	(피시시 웃으며) 당신이 자꾸 웃기고 있잖아.
삼순	내가 언제!
진헌	거울 안 보나? 존재 자체가 웃겨.
삼순	허! 보자 보자 하니까 정말... 비행기표 내놔, 나 먼저 올라갈 거야. 비행기

	표 어딨어.
진헌	양복 안주머니에.
삼순	양복? 양복 어딨어. (두리번거리는데)

- 진헌, 삼순의 손목을 낚아채 와락 눕히더니 자기도 침대에 올라 삼순의 배에 머리를 퍽 올려놓으며 눕는다. 순식간이다.

삼순	윽!!!
진헌	피곤해. 잠깐 베개 좀 해줘.
삼순	?! ...
진헌	잠깐이면 돼.
삼순	(무슨 꿍꿍이지? 머리 굴려가며) 저기 베개 있단 말야.
진헌	이 베개가 좋아.
삼순	그럼 무릎을 베든가.
진헌	이 베개가 좋다구.
삼순	(우이 씨) ... 배는 내 치부란 말야!
진헌	그러니까. 자연산 3중 베개. 온도조절 가능. (머리로 출렁출렁 해본다)
삼순	(윽! 얼른 배에 힘준다)
진헌	힘주지 마. 딱딱해.
삼순	귀신같은 놈.
진헌	힘 빼.
삼순	내 배야. 힘을 빼든 말든 내 맘이야.
진헌	배만 오천만 원에 팔면 안 되나?
삼순	개 이름 또 나온다.
진헌	(피식 웃고는) 당신만 보면 웃음이 나. 웃으면 안 되는데.
삼순	? ... 왜 웃으면 안 되는데?
진헌	... 난 웃을 자격이 없거든.
삼순	? ... 웃는 데도 자격이 필요해?
진헌	... 아무한테도 안 한 얘긴데 해주면 뭐 해줄래.
삼순	(얼른, 마음의 소리. E) 원하는 건 뭐든 다!
삼순	(그러나 마음과는 달리) 웃기셔. 누가 듣고 싶대? 신비주의야 뭐야. 저리

	가. (툭 머리를 쳐내고 일어나는데)
진헌	(얼른 눕히고 다시 배를 베고 눕는다)
삼순	(오뚜기처럼 일어나며) 배 빌려줬으니까 빨리 해!
진헌	형을 죽였어.
삼순	(엉거주춤한 자세로 멈칫) ???
진헌	내가 죽였어. 형이랑 형수랑… 내 연애랑…
삼순	??? …
진헌	(눈을 감는다)
삼순	? …
진헌	(담담한) 그날은 날씨가 아주 좋았어. 내가 본 하늘 중에 가장 맑았으니까.

40.   아름다운 도로(회상)

- 파란 하늘… 녹음 우거진 산야… 옆으로 흐르는 강… 운전자의 시선으로 그것들이 지나쳐간다. 화면은 계속 운전자의 시선이다.
- (E) 미주 들으라고 틀어놓은 동요.

진헌   (E) 모처럼 소풍을 갔지. 나, 형, 형수, 미주… 희진인 해부학 실습 때문에 빠져나올 수가 없었어… 아주 좋았어. 아무 말 없이 눈만 마주쳐도 그냥 즐겁고 편안했으니까… 돌아오는 길에 형이 피곤해 보였어. 호텔 일을 시작한 지 얼마 안 됐거든… 그래서… 내가 운전을 했어… 정말 날씨가 좋았어.

- 룸미러로 뭔가 번쩍인다. 보면, 뒤에서 오토바이가 질주해 오는데 햇빛이 반사돼 자꾸 번쩍인다. 신경 쓰인다. 룸미러를 보던 카메라가 앞을 보는 순간, 강아지 한 마리가 차도로 뛰어든다. 핸들을 급하게 꺾는다. 타이어의 맹렬한 마찰음과 함께 화면(차)이 뱅그르르 돌면서 뒤에서 달려오던 오토바이와 충돌한다. 엄청난 파열음과 함께 한 바퀴 뒤집어지는 화면…

- 어딘가에 처박힌 차 안. 동요가 계속 흐른다. 박살 난 앞유리 저 너머로 문제의 강아지가 꼬리를 흔들며 쳐다보는 게 보인다.
- 간신히 눈을 뜨는 진헌. 이마에서 피가 한줄기 흘러내린다. 가물가물한 눈으로 힘겹게 고개 돌려 옆을 본다. 형 괜찮아? 하고 간절하게 외쳐보지만 말이 되어 나오지 않는다. 다시 고개를 돌려 뒤를 본다. 형수... 미주야... 눈으로 그들을 불러보지만 누구 하나 대답이 없다. 그때 화면 안으로 형의 손이 툭 떨어진다. 형의 죽음을 그저 바라볼 수밖에 없는 진헌... 빨갛게 핏발 선 눈이 느리게 깜빡인다. 이건 꿈일 거야...

41. 호텔 룸

- 삼순의 배에 얼굴을 파묻고 흐느껴 우는 진헌... 어깨를 들썩이며 아이처럼 소리 내어 운다... 삼순이 안아준다. 그녀도 눈물이 글썽하다.
- 두 사람의 모습 길게...

42. 제주도 일각(동 오후)

- 왕복 8차선의 도로가 뻗어 있다.
- 그 도로에 사진 한 장이 겹쳐진다. 도로와 사진을 비교하는 중으로 사진은 몹시 오래되었다. 50년대 후반의 고아원 앞에서(고아원 팻말 보이는) 색동저고리를 입은 일곱 살 계집아이를 찍은 사진. 입양되기 직전인 듯하다.
- 헨리, 사진을 내리고 물끄러미 도로를 바라본다. 희진도 가만 바라만 본다.
- 쭉 뻗은 도로 위에 서 있는 두 사람.

헨리	...
희진	...
헨리	우리 엄마 고향은 길이 돼버렸네.

희진	... 슬퍼?
헨리	아니... 누구나 길에서 왔다가 길로 돌아가니까.
희진	(훗 웃으며) 시적이야.

43. 성산 일출봉 오르는 길

- 숨을 할딱이며 오르는 희진. 앞서가던 헨리가 돌아보더니 손을 내민다. 희진, 헨리의 손을 잡고 간다.

44. 일출봉

- 아름다운 풍경...
- 희진과 헨리, 주욱 둘러본다. 바람이 세다.

희진	어때?
헨리	비극적인걸?
희진	뭐가?
헨리	이렇게 아름다운 곳에 태어나서 아무것도 못 보다니, 참 바보 같지 않아?
희진	(쓸쓸하게 웃는다)
헨리	그런 바보가 또 하나 있지.
희진	? ...
헨리	언제까지 그러고 있을 거야. 딴 여자한테 뺏기고 나서 후회해봐야 아무 소용 없어.
희진	(피식) ...
헨리	그러지 말고 사실대로 말해.
희진	싫어.
헨리	안 그럼 안 풀려. 어떤 남자가 널 용서하고 받아주겠니. 나라도 못해 그건.
희진	... 사실대로 말해서 돌아오면, 그건 사랑일까?

헨리	...
희진	동정심 때문에 돌아오는 건 싫어.
헨리	그러다 영영 안 돌아오면.
희진	음... (씩 웃으며) 그럼 나 받아줄래?
헨리	(으쓱) 생각해보고.
희진	으~ 재미없게. 그럴 땐 이러는 거야. (우리말) 내가 봉이냐.
헨리	(우리말) 내가 봉이냐.
희진	어? 잘하네?
헨리	(우리말) 내가 봉이냐. (영) 근데 무슨 뜻?
희진	(영) 나를 만만하게 보지 말아라.
헨리	(오우 끄떡이더니 진지한 얼굴로 목청껏 연습한다) 내가 봉이냐- 내가 봉이냐-

- 희진이 까르르 웃는다. 바람에 머리카락이 흩어진다. 보헤미안 같은 그 모습이 잠시 정지된다.

진헌	(E) 병원에서 눈을 떴을 때 그녀가 그랬어. 살아줘서 고맙다고...

45. 호텔 룸

- 삼순은 침대머리에 기대어 있고 진헌은 그녀의 무릎을 베고 있다. 한바탕 울고 난 진헌은 무장해제된 상태고 삼순도 몹시 편안해 보인다.

진헌	그리고 며칠 뒤에 떠났어. 5년 있다 돌아온다고. 꼭... 여행 갔다 며칠 후면 돌아올 사람처럼...
삼순	... 어쨌든 기다린 거네. 나랑 가짜연애하면서...
진헌	아니... 시간이 흘러간 것뿐이야.
삼순	다른 여자 안 만났잖아.
진헌	귀찮았어.
삼순	기다린 거야.

진헌   ...
삼순   기다린 거야, 미련이든 오기든.
진헌   ... 한쪽이 그만둔다고 나까지 그만둬버리면, 내 사랑은 뭐가 되지?
삼순   ! ... (기다림을 인정한 그 말이 왠지 서운하다) ... 다시 시작할 거야?
진헌   ...
삼순   아직 사랑하잖아. 내 눈엔 다 보여.
진헌   둘이 많이 닮았어.
삼순   둘?
진헌   당신하고 희진이.
삼순   (딴판인데? 갸웃?) ...
진헌   날 웃게 만들거든. (일어나 창가로 간다)
삼순   (일어나 앉아 보는)
진헌   한라산 가본 적 있어?
삼순   아니, 뒷산도 안 올라가는데. (창밖을 본다)

- 한라산은 보이지 않는다. 한라산이 어딨지? 여기저기 찾아보는 삼순.

진헌   난 두 번 가봤어. 한 번은 수능 끝나고 형이랑, 한 번은 재활치료 끝나고.
삼순   ...
진헌   형이랑 갔을 땐 눈이 얼마나 많이 왔는지 허리까지 차는 걸 형이 길을 내면서 걸었지. 다른 등산객들도 우리 뒤만 졸졸 쫓아오고... 재활치료 끝났을 땐 충동적으로 갔어. 이 산을 끝까지 오를 수만 있다면 살아가면서 다리가 말썽 피울 일은 없겠구나...
삼순   끝까지 갔어?
진헌   음. 구름을 뚫고... 정상에 서니까 발밑에 구름이 깔려서 꼭 구름을 밟고 서 있는 것 같았어. 그때 그랬지. 이젠 됐다... 그만하자... 자책도 원망도... 그리고 결심했어. 희진이가 돌아왔을 때 적어도 무기력한 모습은 보이지 말자고...
삼순   (자꾸만 가슴이 아파온다)
진헌   내려올 땐 라면도 끓여 먹었어. 그때 형이 눈을 녹여서 라면을 끓여줬었거든. 근데 옛날 그 맛이 아니더라구. 아마 그렇게 맛있는 라면은 다신 못

	먹을 거야.
삼순	(배에서 꼬르륵 소리가 요란하게 나자 얼른 가린다)
진헌	(돌아보며 웃는다) 거봐, 날 웃게 만들잖아.
삼순	아까 먹다 말았단 말야.
진헌	나가자.
삼순	어딜?
진헌	라면 먹으러. (옷 집어들며 무심히) 다음에 시간 있으면 한라산에 한번 같이 가보자.

- 삼순, 침대에서 내려오다가 멈칫한다. 다음에? 다음에 언제? 그 말이 무슨 언약 같아서 가슴이 벅차다.

46. 보나뻬띠 홀(동 오후)

- 이영, 영자로부터 삼순이 제주도에 갔다는 소식을 듣고 놀란다.

이영	네? 제주도요? 제주도엔 왜요?
영자	집안 행사가 있다고 사장님이 데려가셨어요.
이영	집안 행사? ... 오늘 올라온대요?
영자	(새침) 당연히 그래야 되지 않겠어요?

47. 보나뻬띠 현관

- 이영이 안에서 나온다. 핸드폰 버튼 누르며 간다.

이영	얘가 제주도에 가면 간다고 미리 얘길 할 것이지. 삼식이 이 자식 무슨 꿍꿍이 있는 거 아냐? (그때 공이 날아와 머리를 맞힌다) 아! (휙 돌아보며) 누구야!

- 요리사들과 농구하던 현무가 달려온다.

현무   아 죄송합니다. 안 다치셨(어요? 어? 이 여자!)
이영   (역시 알아보고) ! ...
현무   (끄떡 인사) 안녕하세요. 삼순 씨 만나러 오셨나 봐요.
이영   (흘기며) 혹시 일부러 맞힌 거 아녜요?
현무   아유 일부러 맞히다니요. 맞아야 될 건 전데. 그날 정말 죄송했습니다.
이영   아니 다행이네. (휙 돌아서서 간다)
현무   안녕히 가세요.
이영   안녕히 가시든 말든. (하다가 악! 고꾸라진다)
현무   (공 집어들다 말고 달려온다) 괜찮아요?
이영   (아프고 창피하고, 끙 일어나는데)
현무   (얼른 부축해준다)
이영   (확 뿌리치며) 아 됐어요, 괜찮아요.
현무   (민망, 뻘쭘)
이영   (홈에 박힌 하이힐을 뽑아서 신는다. 무릎이 깨졌다)
현무   무릎 아플 텐데 약 바르고 가세요.
이영   (확 흘긴다) 혹시 여기다 홈 파논 거 아녜요?
현무   허허 그렇게 억질 부리면 엉덩이에 뿔 나요. 봐요, 뿔 났지.
이영   썰렁한 것도 재주네요. (팽 돌아서서 가는데)
현무   진짜라니까요! 뿔 났어요! 궁뎅이 다 보여요!
이영   (삐죽거리며 별생각 없이 엉덩이 만지다가 이상해서 돌아본다)

- 시접선을 따라 좌악 찢어진 스커트.
- 이영, 흡 놀라 두 손으로 엉덩이를 가린다.

48.   **호텔 룸**

- 문 열다 말고 삼순을 돌아보는 진헌.

진헌	(정색하고) 김삼순 씨.
삼순	어? (하다가 그 표정 보고) ... 네.
진헌	다시 한번 말하는데 당신이 좋아졌다는 뜻은 아니니까 오해하지 않았으면 좋겠어요.
삼순	! ...
진헌	무슨 뜻인지 몰라요?
삼순	(반은 넋 나간 채로) 아까 말했잖아요. 오해 같은 건 안 한다고.
진헌	됐어요. (나간다)

- 삼순 앞에서 문이 닫힌다. 너무 다른 그 모습에 당황스럽기만 한 삼순... 그때 핸드폰 울리자 발신자 확인하며 받는다.

삼순	어, 언니.

49. 보나뻬띠 탈의실

- 무릎에다 연고 바르며 통화 중인 이영.

이영	너 아직 제주도야?
삼순	(F) 어떻게 알았어?
이영	삼식이 옆에 있니?

50. 호텔 복도

- 룸에서 나오며 앞을 보는 삼순. 진헌은 저만치 앞에 가고 있다.

삼순	괜찮아, 말해.
이영	(F) 좀 전에 명숙이 만났거든? 드디어 그 녀석 정체를 알아냈어. XX호텔이라고 알지 너. 그 호텔 아들이래. 하나뿐인 후계자.

삼순	알어.
이영	(F) 알어? 여관장사 한다며.
삼순	오늘 알았어.
이영	(F) 그럼 몇 년 전에 교통사고 나서 즈이 형 죽은 것도 알어?
삼순	어 아까 들었어.

51. 탈의실

이영	? ... 니들 무슨 일 있었니?
삼순	(F) ... 왜.
이영	몇 시간 만에 만리장성 쌓은 느낌이다?
삼순	(F) 아니야, 만리장성은 무슨...
이영	오늘 올라올 거지?
삼순	(F) 어.
이영	꼭 올라와야 돼! 거기서 밤새면 안 돼!

52. 호텔 복도

삼순	왜?
이영	(F) 왜는 무슨 왜야. 그 녀석이랑 일 생기면 안 되니까 그렇지.
삼순	진짜 연애하라며.
이영	(F) 그거야 정체를 모를 때지. 재벌가의 며느리가 아무나 되는 줄 알어?
삼순	호텔 몇 개 갖고 있는 게 무슨 재벌이라구...
이영	(F) 어머어머 애 간 부은 것 좀 봐. 어쨌든 지금 당장 올라와. 알았어?
삼순	알았어.
이영	(F) 그리고 탈의실에 옷 갖다 논 거 혹시 없어?
삼순	? 무슨 탈의실? 언니 레스토랑이야?
이영	(F) 그건 나중에 얘기하고, 여벌로 옷 갖다 논 거 있냐구.
삼순	없는데.

이영	(F) 알았어. 끊어.

- 삼순, 전화 끊고 시무룩해서 간다.

53. 탈의실

이영	아무래도 수상해. 무슨 일이 있는 게 틀림없어. (노크 소리 들리자) 네.
현무	(E) 들어가도 돼요?
이영	안 돼요. 기다려요. (벽에 걸린 앞치마로 얼른 엉덩이를 가리고 문으로 가 살짝 열어준다)
현무	(문틈으로 손만 디민다. 청바지가 들려 있다. E) 이거라도 입으세요.
이영	누구 거예요?
현무	(E) 제 거요.
이영	딴사람 거 없어요? 여직원들 많잖아요.
현무	(E) 물어봤는데 없다네요.
이영	(아 짜증 난다)
현무	(E) 팔 아파요.
이영	(확 낚아챈다)
현무	(E) 꼭 돌려주셔야 돼요. 10년째 아껴 입는 거거든요.
이영	(십 년씩이나? 어으 궁상! 문을 확 닫는데)
현무	(E) 악!!!
이영	(놀라 문을 연다)

- 끼었던 손을 감싼 채 아파서 절절매는 현무.
- 이영, 돌아서면서 슬쩍 웃는다. 쌤통이다!

54. 호텔 계단(또는 회랑)

- 진헌과 삼순이 내려온다.

삼순	(맥이 풀려 있다) 나 라면 안 먹을래요.
진헌	배고프다면서요.
삼순	그래두 안 먹을래요. 그냥 공항으로 가요.
진헌	난 배고파요. 먹고 가요.
삼순	그럼 먹고 오세요. 난 먼저 공항으로 가 있을 테니까. (걸음 빨리하다가 놀라 멈춘다)

- 마주 오던 희진이 삼순을 보고 멈춘다. 당신이 여길 왜 왔지? 하는 표정이다.

희진	! ...
삼순	! ...
진헌	(삼순 뒤에서 오다가 희진을 보고) ! ...
희진	(진헌을 본다. 이 여잘 여기까지 데려왔어? 하는) ...

- 뒤따라오던 헨리도 멈춘다. 세 사람을 번갈아 보며 의아하다.

진헌	(그제야 헨리를 보고, 이 자식을 여기까지?) ...
삼순	(역시 헨리를 보고 이 남잔 누구야) ? ...
희진	(삼순에게) 어떻게 여기까지 내려오셨네요.
삼순	(얼른 정신 차리며) 초대받았거든요.
희진	(초대? 진헌을 본다)
진헌	(보란 듯이 삼순의 손목을 잡고 끌고 간다)
삼순	(당당하게 끌려가고)
희진	(파르르) ...
헨리	(그들을 돌아보고는) ... 혹시 미스터 현?
희진	... (확 돌아서서 쫓아가려는데)
헨리	(얼른 붙잡고) 지금은 아니야.
희진	(손을 뿌리치고 뛰어간다)
헨리	(이건 아닌데 고개 저으며 보는)

55. 회랑 일각

- 성큼성큼 오는 진헌. 눈치 살피며 뒤따라오는 삼순.
- 달려온 희진이 앞을 가로막는다.

희진   나랑 얘기 좀 해.
진헌   할 얘기 없어.
희진   잠깐이면 돼.
진헌   니 남자친구가 싫어할 텐데.
희진   그냥 친구야.
진헌   상관 안 해. (가는데)
희진   (얼른 진헌의 손목을 잡으며) 니가 나한테 이럴 수 있어?
진헌   (휙 본다. 어떻게 그런 뻔뻔한 소리를!)
희진   가. (끌고 가는데)
삼순   (다른 쪽 손목을 얼른 잡는다) 가지 마요.
진헌   ?! ...
희진   ! ... 그거 놔요.
삼순   못 놔. 니가 놔.
희진   놔!
삼순   니가 놔! (진헌 보며) 그리고 너!
진헌   (그 기세에 움찔)
삼순   너도 딴 여자랑 눈 맞추지 마. 내 말만 듣고 나한테만 귀 기울여.
진헌   ???!!!
희진   ?! ...
삼순   (희진을 확 쏘아본다)
희진   (지지 않고 쏘아본다)

- 세 사람에서 스톱.
- 7회 끝.

8회

마들렌, 잃어버린 시간을 찾아서...

1. 자막 - 제8회 마들렌, 잃어버린 시간을 찾아서...

2. 회랑 일각(7회 엔딩)

- 성큼성큼 오는 진헌. 눈치 살피며 따라오는 삼순.
- 달려온 희진이 앞을 가로막는다.

희진	나랑 얘기 좀 해.
진헌	할 얘기 없어.
희진	잠깐이면 돼.
진헌	니 남자친구가 싫어할 텐데.
희진	그냥 친구야.
진헌	상관 안 해. (가는데)
희진	(얼른 진헌의 손목을 잡으며) 니가 나한테 이럴 수 있어?
진헌	(휙 본다. 어떻게 그런 뻔뻔한 소리를!)
희진	가. (끌고 가는데)
삼순	(다른 쪽 손목을 얼른 잡는다) 가지 마요.

진헌	?! ...
희진	! ... 그거 놔요.
삼순	못 놔. 니가 놔.
희진	놔!
삼순	니가 놔! (진헌 보며) 그리고 너!
진헌	(그 기세에 움찔)
삼순	너도 딴 여자랑 눈 맞추지 마. 내 말만 듣고 나한테만 귀 기울여!
진헌	???!!!
희진	?! ...
삼순	(희진을 확 쏘아본다)
희진	(지지 않고 쏘아본다)
진헌	(황당한 듯 둘을 번갈아 보는)
삼순	(진헌을 끌어당기며) 가.
희진	(역시 끌어당기며) 잠깐이면 돼.
삼순	너 정말 맞을래? 말로 할 때 놔라?
희진	(어이없다는 듯 삼순을 일견하고 진헌에게) 잠깐이야. 오래 안 잡아.
삼순	(진헌만 보며) 안 돼. 1분 1초도 싫어. 너 여기서 가면 나랑 끝장인 줄 알어.
진헌	(황당하다. 이 여자가 왜 이렇게 오버하나 싶다)
희진	(애타게) 진헌아.

- 그때 헨리가 희진의 손을 거두어 간다.
- 세 사람 모두 쳐다본다.
- 헨리, 부드럽게 그러나 완강하게 희진을 감싸 안고 데려간다. 한 번쯤 반항하다 마지못해 끌려가며 돌아보는 희진.
- 진헌, 그들을 본다. 저 자식... 질투심이 들끓는다.
- 삼순, 진헌의 그런 표정에 열받는다. 진헌을 끌고 간다.
- 얼결에 끌려가는 진헌.

3. 호텔 현관 앞 & 택시 안

- 삼순에게 떠밀리다시피 택시에 오르는 진헌. 삼순도 오른다.

기사	어디로 모실까요.
진헌	공항이요.
삼순	라면 먹는다면서요.
진헌	(대답할 기분이 아니다)

- 택시 출발하면서,

삼순	아저씨, 라면 먹을 만한 데로 가주세요.
진헌	(돌아본다)
삼순	갑자기 먹고 싶어졌어요.
진헌	아저씨 공항으로 가주세요.
삼순	아뇨, 라면집이요.
진헌	(살벌하게 쏘아본다)
삼순	(좀 무섭다... 자기 말을 취소할 핑곗거리 만드느라) 아저씨, 공항 스넥 코너에서 라면 팔죠.
기사	아마 그럴걸요?
삼순	그럼... 그냥 공항으로 가주세요. (진헌 보며) 됐죠?
진헌	(살벌한 시선 거두는)

4. **해안도로**

- 바다와 초원 사이로 난 해안도로.
- 마치 초원을 가르듯이 달려오는 택시.

5. **택시 안**

삼순	(힐긋 기색을 살핀다)

진헌 (바다를 바라보며 골똘한)
삼순 (괜히 속상한데)
진헌 ... (단호한) 아저씨, 호텔로 돌아가주세요.
삼순 (놀라 휙 쳐다본다) ???

6.   해안도로

  - 택시가 급하게 유턴한다.

7.   택시 안

삼순 ? 호텔은 왜요?
진헌 (앞만 본다. 대꾸하기도 싫다)
삼순 (불안해져서는) 희진 씨한테 갈려구요?
진헌 ...
삼순 아저씨, 그냥 공항으로 가주세요.
진헌 (어이없다는 듯 쏘아본다)
삼순 지금 안 가면 비행기 놓쳐요. 공항에서 어머니도 만나기로 했잖아요.
기사 (E) 공항으로 가요, 호텔로 가요.
진헌 (동시에) 호텔이요.
삼순 (동시에) 공항이요.
진헌 (다시 한번 삼순을 쏘아보더니) 아저씨, 여기 세워주세요.
삼순 (세우는 건 또 뭐야) ???

8.   해안도로

  - 택시가 멈춘다.

9. 택시 안

진헌 (안주머니에서 비행기표를 꺼내 건네며) 내가 안 오면 기다리지 말고 먼저 올라가요.
삼순 ???
진헌 아저씨, 이 여자분 공항까지 부탁합니다. (내린다)
삼순 (황망해서는) ... 저, 저기요...

- 택시가 다시 공항 방향으로 유턴한다.
- 다급하게 돌아보는 삼순.
- 뒤 창 너머로 초조하게 택시를 기다리는 진헌의 모습.
- 삼순은 울고 싶다. 지금 놓치면 영영 그를 잃을 것 같아서...

삼순 아저씨, 저도 세워주세요.

10. 해안도로

- 택시가 멈추고 삼순이 내린다. 도로를 가로질러 뛰어온다.
- 차 오는 쪽을 바라보던 진헌, 뛰어오는 삼순을 보고 눈살 찌푸린다.

진헌 ? ...
삼순 (달려와 멈추고) 가지 마요.
진헌 (차 오는 쪽으로 고개 돌린다. 삼순의 말은 들리지도 않는다)
삼순 어머니가 기다리실 텐데 이럼 어떡해요.

- 저만치서 달려오는 택시를 향해 진헌이 손을 든다.

삼순 어머니한테 뭐라 그래요. 나 어머니 무섭단 말예요.

- 택시가 멈춘다. 진헌이 문을 열려는 찰나,

삼순	(다급하게 붙잡으며) 가지 마요.
진헌	(돌아본다. 이거 놓으라는 듯이)
삼순	가지 마요.
진헌	(뿌리치고 문을 여는데)
삼순	(밀치며 택시 문을 탕 닫는다)
진헌	뭐 하는 거예요 지금!
삼순	가지 마... 할 말이 있어...
진헌	나중에 해요. (택시 문을 여는데)
삼순	(확 붙잡으며) 안 돼. 지금 해야 돼.
진헌	(택시 문을 탕 닫으며 매섭게 쏘아본다)
삼순	! ...
진헌	(차갑게 쏘아보는)

- 삼순, 기가 질려 손에서 힘이 빠진다. 스르르 진헌의 손이 빠져나간다.

진헌	(좀 심했나 싶어서) 미안해요, 먼저 올라가요. (택시 문을 여는데)
삼순	(확 치밀어 오르는) 니가 좋아졌단 말야!
진헌	(멈칫)
삼순	니가 좋아졌다구 이 나쁜 자식아!
진헌	(돌아본다) ?! ...
삼순	(이상하다. 눈물이 난다) ...
진헌	(의외인) ...
삼순	가지 마... 지금 가면...
진헌	(냉랭해지는)
삼순	(저 서늘한 표정! 거절당할 것 같은 두려움에 말문이 막힌다) ...
진헌	(냉정하게 택시에 올라 문을 닫는다)
삼순	! ...

- 택시가 떠난다.

- 눈물 맺힌 채 바라보는 삼순. 머릿속이 하얗다.
- 파도치는 해안도로에 혼자 남겨진 삼순...

11. 호텔 현관 앞

- 택시가 달려와 멈추고 진헌이 내려서 안으로 뛰어 들어간다.

12. 호텔 복도

- 호수를 확인하며 오는 진헌. 드디어 희진의 방 앞에서 멈추며 거침없이 벨을 누른다. 잠시 후,

헨리   (E) 누구세요.
진헌   ... (대꾸 없이 벨을 누른다)

- 결국 문이 열린다. 헨리가 모습을 드러낸다. 좀 놀라운 표정...

진헌   (거의 쏘아보듯 한다)
헨리   (친절한 미소)
진헌   (영) 희진이, 안에 있죠.
헨리   (문을 활짝 열어준다)
진헌   (의외다. 잠시 헨리를 보다가 들어간다)

13. 희진 룸

- 들어오는 진헌.
- 희진이 돌아본다.

희진   ...
진헌   ...
헨리   (사뭇 긴장한 얼굴로 둘을 번갈아 본다)
희진   ... 이 사람은 헨리야. 인사해.
진헌   (희진만 본다)
희진   (헨리 보며. 영) 인사해. 누군지 알지?
헨리   (손을 내밀며) 안녕. 난 헨리 킴 필립스야.
진헌   (스윽 본다... 악수는 안 하고, 영) 우리끼리 할 얘기가 있어. 잠깐 비켜줘.
헨리   물론. (희진에게) 나 산책 좀 하고 올게. (나가려는데)
희진   (영) 그냥 있어.
헨리   (멈칫, 돌아선다)
희진   (한) 헨리는 내 분신 같은 사람이야. 굳이 내보낼 필요 없어.
진헌   ! ... 기껏 공부하러 가서 눈 맞은 게 이 자식이야?
희진   ! ...
헨리   (못 알아들으니 멀뚱하다)
희진   상상력이 그밖에 안 되니? 소설 더 쓰지 그래?
진헌   이 자식부터 내보내.
희진   너부터 말해. 용건이 뭐야.
진헌   ...
희진   용건이 뭐냐구.
진헌   니가 떠난 진짜 이유.
희진   ...
진헌   공부는 핑계였지.
희진   ... 그래.
진헌   혹시 어머니하고 무슨 일 있었니?
희진   아냐.
진헌   그럼 뭐야!
헨리   (놀라 진헌을 바라본다)
희진   그게 왜 궁금한데? 공식적인 자리에 애인까지 데리고 다니면서 알 필요 없잖아?
진헌   ! ...

희진	그 여자랑 같이 온 줄 알았으면 나도 안 왔어. 근데... 이젠 정말 끝인 거 같다. 아까 그 얘길 하고 싶었어. 둘이 잘 먹고 잘 살라구.
진헌	이유나 말해!!!
희진	아니? 안 할 거야. 평생 궁금해하게 만들 거야. 평생 후회하게 만들 거야. 그게 날 믿지 못한 너에 대한 복수야.
진헌	! ... (죽일 듯이 노려보며 다가서는데)
헨리	(얼른 붙잡으며, 영) 흥분하지 마.

- 순간 주먹을 날리는 진헌.
- 그 주먹이 차마 치지는 못하고 허공에서 부르르 떤다.
- 놀란 채 보는 희진.
- 헨리 역시 화가 났다. 날카로운 눈으로 진헌의 주먹을 쳐낸다.

헨리	흥분하지 말라구.
진헌	(이 갈 듯이, 한) 넌 꺼져.
헨리	희진이, 많이 아팠어.
희진	헨리!
진헌	???
헨리	난 희진이 주치의고.
희진	(흥분해서 이하 우리말) 그만해 헨리!
진헌	???
희진	말하지 마! 그건 날 도와주는 게 아냐! (진헌에게) 나가. 어서 나가! (뭐라도 집어던지며) 나가! 나가란 말야!
헨리	진행성 위암(AGC: Advanced Gastric Cancer)이었어.
진헌	!!! (희진을 확 돌아본다)
희진	...
헨리	위를 거의 다 잘라냈어.
진헌	!!!
희진	(결국 이렇게 됐구나. 허탈하다)
헨리	위는 스트레스에 약해. 너무 윽박지르지 마. (책을 집어들고 나간다)

- 둘만 남겨졌다. 진헌은 믿기지 않는다는 듯 희진을 계속 쏘아본다.
- 희진, 그 시선을 외면한다.

진헌 (뚜벅뚜벅 다가온다)
희진 ...
진헌 사실이야?
희진 ...
진헌 사실이냐구.
희진 ... (힘들게 끄덕인다)
진헌 (힘껏 뺨을 올려붙인다)
희진 (뺨 돌아간 채) ! ...
진헌 (분노로 온몸이 떨린다) 왜... 왜 말 안 했어.
희진 (왈칵 눈물이 쏟아진다)
진헌 (희진의 어깨를 흔들며 절규한다) 왜 말 안 했냐구 왜! 왜!
희진 (울음도 터진다) ... 어떻게 해... 어떻게...
진헌 (눈이 빨갛다) 왜 못해! 수술받고 돌아온다고 말하면 됐잖아!
희진 오빠랑 언니 그렇게 됐는데 어떻게... 넌 두 손 두 발 다 묶여 있는데 어떻게...
진헌 (눈물이 차오른다)
희진 미안해... 그땐 그게 최선이었어... 그럼 다 좋아질 줄 알았어...
진헌 ......
희진 미안해... 미안해...
진헌 ... (와락 안는다)
희진 (기대어 운다)
진헌 (왜 그랬냐고 나무라듯이 등을 툭툭 때리며 같이 운다)
희진 (그동안 참았던 울음을 다 쏟아내듯 원 없이 운다)
진헌 (힘주어 안으며 실컷 운다)

14. **해안도로, 달리는 트럭 안**

- 뭔가 못마땅한 표정으로 트럭 조수석에 앉아 있는 삼순. 꿀꿀꿀 소리가 시끄러워 뒤를 흘겨본다.
- 까만 제주도 흑돼지 몇 마리가 죽어라고 꿀꿀댄다.
- 핸드폰이 울린다. 삼순, 발신자 확인하고 갸웃하며 받는다.

삼순　　여보세요.
나 사장　(F) 진헌이 어딨냐.
삼순　　(바짝 군기 드는) 네 어머니!

15.　　제주공항 VIP 룸

- 나 사장과 나 회장과 윤 비서.

나 사장　아직 어머니 아니다. 함부로 부르지 마라. 진헌이 어딨냐구.
삼순　　(F) 저기... 잠깐 볼일이 있어서...
나 사장　비행기 시간 다 됐는데 무슨 볼일. 전화는 왜 안 받구.

16.　　트럭 안

삼순　　저기... 먼저 올라가시는 게 좋겠어요. 좀 길어질 것 같은데...
나 사장　(F) 뭔데 길어져. 무슨 일이야.
삼순　　저도 잘은 모르구요...
나 사장　(F) 아까 채리 약혼자랑 싸웠다던데 그게 정말이냐?
삼순　　예? 어 그게 그러니까...
나 사장　(F) 혹시 볼일이라는 게 그거 때문이야?
삼순　　아뇨 그건 아니고...
나 사장　(F) 근데 뭐가 이렇게 시끄러워. 어디서 돼지 잡냐?
삼순　　네 그게 저...
나 사장　(F) 넌 무슨 애가 그렇게 말꼬릴 잘라먹어. 말을 할려면 제대로 하든가.

삼순	죄송합니다.
나 사장	(F) 끊어. (끊는 소리)
삼순	(맥없이 끊고는 기사에게) 아저씨, 죄송하지만 태워주신 김에 호텔 앞까지 어떻게 안 될까요?

17. VIP 룸

나 회장	여기서 볼 줄 알고 아까 경황없이 인사만 받았는데 아쉽네.
나 사장	봐서 뭐 하게요. 어차피 잠시 잠깐인데.
나 회장	뭐가 또 맘에 안 들어서.
나 사장	맘에 드는 게 하나라도 있어야 말이죠. 나이 많아, 집안 누추해, 어디서 저런 걸 에휴...
나 회장	철들은 줄 알았더니 아침잠을 더 줄여야겠다.

18. 카페 라운지

- 삼순, 들어오며 통화 중이다.

삼순	네, 막비행기로 바꿀려구요. ... 네, 두 장 다요.... 네... 네. 예, 고맙습니다. (의자에 앉았다가 뭔가를 보고 어?)

- 헨리가 맞은편 테이블에 앉아 한글 교재를 보다가 문득 삼순을 발견하고는 가볍게 웃어준다.
- 삼순, 어리바리하게 웃어주고는 곰곰 생각하다가 일어나 헨리에게로 간다.

헨리	(웃어주며) ? ...
삼순	저기... 한국말 할 줄 알아요?
헨리	? ... (한) 한국말?

삼순　(반가워서 맞은편에 허락도 없이 앉는다) 어머, 할 줄 아나 부다. 혹시 우리 사장, 아니 나랑 같이 온 남자 못 봤어요?

헨리　(못 알아듣고 멀뚱멀뚱)

삼순　나랑 같이 온 남자요. 내 애인.

헨리　(머쓱하게 웃는다)

삼순　? ... 한국말 못해요?

헨리　(으쓱)

삼순　에이 짜식 좀 배워갖고 오지... 음... (콩글리쉬가 시작된다) 왓츄어네임.

헨리　헨리. 헨리 킴 필립스.

삼순　오우 헨리? 마이 네임 이즈 김삼(이게 아니지) 마이 네임 이즈 소피.

헨리　소피?

삼순　예스. 캔 유 스피크 프렌치?

헨리　노우.

삼순　(불어로) 난 좀 해. 파리에서 몇 년 살았거든. 그때 이름이 소피야. 어쨌든 난 영어를 못하고 넌 불어를 못하고, 쌤쌤이네?

헨리　(멀뚱멀뚱)

삼순　음... 유.. 보이프렌드?

헨리　? ...

삼순　음... 희진 이즈 유어 걸프렌드?

헨리　오 노. 저스트 프렌드.

삼순　? 노 걸프렌드?

헨리　저스트 프렌드.

삼순　오우 저스트 프렌드!

헨리　얍.

삼순　음... 유 노우 마이 보이프렌드?

헨리　유어 보이프렌드? 미스터 현?

삼순　예 예! 미스터 현!

헨리　히즈 인 더 룸.

삼순　룸?

헨리　얍.

삼순　? ... 혹시... 쎄임 룸 투게더? 희진 투게더?

헨리	얍.
삼순	(머리를 쥐어뜯으며) 오 마이 갓~~~ 오 노우~ 노우~
헨리	? ...
삼순	(획 본다)
헨리	(무섭다)
삼순	왓 이즈 룸 넘버!
헨리	(고개를 젓는다)
삼순	무슨 수작이야 너. 빨리 호수 대. 왓 이즈 룸 넘버!
헨리	(고개를 젓는다)
삼순	(테이블을 쾅 치며) 니 여자랑 내 남자가 같이 있단 말야! 떼어놓아야 될 거 아냐!
헨리	(놀라서) 아 유 크레이지?
삼순	크레이지? 그래, 나 미쳤다. 내 남잘 뺏길 판인데 안 미치고 배기냐? 니가 안 가르쳐준다고 못 찾을 줄 알어? (가려는데)
헨리	(얼른 잡는다)

19. 호텔 희진 룸(이하 밤)

- 진헌, 약병을 집어들고 본다.
- 희진이 뺏어가 몇 알을 꺼낸다.

희진	그냥 비타민제야. 심각할 거 없어.
진헌	(다른 약병들을 본다)
희진	하나는 철분제, 하나는 소화제. 이젠 소화제 없이도 밥 잘 먹어. 혹시 몰라서 그냥 갖고 다니는 거야. (철분제도 몇 알 꺼낸다)
진헌	... (힘겹게) 거의 다라니... 그게 정말이야?
희진	응.
진헌	! ...
희진	그거 안 물어봐? 위 없이 어떻게 사냐구? 다들 나만 보면 물어보던데. (냉장고로 가며) 어른들 말씀이 맞았어. 이가 없으면 잇몸으로 산다는 거. 다

살게 돼 있더라구. (물을 꺼내 약을 삼키고는 진헌에게로 다가오며) 우리 몸은 우리가 아는 것보다 더 훌륭해. 예비의사로서 좋은 경험을 한 거지. (놀란다)

진헌   (눈물이 글썽하다)
희진   바보... (눈물을 닦아준다)
진헌   (고개를 돌리며 눈물을 삼킨다)
희진   거봐, 겨우 이 정도에 찔찔 짜기나 하구... 근데 이 상처는 뭐야? 싸웠어?
진헌   아냐 신경 쓰지 마.
희진   안 되겠다, 약 발라야겠다. (소파에 앉히며 눈높이 맞춘다)
진헌   됐어, 아까 발랐어.
희진   나한테 기가 막힌 연고가 있거든. 순식간에 낫는 기적의 연고. (하며 상처에 뽀뽀해준다)
진헌   (그저 본다. 안쓰러워서)
희진   어 여기도 있네? (거기도 뽀뽀)
진헌   (그저 본다)
희진   아 무안해. 좀 웃어라.
진헌   (그제야 훗 웃는다)
희진   상처 또 없어?
진헌   (태연하게 입술을 가리킨다)
희진   (얼른 뽀뽀하고 웃는다)

- 서로를 사랑스럽게 바라보는 두 사람...

진헌   (얼굴을 어루만지며) 많이 말랐어.
희진   (진헌의 무릎에 턱 괴고 편하게) 그래도 지금은 인간 된 거야. 수술하고 항암치료받는 동안은 10키로나 빠졌었어. 꼭 캥거루 같았다니까?
진헌   처음.. 언제 알았어?
희진   음... 내가 계속 소화가 안 된다 그랬지.
진헌   응. 속이 메슥거리고.
희진   (훗 웃으며) 임신인 줄 알고 임신 진단 시약까지 샀었는데... 너 사고 나던 날 진단 나왔어.

진헌	(그랬구나) ! ...
희진	해부학 실습 있다고 거짓말했지. 소풍 갈 기분이 아니었으니까.
진헌	(아...)
희진	(그때 일이 아프게 떠오른다) 병실에서 너 깨어나길 기다리면서 머리를 얼마나 굴렸는지 몰라. 사실대로 말할까 말까, 말하면 니가 어떻게 반응할까, 니 몸은 언제쯤 회복이 될까, 니가 더 불쌍할까 내가 더 불쌍할까...
진헌	(아프다) ...
희진	그래서 결론은... (알지? 하는 표정으로 훗 웃는다)
진헌	다신 그러지 마.
희진	(쓴웃음) ... 생존율이 겨우 35프로였거든.
진헌	! ...
희진	비행기 안에서 얼마나 울었는지 몰라. 이 비행기 타고 돌아올 확률은 35프로... 널 다시는 못 만날 확률은 65프로...
진헌	! ...
희진	나 기특하지 않아? 35프로의 바늘구멍을 뚫었는데.
진헌	... 살아줘서 고마워.
희진	! ...
진헌	(안는다) ... 고마워 살아줘서...
희진	... 지금까지 들은 말 중에 가장 감동적이야.

20. 카페 라운지

- 삼순, 헨리를 다그치다 지쳤다.

삼순	질기다 정말. 물고문을 할 수도 없구... 그래 졌다 졌어.
헨리	? ...
삼순	졌다구. 유 윈!
헨리	(미소 지으며 으쓱)

- 웨이트리스가 음료를 서빙한다. 둘 다 홍차... 홍차에 딸려 나온 마들렌

접시가 가운데 놓인다.

삼순   두 유 라잌 티?
헨리   얍.
삼순   두 유 라잌 마들렌?
헨리   마들렌?
삼순   (마들렌을 집어 보이며) 디스 이즈 어 마들렌. 프렌치 쿠키.
헨리   오- 마들렌...
삼순   이건 이렇게 먹는 거야. (홍차에 찍어 먹는다)
헨리   (따라 한다)
삼순   음... 마이 좝 이즈 어 (본토 발음) 파티쉬에.
헨리   파티쎄?
삼순   노, 파티쉬에. 음.. 베이커, 그래 아임 어 베이커!
헨리   오- 베이커! GREAT!
삼순   (으쓱) 땡큐. 음. 마들렌 이즈 모스트 페이머스 쿠키 인 프랑스. 오우 이제 좀 (영어가) 되는데? 음 그러면.. 유 노우 'A LA RECHERCHE DU TEMPS PERDU'?
헨리   ?...
삼순   아 이걸 영어로 뭐라 그러지? 어.. 룩킹 포 타임? 프렌치 북. 픽션! 노블! 마르셀 프로스트!
헨리   Oh, In Search of Lost Time?
삼순   오케이 오케이! 바로 그거야, 잃어버린 시간을 찾아서!
헨리   들어보긴 했는데 아직 보진 못했어.
삼순   (알아듣든 말든) 거기 보면 마들렌이 나와. 주인공이 홍차에 마들렌을 찍어 먹으면서 과거를 회상하거든. 근데 주인공이 마들렌을 어떻게 표현했냐 하면, 통통하게 생긴 관능적이고 풍성한 주름을 가진... (마들렌을 집어서 보이며) 봐봐. 그 표현이 너무 좋지 않니? 통통하게 생긴 관능적이고 풍성한 주름을 가진...
헨리   (못 알아듣지만 경청해주는)
삼순   이걸 뭐라 그래야 되지? 음.. 오케이, 히 새드 섹쉬 쿠키!
헨리   (짧은 대꾸를 하며 마들렌을 요리조리 살핀다)

삼순	불어 강사가 가르쳐준 거야. 마들렌 말고 쇼숑이랑 브리오슈랑 프랑스 과자가 많이 나온다 그래서 그 책을 사긴 했는데 너무 어려워서 몇 장 읽다 말았지.
헨리	(마들렌을 홍차에 찍어 음미한다)
삼순	근데 헨리...
헨리	(보는) ...
삼순	(금세 맥 빠져서는) 두 사람... 그 책의 주인공처럼 잃어버린 시간을 찾고 있겠지?

21. 호텔 희진 룸

- 진헌이 희진을 거의 안다시피 해서 소파에 나란히 앉아 있다. 그동안의 공백을 메우려는 듯 아무 말 없이 안고 안긴 채 서로를 느끼고 있다.

진헌	...
희진	...
진헌	...
희진	... 진헌아.
진헌	응.
희진	헨리한테 잘해줘.
진헌	? ...
희진	헨리한테 못할 짓 참 많이 했어. 화내고 소리 지르고 울고 때리고... 내 추한 꼴 다 보면서도 헨리는 얼굴 한 번 안 찡그렸어.
진헌	(그놈 참 거슬린다)
희진	그랬어. 너한테 돌아올려구 헨리한테 뻔뻔한 짓 참 많이 했어.
진헌	(꼬옥 끌어안으며) 이젠 내가 있잖아.
희진	근데... 김희진 씬 어떡해?
진헌	(아 삼순이! 이제야 생각난다) ...
희진	(떨어지며) 연민이나 동정심, 나 그런 거 싫어. 오랜 우정도 엿이나 바꿔 먹으라 그래. 그런 것 때문이라면 나 너 안 받아줄 거야.

진헌	김삼순 씨는 잊어버려. 내가 알아서 할게.
희진	? 김삼순이 누구야?
진헌	김희진 씨 본명이 김삼순이야.
희진	? ... 본명이 삼순이라구?
진헌	어.
희진	(깔깔 웃는다. 배꼽을 쥐고 구를 듯이 웃는다)
진헌	삼순이가 그렇게 웃겨?
희진	그럼 안 웃기니? 하하하...
진헌	(그게 뭐 웃기냐는 표정으로) 내 별명은 삼식인데.
희진	? 삼식이?
진헌	어.
희진	(푸하 폭소를 터트린다) 삼식이래 삼식이... 하하하... (눈물까지 흘려가며 마구 웃는다)
진헌	(희진이 웃는 모습이 좋다)

22. 카페 라운지(동 밤)

- 혼자 앉아 우리말 교재를 보며 한글 공부하는 헨리. 소리 내어 읽는다. 열심히 읽는다. 그러다 문득 책을 덮고 창밖을 본다. 정원의 야경을 물끄러미 본다. 쓸쓸해 보인다.

23. 제주공항(동 밤)

- 대합실 의자에 앉아 통화 중인 삼순. 손에는 비행기표 두 장.

삼순	시간 얼마 안 남았어요. 이 비행기 못 타면... 제주도가 섬인 거 안 까먹었죠? 내일 아침까지 꼼짝없이 갇혀요... 지금 오고 있어요?

- 삼순, 시무룩하다. 오지 않을 거라는 예감... 녹음을 종료하려다 말고 다

시 귀에 댄다.

삼순 (머뭇) ... 아까 형 얘기 해줘서 고마워요... 고마워서 나두 아버지 얘기 해주고 싶었는데... 우리 아버지 말예요 방앗간 김 사장... 난 장례식도 못 봤어요. 너무 갑자기라 비행기표가 없었거든요... 마지막으로 본 게 김포공항에서였어요. 인천공항이 문 열기 전이었으니까... 딸이 먼 길 간다구 시루떡을 싸 오셨는데... 난 막 짜증을 냈어요 촌스럽게 시루떡이 뭐냐구... 그게 마지막인 줄 알았으면 (울컥) 잘 먹겠습니다 아버지, 잘 다녀오겠습니다 아버지, 다녀올 때까지 건강하세요... 그러는 건데... (눈물 삼키며) 아까 형 얘기 해준 거 고마워요... 정말 고마워요...

- 삼순, 녹음 버튼을 누르고 닫는다. 눈물을 훔치고는 옆 사람을 툭툭 친다.

삼순 여기서 한라산이 어느 쪽이에요?

24. 공항 외경

- 커다란 창가로 다가와 이쪽을 내다보는 삼순.

25. 공항 일각

- 삼순, 창밖을 내다본다.
- 야경 외에는 어둠뿐...
- 그래도 마치 한라산이 보이기라도 하는 듯 열심히 내다보는 삼순.

삼순 ... 아버지... 내 연애는 왜 항상 이렇게 어려운 거지?

- 김포행 마지막 비행기를 알리는 탑승 안내방송이 나온다.

26. 공항 외경

- 창가를 떠나는 삼순.
- F.O

27. 서울호텔 전경(오전, F.I)

28. 비서실(오전)

- TV 수신이 가능한 컴퓨터 모니터로 격투기가 생중계된다.

윤 비서   (E) 그렇지, 하이킥!

- 격투기에 열중한 윤 비서. 팔짱 끼고 다리 꼬고 앉아 평소처럼 무표정한데 내뱉는 말은 살벌하다.

윤 비서   야 빨간 빤쓰, 그것도 킥이라고 하냐? 가랑이가 찢어지도록 뻗으란 말야. 그래, 바로 그거야. 피를 봐야 제맛이지…. 죽여. 다 죽여버려.

- 언제 들어왔는지 나 사장이 혀를 끌끌 차고 있다.

나 사장   죽이긴 뭘 죽여. 시간 죽이냐?
윤 비서   (얼른 일어나며 모니터를 끈다)
나 사장   한동안 소싸움에 미쳐 있더니 요즘은 안 가?
윤 비서   요즘은 개싸움이 볼 만해요.
나 사장   ! …
윤 비서   이번 일요일에 성남에서 빅게임이 있는데 한번 가보실래요.

나 사장	쯧쯧 미안하다, 내 죄다. (사장실로 가며) 총지배인 들어오라고 해.
윤 비서	근데 진헌이가 사흘째 출근을 안 한다는데요.
나 사장	(멈춰 돌아본다) 사흘씩이나? 왜?

29. 홀(오전)

- 와인 강의 시간. 오 지배인과 현무가 손님처럼 앉아 있고 직원들이 뒤에서 지켜보는 가운데 여직원 중 한 명이 소믈리에 역할을 하고 있다.

현무	마늘과 함께 구운 새우요리를 주문했는데 어떤 와인이 좋을까요. 내가 와인을 잘 몰라서요.
여직원	마늘처럼 자극성이 강한 요리는 와인의 맛을 떨어뜨리거든요?
현무	아 그래요?
여직원	맛을 떨어뜨리지 않고 제대로 즐기려면 드라이 화이트 와인이 좋습니다. 보르도나 뫼, 뫼비우스?
현무	(째리며) 뮈스카데.
여직원	아, 뮈스카데. 보르도나 뮈스카데가 좋을 것 같은데요 손님.
현무	(오 지배인에게) 다알링~
오 지배인	(흘기며 웃는다)
현무	보르도랑 뮈스카데, 둘 중에 어느 게 좋겠어요?
오 지배인	글쎄요... 다른 와인 없어요?
여직원	예?
오 지배인	난 오늘 둘 다 안 당기는데 다른 와인 없냐구요.
여직원	(골똘히) 어...
현무	또 까먹었지 또.

- 뒤에서 누군가 '로제 와인'이라고 귀띔해준다.

여직원	아! 로제 와인도 잘 어울립니다.
현무	그건 아주 차갑게 마셔야 되는 거잖아요.

여직원	네? 네.
현무	안 돼요. 우리 다알링 어제 틀니해서 찬 거 못 마셔요.
오 지배인	(어유 웃고 만다)

- 모두들 키득거린다.
- 삼순만이 제 생각에 빠져 있다. 진헌이 보이지 않으니 괴롭다.

30. 테라스

- 병든 닭처럼 쭈그리고 앉아 핸드폰으로 문자 누르고 있는 삼순. 화면 여백에 문자가 뜬다.
- (문자) 어디 아파요?
- 고민하는 삼순. 보낼까 말까... 결국 전송 버튼을 누른다.
- 액정에서 편지 이모티콘이 날아간다. 전송이 완료되었습니다.

31. 홀

- 인혜가 식판을 들고 온다. 여직원들이 얼른 끌어다 자기네 테이블에 앉힌다.

여직원1	뭐래? 무슨 일이래?
인혜	물어보지도 못했어요. 분위기 우울해요.
여직원2	도대체 무슨 일일까?
영자	무슨 일이긴. 미운 오리 새끼가 결국은 백조가 아니라 진짜 오리였다는 게 증명이 되는 순간이지.
여직원3	그럼 삼순이 언니가 차인 거예요?
영자	똥인지 된장인지 찍어봐야 아니?
인혜	아닐 수도 있어요, 괜히 넘겨짚지 말아요.
영자	넌 연애도 안 해봤니?

인혜	네.
영자	(홀기고는) 남자는 며칠째 코빼기도 안 보여, 여자는 다크서클 진해져, 그럼 그 커플 끝난 거야. (손거울로 단장하는 여직원1을 째리며) 그런다고 니 차지가 될 거 같애?
여직원1	나라고 백조가 되지 말란 법 있어요?
영자	기러기 날아가다 똥 싸는 소리 하고 있네. 백조는 따로 있어.
여직원4	그때 그 여자요?
영자	아니, 나.

- 모두들 어이없는 표정으로 식판을 들고 일어나 흩어진다.

영자	흠... (숟가락에 비친 얼굴을 보며 이쁜 척)

32. 베이커리실

- 삼순은 핸드폰을 노려보며 답장을 기다린다.

삼순	(핸드폰을 폭파시킬 것처럼 노려보는) ...

- 타이머의 땡 소리에 자지러지게 놀라는 삼순.

33. 달리는 버스 안(동 밤)

- 자리에 앉아 핸드폰만 쳐다보는 삼순. 기다림에 지쳐 잠시 창밖을 보는데... 신호음. 삼순, 얼른 폰을 열어보지만 아무것도 없다.
- 옆자리의 여학생이 문자 확인하고 답장을 쓴다.
- 스윽 째려보고는 문자 누르는 삼순.
- (문자) 왜 출근 안 해요?
- 잠시 생각하다가 전송 버튼 누르는 삼순.

34. **삼순 방(동 밤)**

- 잠든 듯 누워 있는 삼순... 손에 꼭 쥔 핸드폰... 문자 왔다는 신호음과 함께 램프가 반짝이자 얼른 눈 뜨고 확인한다.
- (문자) 김뚱녀! 살아 있냐? 연락 좀 하고 살지? 귀염댕이.
- 삼순, 김빠져서 핸드폰 덮고는 이불을 확 뒤집어쓴다.
- 이불 속의 삼순... 눈가가 젖어 있다.

35. **삼순네 마루(다음 날 아침)**

- 아침 식사하는 봉숙과 이영과 삼순(출근 차림으로).
- 깨작거리는 삼순을 봉숙과 이영이 이상한 듯이 쳐다보는데,
- (E) 문자 왔다는 신호음.
- 삼순, 숟가락을 내던지다시피 하며 일어나 방으로 뛰어 들어간다.

봉숙 ?...
이영 ?...

- 금세 뛰쳐나오는 삼순.

삼순 내 핸드폰 어딨어. 내 핸드폰.
이영 그걸 우리가 어떻게 알아.

- 삼순, 화장실로 뛰어 들어가더니 또 금세 나온다.

삼순 (절규) 내 핸드폰 어딨냐구!!!

- 또 울리는 신호음(반복 설정이라).

- 삼순, 0.5초쯤 소리의 근원지를 찾아 눈알을 굴리더니 방으로 뛰어 들어간다.

36. **삼순 방**

- 핸드백에서 핸드폰 꺼내는 삼순. 얼른 문자 확인하면,
- (문자) HB카드, 김삼순 님, 6월 27일 결제액 135,000.
- 열받아 탁 닫아버리는 삼순. 머리에서 김이 날 지경이다.

37. **마루**

봉숙 (눈치가 칼이다) 쟤 요즘 만나는 남자 있니?
이영 ! ... 아아니이... 남자는 무슨... 설마...
봉숙 아무래도 이상해. 살도 쏙쏙 빠지고...

38. **보나빼띠 화장실(동 낮)**

- 변기에 앉아 힘주는 삼순. 그러면서도 문 옷걸이에 걸어둔 핸드폰을 뚫어져라 보고 있고... 방귀 소리 뿌웅~

삼순 ? ...

- 방귀 뀐 옆 칸의 영자가 흡 놀라 입을 막는다.

삼순 (갸웃) ... 내가 꼈나?

39. **베이커리실**

- (문자) 니가 감히 내 문자를 씹어? 그럴 거면 배는 왜 빌려. 넌 내 배의 순결을 짓밟았어. 책임져! 그때 문자 왔다는 표시와 신호음.
- 삼순, 흠칫 놀라더니 두근대는 마음으로 문자를 열어본다.
- (문자) 060으로 시작하는 음란 스팸 메일의 문구.

삼순 뭐야 이거. (통화 버튼을 누른다. 안내 멘트가 나오자) 야, 너 나랑 동성애 하자는 거야 뭐야. 다시 한번 보내봐? 끝까지 추적해서 정통부에 고발할 거니까. 알았어? (탁 끊고는 살벌한 표정으로 문자를 꾹꾹 누른다)

- (문자) 레스토랑에 10인조 떼강도 들었어요. (10인조까지 지워지고 다시 쓰여진다) 불났어요.
- 다시 문자 왔다는 신호음.

삼순 이것들이 정말! (스팸인 줄 알고 확인하다가 놀란다!)

- (문자) 병원이에요. 좀 바빠요.
- 삼순, 몹시 놀란다. 병원? 다리가 고장 났나? 마음이 급해져 얼른 문자를 누른다.
- (문자) 병원은 왜요? 어디가 아픈데요? 다리 아파요? 내가 갈까요?
- 전송 버튼 눌러진다.

40. **병원 복도(동 낮)**

- 그 문자를 보는 진헌. 답장으로 문자를 누른다.

41. **베이커리실**

- 신호음 나자 얼른 문자 확인하는 삼순.

- (문자) 아뇨.

삼순   ? 뭐야, 달랑 이거야? ... 근데 안 아프다는 거야, 나더러 오지 말라는 거야.

42.   **병원 복도**

- 진헌, 초조하게 서성이고 있다. 무슨 소리에 돌아보면,
- 헨리가 맞은편에서 한글 교재를 보며 중얼중얼 공부를 열심히 하고 있다.
- 진헌, 못마땅한데 누군가 어깨를 툭 친다. 돌아보면,

병태   통역 좀 해주라.
진헌   뭔데.
병태   (의료용 필름들이 든 커다란 서류봉투와 각종 진료기록을 묶은 파일을 보이며) 그쪽 병원에서 가져온 희진이 진료기록이랑 방사선 필름들이야. 엑스레이부터 초음파, CT, MRI까지.
진헌   ? 이걸 다 저 녀석이 가져왔단 말야?
병태   그러게. 주치의라도 빼내오기 힘들었을 텐데.
진헌   (헨리에게 간다)
헨리   (보고 일어난다)
병태   (기록들을 건넨다) 도움이 많이 됐다고 담당 교수님께서 고맙다고 전해 달랍니다.
진헌   (통역한다)
헨리   (우리말) 천만에요.
진헌   (미간 찌푸린다. 모든 게 다 마음에 안 든다)

43.   **검사실**

- 수면내시경을 받느라 잠들어 있는 희진...

44. 병원 내 일각

- 음료를 들고 오는 병태와 진헌.

진헌   여기 검사 믿을 만한 거야?
병태   (어이없다는 듯) 짜식 말하는 것 좀 봐? 위암 수술은 우리나라가 최고야. 그중에서도 우리 병원이 최고고.
진헌   그래?
병태   작년엔 미국에서 난다 긴다 하는 신경외과 의사가 와서 수술받고 갔어. 뭘 모르네 이 자식?
진헌   (그런가?)
병태   희진이야 부모님이 거기 계시니까 갔겠지.

- 창가에 서거나 벤치에 앉으며.

병태   근데 희진이 참 지독하다. 야무진 건 알았지만 그렇게 독할 줄은 몰랐어.
진헌   ... 재발할 가능성도 있니?
병태   보통 2년 안에 재발하는 경우가 많은데 5년까진 안심 못 하지. 그때까진 오늘처럼 정기검사 빠뜨리지 말고. (등 두드리며) 이젠 니 몫이다. 혼자 힘들었을 텐데 잘 해줘라.
진헌   ... 5년만 지나면 그럼 완치되는 거야?
병태   그렇다고 봐야지. 간혹 가다 5년 후에 재발하는 후기 재발도 있지만.
진헌   ! ...
병태   걱정 마. 지금 상태로 봐선 상당히 긍정적이야. 희진이 의지도 강하고 거기다 훌륭한 주치의까지 만나고. (비싯 웃으며 옆구리 툭 친다) 좀 신경 쓰이겠다?
진헌   (눈살 찌푸린다)

45. 병원 복도

- 헨리, 책 보다가 눈총받고 고개 든다.
- 맞은편에 앉아 있는 진헌이 못마땅하게 보다가,

진헌 (이하 영어) 언제 돌아갈 거냐?
헨리 글쎄... 아직 계획 없는데.
진헌 휴가가 얼마나 되는데.
헨리 6개월이니까 한 다섯 달 남았어.
진헌 (그럼 다섯 달이나 희진이한테 붙어 있겠다고?) ... 일본은 가봤니?
헨리 응. 도쿄랑 오사카.
진헌 중국은.
헨리 아직.
진헌 중국에 한번 가보지그래? 내친김에 동남아 순회도 하고. 볼 데 많아, 물가도 싸고. 경비는 내가 대줄게.
헨리 니가 왜?
진헌 그동안 희진이 돌봐준 게 고마워서.
헨리 내 할 일을 한 것뿐이야. 고맙지만 사양하겠어.
진헌 너 참 무례하구나.
헨리 ? ...
진헌 한국에서는 이럴 때 그냥 받아들이는 게 예의야.
헨리 (당황해서) 아 미안. 몰랐어. 그럼 생각해볼게.
진헌 그럼 당장 여행사에 알아볼게. (하며 핸드폰을 꺼내는데)
헨리 (책—잃어버린 시간을 찾아서—을 들어 보이며) 소피한테 좋은 책 소개해줘서 고맙다고 전해줘.
진헌 (소피?)

- 그때 검사실 문이 열리고 희진이 나온다. 피곤해 보인다.
- 헨리가 일어나 희진을 부축한다.
- 한발 늦은 진헌이 헨리를 밀어내고 희진을 부축한다.

진헌	괜찮아?
희진	응.
진헌	가자. (데리고 간다)
헨리	(어깨를 으쓱하고 따라간다)

46. 삼순네 뜰(동 밤)

- 바비큐 기구에서 삼겹살이 구워지고 있다. 텃밭에서 방금 딴 야채들도 풍성하다.
- 세 모녀가 건배를 한다.

이영	우리의 미모와 사랑을 위하여. 건배~

- 소주를 단숨에 들이켜고 각자 표정. 삼순은 심드렁하다.

이영	캬~ 죽인다.
봉숙	오늘 술은 왜 이렇게 달어?
이영	하하 우리 엄마 오늘 술빨 받으시네? (술 따라준다)
봉숙	(고기 뒤집으며) 탄다, 빨리 먹어라. (시무룩한 삼순을 보고) 넌 왜 안 먹어?
삼순	먹어. (고기 한 점 먹는다)
봉숙	너 무슨 일 있어?
삼순	아니.
봉숙	익기도 전에 먹던 애가 웬일이야 오늘은?
삼순	고기가 질겨.
이영	(눈치가 빤하다. 편들어준다고) 놔둬, 쟨 살 더 빼야 돼.

- 그때 열린 현관문 사이로 전화벨 소리가 들린다.

이영	(일어나며) 내가 받을게.
봉숙	아냐 내가 받어. 전화 올 데 있어. (얼른 들어간다)

이영	(슬그머니 가서 현관문 닫고 와 삼순의 등짝을 때린다)
삼순	왜에.
이영	빨리 이실직고해. 뭐야.
삼순	...
이영	너 제주도 갔다 와서부터 이상해. 삼식이랑 무슨 일 있었지?
삼순	(술 홀짝 마시고) ... 나흘째 출근을 안 해.
이영	왜?
삼순	모르니까 이러지.
이영	전화도 없고?
삼순	지배인님한테만 했나 봐.
이영	근데 뭐가 문제야. 실종도 아니구만.
삼순	... 보고 싶어.
이영	!!!
삼순	보고 싶어 미치겠어.
이영	(이런) ! ...
삼순	(술을 마신다)

47. 마루

– 봉숙, 통화 중이다.

봉숙	그래, 요즘 살 빠져서 보기 괜찮다니까? 사실 말이지, 애가 키는 크잖아. 나 닮아서 들어갈 데 들어가고 나올 데 나오고 살이 좀 붙어서 그렇지 작정하고 보면 글래머 스타일이라니까? ... 그러니까 선자리 좀 잘 알아보라구.

48. 뜰

이영	안 돼!
삼순	(보는)

이영   삼식이는 절대 안 돼.
삼순   왜?
이영   너 명숙이 보고도 몰라? 재벌가에 시집갔다고 다들 부러워했지? 걔가 지금 어떻게 사는지 알아?
삼순   어떻게 사는데.
이영   자질구레한 얘기는 관두고, 걔가 그러더라. 그 사람들은 그 사람들만의 성이 있다구. 우리가 그 안에 뭐가 있는지 알 수 없는 것처럼 그 사람들도 성 밖에 뭐가 있는지 알고 싶어 하지 않아. 어쩌면 그게 현명한 일일지도 모르고. 문제는 신데렐라나 온달이 될려고 기를 쓰는 사람들인데, 난 내 동생이 그런 짓 안 했으면 좋겠다.
삼순   언니도 그랬잖아.
이영   내가 뭘?
삼순   조건 보고 결혼했잖아.
이영   그 자식이 재벌이냐? 준재벌도 안 되는데... 그리고 난 소신대로 살았어.
삼순   조건 보고 결혼하는 게 소신이야?
이영   ... 사람은 누구나 자기 원칙이 있어. 그 원칙대로 선택해가면서 사는 거구. 난 경제력과 능력이 있는 남자가 첫 번째 원칙이었어. 남의 원칙이 내 원칙하고 다르다고 비난하는 건 유아적인 발상이야.
삼순   그럼 원칙대로 그냥 살지 이혼은 왜 하냐?
이영   지금 그게 중요한 게 아니구, 너 혹시.. 삼식이랑 잤니?
삼순   (펄쩍) 아아니! 키스밖에 안 했어.
이영   키스???
삼순   (헉) ... 미안해 언니, 한 번밖에 안 했어.
이영   (냉정하게) 미안할 필요 없고, 그러고 나서 어떻게 됐어. 사귀재?
삼순   (죽을상으로 고개를 젓는다)
이영   그럼 아무 말도 안 해?
삼순   아무래도 유희진 씨랑 무슨 일이 있는 것 같애.
이영   유희진? 옛날 애인?
삼순   응... 아마 그래서 출근을 안 하는 것 같애.
이영   너 딱 걸렸어.
삼순   ? ...

이영   선수한테 딱 걸렸다구 이 멍청한 기집애야!
삼순   (눈물이 핑글 돈다)
이영   ! ... 어머 얘 봐, 너 진짜 좋아하면 안 돼에.
삼순   (울먹이며) 내 배를 베고 좋아했단 말야...
이영   ? 배?
삼순   나만 보면 웃음이 난다구... 형 얘기도 하구... 울었단 말야...
이영   ! ...
삼순   내 품에 안겨서 울었다구... 남자가 그러는 건 그 여잘 좋아한다는 뜻이잖아.
이영   아니? 내 동창놈 하난 새 여자 꼬실 때마다 울어. 울면서 자기네 집안 불행했던 과거사를 줄줄이 읊는다구. 그럼 여자들은 지금 너 같은 궤변을 늘어놓으면서 좋아라 하고.
삼순   (울음 터트리며) 아니야... 진헌 씬 그런 남자 아니야...
이영   그런 남자야. 지금 옛날 애인하고 같이 있을 거라고 봐주는 모양인데 지나가던 개가 웃겠다. 제3, 제4의 여자를 꼬시느라고 울면서 자기 형 얘기 하고 있을걸?
삼순   아니야... 아니란 말야...
이영   (머리통 퍽 때리며) 정신 차려 이 멍청아!
삼순   아! 왜 때려!
이영   제발 니 멋대로 착각하고 갖다 붙이지 좀 마. 파리 그 자식한테 그렇게 당하고도 몰라? 어쩜 연애 못하는 것들은 하는 짓도 똑같니?
삼순   그래, 나 연애 못해! 넌 연애 잘해서 좋겠다!
이영   미모와 함께 하늘이 주신 선물이지.
삼순   어쩜 그렇게 잔인하냐? 말이라도 좋게 해주면 어디 덧나?
이영   덧나. 니 마음속에 상처가.
삼순   그래, 니 팔뚝 굵다.
이영   (또 때리려고 손을 확 치켜들며) 이게 또 너라 그러네?
삼순   (그 손을 탁 잡고) 한 번 맞지 두 번 맞냐?
이영   어쭈. (다른 손으로 머리 콩 쥐어박으려) 까불고 있어.
삼순   (그 손마저 잡는다)
이영   이게 정말? 말로 할 때 놔라?
삼순   내가 바보냐? 노면 때릴 건데?

- 두 손을 맞잡고 힘겨루기가 시작된다.

이영   너 어릴 때부터 멍청한 짓 하고 다녀서 뒤치다꺼리하느라고 내가 얼마나 고생했는 줄 알아?
삼순   넌 이쁜 옷만 입고 비싼 과외 혼자 다 하고.
이영   니가 내 옷 훔쳐 입고 나가서 늘려놓은 게 얼만데.
삼순   난 너 땜에 피아노도 못 배웠어. 대학도 못 가구.
이영   공부 못해서 못 갔지 나 땜에 못 갔냐?
삼순   파리에서 고생할 때 용돈 한번 부쳐준 적 있어? 복숭아가 얼마나 먹고 싶었는데.
이영   복숭아는 비싸서 나도 못 먹었어.
삼순   언제 남자 소개시켜준 적 있어?
이영   하늘 아래 날씬해본 적 있어?

- 그때 빗자루가 삼순과 이영의 등짝을 퍽! 퍽! 친다.
- 아! 아파서 떨어지는 삼순과 이영.

봉숙   (퍽퍽 때린다) 잘들 논다 잘들 놀아. 에미 심심할까 봐 재롱잔치 하냐?

- 삼순과 이영, 아악 소리 지르며 도망가고 봉숙은 쫓아다니며 때린다.

봉숙   나이 들어서 이젠 안 싸우나 했더니 서른씩이나 처먹고도 아직 정신을 못 차렸지. 넌 이혼하고 와서 뭘 잘했다고 동생이랑 싸워? 넌 시집도 못 가는 주제에 연애질이나 배우지 어디서 언니한테 덤벼? 이리 안 와?

- 삼순과 이영, 소리 지르며 집 안으로 뛰어 들어간다.

봉숙   한 년은 잘나서 탈, 한 년은 떨떨해서 탈... (빗자루를 던지다가 타 들어가는 고기판을 보고 달려든다) 어머 세상에 고기 다 타네.

49. 마루

- 삼순과 이영, 서로 노려본다.

이영 그래도 삼식인 안 돼.
삼순 돼.
이영 안 돼.
삼순 니가 무슨 상관인데?
이영 넌 내 동생이니까. (욕실로)
삼순 ! ... (슬금슬금 욕실로 가 뻘쭘하게) 그럼 접때 산 원피스 빌려줘. (대답 없이 물소리만 들리자) 안 빌려주면 동생 안 하~지. (벌컥 문 열리자 깜짝 놀란다)
이영 삼식이 만날 때만 아니면 언제든지. (문 닫는다)
삼순 (삐죽 웃고는) 싸랑해 언니~

50. 오피스텔(동 밤)

- 희진이 잠들어 있다.
- 진헌, 이불을 여며주고 안쓰럽게 보다가 흩어진 머리카락을 넘겨주는데 희진이 잠결에 눈을 뜨더니 이불을 들춘다. 진헌이 이불 속으로 들어간다.
- 희진, 진헌의 얼굴을 어루만지다 아이처럼 품을 파고들며 잠에 빠진다.
- 진헌, 꼬옥 끌어안는다. 안쓰러워 눈물이 차오른다.

51. 삼순네 뜰(동 밤)

- 삼순, 그네에 앉아 나뭇가지의 이파리를 하나씩 뗀다.

삼순   나를 좋아한다. 아니다. 좋아한다. 아니다. ... (반복하다가) 좋아한다.

- 이파리가 하나만 남자 맥 빠져서는 휙 던져버리고 가볍게 그네를 구른다.

52. 호텔 룸(7회 #39)

진헌   당신이 다른 남자랑 눈 맞추는 거, 싫어.
삼순   !!!
진헌   다른 남자 말에 귀 기울이는 것도 싫구.
삼순   !!!
진헌   왜 그런지는 나도 몰라. 그냥... 싫어.

53. 삼순네 뜰

- 삼순, 부끄러워하며 좋아하다가 주머니에서 핸드폰을 꺼내든다. 마음을 담아 문자를 꾹꾹 누른다. 화면 여백에 문자가 뜬다.
- (문자) 보고 싶어요...
- 삼순, 액정을 들여다보며 고민한다. 보낼까 말까...
- 전송 버튼이 눌러진다. 편지 이모티콘이 날아간다. 전송이 완료되었습니다. 화면 어두워진다.
- F.O

54. 삼순네 집 앞(여명, F.I)

- 삼순이 자전거를 끌고 나온다. 자전거에 올라타 힘차게 출발한다.

55. **골목(동 새벽)**

- 가파른 길을 새벽안개를 헤치며 쌩 달려 내려오는 삼순. 신문배달 오토바이가 지나쳐 간다.

56. **보나뻬띠 전경(동 새벽)**

- (E) 시계 소리.

57. **홀**

- 벽시계가 다섯 시를 알린다.

58. **베이커리실**

- 얇게 민 〈뮐퐈유〉용 반죽에 피케를 하는 삼순.
- 오븐을 열고 구워진 반죽을 꺼낸다/크램 파티시에르를 바르고/딸기를 얹고/또 크림을 바르고/두번째 시트를 얹어 크림을 바르고... 빠른 스케치.
- 삼순, 가스불 위에서 끓고 있는 냄비로 달려가 저어준다. 들깨죽이다. 몸도 마음도 바쁘다. 다시 작업대로 와 슈가 파우더와 코코아 파우더를 뿌리는 등의 마무리 작업을 한다.
- 적당한 용기에 뮐퐈유 몇 조각이 들어간다.
- 보온병에는 따끈따끈한 들깨죽이 들어가고.
- 보자기로 그것들을 정성스럽게 싸는 삼순. 야무지게 매듭을 짓는다.

59. **거리(동 아침)**

- 저 멀리서 안개를 헤치고 자전거가 달려온다. 힘차게 페달을 밟는 삼순.

60. **오피스텔 앞(동 아침)**

- 적당한 곳에 자전거를 묶어두는 삼순. 짐받이의 줄을 풀고 보자기를 들고 현관으로 들어간다.

61. **엘리베이터**

- 삼순, 진지하게 연습을 한다.

삼순　많이 아팠어요? 죽을 좀 쒀 왔어요. 나 아플 때마다 엄마가 만들어주시는 들깨죽인데 아주 고소해요. 뭘퐈유도 만들어 왔어요. 1천 장의 잎사귀라는 뜻인데 꼭 나뭇잎이 여러 장 겹쳐 있는 것처럼 보여서 붙은 이름이에요. 파이의 왕이라고나 할까... 어디가 어떻게 아픈 건데요.

- 땡 문이 열린다. 마음을 굳히며 나가는 삼순.

62. **오피스텔 복도**

- 긴장한 채 걸어오는 삼순... 문 앞에 다다르자 마음의 준비를 하고... 벨을 누르려다가 멈추고... 심호흡하고... 드디어 벨을 누른다.

삼순　(떨려 죽겠다) ...

- 조용하다. 집에 없는 걸까? 다시 벨을 누른다.

삼순　...

- 불안하다... 한 번 더 벨을 누른다.

삼순   ...

- 현관에서 무슨 소리가 난다.

삼순   (쫑긋) ...

- 걸쇠 여는 소리에 이어 문 따는 소리, 그리고 문이 열린다.

삼순   (떨려서 주저앉을 것 같다) ...

- 드디어 진헌이 모습을 드러낸다. 자다 일어난 부스스한 모습. 삼순을 보고 놀란다.

진헌   ?! ...
삼순   미, 미안해요 아침 일찍... 많이 아팠어요?
진헌   (어이없는 표정)
삼순   (그 표정에 주눅 들어) 주, 죽을 좀 쒀 왔어요. 들깨죽인데 백 퍼센트 국산 들깨, 아니 그게 아니고, 저기 뭘쬐유도 만들었거든요?
희진   (E) 누구야?
삼순   (여자 목소리에 어리둥절)

- 진헌의 등 뒤로 역시 자다 일어난 희진이 나타난다.

희진   새벽부터 누군데. (하다가 삼순을 보고 놀란다)
삼순   !!! ...
희진   ! ...
진헌   (보자기를 받으며) 고마워요 걱정해줘서. 죽은 잘 먹을게요.
삼순   (눈을 어디다 둘지 모르겠다)

희진	(놀라운) 죽 쒀 왔어요? 이 시간에?
삼순	같이.. 드세요... (돌아서는데)
희진	김희진 씨.
삼순	(멈칫, 돌아선다)
희진	... 미안해요.
삼순	... 뭐가요?
희진	그냥... 미안해요.
삼순	... (돌아서서 간다)
희진	(정말 미안한) ...
진헌	(왠지 미안한) ...

- 희진이 진헌을 데리고 들어간다.
- 멍하게 걸어오던 삼순, 철컥 문 닫히는 소리에 멈춰 돌아본다.

삼순	...

- 상처받은 삼순이 다시 현관으로 온다.

63. 오피스텔 안

- 식탁에 보자기를 내려놓는 진헌.

희진	아프다 그랬어?
진헌	(왠지 착잡하다)
희진	(역시 편치 않은)

64. 복도

- 삼순, 다부진 표정으로 벨을 누른다.

65. **오피스텔 안**

- 벨이 울리자 진헌이 갸웃하더니 나간다. 희진도 따라 나간다.

66. **복도**

- 진헌이 문을 연다. 뒤에 희진이 서 있다.

삼순	여섯 번째 조항 기억나? 양다리는 걸치지 않는다.
진헌	! ...
희진	(무슨 소리야? 둘을 번갈아 본다)
삼순	(힘껏 정강이를 걷어찬다)
진헌	(윽 꺾어진다)
희진	(놀란다)
삼순	계약 파기해! 이 나쁜 자식아!

- 돌아서서 씩씩거리며 오는 삼순.
- 희진, 도대체 무슨 소린지 어리둥절한 채로 '괜찮아?' 하며 진헌을 살핀다.
- 진헌, 아파서 절절매다가 쫓아 달려간다.
- 희진, 영문 몰라 황망하게 바라본다.

67. **엘리베이터 앞**

- 문이 열리자 삼순이 탄다. 문이 닫히려는데 진헌이 달려와 얼른 막는다.

삼순	(쏘아보는)
진헌	(탄다)

- 엘리베이터 닫히고 내려간다.
- 삼순은 앞만 보고, 진헌은 그런 삼순을 보면서,

진헌	나... 희진이랑 다시 시작해요.
삼순	그렇게 보여. 축하해.
진헌	약속대로 계약 파기해요.
삼순	그래.
진헌	대신 내가 어겼으니까 5천만 원은 안 갚아도 돼요.
삼순	(보는) ! ...
진헌	안 갚아도 (된다구요)
삼순	(말이 채 끝나기도 전에 힘껏 뺨을 올려붙인다)
진헌	(뺨 돌아간 채) ! ...
삼순	넌 5천만 원으로 사람 마음을 살 수 있다고 생각하니?
진헌	(의아하게 보는) ? ...
삼순	(눈물이 난다) 이럴 거면 제주도에서 그러지 말았어야지. 다른 남자랑 눈 맞추지 마라, 귀 기울이지 마라, 울긴 왜 울어? 너 그렇게 헤픈 애야? 너 선수야?
진헌	(그게 이렇게 화낼 만한 일인가 싶어서) ???
삼순	그래, 그럴 수 있다고 쳐. 그냥 기분이 그랬다고 이해해줄게. 근데 한라산엔 왜 같이 가자 그랬어?
진헌	(그게 뭐 어때서) ? ...
삼순	아직 뭘 모르나 본데 그건... (목이 미어진다) 난 당신이 좋습니다... 그런 뜻이야. 알아? ... 이럴 거면... 그 말만은 하지 말았어야지... 허튼 약속은 하지 말았어야지... 왜 돌멩이를 던져 왜! 왜 이 나쁜 자식아!
진헌	(이제야 좀 이해가 가는 듯 할 말이 없는) ...

- 문 열리자 눈물 훔치며 나가는 삼순.
- 진헌, 망연히 보다가 닫히려는 문을 막으며 따라 나온다.

68. 오피스텔 현관 앞

- 성큼성큼 나오는 삼순. 자전거로 가 체인을 푼다.
- 슬금슬금 다가오는 진헌.

진헌 (미안해서) ... 그러니까 5천만 원 안 받겠다구요.
삼순 (휙 쳐다본다)
진헌 (괜히 딴청) ...
삼순 내 몸값이 5천만 원이니? 내 마음이 5천만 원이야? 너 나 데리고 놀았어?
진헌 (뭔가 억울한 듯 쳐다본다) ...
삼순 그래, 받아줄게. 5천만 원 안 갚어. 됐어?
진헌 ... 네.
삼순 그리고 그 말 취소야.
진헌 ? ...
삼순 니가 좋아졌다는 말. 미안해, 실수였어. (자전거에 오르는데)
진헌 ... 난 정말이었어요.
삼순 (본다)
진헌 한라산에 가자는 말.
삼순 ! ...
진헌 언제 같이 가보고 싶었어요. 그건... 진심이에요.
삼순 ... 왜. 다리 아프면 나더러 업고 올라가라고?
진헌 (아 그럴 수도 있구나) ... 그래도 되고...
삼순 재밌니?
진헌 ? ...
삼순 지금 농담 따먹기 하니까 재밌어?
진헌 (정말인데) ...
삼순 한라산은... 유희진 씨랑 올라가. (페달 밟으며 간다)
진헌 (아무래도 뭔가 좀 억울하다. 부어서 바라본다) ...

- 멀어져가는 삼순...

- 진헌, 무언가 찌뿌드한 채로 현관으로 향한다. 그때 뒤에서 충돌하는 요란한 소리! 무심히 돌아보다가 놀란다!
- 삼순과 자전거, 오토바이와 청년이 널브러져 있다.
- 달려가는 진헌.
- 달려온 진헌이 정신을 잃은 삼순을 일으킨다.

진헌 김삼순 씨, 괜찮아요? 김삼순 씨.

- 어리바리한 오토바이 맨이 울상이다.

오토바이 제가 안 그랬어요. 부딪히지도 않았는데 그냥 혼자 넘어졌어요. 정말이에요.
진헌 (흔들어댄다) 김삼순 씨! ... 정신 좀 차려봐요 김삼순 씨! ... 김삼순 씨!

69. 병원 응급실(동 오전)

- 걱정스레 내려다보는 진헌.
- 잠들어 있는 삼순. 얼굴과 손에 가벼운 찰과상.
- 저쪽에서 희진이 담당 레지던트의 소견을 듣다가 이쪽으로 온다.
- 진헌, 인기척에 돌아보고는,

진헌 뭐래?
희진 왜, 걱정돼?
진헌 (괜히 당황해서 변명조) 당장 영업에 지장 있잖아...
희진 (웃으며) 핑계는... 걱정 마, 혼수상태가 아니라 잠자는 것 같대니까.
진헌 ???
희진 (눈을 까뒤집어 보고는) 밤새 니 걱정 하느라 잠을 못 잤나 부다, 눈이 충혈됐어.
삼순 (증명이라도 하듯 드르릉 코를 곤다)
진헌 ! ...

희진	! ...
삼순	(도로롱)
진헌	(황당무계!)
희진	(쿡쿡 웃는다)
진헌	(정말 못 말리는 여자군! 고개를 절레절레)
희진	근데 아까 그 얘긴 뭐야? 계약을 파기하다니?
진헌	(아!) ... 그건... (곤혹스러운데)
이영	(E) 삼순아!

- 진헌과 희진이 돌아본다.
- 이영이 달려온다.

이영	삼순아! 어머 얘 왜 이래? (진헌 보며) 어떻게 된 거예요? 무슨 일이에요. 할 일 있다고 잠도 안 자고 새벽같이 나갔는데 (하다가 희진과 눈 마주치고는 갸웃)? ...
희진	(역시 갸웃)? ...

- (플래시백) 비행기 안에서 낄낄거리던 그들.

이영	! ... 희진 씨?
희진	! ... 이영 언니?
진헌	(번갈아 보며 의아한)

70. 응급실 밖 일각

- 벤치에 나란히 앉아 있는 희진과 이영. 이런 인연으로 다시 만난 게 씁쓸하다.

이영	어쩐지... 그런 사연이 있었구나...
희진	(쓴웃음) ...

이영	어쨌든 인연 참 이상하네. 이렇게도 만나지구...
희진	(힐긋 봤다가) ... 죄송.. 해요.
이영	뭐가?
희진	... 동생분...
이영	(한숨) ... (표정 굳으며 단칼에) 신경 쓰지 마, 가짜연애니까.
희진	???

71. 응급실

- 진헌, 침상 앞에 앉아 핸드폰을 연다.
- (인서트) 음성메시지가 있다는 표시.
- 진헌, 비밀번호 누르고 음성메시지를 확인한다. 며칠 동안 희진에게 정신이 팔려 미처 확인하지 못한 것들이 쌓여 있다.

안내	(F) 첫 번째 메시지.
윤 비서	(F) 여기 공항인데 지금 어디야?
진헌	(다음 메시지 버튼을 누른다)
안내	(F) 두 번째 메시지.
나 사장	(F) 어디서 뭘 하느라 전화도 안 받아. 비행기 안 탈 거야?
진헌	(버튼)
안내	(F) 세 번째 메시지.
삼순	(F) 나예요.
진헌	(? 해서 삼순을 본다)
삼순	(조용히 자는)
진헌	(듣는다)
삼순	(F) 마지막 비행기로 바꿨어요... 9시 15분 비행기니까 늦어도 9시까지는 공항에 도착해야 돼요... 공항에서 기다릴게요.
진헌	... (버튼을 누른다)
삼순	(F) 내 메시지 들었어요? 9시 15분 비행기예요. 9시까진 꼭 와야 돼요?
진헌	... (버튼)

삼순	(F) 시간 얼마 안 남았어요. 이 비행기 못 타면... 제주도가 섬인 거 안 까먹었죠? 내일 아침까지 꼼짝없이 갇혀요... 지금 오고 있어요?

- 진헌, 삼순을 본다. 계속 들리는 삼순의 목소리.

삼순	(F) 아까 형 얘기 해줘서 고마워요... 고마워서 나두 아버지 얘기 해주고 싶었는데... 우리 아버지 말예요 방앗간 김 사장...

- 진헌, 계속 들으며 삼순을 본다. 그녀의 마음이 전해져온다. 미안한 마음... 그리고 싫지 않은... 그렇게 점점 측은해져가는데,

삼순	(불분명한 잠꼬대) 가지 마...
진헌	? ...
삼순	가지 마요...
진헌	! ... (제주도에서의 일이 생각난다)

72. 제주도 해안도로(회상)

- 택시 문을 여는 진헌을 삼순이 다급하게 붙잡는다.

삼순	가지 마요.
진헌	(돌아본다. 이거 놓으라는 듯이)
삼순	가지 마요.
진헌	(뿌리치고 문을 여는데)
삼순	(밀치며 택시 문을 탕 닫는다)
진헌	뭐 하는 거예요 지금!
삼순	가지 마... 할 말이 있어...
진헌	나중에 해요. (택시 문을 여는데)
삼순	(확 붙잡으며) 안 돼. 지금 해야 돼.
진헌	(택시 문을 탕 닫으며 매섭게 쏘아본다)

삼순	! ...
진헌	(차갑게 쏘아보는)

- 삼순, 기가 질려 손에서 힘이 빠진다. 스르르 진헌의 손이 빠져나간다.

진헌	(좀 심했나 싶어서) 미안해요, 먼저 올라가요. (택시 문을 여는데)
삼순	(확 치밀어 오르는) 니가 좋아졌단 말야!
진헌	(멈칫)
삼순	니가 좋아졌다구 이 나쁜 자식아!
진헌	(돌아본다) ?! ...
삼순	(이상하다. 눈물이 난다) ...
진헌	(의외인) ...
삼순	가지 마... 지금 가면...
진헌	(냉랭해지는)
삼순	(저 서늘한 표정! 거절당할 것 같은 두려움에 말문이 막힌다)

73. 응급실

- 삼순, 허공을 휘저으며 맘대로 잠꼬대를 해댄다.

진헌	(흔든다) 김삼순 씨... 김삼순 씨...

- 삼순, 헉 하며 눈을 번쩍 뜬다. 꿈인지 생신지... 눈알을 굴리다가 정신이 들면서 여긴 또 어디야? 어리둥절한데... 그 시선에 진헌이 잡힌다.

삼순	??? ....
진헌	(참 한심스럽다) 실컷 잤어요?

74. 병원 주차장

- 걸어오는 삼순과 이영. 삼순은 지금 창피하고 민망해 죽겠다. 하필이면 희진이까지 있으니...
- 그 뒤를 따라오는 진헌과 희진... 희진은 계약연애였다는 걸 안 직후라 뜨아한 표정이다. 참 복잡미묘한 네 사람....

진헌   (앞서 나오며) 집까지 모셔다드릴게요. (하며 리모컨을 누른다)

- 앞에 서 있는 고급 차의 램프가 번쩍한다.

삼순   (의아해하며 멈추는) ? ...
진헌   (뒷좌석 문을 열어주며 이영에게) 타세요. (삼순에게) 타요.
삼순   ? ... 누구.. 차예요?
진헌   (당연하다는 듯이) 제 차예요.... 타요.
삼순   !!! ...

- 삼순, 가슴이 순식간에 먹먹해진다. 차라니? 이젠 상처 따위 다 잊었단 뜻인가? 그럼 이젠 내 배에 얼굴을 묻고 울 일은 없겠지?
- 진헌, 그런 표정의 삼순을 의아하게 바라본다.
- 희진, 뜨아하게 삼순과 진헌을 번갈아 보고...

진헌   안 타요?
삼순   (멍하니) ... 내 자전거는요...
진헌   오피스텔에 있어요.
삼순   ...
진헌   타요 어서. (이영에게) 타세요.
이영   (삼순의 눈치만 보는)
삼순   ... 택시 타고 갈게요.
희진   피곤하잖아요. 타고 가세요.
삼순   (희진을 본다)
희진   (계약연애인 걸 알았으므로 덤덤한)

삼순	(시선 거두며) ... 언니... 가자. (돌아서서 터벅터벅 간다)
이영	(맥없는 삼순을 바라본다. 속이 상한다)
진헌	(왠지 불편한 마음... 그런 눈으로 보는데)
이영	(그런 진헌을 힐긋 보더니, 희진에게) 희진 씨, 잠깐만 돌아설래?
희진	네?
이영	잠깐만 돌아서 있으라구.
희진	(일단 돌아선다)
이영	현 사장님.
진헌	네.
이영	(힘껏 정강이를 걷어찬다)
진헌	(윽! 꺾어지고)
희진	(그 소리에 놀라 돌아보는)
이영	(등짝에다 대고 가방으로 세게 한 번!)
진헌	(아.. 아프다)
이영	너 내 동생한테 다시 한번 바람만 너봐? 미안해, 희진 씨. (간다)
진헌	(아파서 찡그린 채 보는)
희진	(웃어야 할지 울어야 할지) ... 맞을 짓 한 거 알아?
진헌	(돌아보며) ???
희진	뭐? 계약연애? 나 없는 동안 영화 찍었더라?
진헌	(아.. 들켰다... 쪽팔린다)
희진	(차에 타려고 가다가 핸드폰 울리자 받는다) 여보세요.
윤 비서	(F) 나야 윤 비서.
희진	! ...
윤 비서	(F) 진헌이 옆에 있어?
희진	(힐긋 진헌을 보고는 자리 피하며) 아뇨... 말씀하세요.
윤 비서	(F) 사장님이 보자셔. 지금 바로 집으로 와.
희진	! ...

75. **달리는 택시 안**

- 멍한 삼순...

이영   (속이 상해서) 미안하다, 언니 노릇도 못하고.
삼순   ...
이영   처음부터 말렸어야 되는데... 한심해 정말, 돈 5천 때문에 이게 뭐니?
삼순   ... 차를 샀어...
이영   (보는)
삼순   ... 운전해...
이영   그게 뭐.
삼순   (눈물이 핑글 돈다) ... 운전을 한다구 그 자식이... 운전을...
이영   ? ...

- 삼순, 창밖으로 고개를 돌린다. 눈물이 그렁하고 가슴은 미어진다.

76. 보나뻬띠 주차장(동 낮)

- 런치 손님들의 차 몇 대...
- 진헌의 차가 들어온다.

77. 홀

- 몇몇 테이블에 런치를 즐기는 손님들...
- 창가에 몰려드는 여직원들. 차에서 진헌이 내리자 아우성이다.

여직원1   어머머 웬일이니 웬일이니? 차 샀어, 차!
여직원2   4일씩이나 안 나오더니 갑자기 웬 차?
여직원4   차 뽑는 데 4일씩이나 쫓아다녀야 돼요?
여직원3   (콩 쥐어박고는) 근데 어쩜 차랑 저렇게 잘 어울리니? 역시 명품이야.

- 진헌이 들어오자 일제히 '안녕하세요 사장님' 인사하는 여직원들.
- 진헌, 인사 받아주며 사장실로 향한다.
- 선망의 눈초리로 쳐다보는 여직원들.

영자 (골똘히) 아무래도 이상해.

- 다들 쳐다본다.

영자 쓰나미급 태풍이 몰아닥칠 것 같애.

78. **나 사장 거실(동 밤)**

- 희진이 들어온다.
- 윤 비서가 기다리고 있다가 맞는다.

윤 비서 오랜만이야.
희진 (좀 어렵다. 고개 숙여 인사하며) 안녕하셨어요.
윤 비서 응. 들어와.

- 희진이 안으로 들어온다.

윤 비서 잠깐만 기다려. 곧 나오실 거야. 뭐 마실래.
희진 (소파에 앉으며) 그냥.. 물 주세요.
윤 비서 찬물, 뜨거운 물.
희진 (생뚱맞아서) ? ... 찬물이요.

- 윤 비서 주방으로 빠지고 희진은 실내를 둘러본다. 예전과 다름없구나... 그러다 시선 고정된다.
- 미주가 어딘가에 몸을 숨긴 채 수줍은 듯 바라보고 있다.

희진	! ...
미주	(수줍게 웃는다)
희진	(미소 지으며 이리 오라고 손짓을 한다)
미주	(조심스럽게 다가온다)
희진	(감회 어린) ... 니가 미주구나?
미주	(끄떡끄떡)
희진	(어루만지며) 기특해라... 이쁘게 컸네? ... 나 기억나? 희진이 언니.
미주	(씨익 웃으며 고개 젓는다)
희진	그래, 그땐 너무 어렸지... 이쁘다... 엄마 닮아서...
나 사장	(E) 미준 들어가 있어.
희진	(벌떡 일어나며 쳐다본다)
나 사장	(다가와 앉는다)
희진	(어렵기도 하고 반갑기도 해서 겸연쩍게 살풋 웃는다)
나 사장	(서늘하게 보는) ...
희진	? ... (왜 이러시지? 자연 고개가 떨궈진다)
나 사장	뭐 해 미주. 들어가 있으라니까.
미주	(들어간다)
나 사장	(희진 보며) ... 앉아라.
희진	... (앉는다)
나 사장	... 어머니 통해서 소식은 가끔 들었다. 수술은 잘됐다구?
희진	네...
나 사장	다행이구나. 그런데 들어왔으면 나한테 먼저 연락을 했어야지, 왜 안 했니.
희진	(왜 이리 차가운지 의아하다) ... 조만간 할려구 했는데...
나 사장	요즘 진헌이 만나니?
희진	... 네.
나 사장	(괘씸하다) ... 진헌인 어디까지 알고 있니.

79. 곱창집 앞(동 밤)

- 허름한 곱창집 앞에 몇몇 테이블이 나와 있고 손님이 바글바글하다.

80. 곱창집 안

삼순 (빈 소주병 높이 쳐들며) 아줌마! 여기 소주 하나 추가!
아줌마 (빈 테이블을 치운 쟁반을 날라 오며) 아 바빠! 니가 갖다 먹어!
삼순 에이... (일어나 주방 옆 냉장고로 가며) 아줌만 맨날 나만 미워해. 내가 매상을 얼마나 올려주는데...
아줌마 매상 안 올려줘도 되니까 이제 그만 좀 와. 아니면 서방이랑 오든가.
삼순 (귀엽게 얼굴 들이밀며) 서방은 없고 남방은 많은데.
아줌마 (밀치며) 아우 저리 가, 징그러. 스무 살 때 하던 짓을 십 년 내내 하네.
삼순 우이 씨... (냉장고에서 소주병을 꺼내 라벨을 읽는다) 어? 경기도 거네? 아줌마 충청도 거 없어? 나 오늘은 충청도 거 마시고 싶은데.
아줌마 경기도나 충청도나 똑같은 회산데 귀찮게 왜 자꾸 이래 얘가?
삼순 에이 아줌만 술장사하면서 술맛도 모르면 안 되지. 경기도 건 달고, 충청도 건 쓰고. 나 오늘 쓴맛 좀 보고 싶은데.
아줌마 (귀찮아서) 이영이 어디 갔어. 이영아-
삼순 오줌 누러 갔지이. 알았어 알았어. 그냥 단 거 마신다. (소주병 들고 자리로 오다가) 어???

- 그네를 달아주던 아버지가 자리에 앉아 있다.

삼순 아버지! (얼른 자리에 앉으며 응석 모드) 아버지 어디 갔다 왔어?
아버지 (삼순의 손에서 소주병 가져가며) 너 또 여기 와서 아줌마 귀찮게 하는 거 보니까 실연당했구나?
삼순 허? 아버지 칼이다!
아버지 (병을 따 삼순의 술잔에 댄다)
삼순 (얼른 술잔 들고) 히히 이러니까 꼭 나 열아홉 살 때 같다. 그때 아버지가 처음으로 술 가르쳐줬잖아, 여기서. (아버지 잔에 술 따라준다)
아버지 이번엔 어떤 놈이야.
삼순 어떤 놈? 음... 어떤 놈이냐면... 왕싸가지에 지가 왕잔 줄 아는 이기적인

　　　　바람둥이!
아버지　짜식, 어쩌다가 그런 놈을 좋아하게 됐어.
삼순　　내 말이. 근데 아버지, 그 자식 어떻게 혼내주지?
아버지　혼내긴 뭘 혼내, 지 복 지가 찬 거지. 세상에 우리 삼순이만 한 색시감이 어딨다구.
삼순　　(어이없다) 아버지, 내가 몇 년만 젊었어도 그 말에 홀딱 넘어갔다. 그런데 지금은 아니지이. 나 서른이야 서른. 주제 파악 다 끝났어.
아버지　그럼 실연도 즐길 줄 알아야지 혼자 이게 뭐야.
삼순　　어? 우리 아버지 유식한 말 하시네?
아버지　술이나 마셔 임마. (술잔을 든다)
삼순　　(쨍 부딪히고 고개 살짝 돌리고 원샷) 캬~ 진짜 달다... (얼굴은 점점 일그러지면서) 달다 정말... 너무 달다... 달다... (결국 왈칵 눈물이 쏟아진다)
아버지　! ...
삼순　　(고개 떨구고 울기 시작한다)
아버지　...
삼순　　미안해 아부지...
아버지　... 삼순아.
삼순　　(흐느끼며) 신경질 나 죽겠어... 이젠 남자 때문에 울 일은 없을 줄 알았는데...
아버지　...
삼순　　아부지... 서른이 되면 안 그럴 줄 알았어... 가슴 두근거릴 일도 없고, 전화 기다리면서 밤샐 일도 없고... 그게 얼마나 힘든 건데... 나 좋다는 남자 만나서 마음 안 다치게... 그렇게 살고 싶었단 말야... 근데 이게 뭐야... 끔찍해... 그렇게 겪고 또 누굴 좋아하는 내가 끔찍해 죽겠어... 심장이 딱딱해졌으면 좋겠어 아부지...

- 그렇게 흐느끼는 삼순.
- 8회 끝

9회

당신은 내가 드린 마음을 장난감처럼...

1.   자막 - 제9회 당신은 내가 드린 마음을 장난감처럼...

2.   나 사장 거실(8회 엔딩)

나 사장 다행이구나. 그런데 들어왔으면 나한테 먼저 연락을 했어야지, 왜 안 했
       니.
희진   (왜 이리 차가운지 의아하다) ... 조만간 할려구 했는데...
나 사장 요즘 진헌이 만나니?
희진   ... 네.
나 사장 (괘씸하다) ... 진헌인 어디까지 알고 있니.

3.   곱창집 안(8회 엔딩)

       - 삼순, 아버지와 잔을 쨍 부딪고 고개 살짝 돌리고 원샷 한다.

삼순   캬~ 진짜 달다... (얼굴은 점점 일그러지면서) 달다 정말... 너무 달다... 달

	다... (결국 왈칵 눈물이 쏟아진다)
아버지	! ...
삼순	(고개 떨구고 울기 시작한다)
아버지	...
삼순	미안해 아부지...
아버지	... 삼순아.
삼순	(흐느끼며) 신경질 나 죽겠어... 이젠 남자 때문에 울 일은 없을 줄 알았는데...
아버지	...
삼순	아부지... 서른이 되면 안 그럴 줄 알았어... 가슴 두근거릴 일도 없고, 전화 기다리면서 밤샐 일도 없고... 그게 얼마나 힘든 건데... 나 좋다는 남자 만나서 마음 안 다치게... 그렇게 살고 싶었단 말야... 근데 이게 뭐야... 끔찍해... 그렇게 겪고 또 누굴 좋아하는 내가 끔찍해 죽겠어... 심장이 딱딱해졌으면 좋겠어 아부지...

4. 나 사장 거실

나 사장	그래서.
희진	제 결정이라고만 알고 있어요.
나 사장	꼭 내가 쫓아낸 것처럼 말하는구나.
희진	(당황해서) 아뇨... 저도 그게 좋겠다고 생각했으니까... 어머님이 강요하신 거 아녜요. 알아요.
나 사장	... 다신 만나지 마라.
희진	???!!! ...
나 사장	난 아픈 며느리 싫다.
희진	(기가 막힌다) ! ... 어머니...
나 사장	그렇게 부르지 마라.
희진	! ...
나 사장	그 말 할려고 불렀다. 진헌이, 만나지 마라.
희진	! ... (믿어지지 않는다) 완치되면 돌아오라구 하셨잖아요. 그때 다시 만나

| 나 사장 | 라고 하셨잖아요.
(잠깐 말문 막혔다가) 사람 마음이 참 간사하더구나. 내 맘 변한 지 오래 됐다.
| 희진 | ! ...
| 나 사장 | 미국으로 돌아가. 부모님도 거기 계시구, 거기서 공부 마치면 앞길이 창창할 텐데 뭐 하러 이 좁은 데 들어와서 비비적거려. 돌아가.
| 희진 | ! ...
| 나 사장 | (차마 못 보겠어서 외면한다)
| 희진 | (이해할 수가 없다) ... 어머님 저한테 이러시면 안 되잖아요.
| 나 사장 | (외면한 채) ...
| 희진 | (애타게) 어머니.
| 나 사장 | ...
| 희진 | (울음이 터진다) 약속하셨잖아요... 약속하셨잖아요...

5. 주방

- 간식 먹고 있던 미주가 거실 쪽을 쳐다본다.
- 옆에 앉은 윤 비서, 미주의 고개를 돌리고 먹으라고 집어준다.

6. 거실

| 나 사장 | (외면한 채, 할 말도 면목도 없다)
| 희진 | (흐느껴 운다)
| 나 사장 | (마음이 아파서) ... (조금은 누그러졌지만 단호한) 니가 나 좀 봐주면 안 되겠니?
| 희진 | (울음 참으며 보는)
| 나 사장 | 젊어서 남편 잃고... 갓 서른 된 아들이랑 며느리랑... 청대 같은 애들 그렇게 허무하게 보내고... 너까지 잘못되면 (울컥해서) 난 못 산다.
| 희진 | ! ... (나 사장 앞에 얼른 무릎 꿇으며) 저 이제 안 아파요 어머니. 다 나았

	어요. 소화제 없이도 밥 잘 먹고 잠도 잘 자요. 어제 정기검사도 받았어요. 아무 이상 없대요. 깨끗하대요.
나 사장	(측은해서) ...
희진	잘할게요 어머니. 건강하게 오래오래 살게요. 미주도 제가 키울게요. 한 번만 봐주세요 네?
나 사장	... 안 된다.
희진	! ... (또다시 울음이 터진다) 그럼 전 어떡해요... 어떡해요...
나 사장	... 돌아가. 돌아가서 부모님 밑에서 맘 편히 살어. (일어나 들어가는데)
희진	(달려가 뒤에서 와락 안는다)
나 사장	! ...
희진	저 이뻐해주셨잖아요... 딸 같다구 좋아하셨잖아요... (엉엉 운다)
나 사장	(속이 미어터진다) ... 너 이쁜 거 내가 왜 몰라. 내 자식 좋다고 부모님 이민 가는데도 혼자 남아서 그렇게 살갑게 굴고... 그래서 더 싫다... 딸 같은 며느리 들여서 (상상만 해도 끔찍하다는 듯 진저리를 치며) 그 끔찍한 일, 다신 당하기 싫다.
희진	저 안 아파요... 안 아프다구요...
나 사장	... 그동안 난... (모질게) 정 띠었다. (떼어내고 들어간다)
희진	! ... (맥없이 주저앉으며 흐느낀다)

- 마리아 칼라스가 터져 나온다. 절절한 그 목소리...

7. **나 사장 침실**

- 스피커에서 마리아 칼라스가 진동을 한다.
- 근처 어딘가에 놓여 있는 사진 액자. 나 사장과 진태 부부와 아기 미주, 그리고 앳된 진헌과 희진이 함께 찍은 사진.
- 눈가가 젖어든 채 허망하게 사진을 바라보는 나 사장...

8. **거실**

- 희진이 울고 있다.

9. **주방**

- 미주가 엉엉 울어댄다.
- 당황한 윤 비서, 울지 말라고 쓰다듬고 안고...
- 그래도 미주는 서럽게 운다. 왠지 겁이 나고 무섭다.

10. **곱창집 안**

- 흐느끼는 삼순을 흐뭇하게 바라보는 아버지.

아버지	... 삼순아... 아버진, 심장이 딱딱해져서 죽었잖아.
삼순	(본다)
아버지	심장에 피가 흐르고, 가슴이 두근거리고, 좋아하는 남자 때문에 아프기도 하고... 아버진 우리 셋째 딸 심장이 튼튼한 거 같아서 기분이 좋은데?
삼순	(그런가? ... 눈물을 훔친다)
아버지	그놈이 그렇게 좋냐?
삼순	(끄떡이며) ... 응... 좋아... (부끄러워 고개 숙인 채) 미치게... 좋아...
아버지	(호호 웃으며) 바람둥이라며 뭐가 그렇게 좋아.
삼순	(곱게 흘기며) 아버진? 그냥 말이 그렇다는 거지.
아버지	얘긴 해봤어? 니가 미치게 좋다구?
삼순	... 아니.
아버지	한심한 녀석, 그런 말도 못 하고 징징 짜고 있어?
삼순	가서.. 얘기할까?
아버지	그럼 해보지도 않고 후회할래?
삼순	싫다 그러면.. 챙피하잖아.
아버지	챙피하긴. 임마, 인생 뭐 별거 있어? 싫다 그럼 잘 먹고 잘 살아라, 한 방

	먹이고 오면 되지.
삼순	(눈물 젖은 채 킥 웃으며) 안 그래도 내가 아까 한 방 먹였다? 킥.. 사실 오늘만 그런 게 아니라 그 자식 나한테 맨날 맞어. 내 밥이야. (킥킥대는데)
이영	(E) 꼴값을 떨어요.
삼순	(휙 보면)
이영	(맞은편에 앉으며) 울다가 웃다가, 꼴뚜기가 사촌 하자고 안 그러디?
삼순	언니, 아버지 왔다 갔다? 근데 아버진 하나도 안 늙은 거 있지. 우리만 늙나 봐.
이영	! ... (드디어 돌았구나 싶어서) 어떡하니 내 동생...

11. 자하문 근처(동 밤)

- 나란히 걸어오는 삼순과 이영. 삼순은 내내 소변이 마렵다.

이영	어쨌든 게임 끝난 거야. 내가 남자래두 유희진한테 가지 김희진한테 안 가. 뭘 보고 너한테 가겠니?
삼순	(부어서) ... 유희진 씨가 그렇게 괜찮아?
이영	괜찮고말고. 같은 여자지만 탐나더라.
삼순	(팩 토라져서는) 그럼 데려다 동생 삼지? 이름도 사순이라고 짓구?
이영	걘 사순이보다 희진이가 어울려. 넌 삼순이가 어울리구.
삼순	(툴툴) 계급주의야 뭐야. 누군 태어날 때부터 삼순인가? (하다가 악 비명 지르며 소스라치게 놀란다)
이영	(역시 비명 지르며 놀라는)

- 깜장 드레스를 입은 프란체스카*가 도끼를 가슴에 품고 이들을 쳐다본다.
- 삼순, 이제야 알아보고 진짠가 아닌가 싶어 고개를 마구 흔들고 다시

* 당시 인기 있던 시트콤 〈안녕, 프란체스카〉 패러디. 방송에서는 편집됐다.

	본다.
삼순	(맞다)! ... 프, 프...
이영	프란체스카?
프란체	촬영 장소를 못 찾겠어. 여기 동사무소가 어디지?
이영	(얼떨떨해서 가리키며) 저, 저기루 쭉 내려가면 있어요. 찾기 쉬워요.
삼순	데, 데려다줄까요?
프란체	아니. 그럴 필요까진. 대략 감사. (인사도 안 하고 도도하게 간다)
삼순	(넋 놓고 바라보며) 데려다줄 수 있는데... 같이 가지... 와- 진짜 흡혈귀 같다.
이영	저 도끼, 심하게 압박 주네?
삼순	근데 평상시에도 저렇게 말하나 봐.
이영	연기자들은 자기가 맡은 캐릭터랑 닮아간대잖아.
삼순	신기하네. (문득 찡그리며) 근데 언니야...
이영	왜.
삼순	(오줌보를 잡고 걸음걸이가 요상하다) 어떡해, 나올 거 같애.

12. 자하문

- 둥그런 문 아래서 엉덩이 까고 있는 삼순과 망보는 이영의 실루엣. 오줌 싸는 소리 쏴아-

삼순	남들은 길 가다가 연예인도 잘 만나더만 난 삼십 년을 살면서 어떻게 하나도 안 마주치나 했는데 이렇게도 만나지네. 아.. 싸인이나 받아둘걸. (부르르 떤다) 으~~~ (마침 핸드폰 울리자) 누군지 타이밍 한번 잘 맞춘다. (발신자 보고 놀란다) ! ...
이영	빨리 받아. 노상 방뇨한다고 동네방네 광고하니?
삼순	(그 자세 그대로 받는다) 여보.. 세요.
나 사장	(F) 내일 갈 데가 있으니까 집 앞에서 기다려라.
삼순	네???

나 사장   (F) 차 그리 보낼 테니까 집 앞에서 기다리라구. 시간은 아침에 알려주마. (툭 끊는 소리)
삼순   (어리둥절) ???

13.   **나 사장 침실(동 밤)**

- 잠자리에 드는 나 사장.

윤 비서   (거들며) 삼순 양으로 마음 정하신 거예요?
나 사장   말도 안 되는 소릴...
윤 비서   그럼 왜...
나 사장   삼순이든 누구든 일단 희진이부터 떼어놔야지. 그다음엔 삼순이도 떼고... 미주는.
윤 비서   자요.
나 사장   (한숨) ... 어린 것이 뭘 안다고 그렇게 서럽게 우는지... 걔 올 때마다 속이 문드러진다 아주... 현숙이 넌 아프지 마라.
윤 비서   ? ...
나 사장   누구든 아프기만 해봐. 다 내다 버릴 거니까.
윤 비서   (픽 웃으며) 그럴 거면 처음부터 거두시지 말든가. 끝까지 책임지세요.
나 사장   (흘기며) 뻔뻔하기는...

14.   **희진의 거실(동 밤)**

- 진헌은 희진의 무릎을 베고 누워 있다. 희진이 귀를 판다.

희진   세상에- 귓밥 좀 봐. 그동안 귀 안 팠어?
진헌   파줄 사람이 있어야지.
희진   못 말려 정말. 이래갖고 어떻게 듣고 다녔어?
진헌   걱정 마. 모모처럼 잘 듣고 다녔으니까.

희진	? 모모? 그게 뭔데?
진헌	있어, 쪼그만 녀석. 귀 기울여 잘 듣는대나 어쩐대나.
희진	돌아봐.
진헌	(돌아누워 왼쪽 귀를 갖다 댄다)
희진	어? 여기 점 생겼네?
진헌	원래 있던 거잖아.
희진	아냐아 없었어.
진헌	야, 태어날 때부터 있던 거다.
희진	어어? 아닌데? 그럼 내가 몰랐을 리 없잖아.
진헌	(짐짓 으름장) 너무 무관심했던 거 아냐? 서방님 얼굴에 점 있는 것도 모르고?
희진	(갸웃) 이상하네? ... 왜 못 봤지? (하며 귀를 판다)
진헌	(눈 감고 편안한) ... 나, 여기서 출퇴근할까?
희진	복학하면 바빠. 밥 못 해줘.
진헌	밥은 레스토랑에서 먹지?
희진	안 돼. 나 공부해야 되는데 너 밤마다 괴롭힐 거잖아.
진헌	(눈 뜨며 흘긴다) 야! 니가 괴롭혔지 내가 괴롭혔냐?
희진	어쭈. 적반하장이네?
진헌	니가 적반하장이지. 까먹었어?
희진	가만있어봐. 다치겠다.
진헌	(입 다물며 삐죽거린다)
희진	(무심히) 오늘 어머님 만났다?
진헌	! ...
희진	아픈 며느리는 싫으시대.
진헌	! ... (일어나 앉는다)
희진	근데 미주 많이 컸더라. 너무 이쁘게 자란 거 있지.
진헌	아파서 그랬다는 말, 했어?
희진	응.
진헌	(곰곰 생각하는)
희진	...
진헌	나 사장 말 너무 신경 쓰지 마. 니가 갑자기 떠나서 화가 났었는데 아직

|희진| ... 알아. 나도 노력할게. 대신 내일은 같이 못 가. 사전작업도 없이 불쑥 나타나면 역효과만 날 거 같애.

안 풀리는 것뿐이야.

15. 집 근처 도로(아침)

- 옷을 단정하게 차려입은 삼순, 시계 보며 기다리고 있다.
- 저쪽에서 나 사장의 차가 달려온다.
- 삼순, 맞나? 목을 빼고 본다.
- 차가 달려와 멈추고 기사가 나온다.
- 삼순, 기사를 알아보고 꾸벅 인사한다.
- 기사가 절도 있게 인사하고 동승석 문을 열어준다.
- 삼순, 머뭇거리며 뒷좌석을 본다.
- 나 사장과 윤 비서가 앉아 있다. 그 사이에 끼어 있는 미주가 웃어준다.
- 삼순, 살짝 손 흔들며 웃어준다.

나 사장 타거라.

- 삼순, 조심스럽게 차에 오른다.
- 기사도 차에 오르고 차는 출발한다.

16. 나 사장 차 안

- 어디로? 왜? 무엇을 하러 가는 걸까? 궁금하기만 한 삼순.

나 사장 삼순 양.
삼순 네?
나 사장 오늘 동행한다고 우리 식구로 받아들인다는 뜻은 아니니까 오해하지 말았으면 좋겠네.

삼순	? ... 저기... 어디.. 가는 건데요?
나 사장	가보면 알아.
삼순	... 저기... 진헌 씨한테 말씀.. 못 들으셨어요?
나 사장	무슨 말.
삼순	저희들... 헤어(졌는데요)
나 사장	(말 자르며) 희진인 잊어버려.
삼순	! ...
나 사장	다시 한번 말하지만 우리 식구로 받아들인다는 뜻은 아니야.
삼순	(아리송) ??? ...

17. 서울 근교 절 입구(동 오전)

- 나무숲 사이를 달려가는 차.

18. 절 주차장

- 차가 달려와 멈춘다.
- 모두들 내린다.
- 삼순도 차에서 내려 주위를 둘러본다. 여긴 왜, 무엇 때문에 온 걸까...
- 저쪽에서 차 한 대가 달려온다.
- 나 사장과 윤 비서가 쳐다본다.
- 멀뚱하게 바라보던 삼순, 차가 가까워지자 갸웃한다. 진헌의 차인 것 같은데...
- 차가 멈추고 진헌이 내린다.

삼순	! ...

- 오 지배인도 내린다.

삼순   ?! …

- 진헌, 이쪽으로 오다가 삼순을 발견하고 놀란다.

진헌   ?! …
나 사장 놀랄 거 없다. 내가 데려왔다.
진헌   어머니가 왜요.
나 사장 니 여자친구잖니. 들어가자. (들어가고)

- 모두들 뒤따른다.
- 진헌, 너무나 황당한 듯 삼순을 본다. 어떻게 된 거냐고 묻듯이.
- 삼순, 나도 몰라요, 난감한 표정으로 으쓱하고 따라 들어간다.
- 진헌, 불만스런 표정으로 들어간다.

19.   대웅전 마당

- 스님이 반야심경을 봉독하는 소리가 흘러나온다.

20.   대웅전

- 향과 촛불이 타오른다.
- 두 개의 위패(현진태/김신영)가 나란히, 조금 떨어져 한 개의 위패(최용주)가 놓여 있고 그 앞에는 제수가 진설되어 있다.
- 제주인 진헌이 잔을 올린다. 메 뚜껑을 열고 젓가락을 진수에 걸고 두 번 절한다.

삼순   (숙연하게 지켜보는) …

- 미주가 진헌의 도움을 받아 잔을 올린다.

- 진헌이 두 번 절하라고 낮은 목소리로 알려준다.
- 미주가 어리숙하게 절을 한다. 조그만 엉덩이가 하늘로 치솟는다.
- 삼순, 웃음을 참는다.
- 미주가 뒤뚱거리며 일어나 두 번째 절을 하다가 엎어져 콩 이마를 박는다. (그러고는 쑥스러워 헤~ 웃는)

삼순 (결국 터진다) 푸하하 어떡해 너무 귀여워 하하하...

- 미주를 측은하게 보던 사람들이 일제히 흘겨본다.
- 특히 진헌이 매섭게 쳐다본다.
- 삼순, 얼른 입을 막는다.

21. 대웅전 마당

- 위패에 불이 붙는다.
- 위패를 사르는 진헌...

22. 대웅전

- 열려진 문 너머로 위패 사르는 걸 물끄러미 지켜보는 나 사장과 오 지배인.
- 그 뒤에 얌전히 앉아 있는 삼순.

나 사장 가끔은 그런 후회가 들어요.
오 지배인 (보는)
나 사장 호텔에다 주저앉히지 말고 그냥 산 타게 내버려뒀으면 아직 살아 있을려나...
오 지배인 ... 전 그냥 오토바이를 사줄걸 하는 후회가 되네요... 알고나 있었으면 조심하라고 말이라도 해줬을 텐데...

삼순	(오 지배인을 보며 의아하다. 저쪽 사연은 모르겠어서)
나 사장	스님하고 얘기 좀 해야겠네요. (일어나 나간다)
삼순	(얼결에 엉거주춤 일어나며 보는)
오 지배인	(삼순을 본다) 새벽같이 끌려와서 힘들지?
삼순	(도로 앉으며) 아뇨... 근데... 오 지배인님은 여길 어떻게...
오 지배인	현 사장이 말 안 해?
삼순	네...
오 지배인	(문 너머에 시선 던지며) ...
삼순	(궁금한) ...
오 지배인	내가 아들이 하나 있었어.
삼순	? ...

23. 아름다운 도로(7회 #40)

- 오토바이가 달린다. 스무 살쯤의 청년이 머플러를 휘날리며 멋지게 달린다.
- 앞에 차 한 대가 간다.
- 아름답고 꾸불꾸불한 도로를 차와 오토바이가 앞뒤로 달린다.

오 지배인 (담담한. E) 공부도 잘하고 운동도 잘하고 딸처럼 애교도 많이 부리고... 오토바이 사달라고 조르는 걸 위험하다고 안 사줬더니 나 몰래 아르바이트를 해서 기어이 샀네... 사고 나기 전까진 그 녀석이 오토바이 몰고 다니는 것도 몰랐어 난.

- 앞서가던 차가 갑자기 급회전을 한다.
- 오토바이가 피할 틈도 없이 달려가 들이박는다.
- 날아서... 떨어지며 산산조각이 나는 오토바이...

24. 대웅전

- 삼순, 놀라움을 감추며 오 지배인의 말을 듣고 있다.

오 지배인 현 사장... 많이 때렸지 내가... 꼼짝도 못 하고 누워 있는 사람한테 내 자식 죽였다고 욕도 참 많이 하고 흉악한 짓 많이 했지...

삼순 (그랬구나) ...

오 지배인 장례 치루고 한 6개월쯤 지나니까 그제야 정신이 좀 들더라구. 그제서야 이런저런 생각이 나데. 현 사장도 몸이 많이 망가졌구, 형님 내외는 그렇게 되구, 바짝 붙어 쫓아가던 내 자식도 잘못이지 싶고... 마지막 수술하는 날 문병을 갔더니... 아무 말도 못 하고 눈물만 보이더라구.

삼순 (아.. 아프다...)

오 지배인 그리곤 1년쯤 지나서 찾아와갖구는 (훗 웃으며) 레스토랑을 개업하는데 지배인을 맡아달라는 거야. 아이들 가르치는 거 말곤 아는 게 아무것도 없다 그랬더니 삼고초려를 하면서 그러네. 아이들 가르치는 거랑 손님들 접대하는 게 뭐가 다르냐구.

삼순 ...

오 지배인 하나뿐인 아들 잃고 정년퇴직하고, 내가 심심할까 봐 불러낸 거지.

삼순 (마당을 본다)

- 진헌이 미주의 두 손을 잡고 뱅뱅 돌리고 있다. 가끔 하는 놀이인 듯 미주가 몹시 좋아라 한다.

삼순 (가만 바라본다. 참 보기 좋다) ...

25. 절 주차장

- 걸어오는 사람들.

나 사장 오 지배인님은 제 차 타시죠. 모처럼 쉬는 날인데 둘이 데이트 좀 하라 그러게. (하다가 콰당 제대로 넘어진다)

- 아까 당한 삼순, 이번에는 시침 뚝 떼고 안 웃는다.
- 그러나 다른 사람들이 쿡쿡 웃는다. 미주랑 진헌도.
- 어? 웃어도 되는 타이밍인가? 그제야 크크 웃음 터트리는 삼순. 옆의 윤 비서를 툭툭 치며 크크크. (윤 비서는 얜 뭐야? 하는 표정)
- 민망한 나 사장, 괜히 삼순을 흘겨보고는 백조처럼 우아하게 차로 간다. 윤 비서와 미주와 오 지배인도 따른다.
- 진헌, 얼른 다가와 나 사장을 한쪽으로 끌고 간다.

나 사장	(손을 뿌리치며) 얘가 왜 이래?
진헌	앞으론 이러지 마세요. 삼순 씨랑 헤어졌으니까.
나 사장	누구 맘대로.
진헌	? 갑자기 왜 이러세요?
나 사장	나야말로 묻고 싶다. 뭐 훌륭한 여자네 어쩌네 하면서 집에 데려온 지가 얼마나 됐다구 벌써 헤어져? 넌 여자를 장난으로 만나니?
진헌	(답답한) 그럴 만한 이유가 있어요.
나 사장	희진이 때문이면 일찌감치 그만둬라.
진헌	! ...
나 사장	난 아픈 며느리 싫다. (돌아서는데)
진헌	(짐짓 카리스마 있게) 나 사장!!!
나 사장	(돌아서더니 퍽 머리를 갈긴다) 이게 어따 대고!
진헌	(으 아프다)
나 사장	거기다 '님' 자 하나 더 붙이면 입이 닳기라도 한대? 뽕꾸라 같은 놈. (간다)

- 나 사장의 차가 출발한다.
- 모두 떠나고 진헌과 삼순만 남았다.

진헌	(불만스런 눈초리로 빤히 본다)
삼순	(왜 저래) ? ...
진헌	나 사장한테 언제 연락받았어요?

삼순	... 어젯밤이요.
진헌	근데 왜 나한테 말 안 했어요.
삼순	! ... (기껏 연민이 생겼건만 불끈 화가 난다) 무슨 일인지 알아야 무슨 말을 하든가 하죠. 집 앞에서 기다리라는 말씀만 하시고 끊으셨는데.
진헌	앞으론 나 사장 말 듣지 마세요. 내 말만 들어요.
삼순	! ...
진헌	그리고, 또 이런 일이야 없겠지만 만에 하나 비슷한 일이 생기면 나한테 먼저 말해주구요.
삼순	(주저 없이) 싫은데요.
진헌	?! ...
삼순	유희진 씨 때문에 어머님이랑 냉전 중인가 본데, 나 그런 싸움에 휘말리기 싫어요. 이용당하기도 싫구요. 나 사장이든 현 사장이든 아무 말도 안 들을 거예요. 그리고 (가방에서 봉투를 꺼내며) 이거요. (턱 안기고는 팽 돌아서서 간다)
진헌	(? 한 얼굴로 봉투를 열어 내용물을 꺼내어 본다)

- (인서트) 사직서.
- 진헌, 당황해서 얼른 쳐다본다.
- 씩씩하게 가고 있는 삼순.

26. 절 입구

- 가로수 사이로 뻗은 길을 걸어오는 삼순.
- 차가 느릿느릿 쫓아온다.

진헌	(운전하며 창밖으로) 타요. 여긴 버스 없어요.
삼순	됐어요. 내 다린 튼튼하니까.
진헌	걸으면 한 시간이에요.
삼순	이젠 백순데 한 시간이든 열 시간이든.
진헌	누구 맘대로 백수예요?

삼순	내 맘이요.
진헌	타요. 두 번 말하게 하지 말고.
삼순	그냥 가세요. 두 번 말하게 하지 말고.
진헌	(짜증스럽다) …

- 진헌, 차를 세워두고 내려서 쫓아와 삼순을 붙잡는다.

진헌	후임자도 안 구해놓고 관두는 사람이 어딨어요? 이렇게 무책임해도 되는 거예요?
삼순	(팔을 확 뿌리치며) 저도 웬만하면 그러고 싶거든요?
진헌	…
삼순	근데 내 맘이 영 아니네요. 이런 맘으로는 맛있는 케잌을 못 만들 거 같아서요. 됐어요?
진헌	왜요. 나 때문에요?
삼순	(속내를 들킨 게 창피해서) ! … 그, 그게 왜 사장님 때문이에요?
진헌	(태연하게) 내가 좋다면서요.
삼순	! … 어우 어우 저 뻔뻔한 것 좀 봐! 어떻게 자기 입으로! 이럴 때 박봉숙 여사는 뭐라 그러는 줄 알아요? 뻔뻔하기가 양푼 밑구녕 같다!
진헌	(찡그리며) 박봉숙 여사는 또 누굽니까?
삼순	궁금하면 그것도 검색해보세요! (돌아서서 간다)
진헌	… (따라간다)
삼순	(본 체도 안 하고)
진헌	그럼 어떡해요. 내가 진짜애인이 돼줄 수도 없고.
삼순	(인상 구겨진다. 창피하고 얄밉고, 변명을 해댄다) 레스토랑 식구들은 우리가 진짜로 사귄 줄 아는데 헤어졌다 그러면 서로서로 불편할 거 아녜요.
진헌	(그럴 수도 있겠군) … 그럼 어떡할까요. 방법을 생각해봐요.
삼순	(완전 무시하고 걷는다)
진헌	월급 올려줘요?
삼순	(흥!)
진헌	남자 소개시켜줘요?

삼순   (헹!)

      - 진헌, 멈춘다. 안 되겠군... 돌아서서 차로 간다.
      - 삼순, 돌아가는 기척을 곁눈질로 느끼고 궁금해 죽겠지만 모른 척 걷는다.
      - 잠시 후, 차가 달려오는 소리가 들린다. 삼순, 궁금하지만 쳐다보지 않는다.
      - 삼순의 곁을 지나쳐 가는 차.

27. 차 안

      - 진헌, 무표정하게 삼순을 지나쳐 간다.

28. 절 입구

      - 차는 벌써 저만치 가고 있다.
      - 황당해하는 삼순!

삼순   와- 그런다고 진짜 가냐... (약 올라 시원하게 감자를 먹인다) 에라 잘 먹고 잘 살아라 이 미지왕아.

29. 차 안

      - 진헌, 룸미러를 본다.
      - 룸미러로 보이는 삼순이 감자를 먹인다.
      - 진헌, 무심한 얼굴로 액셀을 밟는다.

30. 절 입구

- 멀어져가는 차... 드디어는 시야에서 사라진다.
- 삼순, 괜스레 힘이 빠져서는 터덜터덜 걷는다.

31. 집 근처 버스정거장(동 낮)

- 버스가 달려와 멈춘다. 삼순이 내린다. 더위와 배고픔과 하이힐에 지쳐 절뚝거리며 몇 발짝 걷다가 놀라 멈춘다.
- 진헌이 느긋한 폼으로 앉아 있다.
- 삼순, 흥! 외면하며 걷는다.
- 진헌이 뒷짐 진 채 따라온다.

진헌	거봐요. 내 차 탔으면 벌써 왔죠. 다리도 안 아프고 시원한 냉면도 먹고.
삼순	(삐죽삐죽)
진헌	(총총히 걸어와 앞을 막아선다)
삼순	비켜요. 해 가리지 말고.
진헌	더운데 그림자 지고 좋죠.
삼순	(흘기고 지나치려는데)
진헌	(얼른 막아서며 뒤에 숨기고 있던 푸짐한 꽃다발을 내민다)
삼순	이건 또 무슨 수작이에요?
진헌	여자 김삼순한테 주는 거 아녜요. 파티쉐 김삼순한테 바치는 거예요.
삼순	???!!!
진헌	(짜증스럽게 머리라도 긁적이며) 아.. 나 원래 이런 말 못 하는데... (칭찬에 서툴러 딴 데 보며) 당신은 훌륭한 파티쉐예요. 놓치고 싶지 않아요.
삼순	!!! ... (감동이 밀려오지만 애써 참는)
진헌	받아요 좀. 팔 아파요.
삼순	(새초롬) 무릎도 꿇어야죠.
진헌	???
삼순	영화도 못 봤어요? 목석같이 서서 꽃다발 주는 남자가 어딨어요?

진헌	여자한테 주는 게 아니라니까요?
삼순	아 몰라요. 무릎을 꿇든가, 다른 파티쉐를 구하든가. (팽 가버린다)
진헌	(황당!)
삼순	(무신경하게 걷는)
진헌	(아 미치겠다!) ... 김삼순 씨!
삼순	(그냥 간다)

32. 자하문과 근처 골목

- 걸어오는 삼순. 따라오는 진헌.

삼순	(멈춰 돌아보며) 아 왜 자꾸 따라와요. 엄마한테 들키면 피곤해지니까 빨랑 가요.
진헌	(찡그린 채 다가온다)
삼순	왜요, 정말 무릎이라도 꿇게요?
진헌	꿇으면... 취소할 거예요?
삼순	봐서요.
진헌	그런 게 어딨어요.
삼순	왜 없어요, 여기 있지. 내 마음을 움직여봐요. 마음이 움직이면 머리도 따라가겠죠 뭐.
진헌	(아 정말! 더 일그러진다)
삼순	치, 싫으면 말구. (돌아서는데)
진헌	(얼른 잡는다)
삼순	(본다)
진헌	(완전 우거지상을 짓는다)
삼순	(흥!)
진헌	(살다 살다 별짓 다 하네, 하는 표정으로 오른쪽 무릎을 꿇는다)
삼순	(어머! 진짜로 꿇네? 놀랍기도 하고 좋기도 하고!)
진헌	(고개 푹 숙인 채 꽃다발을 내민다)
삼순	큼.. 근데 왜 우거지상일까?

진헌	(으 씨.. 더 인상 구기며) 빨리 받아요. 무릎 아파요.
삼순	(아 참 무릎! 냉큼 받는다)
진헌	(무릎 털며 일어나더니 품 안에서 사직서 봉투를 꺼내 찢는다) 됐죠?
삼순	아뇨.
진헌	???
삼순	내 마음이 안 움직이네요. 꽃은 받은 거니까 그냥 가져갈게요. (돌아서서 간다)
진헌	(쫓아오며 버럭) 이런 법이 어딨어요!
삼순	(그냥 가며) 여기 있다. 어쩔래.
진헌	(우이 씨!) 그럼 꽃 도로 내놔요!
삼순	니가 그렇지 뭐. 역시 넌 꽃을 몰라.
진헌	(약 올라 죽겠다) 적어도 후임자 구할 시간은 줘야 될 거 아냐!
삼순	짜식이 또 반말이네?
진헌	프로가 이래도 되는 거야?
삼순	! ... (멈춰 돌아본다)
진헌	(앞에 멈추며, 흥분했다) 당신 아마츄어야? 취미생활로 직장 다녔어?
삼순	야, 너 왜 또 반말이야.
진헌	당신 면접 볼 때 뭐라 그랬어. 뭐? 초코렛 상자에는 인생이 담겨 있다고? 이렇게 제멋대로면서 그거 다 거짓말 아냐?
삼순	(어? 할 말이 없어진다)
진헌	어떡할 거야 이제. 책임을 지든가, 아니면 난 위선자라고 양심고백을 하든가.
삼순	너 내가 전에 뭐라 그랬지?
진헌	뭘.
삼순	(머리통 퍽 갈기며) 이게 어따 대고 자꾸 반말이야?
진헌	(으이 씨) 당신 조폭이야?
삼순	딱 2주일이야.
진헌	???
삼순	2주 동안 인혜 교육시키고 나갈 테니까 그 안에 후임자 구해. 그 이상은 절대 안 돼.
진헌	(어? 먹히네?)

33. **베이커리실(여러 날, 낮)**

- 밀가루 포대를 작업대에 올려놓는 삼순.

삼순   오늘부터 하드 트레이닝이야. 파트(Pâte-반죽)는 니가 다 만들어.
인혜   ? 왜요?
삼순   왜. 일 배우기 싫어?
인혜   아뇨. 설마요.

- (시간 경과)
- 난이도가 높은 파트를 만드는 인혜. 옆에서 지켜보며 잔소리도 하고 시범도 보이고 하는 삼순.
- (시간 경과)
- 케이크를 만드는 인혜. 역시 옆에서 가르치는 삼순.
- 등등 삼순이 가르치는 모습이 스케치되고.

34. **베이커리실(낮)**

- 삼순이 지켜보는 가운데 인혜가 작업을 한다. 무딘 칼로 커버츄어를 잘게 자르고/잘게 자른 걸 볼에 넣고 중탕하고/젓던 주걱에 아랫입술을 살짝 대 온도를 가늠해본다/삼순도 주걱을 가져가 자기 입술에 대어본다. 맞다고 다음 작업을 지시하면/대리석 작업대 위에 초콜릿을 붓고 팔레트로 얇게 펴면서 열을 식힌다(또는 볼을 찬물에 담가 식히는 수냉법이라든가).
- 인혜가 온도계를 꽂자 삼순이 빼더니 자기 손등을 대어 온도를 가늠한다.

삼순   이 온도야. 28도에서 29도. 밀크나 화이트 초콜릿은 1-2도 더 낮고.
인혜   온도계로 하면 안 돼요?

삼순	손을 온도계로 만들어. 아니, 손뿐만 아니라 온몸을 온도계로 만들어. 그래야 프로야.
인혜	네. (하다가 인기척에 돌아본다)
삼순	(역시 돌아본다)

- 채리가 입구에서 째려보고 있다.

삼순	(퉁명스레) 오랜만이다? (인혜에게) 인혜야 잠깐 나가 있어.
인혜	(얼른 나가는데)
채리	소식 들었어.
삼순	뭐. 놀부네 지붕에 박이라도 열렸대?
채리	드디어 진헌 오빠한테 채였다는 거.
삼순	! ...

- 나가던 인혜가 그 말을 듣고 놀란다.

채리	희진 언니랑 다시 만난다며? 어떡하냐 불쌍해서?

- 인혜, 후다닥 나가고.

삼순	빠르다 빨러...
채리	우리 바닥이 원래 좀 그렇거든. 너무 실망하진 마. 원래 언니 자리도 아니었는데 뭐.
삼순	고맙다 걱정해줘서. 할 말 다 끝났으면 그만 가시지?
채리	내가 남자 소개시켜줄까?
삼순	적선하니?
채리	그래야 우리 아저씨, 아니 현우 오빠한테 찝쩍거리지 않지.
삼순	! ...
채리	파리에서도 그렇게 쫓아다녔다며? 거머리처럼.
삼순	! ... 그 새끼가 그러디?
채리	어머어머! 어떻게 그런 상스런 말을 할 수가 있어? 차라리 욕쟁이라고 신

	문에 광고를 내지?
삼순	걱정 마, 벌써 냈으니까. (확 밀치며) 아우 귀찮어. 가. (밀가루 포대를 꺼내서 볼에 붓는다)
채리	현우 오빠한테 찝쩍거리기만 해?
삼순	(무시하고 일하는)
채리	왜 대답 안 해?
삼순	(묵묵부답)
채리	야, 김삼순!
삼순	(어이없게 쳐다본다)
채리	현우 오빠가 잠깐 한눈팔고 진헌 오빠까지 넘어왔다고 눈에 보이는 게 없나 본데, 착각하지 마. 넌 그냥 가끔 먹는 별미 같은 거야. 알어?
삼순	(화도 안 난다) 말 다 했냐?
채리	약속해, 현우 오빠한테 찝쩍거리지 않는다구.
삼순	뜨거운 맛 보기 전에 가라?
채리	약속하라구!
삼순	(볼에 든 밀가루를 확 부어버린다)
채리	악!!!

35. 홀 일각

- 인혜와 여직원들, 진헌과 삼순이 헤어졌다는 놀라운 소식을 갖고 이러쿵저러쿵 술렁이다가 비명 소리에 쳐다본다. 채리의 비명과 스텐 볼이 날아다니는 소리...
- 곧 산발한 머리에 밀가루를 잔뜩 뒤집어쓴 채리가 뛰어나와 도망간다.
- 물 바가지를 들고 쫓아 나오는 삼순.

삼순	너 거기 안 서? 야 장채리! (현관까지 쫓아갔다가 멈추며) 누가 이라이자 아니랄까 봐 머리는 배배 꽈가지구... 쯧... 한 번만 더 건드려봐. 오븐에 넣고 확 구워버릴 테니까. (들어가다가 벙- 해서 쳐다보는 아이들과 눈 마주치자) 뭘 봐, 니들도 오븐에 들어가고 싶어?

36. 화장실

- 불불이 들어오는 삼순. 여자 칸으로 들어가면서.

삼순 누구든 건들기만 해봐.

- 바로 옆 남자 칸에 앉아 있는 진헌. 삼순의 목소리에 쳐다본다.

삼순 (E) 시럽이랑 달걀물 발라서 노릇노릇 구워버릴 테니까.
진헌 (하여튼 이 여자 못 말려)

- 바지 벗고 변기에 앉는 삼순. 방구 뽀옹~
- 진헌, 쳐다보며 미간을 찌푸린다.
- 삼순, 힘주느라 온갖 인상을 쓴다.

삼순 아 이놈의 변비... 삼식이한테 확 옮아가라.
진헌 (뭐?)
삼순 옮아가서 확 치질도 만들어버리구.

- 진헌, 이 여자가! 잠시 흘겨보고는 휴지걸이로 손을 뻗는데 휴지가 없다. 이런 낭패가! 그때 핸드폰 울리자 흠칫 놀라고!
- 삼순도 놀라 옆 칸을 획 쳐다본다.
- 진헌, 얼른 배터리를 빼버린다.

삼순 (다 들었겠군, 낭패스런 얼굴로) 누구예요?
진헌 (이런!) ...
삼순 누구냐구요.
진헌 (아) ...
삼순 이 부장님? ... 기방이니?

진헌	(어쩔 수 없다. 뻔뻔하게) 치질은 사양이에요.
삼순	(헉!) ... 아니 거기 숨어서 기척도 안 하면 어떡해요.
진헌	숨긴 누가 숨어요. 그쪽이 요란한 거지.
삼순	(할 말 없어서 괜히 삐죽삐죽)
진헌	(아 정말 이 말은 하기 싫은데) 근데... 부탁이 있어요.
삼순	? ... 변소에서 웬 부탁?
진헌	(아 쪽팔린다) ... 휴지.. 좀 줘요.
삼순	? ... (뒤늦게 깨닫고 입 막으며 킥 웃고는 휴지걸이를 본다. 두툼한 휴지가 걸려 있다. 소리 안 나게 사용할 휴지를 말면서) 어머, 어떡하나? 여기도 휴지가 똑 떨어졌네? 도대체 누구야, 화장실 담당이?
진헌	(이런!)
삼순	흠... 이럴 땐 혈액형별로 방법이 다 있는데 가르쳐줘요?
진헌	(혈액형?)
삼순	인내심이 강하고 내성적인 A형은 청소하는 아줌마가 올 때까지 기다리죠.
진헌	(싫다)
삼순	자기애가 강한 B형은 단 두 개의 그걸로 해결하죠.
진헌	(두 개의 그것?)
삼순	손가락.
진헌	(윽)
삼순	합리적인 AB형은 쓰레기통을 뒤져 남이 쓰다 버린 휴지로 해결하고,
진헌	(우욱)
삼순	사소한 것에 신경 쓰지 않는 O형은? 그냥 나와요. 나중에 닦으면 되니까.
진헌	(웩)
삼순	사장님은 어느 타입?
진헌	(초난감!) ... 그쪽은 어떡할 겁니까?
삼순	저야 뭐.. 30년을 살다 보면 그런 노하우쯤이야 기본이죠. 양. 말.
진헌	(뭐?)

- 칸에서 나오는 삼순.
- 진헌, 문 여닫히는 소리에 놀란다. 정말 양말로? 수돗물 소리까지 들리

자 다급해진다.

진헌 뭐 해요?
삼순 (손 씻으며) 양말 빨아요. 한 짝만 쓰고 한 짝은 남았는데 빌려드릴까요?
진헌 (찌푸린다) ... 휴지.. 갖다줄 거죠?
삼순 (수도꼭지 잠그고 타월에 손 닦으며) 당근이죠. 좀만 기다리세요. (메롱~ 하고 나간다)
진헌 (속절없이 기다린다)

37. 홀

- 식사하는 사람들.

오 지배인 (두리번거리며) 이상하네... 누구 사장님 본 사람 없어요?

- 제각각 없다고 고개 젓고 대답하는 직원들.

현무 어디 외출한 거 아녜요?
오 지배인 그럼 나한테 말씀을 하고 나가시는데.
현무 삼순 씬 몰라? 말 안 하고 나갔어?
영자 그걸 삼순 씨한테 물어보면 어떡해요. 새 애인하고 같이 있을지도 모르는데.
삼순 (흘겨보는)

- 현무와 오 지배인이 의아하게 쳐다본다.
- 다른 직원들은 다 알고 있으므로 어색해하고 민망해한다.

현무 새 애인라니? 그게 무슨 소리야.
삼순 (화제 돌리느라) 아 맞어! 청바지! 죄송해요 이 부장님. 언니가 청바지 갖다주라 그랬는데 제가 자꾸 깜빡해서. 내일 갖다드릴게요.

현무	청바지는 청바지고, 새 애인이라니. 둘이 벌써 헤어졌어?
오 지배인	(눈치채고 현무의 옆구리를 찌른다)
현무	아! 왜 찌르고 그러세요.
오 지배인	(마구 눈짓을 준다)
현무	아니 왜 윙크를 하고 그러세요, 깜찍하게 흐흐. (하다가 저쪽 보고) 어 저기 오네.

- 삼순이 쳐다본다.
- 식판 들고 오는 진헌.
- 삼순, 어? 어떻게 해결했지?
- 현무가 뭔가 물어보려는데 오 지배인이 얼른 단속을 한다.
- 영문 모르는 진헌이 자리를 찾아 두리번거린다. 하필이면 삼순의 옆자리만 비어 있자 거기에 앉는다.
- 직원들, 표정들이 복잡하다. 헤어졌는데 저러고 앉았으니 쯧...

삼순	(모른 척 밥 먹는)
진헌	(나물 반찬을 듬뿍 집어 삼순의 식판에 놓아준다) 변비에는 섬유질 섭취가 최고예요.
삼순	(허! ... 나물을 돌려주며) 치질에도 섬유질이 최고예요.

- 치질? 모두들 쳐다본다. 특히 여직원들, 완전히 경악한다.
- 당황한 진헌, 눈이 동그래져서는 난 아니라고 손을 설레설레 저어본다.

삼순	나 잘 아는 병원 있는데 소개해줄까요?
진헌	(획 쳐다본다. 이 여자가 정말!)
삼순	(홍! 외면하며 여직원들을 향해) 얘들아, 오늘 이 왕언니가 간만에 관절 치료 좀 하고 싶은데 살~짝 무도회장 갈 사람 손 들어봐. 내가 쏜다!

- (E) 음악 소리.

38. 나이트클럽(동 밤)

- 현란한 사이키 조명과 귀청을 때리는 음악...
- 신나게 춤추는 여직원들. 춤 못 추는 삼순은 코믹스런 춤으로 흥을 돋우고... 나중에는 아이들도 따라 하고...
- (시간 경과)
- 옹기종기 모여 맥주 마시는 아이들. 살짝 취했다.

인혜 삼순이 언니, 사실 나 사장님한테 실망했구만요.
여직원1 나두요.

- 나머지 아이들도 두서없이 나두요 나두요 하고.

삼순 ? 얘들이 왜 이래 갑자기?
인혜 백 일 지난 지가 얼마나 됐다구.
여직원1 여잔 관심도 없는 척하더니 순 바람둥이야.
여직원2 내 말이. 완전 내숭이잖아.
삼순 야 니들 내가 한턱 쏜다고 아부하는 거 아냐?

- 아이들, 일제히 아녜요~ 하면서,

인혜 언니, 그라지 말고 사장님보다 훨씬 잘난 남자 만나서 뽄때를 보여줘요.
여직원3 맞아요. 우리가 밀어줄게요.
여직원4 사실 언니가 좀 통통해서 그렇지 피부도 좋고 가끔 귀엽잖아요.
삼순 (우쭐해서는) 얘들이 이제야 진가를 알아보네. 실연당할 만한데?
여직원1 근데 사장님보다 잘난 남자가 있을까?

- 순간 분위기 가라앉는다.

여직원2 하긴... 좀 잘생겼어? 콧대 날렵한 거 봐.
여직원3 코만 잘생긴 건 아니지. 턱선 봐, 예술이잖아.

여직원4	쭉 뻗은 롱다리는 어떻고?
인혜	(부끄부끄) 보조개랑 속눈썹두...
삼순	(얘기가 이상한 데로 흐르자 어이가 없고)
영자	(내내 새침하게 있다가) 야야야, 실연당한 사람 앞에서 이게 무슨 짓들이야. 왜 그렇게들 예의가 없어?
삼순	(웬일이야 얘가?)
영자	다 치우라 그래. 뭐니 뭐니 해도 앵~두 같은 입술이야.

- 맞아! 꺄악! 으흥! 제각각 감탄사를 내뱉으며 서로를 때리고 몸을 배배 꼬며 한바탕 난리법석인 여직원들.

삼순	으유 철없는 것들... (맥주를 홀짝)
영자	(삼순 보며) 못 먹는 감 찔러본 기분이 어때요?
삼순	(허!) ... 떫다. 아~~~주 떫다.
영자	당연히 떫겠죠. 삼겹살을 어따 들이대? 흥!
삼순	(박차고 일어난다) 야 장영자!!!
영자	(역시 박차고 일어나며) 왜요 김삼순 씨!!!

- 싸움 날라, 바짝 긴장하는 아이들.

삼순	삼겹살 아니야. 오-겹살이야!
웨이터	(E) 언니들.

- 다들 쳐다본다. '삼식이'라는 명찰을 단 웨이터가 설레발을 친다.

웨이터	이쁜 언니들이 여기서 뭐 하는 거야. 룸에 괜찮은 오빠들 있는데 한 번 떠 줘야지.

- 일제히 이쁜 척하는 영자와 여직원들.
- 삼순도 이쁜 척 머리를 넘기다가 '삼식이'라는 명찰을 보고 기가 막힌다.

영자   (도도하게) 인혜야, 니가 가서 간 좀 보고 와라.
인혜   네. (얼른 일어나는데)
웨이터   간은 내가 다 봤어. 싱싱하고 짭쪼름하니까 그냥 가. (부추기며) 얼른얼른.

- 여직원들, 흥분을 감추며 일어나고 영자와 삼순도 일어나는데.

웨이터   (삼순과 영자를 주저앉히며) 에이 누님들은 아니지이. 동생들 놀게 그냥 계셔. 어?

- 웨이터가 아이들을 우르르 몰고 간다. 아이들도 '좀만 놀다 올게요' 한 마디씩 하며 뒤도 안 돌아보고 간다.

삼순   (기막혀서) 쪼그만 것들이 남자 좋은 건 알아가지구…
영자   (마찬가지) 의리 없는 것들…
삼순   하여튼 삼식이들이 하는 짓이 다 그 모양이지.

- 그러다 눈 마주치자 뻘쭘해서 팩 고개 돌리며 각자 술을 푼다.

39. 게스트하우스 룸(동 밤)

- 헨리, 핸드폰 버튼을 누른다. 신호음이 간다.

40. 재즈 바(동 밤)

- 악단이 연주를 한다.
- 희진의 가방 속에서 핸드폰 램프가 반짝거린다. 소리는 음악에 묻힌다.
- 나란히 앉은 진헌과 희진. 거의 안듯이 하고 앉아 연주를 감상한다.

41.　게스트하우스

　　- 헨리, 핸드폰을 닫고 벌렁 눕는다. 곧 손을 뻗어 한글 교재를 집어들고 읽는다.

헨리　할아버지... 할머니... 아버지... 어머니... 형... 누나...

42.　재즈 바

　　- 연주가 끝나고 모두들 박수를 친다.
　　- 진헌과 희진도 박수를 친다.
　　- 무대 위로 넉넉한 몸집의 재즈 싱어가 올라온다.
　　- 모두들 휘파람을 불며 환호한다.
　　- 진헌과 희진도 기대감으로 본다.

싱어　이번에 부를 곡은 over the rainbow인데요,

　　- 진헌과 희진, 눈 맞추며 놀라워한다.

싱어　오랜만에 이쁜 친구들이 와서요. (하며 진헌과 희진에게 눈인사)

　　- 진헌은 멋쩍어하고, 희진은 알아봐주는 게 고마워 살짝 손 흔들어 보인다.

싱어　노랫말에 이런 게 있어요. birds fly over the rainbow/why then, oh why can't I? 무지개 너머 파랑새들이 행복에 잠겨 날아다니는데 왜, 왜 나라고 날 수 없겠어요? 그럼 주위에서 그러죠. 넌 날기에는 너무 무겁다고.

- 진헌과 희진이 웃는다.
- 연주가 시작되고 싱어가 노래를 부른다.
- 감회에 젖어 노래를 듣는 진헌과 희진...

43. **집으로 가는 길(동 밤)**

- 적당히 취해 '멍'을 흥얼거리며 터벅터벅 걸어오는 삼순.

삼순　잘못이었어 너를 만난 건 너는 사랑 따위 관심도 없던 거야. 다만 넌 니 뜻대로 모두 맞춰줄 너 하나밖에 모르는 내가 필요했을 뿐. 다 돌려줘(특유의 춤까지) 너를 만나기 전의 내 모습으로~ 추억으로 돌리기엔 내 상처가 너무 커. 바랄게~ 다음번에 너 누굴 사랑한다면 너 같은 사람 꼭 만나기를~ (노래를 다 부르자 뒤를 돌아본다) ... 어떻게 이 밤중에 쫓아오는 놈 하나 없냐... (다시 걸으려 앞을 보다가 옴마야~ 자지러지게 놀란다)

- 술이 심하게 취한 아저씨가 심하게 중심을 잃은 채 삼순을 노려보고 있다.
- 겁먹은 삼순, 걸음아 나 살려라 도망을 간다.

44. **삼순네 뜰(동 밤)**

- 그네에 털썩 앉는 삼순. 가볍게 흔들흔들...
- 시원한 밤바람이 불어온다. 나뭇잎이 사사삭 소리를 낸다.

삼순　근데 화장실에서 어떻게 나왔지? A형? B형? ... O형은 분명 아닐 거고... 싸가지로 봐서는 B형인데... 그럼 손가락? ... 거 참 되게 궁금하네.

- 삼순, 하루 종일 머릿속을 맴도는 그 노래를 또 흥얼거린다.

삼순   바랄게~ 다음번에 너 누굴 사랑한다면 너 같은 사람 꼭 만나기를... 그래, 더도 덜도 말고 꼭 너 같은 사람 만나라! 꼭!

- 그래봤자 속은 안 풀리고 힘 빠지는... 불현듯 밀려오는 그리움과 서글픔...

45. 재즈 바

- 싱어의 노래는 계속되고...
- 진헌의 어깨에 기댄 희진이 진헌을 바라본다. 진헌도 바라본다.

희진   ... 사랑해.
진헌   (장난스레) 얼만큼?
희진   (흘긴다)
진헌   (보챈다) 얼만큼. 얼마나. 언제까지.
희진   (사랑스럽게 흘기며) 하늘만큼 땅만큼. 달하고 지구 사이에 육교가 놓일 때까지.
진헌   ! ...
희진   ? ... (떨어지며) 감동했어?
진헌   너도 지식검색창 이용하니?
희진   (에?)
진헌   (혼자 웃는다)
희진   ? ... 뭔데에.
진헌   (계속 웃음이 난다. 다시 어깨를 안으며) 아냐 아무것도...
희진   뭐야아 혼자만 웃고...
진헌   우리, 올해 안에 결혼하자.
희진   (어깨에 기댄 채 바라본다)
진헌   표정이 왜 그래?

희진	대신 조건이 있어.
진헌	(삐친 듯이 내치며) 체, 싫으면 관둬라?
희진	(얼른 안기며) 결혼하면 아내라고 불러줘.
진헌	???
희진	우리 동창 중에 어릴 때 결혼해서 애가 벌써 세 살인 친구가 있는데, 자기 와이프를 아내라고 부르더라? 우리 아내가, 우리 아내가...
진헌	...
희진	너무 듣기 좋은 거 있지. 나도 그렇게 불러줘.
진헌	(빙긋 웃는다)
희진	왜. 싫어?
진헌	이뻐서. 아내라는 말이.
희진	그치?
진헌	(사랑스럽다는 듯 어루만진다)
희진	(미소) ...
진헌	(주저 없이 다가와 입을 맞춘다)
희진	(팔을 두른다)

46. 뜰

- (E) over the rainbow
- 오두마니 앉아 있는 삼순.

삼순 (Na.) ... 보고 싶다... 미치게, 보고 싶다... 할 수만 있다면... 마음을 꺼내 맑은 물에 깨끗이 헹궈내고 싶다... 아무래도 난... 미쳐가고 있는 것 같다.

- 삼순의 눈가에 눈물이 맺히더니... 결국 흑 어깨를 들썩이며 울기 시작한다.

47. 재즈 바

- 입맞춤이 깊어진다.

48. 뜰

- 계모임에라도 갔다 오는 듯 외출복 차림의 봉숙이 키로 문 열고 들어오다가 뭔가를 보고 멈칫, 눈을 가늘게 뜨고 본다.
- 삼순이 그네에 앉아 울고 있다.

봉숙 ? ... 쟤가 저기서 뭘 하는 거야? (그리로 가며) 삼순아.
삼순 (힐긋 보고 계속 운다)
봉숙 (다가오며) 이 밤중에 여기서 뭘 하는 거야? 보쌈해달라고 기도하니? (하다가 우는 걸 깨닫고는 놀라서) ! ... 너 왜 그래.
삼순 (엄마를 보자 서러움이 밀려온다) 엄마아- (엄마 품으로 툭 쓰러지며 아예 목 놓아 울기 시작한다)
봉숙 ?! ...
삼순 (목도 가슴도 미어진다. 엉엉 운다)
봉숙 (아무래도 심상치 않다. 토닥토닥 해주며 이리저리 짐작을 해본다)

49. 마루

- 삼순이 대성통곡하는 소리가 들리면서, 봉숙이 이영을 다그친다.

봉숙 빨리 말해. 쟤 연애하지. 끝난 거야 뭐야.
이영 몰라아. 내가 어떻게 알아.
봉숙 빨리 말 안 해? 맨날 둘이 속닥속닥댔잖아.
이영 (울상이다) 아우...
봉숙 작년 크리스마스 때도 현운지 뭔지 그놈 때문에 삼 일 밤낮을 저러고 울더라. 누구야. 어느 놈이야.

이영	말하면 안 되는데...
봉숙	(뭔가 찾으며) 어디 갔어 이거. (방 빗자루를 들이대며) 맞고 말할래 그냥 말할래. 어?
이영	아우 미쳐 정말...
봉숙	(방 빗자루로 등짝을 딱!) 매 벌지, 매 벌어.
이영	아! 알았어 알았어 말할게. 연애.. 했어.
봉숙	누구랑.
이영	이건 진짜 말하면 안 되는데...
봉숙	누구냐구!
이영	(얼른) 쟤네 사장.
봉숙	! ... 사장? 즈이 레스토랑 사장?

50. 삼순 방

- 밖에서 '엄마!' 하는 이영의 외침이 들리면서, 봉숙이 벌컥 들어와 이불을 확 들춘다.
- 곰처럼 웅크리고 엎어져 울고 있는 삼순.

봉숙	(방 빗자루로 마구 때리며) 울긴 왜 울어. 헤어지면 헤어진 거지 뭘 잘했다고 울어 이 등신아.
이영	(빗자루 뺏고 말리고 하며) 하지 마아. 아픈 애한테 왜 이래에.
봉숙	(손으로 등짝을 퍽퍽 때리며) 등신 같은 년. 넌 왜 맨날 이 모양이야. 니가 뭐가 모자라서, 손이 없어 발이 없어, 멀쩡하게 생겨가지구 왜 맨날 차이고 다녀 왜!
삼순	(서러워서 더 크게 울고)
봉숙	속 터져 정말. 속 터져 속 터져!
이영	(못 말린 게 후회 막심이다)
봉숙	(표정 독해지는) ... 울지 말고 일어나. 너 그 자식 집 알지.
삼순	(뚝 울음 멈추며 놀라 보는)
이영	(역시 놀라고)

봉숙	어떤 녀석인지 낯짝 좀 봐야겠다. 지는 얼마나 잘나서 우리 딸을 차? 기가 막혀 정말. 빨리 일어나.
이영	엄마 지금 오버하는 거 알어? 다 끝났는데 만나서 뭘 해 추잡스럽게.
봉숙	이러고 있는 건 안 추잡스럽니? 차라리 화끈하게 끝내! (일어나며 잡아끈다) 빨리 일어나. 앞장서.
삼순	(눈물바람으로 이영을 본다. 언니 어떡해)
이영	(말리며) 화끈하게 끝냈어. 내가 때려줬으니까 엄마까지 나설 필요 없다구.
봉숙	(버럭) 이거 안 놔?! 넌 동생이 이 지경이 되도록 뭐 했어! (삼순을 질질 끌고 가며) 빨리 안 나와? 나이만 처먹었지 니가 할 줄 아는 게 뭐 있어. 앞장서 얼른!
삼순	(어떻게든 엉덩이 힘으로 뭉개며) 엄마 잘못했어. 엄마... 엄마아... (구원을 요청하는) 언니...
이영	(나보고 어쩌라구, 울상이다가 에라 모르겠다) 그만해! 계약연애란 말야!
삼순	(허걱!)
봉숙	(? 해서 본다)
이영	가면 집안 망신이야. 가지 마.
봉숙	계약, 뭐?

51. **집 전경(동 밤)**

- (E) 온 동네 개가 멍멍 왈왈 짖어대는 소리.
- 퍽! 퍽! 매 맞는 소리. 악! 으악! 엄마! 자매의 비명 소리. 야 이년들아! 봉숙의 고함 소리! 뭐가 날아다니는 소리! 창문으로 도망 다니는 자매와 빗자루 들고 쫓아다니는 봉숙의 실루엣 등등...

52. **마루**

- 머리는 산발한 채 맞은 곳을 문지르며 무릎 꿇고 앉아 있는 삼순과 이영.
- 봉숙, 살벌하게 두 딸을 노려보고 있다.

삼순   (고개도 못 들고) ...
이영   (마찬가지) ...
봉숙   (수화기를 들고 버튼 누른다. 잠시 후) 박 사장님이세요?
삼순   ? ...
이영   ? ...
봉숙   저 방앗간 댁이에요. 우리... 집 좀 팔아주세요.
삼순, 이영 엄마!!!
봉숙   빠르면 빠를수록 좋아요.
이영   (달려들어 수화기 뺏으며) 미쳤어? 집을 왜 내놔!
삼순   (동시에 전화기를 집어들고)
봉숙   이것들이? 이리 안 내놔?
삼순   (이영에게서 수화기까지 빼앗아 전화기를 통째로 가슴에 꼬옥 품는다)
봉숙   다리 밑에 천막을 쳤으면 쳤지 이런 꼴 당하곤 못 살아. 뭐? 오천만 원에 뭘 어쩌고저째? (삼순에게) 으이구 저걸 안 낳고 호박을 낳았으면 국이라도 끓여 먹지. (이영에게) 넌 뭐야. 똑똑한 척은 혼자 다 하면서 동생을 심청이로 만들어?
삼순   (그 와중에도 풋 웃음이 난다)
이영   (역시 삐질삐질 웃음이 새어 나온다) 그럼 레스토랑이 인당순가?
삼순   삼식이는 용왕이구 크크크...
봉숙   웃음이 나와 이년들아!
삼순, 이영 (찔끔) ...
봉숙   삼순이 너, 내일부터 출근하지 마.
삼순   ! ...

53.   홀(아침)

- 직원들, 청소도 하고 테이블 세팅도 하고 있다.
- 벌컥 문이 열리고 봉숙이 들어선다.

영자 (돌아보고는) 죄송합니다 손님. 아직 오픈 안 했거든요?
봉숙 여기 사장 어딨어.

- 모두들 멈추고 쳐다본다.

봉숙 사장 나오라 그래. 사장 어딨어.
영자 저.. 누구신지...
봉숙 니가 사장이야? (확 밀치며) 아님 비켜. (안으로 들어가며) 사장 나와! 사장 어딨어!

- 직원들은 술렁이고, 주방에서도 내다보고, 안쪽에서 오 지배인이 나온다.

봉숙 사장 너 안 나올 거야? 일 벌리지 말고 빨리 나와!
오 지배인 누구신지요.
봉숙 아줌마가 사장이야? 아니잖아.
오 지배인 저는 이 레스토랑 지배인입니다. 사장님한테 볼일이 있으시면 저한테 먼저 말씀하시죠.
봉숙 아줌마한텐 볼일 없어요. 사장 나오라 그래요.
오 지배인 아직 출근 안 하셨습니다. 무슨 일이신지 저한테 말씀하시죠.
봉숙 그럼 기다릴게요. 사무실이 어디예요.
오 지배인 일단 누구신지 용무가 뭔지, 저한테 말씀을 해주시죠.
봉숙 글세 아줌마랑은 볼일 없다니까?
오 지배인 아줌마가 아니라 지배인입니다.
봉숙 누가 물어봤어? (문득 머리가 거슬려서) 지가 클레오파트라야 뭐야. 머리 꼴 하군...
오 지배인 (허 세상에)!...
봉숙 사장실 어디야. (안쪽 보며) 저기야? (들어가려는데)

오 지배인 (확 잡고는) 못 들어갑니다.
봉숙   이거 안 놔?
오 지배인 너희들 뭐 하니. 손님 나가신댄다.

- 웨이터들이 달려들어 봉숙을 번쩍 들어 올린다.

봉숙   (허공에서 바퀴처럼 발만 구르며) 뭐야 니들. 이거 안 놔? 니들 깡패야 뭐야. 이것들이 사람 잡네 아주? 놔! 안 놔? (현관까지 끌려오는데)

- 현관문이 열리며 진헌이 들어선다.
- 웨이터들이 지레 놀라 내려놓는다.

봉숙   (휘휘 번갈아 보더니 이 자식이구나!)
진헌   ? ... (웨이터들을 보며) 무슨 일이에요?
봉숙   니가 사장이니?
진헌   ? ... 네.
봉숙   이 나쁜 자식! (하며 뺨을 올려붙이는데)
진헌   (본능적으로 고개만 살짝 피하고)
봉숙   (키가 작아 헛손질하고는 아니 이런!)

- 웨이터들 사이에서 쿡! 웃음 터지고.

봉숙   (뻘쭘! 민망! 분노! 만만한 넥타이를 확 움켜쥐고는) 니가 감히 우리 딸을 희롱해? 너 오늘 내 손에 죽어봐라. (넥타이를 개목걸이 삼아 질질 끌고 다니며) 나쁜 자식, 밑엣사람을 그렇게 함부로 다루면서 뭐? 사장? 에라 이 호랑말코 같은 놈아.
진헌   (속절없이 끌려다니며 당황! 창피! 엉거주춤!) 아니.. 왜 이러세요 아줌마.. 누구세요 도대체.. 아 이것 좀..
봉숙   너 몇 살이야. 머리에 피도 안 마른 게 돈으로 사람을 놀려? 니 에미 애비가 그렇게 가르치디?
진헌   아.. 아줌마.. 아줌마..

봉숙   (넥타이 잡은 채 휘어진 등짝을 퍽퍽 때린다) 왜 불러 왜! 욕이 모잘라? 더 듣고 싶어? 이거나(주먹세례) 먹어라 이놈아. 나쁜 자식! 호랑말코 같은 자식! 감히 우리 딸을 어떻게 보고. 이 돼지 껍데기 같은 놈.

- 그 순간, 물세례를 받는 봉숙!

봉숙   (동작 정지) !!! ...
진헌   (같이 물을 뒤집어쓰고는 놀라 돌아보면)
오 지배인 (물 바가지를 들고 서서 벼락 치듯) 감히 어디다 손을 대, 어디다!! 그 손 못 놔!!
진헌   (얼른 봉숙의 손아귀에서 빠져나온다)

54. **주차장**

- 택시가 들어온다. 삼순과 이영이 내려 다급히 뛰어 들어간다.

55. **홀**

봉숙   (흠뻑 젖은 채 으르렁) 이게 감히 박봉숙이를 건드려?
오 지배인 나가! 어서 나가!!!
봉숙   (달려들어 머리를 확 움켜쥔다)
오 지배인 (어? 순간 당황하더니 확 열받아 역시 머리를 움켜쥔다) 야 이 우라질 년아. 어디 남의 영업장에 와서 행패야 행패가.

- 두 여자, 머리끄댕이를 잡고 맘대로 소리 지르며 옥신각신한다. 두 분이 알아서 욕, 비명, 대사...
- 진헌과 직원들, 처음 보는 오 지배인의 모습에 놀라 입 딱 벌린 채 말릴 생각도 못 한다. 어느 순간!

삼순   (E) 엄마!!!

       - 모두들 쳐다본다.
       - 진헌도 쳐다본다.
       - 오 지배인과 봉숙도 서로의 머리를 움켜쥔 채 쳐다본다.
       - 삼순과 이영이 이 엄청난 상황을 기막히게 보고 있다.

삼순   (쪽팔린다! 콱 죽고 싶다!) 엄마 미쳤어? 왜 이래 정말. 누구 죽는 꼴 보고 싶어?!
진헌   (넋 나간 듯 봉숙을 본다. 엄마라고?)

       - 9회 끝.